古典文獻研究輯刊

二二編
曾永義 主編

第 7 冊

《紅樓夢》與明清江南女性文化

林 琳 著

國家圖書館出版品預行編目資料

《紅樓夢》與明清江南女性文化／林琳 著 -- 初版 -- 新北市：
花木蘭文化事業有限公司，2020〔民 109〕
目 4+226 面；19×26 公分
（古典文學研究輯刊 二二編；第 7 冊）
ISBN 978-986-518-177-2（精裝）
1. 紅學 2. 女性 3. 文學評論
820.8   109010551

ISBN-978-986-518-177-2

9 789865 181772

古典文學研究輯刊
二二編 第七冊   ISBN：978-986-518-177-2

《紅樓夢》與明清江南女性文化

作　　者　林琳
主　　編　曾永義
總 編 輯　杜潔祥
副總編輯　楊嘉樂
編　　輯　許郁翎、張雅淋　美術編輯　陳逸婷
出　　版　花木蘭文化事業有限公司
發 行 人　高小娟
聯絡地址　235 新北市中和區中安街七二號十三樓
　　　　　電話：02-2923-1455 ／傳真：02-2923-1452
網　　址　http://www.huamulan.tw 信箱 hml 810518@gmail.com
印　　刷　普羅文化出版廣告事業
初　　版　2020 年 9 月
全書字數　207323 字
定　　價　二二編 9 冊（精裝）台幣 22,000 元

《紅樓夢》與明清江南女性文化

林琳　著

作者簡介

林琳，女，1982 年生人，目前任職於寧波大學科學技術學院，為中文系專任教師。主講課程有《文學概論》、《紅樓夢研究》、《中國古典小說欣賞》，也開設《大學語文》、《文學經典與人生》等人文通識類課程，受到學生歡迎和好評。廈門大學文藝學碩士，臺灣銘傳大學文學博士，以明清小說、中西文學比較、女性主義為主要研究方向。

提　　要

　　《紅樓夢》是女性文化的集大成者，清晰呈現明末清初女性生活中的新變化，及蘊藏的現代性萌芽。本著作聚焦《紅樓夢》的女性敘事，在文本細讀的基礎上，運用跨學科的研究方法，包括歷史、倫理學、空間理論、女性主義理論等，研究小說中女性生活各種面向，從物態存在到精神空間，從身體到心理，對明末清初女性的生活狀況、現實限制、人格發展、深層心理作立體考察與深入理解，提出女性生命健康發展的方向。本書深入探討《紅樓夢》女性敘事的歷史、社會語境與文化背景，此為理解《紅樓夢》女性敘事奠定思想基礎。明末清初，女性日常生活開始出現新的變化與內容，蘊含著現代性的萌芽，對傳統規訓的反叛。《紅樓夢》對女性日常生活作了全面細緻的敘事。本書以文史互證的研究方法，選取女性日常生活的三種活動，包括閱讀、寫作與家庭管理，進行深入考察。《紅樓夢》是一部倫理內涵非常豐富的小說，本書以文學倫理學的研究視角，考察賈府的倫理混亂與作者的倫理意識，深入研究一夫一妻多妾制、父權婚姻制下，不同倫理身份女性的倫理處境、命運發展與身心狀態，並以心理學與精神分析的方法，深入考察《紅樓夢》中女性疾病敘事，思考其疾病的隱喻、形成原因、基本特徵與療癒之法。

目次

第一章 緒 論

第一節 研究動機與目的

一、研究動機

　　明末清初時期的中國女性地位低下，依然承受著來自政權、族權、夫權等的重重壓制。然而明末清初又是中國由封建傳統社會向近代社會的轉型時期，這種轉型所帶來的現代性萌芽，必然會或多或少地滲透到那個時代的女性生活與觀念之中。傳統與現代之間並不存在本質的斷裂，而應該有一個漸變的狀態，在傳統的重重壓抑中，變動、發展，一點點產生，表現為明末清初女性生命發展中傳統與現代、保守與反叛共存的二元性現象。明末清初時期的女性文化已經是一個成熟的研究課題，學術界積累了豐富的研究成果。然已有的研究對中國古代婦女地位的探討，基本上採取所謂的「受歧視」、「受壓迫」、「地位很低」等公式化語言，這樣的研究顯然太過簡單與粗略，並不能完全反映明末清初女性真實的生活狀態與生命意識，也忽略了她們生命發展中傳統與現代並存的二元性。那麼，明末清初女性的生活境遇與社會地位究竟如何？她們的社會生活有什麼樣的傳承？又有哪些超越前人的地方？這個時期的女性社會生活，在傳統的壓抑中，有沒有蘊藏著一絲一毫的自由、平等、進步甚而現代性的跡象？她們的生命發展中傳統與現代二元性的趨力有哪些？還有那些與女性生命存在相關的本源性問題，這些都是本書旨在深入探討與研究的問題。

　　《紅樓夢》是一部以女性生命為重要內容的小說。曹雪芹開宗明義就指出他要「為閨閣昭傳」。其中女性人物眾多，涵蓋明末清初時期不同社會階層、

身份職業、年齡角色的女性，細膩呈現了她們多樣化的生命形態、性格命運、生活娛樂、婚戀愛情、殉情死亡等等內容，還原女性豐富複雜的生命存在，塑造了一個個瑕瑜互見、富有才情、有血有肉的女性形象。尤其是對她們情感、心理、生命意識層面的關懷與呈現，更是古今未有的，是明末清初女性文化的集大成者，也是瞭解明末清初女性文化的重要文本。《紅樓夢》既是一齣女性悲劇，呈現出時代與文化傳統中女性生命的壓抑與困境，也有對女性智慧、能力與才情的高度肯定，對女性身上現代性萌芽的揭示，對一個經歷一千多年的發展，已而陷入了沒落的男權社會中，女性所蘊藏的救贖力量，與女性生命存在相關的本源性問題，以及女性命運的何去何從都展開了思考。《紅樓夢》的女性敘事，可以用以作為對中國婦女歷史研究提供具體生動的描寫論據，因而具有歷史價值。所以陳東原先生在《中國婦女生活史》中說：「雜記與小說皆無意於造史料，故其言最有史料的價值，遠勝於官書。」〔註1〕

近年逐漸有學者對《紅樓夢》中女性文化進行研究。例如：陳慧的《紅樓夢女性休閒行為研究》；張燕祥的《紅樓夢妾群體心理研究》然而研究方法陳舊，研究角度單一，對人物多作靜態化、類型化、表層化的歸納與概括，及純粹道德化的判斷；缺乏生活細節、動態行為的分析，日常生活空間的發現，對人物深邃複雜的生命意識的挖掘比較有限，涉及人物生命存在本源性問題的哲理層面的昇華與思考比較弱，缺乏還原女性生命存在延展而開的豐富面向與立體人文空間。對文本蘊藏的豐富的藝術與心靈資源、思想價值未能作應有的開掘。對女性生命發展中傳統與現代的二元性趨力的系統研究，更是闕如。雖出現不少的單篇以及碩士論文，但往往都是限定在女性生活某一特定面向上的研究。例如：劉萌萌的《金陵十二釵服飾研究》，從服裝美學上對《紅樓夢》女性進行著裝角度研究；張燕祥的《紅樓夢妾群體心理研究》，則主要聚焦於《紅樓夢》中妾群體的生存境況與心裏剖析；陳慧的《紅樓夢女性休閒行為研究》，則是從女性休閒活動角度進行研究。還沒有一本博士論文對《紅樓夢》中女性生命發展，傳統與現代的二元性趨力作深入系統的研究。因此筆者認為《紅樓夢》中的女性文化仍有極大的研究空間。

二、研究目的

本書欲在前人研究基礎上，以《紅樓夢》的女性敘事為主軸，重新進行

〔註1〕陳東原著，《中國婦女生活史》（北京：商務印書館，2015年7月），頁26。

細讀與闡釋，以女性議題為問題導向，追溯女性文化系譜，觀照女性生命存在所呈現的廣闊空間，探究女性深層心理與生命意識的複雜景觀，思考女性生命存在的本源問題，多面向呈現女性研究的立體性。考察明末清初女性生命發展中，傳統與現代二元性趨力，對女性命運與生命幸福問題，作更多角度與普遍性的思考。

第二節　文獻探討

　　紅學研究自清中葉迄今，已有一百多年的歷史，而研究的範圍及內容深具多元化。以時代先後言，如清中葉的小說評點，清末民初索隱派、考證派、文學批評派，以及民國三十八年以後，大陸、臺灣、海外等地學者對《紅樓夢》中主題、主線結構、情節、人物、敘事學、美學等多方面的探討。而清中葉迄今，紅學研究的方向及成果，經過多位學者的整理，其發展理路已相當的清晰，如劉夢溪選編的《紅學三十年論文選編》、潘重規的《紅學六十年》、劉夢溪《紅樓夢與百年中國》等等，除此之外，更散見於多篇學術論文中。由於對紅學發展史的研究成果已相當豐碩，故本節不擬對清中葉至今《紅樓夢》研究的方向及成果加以論述，而把重點落實在《紅樓夢》之女性問題的研究上。筆者將分兩方面說明，一方面闡述明末清初文學之女性文化的相關研究，另一方面則說明明末清初《紅樓夢》女性文化的研究成果。

一、以明末清初文學之女性文化為對象的研究

　　近人在中國明末清初小說的研究中，以書中女性文化為申論重點的論文不少，專著的部分，如：合山究《明末清初時代的女性與文學》〔註2〕、吳秀華《明末清初小說戲曲中的女性形象研究》〔註3〕、宋清秀《清代江南女性文學史論》〔註4〕、張宏生《明末清初文學與性別研究》〔註5〕、王引萍《明末

〔註2〕合山究著，蕭燕婉譯注，《明末清初時代的女性與文學》（臺北：聯經出版事業股份有限公司，2016年12月，初版）。

〔註3〕吳秀華著，《明末清初小說戲曲中的女性形象研究》（南京：江蘇古籍出版社，2002年，一版）。

〔註4〕宋清秀著，《清代江南女性文學史論》（上海：上海古籍出版社，2015年，一版）。

〔註5〕張宏生編，《明末清初文學與性別研究》（南京：江蘇古籍出版社，2002年，一版）。

清初小說女性研究》〔註6〕、楚愛華《女性視野下的明末清初小說》〔註7〕等等。以上專著，對本研究在瞭解明末清初的女性時代背景上，提供了豐富的資料，和廣泛的女性視角，使筆者在探究《紅樓夢》的女性敘事時，有了歷史、戲曲與其他小說的認知基礎。

期刊論文方面，首先綜論的有：何仲生〈文化視野裏的明末清初小說女性形象〉〔註8〕、曹慧敏、陶慕寧〈明末清初女性文學的興盛——基於文學生態角度的考察〉〔註9〕、郭延禮〈明末清初女性文學的繁榮及其主要特徵〉〔註10〕、田同旭〈女性在明末清初小說中地位的變化〉〔註11〕等等。以上論文，對本研究在總體上瞭解明末清初女性文學的發展狀況及小說中的女性形象，提供了背景知識。

第二，以明末清初世情小說的女性文化為研究對象的有：張向榮〈明末清初世情小說中女性在兩種文化下的審美意蘊和生存價值〉〔註12〕、成海霞〈明末清初長篇家庭小說女性形象的文化解讀〉〔註13〕、孫宏哲〈明末清初長篇世情小說中女性的醜怪身體〉〔註14〕、夏雪飛〈跨越女性身份的藩籬——以明末清初至現代幾部家族小說為例〉〔註15〕。以上論文，在本研究瞭解明末清初世情小說的女性文化研究狀況提供了豐富的資料，以及從審美、文化到身體等多樣化的研究視角，使筆者探究《紅樓夢》的女性敘事時，有更為

〔註6〕 王引萍著，《明末清初小說女性研究》（銀川：寧夏人民出版社，2007年4月，一版）。

〔註7〕 楚愛華著，《女性視野下的明末清初小說》（濟南：齊魯書社，2009年，一版）。

〔註8〕 何仲生著，〈文化視野裏的明末清初小說女性形象〉，《紹興師專學報》，1989年04期，頁104～110。

〔註9〕 曹慧敏、陶慕寧著，〈明末清初女性文學的興盛——基於文學生態角度的考察〉，《山東大學學報（哲學社會科學版）》，2017年02期，頁127～133。

〔註10〕 郭延禮著，〈明末清初女性文學的繁榮及其主要特徵〉，《文學遺產》，2002年06期，頁68～78。

〔註11〕 田同旭著，〈女性在明末清初小說中地位的變化〉，《山西大學學報（哲學社會科學版）》，1992年01期，頁83～87。

〔註12〕 張向榮著，〈明末清初世情小說中女性在兩種文化下的審美意蘊和生存價值〉，《北方論叢》，2005年03期，頁35～39。

〔註13〕 成海霞著，〈明末清初長篇家庭小說女性形象的文化解讀〉，《運城學院學報》，2008年06期，頁69～72。

〔註14〕 孫宏哲著，〈明末清初長篇世情小說中女性的醜怪身體〉，《吉林師範大學學報（人文社會科學版）》，2011年02期，頁11～13。

〔註15〕 夏雪飛著，〈跨越女性身份的藩籬——以明末清初至現代幾部家族小說為例〉，《杭州師範大學學報（社會科學版）》，2011年03期，頁58～64。

宏觀的文學背景與多樣化的研究視角。

　　第三，以明末清初小說中的不同女性群體為研究對象的有：劉敏〈論明末清初小說中的女性悍妒文化——以聊齋誌異中的「悍妒婦」形象為例〉〔註16〕、李停停〈論明末清初擬話本小說貞節烈女形象的成因〉〔註17〕、韓希明〈論明末清初小說中主母對宗族興衰的操控和影響〉〔註18〕、紀德君〈男權主義土壤上萌生的「惡之花」——論明末清初小說中的「惡婦」形象〉〔註19〕。以上論文，對本研究瞭解明末清初小說中，不同女性群體形象的特徵、職能以及形成的深層原因、文化內涵等提供了豐富的資料，使筆者研究《紅樓夢》中不同倫理身份的女性形象有了更豐富的認知基礎。

　　第四，以明末清初小說中的女性生活為研究對象的有：謝擁軍〈杜麗娘的情夢與明末清初女性情愛教育〉〔註20〕、馬興國〈從才子佳人小說到紅樓夢女性形象愛情追求意識嬗變研究〉〔註21〕、嚴忠良〈紅顏薄命：男權話語下的明末清初女性醫療〉〔註22〕、聶瑋〈從崔鶯鶯、杜麗娘、李香君看元明清文學女性覺醒歷程〉〔註23〕、田靜〈評析明末清初小說中女性的現實復仇〉〔註24〕、楊林夕〈明末清初通俗長篇小說中的女性形象及其情慾觀的演進〉〔註25〕、干

〔註16〕劉敏著，〈論明末清初小說中的女性悍妒文化——以聊齋誌異中的「悍妒婦」形象為例〉，《陝西學前師範學院學報》，2015 年 06 期，頁 57～60。

〔註17〕李停停著，〈論明末清初擬話本小說貞節烈女形象的成因〉，《西安建築科技大學學報（社會科學版）》，2013 年 01 期，頁 51～55。

〔註18〕韓希明著，〈論明末清初小說中主母對宗族興衰的操控和影響〉，《明末清初小說研究》，2011 年 02 期，頁 63～71。

〔註19〕紀德君著，〈男權主義土壤上萌生的「惡之花」——論明末清初小說中的「惡婦」形象〉，《青海師範大學學報（哲學社會科學版）》，1995 年 02 期，頁 33～39。

〔註20〕謝擁軍著，〈杜麗娘的情夢與明末清初女性情愛教育〉，《北京師範大學學報（社會科學版）》，2007 年 04 期，頁 47～54。

〔註21〕馬興國著，〈從才子佳人小說到紅樓夢女性形象愛情追求意識嬗變研究〉，《現代語文（文學研究版）》，2009 年 10 期，頁 86～87。

〔註22〕嚴忠良著，〈紅顏薄命：男權話語下的明末清初女性醫療〉，《華北水利水電大學學報（社會科學版）》，2015 年 01 期，頁 150～153。

〔註23〕聶瑋著，〈從崔鶯鶯、杜麗娘、李香君看元明清文學女性覺醒歷程〉，《理論導刊》，2008 年 11 期，頁 12～16。

〔註24〕田靜著，〈評析明末清初小說中女性的現實復仇〉，《晉中學院學報》，2009 年 04 期，頁 16～18。

〔註25〕楊林夕著，〈明末清初通俗長篇小說中的女性形象及其情慾觀的演進〉，《廣西社會科學》，2008 年 10 期，頁 141～145。

萌〈清時期女性筆下的姐妹情誼〉〔註26〕。以上論文，在本研究瞭解明末清初女性生活形態上提供了豐富的資料，使筆者在研究女性生活及其精神、心理，有了多元的視角與深入的理論基礎。

第五，以明末清初小說中的兩性關係為研究對象的有：王永鵬〈寡母、正妻與妾——明末清初小說中的女性與父權制〉〔註27〕、彭娟〈明末清初家族小說中陰盛陽衰現象研究〉〔註28〕、劉雨過〈論明末清初小說中的「懼內」〉〔註29〕、李新燦〈女性對男權的挑戰及其失敗——從明末清初小說看女性妒悍與男性懲妒〉〔註30〕、董雁〈女性主義觀照下的他者世界——對明末清初才子佳人小說的一種解讀〉〔註31〕等等。以上論文，對本研究在瞭解《紅樓夢》中的兩性關係，以及女性在其中的生存處境及心理與情感狀態提供了豐富與深刻的認知基礎。

二、以《紅樓夢》之明末清初女性文化為對象的研究

20 世紀的紅學研究經歷了從索隱派、考證派為主流，而逐漸向小說文本研究的回歸，以王國維先生的《紅樓夢評論》（1904）為發端，小說文本中的人物、結構、思想、藝術價值等等內容得到了深入的挖掘與批評，而對《紅樓夢》之女性文化的批評與研究也隨之展開。王崑崙先生的《紅樓夢人物論》（1948）對《紅樓夢》中的女性人物作了深入的心理解讀。而之後隨著西方哲學、美學論著的大量譯介，現象學、闡釋學、精神分析、原型批評、符號學、文化人類學的引入，對《紅樓夢》女性文化研究的視角更加多元化，研究方法更加新穎，突破了以往女性人物研究公式化、類型化、表層化、道德化的侷限，觀照女性生命存在所呈現的廣闊空間，探究女性深層心理與生命意識的複雜景觀，思考女性生命存在本源性的哲理問題，展開對《紅樓夢》

〔註26〕 王萌著，〈清時期女性筆下的姐妹情誼〉，《河南教育學院學報（哲學社會科學版）》，2005 年 04 期，頁 119～122。

〔註27〕 王永鵬著，〈寡母、正妻與妾——明末清初小說中的女性與父權制〉，《大眾文藝》，2016 年 17 期，頁 32～33。

〔註28〕 彭娟著，〈明末清初家族小說中陰盛陽衰現象研究〉，《湖南工業大學學報（社會科學版）》，2016 年 03 期，頁 110。

〔註29〕 劉雨過著，〈論明末清初小說中的「懼內」〉，《河池學院學報》，2009 年 06 期，頁 33～36。

〔註30〕 李新燦著，《學術論壇》，2003 年 06 期，頁 102～106。

〔註31〕 董雁著，〈女性主義觀照下的他者世界——對明末清初才子佳人小說的一種解讀〉，《西北農林科技大學學報（社會科學版）》，2005 年 06 期，頁 124～127。

之女性議題多角度、多方位、多層次的研究。

　　近人在《紅樓夢》的研究中，以書中女性文化為申論重點的論文不少，專著的部分，如：王崑崙《紅樓人物論》〔註 32〕、歐麗娟《大觀紅樓（母神卷）》〔註 33〕、王海龍《曹雪芹筆下的少女和婦人》〔註 34〕等等。以上著作為本研究深入剖析《紅樓夢》中的女性人物，提供了深刻豐富的研究思路與材料。

　　期刊論文方面，首先綜論的有：劉展〈明末清初江南女性文化與紅樓夢女性觀解讀〉〔註 35〕、呂啟祥〈紅樓夢與中國現代女性文化形象的塑立〉。〔註 36〕

　　第二，以《紅樓夢》女性空間為研究對象的有：劉紫雲〈紅樓夢私人空間及相關物象書寫的文化意蘊〉〔註 37〕；周穎〈紅樓夢女性形象的「香化」特色研究〉〔註 38〕、李豔梅〈從中國父權制看紅樓夢中的大觀園意義〉〔註 39〕、馮文麗〈大觀園：「新關係」的空間〉〔註 40〕、李豔潔、賈辰〈大觀園中的精神力量——紅樓夢中女性的男性氣質研究〉〔註 41〕。以上論文，對本研究在從空間角度去瞭解女性文化與精神，提供了豐富的研究思路與哲思基礎。

　　第三，以《紅樓夢》中的女性倫理為研究對象的有：陳秋蓮〈紅樓夢

〔註 32〕王崑崙著，《紅樓夢人物論》（北京：北京出版社，2004 年）。
〔註 33〕歐麗娟著，《大觀紅樓（母神卷）》（臺北：國立臺灣大學出版中心，2015 年 9 月，出版）。
〔註 34〕王海龍著，《曹雪芹筆下的少女和婦人》（上海：上海文藝出版社，2010 年，一版）。
〔註 35〕劉展著，〈明末清初江南女性文化與紅樓夢女性觀解讀〉，《江西社會科學》，2012 年 04 期，頁 93～97。
〔註 36〕呂啟祥著，〈紅樓夢與中國現代女性文化形象的塑立〉，《紅樓夢學刊》，1994 年第 1 輯。
〔註 37〕劉紫雲著，〈紅樓夢私人空間及相關物象書寫的文化意蘊〉，《紅樓夢學刊》，2017 年第 5 輯，頁 43～60。
〔註 38〕周穎著，〈紅樓夢女性形象的「香化」特色研究〉，《烏魯木齊職業大學學報》，2011 年第 3 期，頁 29～32。
〔註 39〕李豔梅著，〈從中國父權制看紅樓夢中的大觀園意義〉，《紅樓夢學刊》，1996 年第 2 輯，頁 91～116。
〔註 40〕馮文麗著，〈大觀園：「新關係」的空間〉，《紅樓夢學刊》，2015 年第 3 輯，頁 175～198。
〔註 41〕李豔潔、賈辰著，〈大觀園中的精神力量——紅樓夢中女性的男性氣質研究〉，《湖南科技學院學報》，2011 年 11 月，頁 30～32。

與清代女性家長權研究〉〔註42〕、段江麗〈紅樓夢與中國傳統家庭倫理〉〔註43〕、管先恒〈論紅樓夢的文學倫理學意義〉〔註44〕。以上論文，對本研究在瞭解《紅樓夢》的女性倫理提供了多元的研究視角，奠定了基本的倫理基礎。

第四，以《紅樓夢》與明末清初女性生活形態為研究對象的有：藍青〈紅樓夢與明末清初才女文化〉〔註45〕、孔令彬〈紅樓夢中的閨閣私語情話〉〔註46〕、周英〈紅樓夢中的女性閱讀〉〔註47〕、宋海燕〈紅樓夢中女子文學活動探析〉〔註48〕、李兆悅、馬立武〈紅樓夢中女性教育思想研究及對女子教育的影響〉〔註49〕、張璿〈層次與空間：明末清初女性閨閣文化的多維度視角〉〔註50〕、劉之淼〈從紅樓夢看清代女子教育〉〔註51〕等等。以上論文，為本研究對《紅樓夢》女性日常生活的瞭解，提供了多元的研究視角，豐富的研究資料。

90 年代隨著女性主義批評引入，學界以女性主義理論與視角，對《紅樓夢》中蘊含的女性意識作深層的批判思考，探討小說文本中的兩性關係狀況，反思明末清初女性生命侷限與困境，關注女性命運發展與兩性和諧的議題，形成了一系列《紅樓夢》的女性主義批評，如：張翼〈紅樓夢女權意識範疇

〔註42〕陳秋蓮著，〈紅樓夢與清代女性家長權研究〉，《韶關學院學報・社會科學》，2009 年 4 月，頁 100～103。

〔註43〕段江麗著，〈紅樓夢與中國傳統家庭倫理〉，《中國文化研究》，2017 年秋之卷，頁 61～75。

〔註44〕管先恒著，〈論紅樓夢的文學倫理學意義〉，《江淮論壇》，2014 年 2 月，頁 183～186。

〔註45〕藍青著，〈紅樓夢與明末清初才女文化〉，《紅樓夢學刊》，2016 年第二輯，頁 329～340。

〔註46〕孔令彬著，〈紅樓夢中的閨閣私語情話〉，《貴州文史叢刊》，2009 年第 1 期，頁 17～21。

〔註47〕周英著，〈紅樓夢中的女性閱讀〉，《科技文獻信息管理》，2016 年第 2 期，頁 55～58。

〔註48〕宋海燕著，〈紅樓夢中女子文學活動探析〉，《遼寧教育行政學院學報》，2005 年 11 月，頁 104～106。

〔註49〕李兆悅、馬立武著，〈紅樓夢中女性教育思想研究及對女子教育的影響〉，《理論界》，2016 年第 10 期，頁 84～89。

〔註50〕張璿著，〈層次與空間：明末清初女性閨閣文化的多維度視角〉，《華中師範大學研究生學報》，2015 年 3 月，頁 130～133。

〔註51〕劉之淼著，〈從紅樓夢看清代女子教育〉，《教育評論》，2016 年第 4 期，頁 157～160。

建構之初探〉〔註52〕、徐揚尚〈紅樓夢女性話語的社會與文化語境〉〔註53〕、
饒道慶〈紅樓夢與女性主義文學批評引論〉〔註54〕、饒道慶〈紅樓夢中棄女
群像與性政治〉〔註55〕、趙炎秋〈紅樓夢中的性政治及其建構〉〔註56〕、張
媛〈男性歷劫和女性閹割的雙重主題——試闡紅樓夢的男性寫作視角〉〔註57〕
等等。以上論文，為本研究瞭解《紅樓夢》的女性意識及兩性關係，提供了
多元的研究視角，以及深入的女性主義的闡釋。

第三節　研究範圍與方法

一、研究範圍

　　《紅樓夢》致力於「為閨閣昭傳」，內容涵括女性意識、女性價值、女性
形態、女性生活。其中，女性生活是具體可見的，也是小說中最細膩展演的
血肉，而由此所呈現出的女性形態也最傳神可感；至於女性意識、女性價值
觀這類思想層面乃至潛意識層面，不是那麼容易可以從表面判讀出來，深藏
於文本之中。《紅樓夢》的女性敘事蘊藏豐富多元的細節，本書對於《紅樓夢》
中女性生命趨力的研究，將會從多維度的層次與空間視角著眼。落實與還原
到女性生活的具體語境、立體空間及動態細節中。

　　本研究圍繞著明末清初時代女性生活的方方面面，從表層細節到深層意
蘊，從物態存在到精神空間，從身體到心理，從意識到潛意識，從歷時（明
末清初時期）到共時（永恆性的女性生活境遇）的邏輯線索與研究路徑，展
開一個明末清初女性文化研究的立體網路，以期全面考察明末清初時期女性
生命發展中傳統與現代的二元性趨力。既探究女性生命悲劇形成的深層原

〔註52〕張翼著，〈紅樓夢女權意識範疇建構之初探〉，《河南師範大學學報（哲學社會
　　　　科學版）》，2006 年 5 月，頁 179～181。
〔註53〕徐揚尚著，〈紅樓夢女性話語的社會與文化語境〉，《鹽城師專學報（哲學社會
　　　　科學版）》，1996 年第 2 期，頁 20～25。
〔註54〕饒道慶著，〈紅樓夢與女性主義文學批評引論〉，《溫州師範學院學報（哲學社
　　　　會科學版）》，2005 年 6 月，頁 34～38。
〔註55〕饒道慶著，〈紅樓夢中棄女群像與性政治〉，《紅樓夢學刊》，2006 年第四輯，
　　　　頁 119～133。
〔註56〕趙炎秋著，〈紅樓夢中的性政治及其建構〉，《湘潭大學學報（哲學社會科學
　　　　版）》，2015 年 7 月，頁 90～94。
〔註57〕張媛著，〈男性歷劫和女性閹割的雙重主題——試闡紅樓夢的男性寫作視
　　　　角〉，《明末清初小說研究》，2001 年第 2 期，頁 162～172。

因，又發掘其中蘊藏的新的現代性因素，思考與關懷女性人格發展與可能出路。本研究重視共時性與歷時性的結合，既注重對明末清初時期特定的女性文化內涵加以把握，又進一步挖掘小說文本所蘊含的貫穿時空的永恆人性、生命意識、哲學意蘊等共時性內涵，剖析女性生命成長與發展所面對的永恆的問題，思考具有普適性的通則與發展出路。

二、研究方法

傳統紅學的兩大研究派別，索隱派與考證派，把《紅樓夢》當作歷史檔案來處理，忽視了文本本身的藝術與思想價值，將其作為歷史、政治，作者家世與經歷的附會，按圖索驥、考察原型。一度顯赫的「紅學」，近年來漸趨冷清。其中原因固然很多，但決定性的似乎要從研究路徑方面尋找。《紅樓夢》畢竟是一部偉大的文學作品，文本研究才是根本。這也是在百年的研究基礎上的「紅學的突破」。梅新林〈拓展紅學研究的新視野〉一文中指出：「一部紅學研究史，從某種意義上說也就是一部紅學研究方法論的演進史。」〔註58〕只有研究理論與方法常新，才能保證研究成果以及學科本身常新。歷經百年的《紅樓夢》研究，當前亟待推陳出新，開拓更豐富的研究對象，嘗試更新的研究方法，更為多元的研究角度，在舊材料裏發現新問題。

因此本書回歸文本研究，以文本細讀的方法，將《紅樓夢》中與女性相關的人事物地時空作為研究母體，以涉及女性生命的各種類別的事件作為研究與觀察對象，進行深入的文本闡釋。以堅實的歷史文獻為論據，嘗試運用跨學科的方法，以歷史學、社會學、心理學、精神分析、哲學、倫理學、性別研究、空間理論與文學文本的互文性闡釋，全方位、多層次地考察《紅樓夢》中的女性敘事，在此基礎上，發掘探討明末清初女性生命發展中傳統與現代二元性的各方面趨力。本研究回到中國明末清初時期的歷史與文化語境中，又嘗試運用西方的相關理論作為研究方法，進行新角度的文本闡釋，探索小說文本中女性文化研究新的可能性，尋找那些藏而未現的女性生命發展新問題，推進我們對於明末清初女性生活形態與生命意識的理解，繼而思考女性生命發展的趨力，對於今天的女性成長也提供積極的借鑒與參考意義。

〔註58〕梅新林著，〈拓展紅學研究的新視野〉，《紅樓夢學刊》，1997 年第 1 期，頁 20。

第二章 《紅樓夢》女性敘事的歷史、社會語境與文化背景

　　小說的解讀，必須置於具體的歷史語境、社會環境與文化背景之中，這是理解文本的現實背景，不能站在現代文化的立場，以現代人的價值觀念去對文本內涵作簡單判斷。《紅樓夢》這本偉大的小說不是橫空出世的，作者曹雪芹是在特定歷史、文化及文學傳統中生活與寫作的，因此將《紅樓夢》的女性敘事，置回其產生的具體的社會、政治、歷史、文化中進行研究，進入明末清初女性棲居的具體的地、時、空，考察作家的生平經歷及文學傳統，在此基礎上考察藝術想像與歷史現實之間的互動辯證關係。這樣才能更準確深入地理解小說主旨與其女性敘事形成的深層原因，對文本產生合情合理的解讀。

第一節　明末清初江南地區的社會思潮

　　曹雪芹的成長背景，小說寫作的生活基礎在南京，據目前有限的曹雪芹生平資料來看，他的童年時代是在江南金陵度過的，「在康熙二年曹雪芹的曾祖父曹璽來到南京，到雍正五年曹頫被撤職，祖孫三代實任江寧織造五十八年（在任時間）；雍正六年離開南京，曹家在南京生活的時間首尾共有六十六年。曹雪芹小時候是在南京長大的。」〔註1〕就生活空間而言，是以南京為中心，又延及蘇揚地區，也正對應於《紅樓夢》石頭要求下凡的去處：「花柳繁

〔註1〕 吳新雷著，〈紅樓夢與曹雪芹江南家世〉，《明清小說研究》，2006 年 04 期，總第 82 期，頁 190。

華地，溫柔富貴鄉」〔註2〕。《紅樓夢》一開始即為「當日地陷東南」〔註3〕，
其故事展開的東南地域是金陵地區，即今天的南京。曹雪芹從小生活在南
京，江南文化對他產生重要影響，「曹雪芹小時候是在南京長大的，所以對江
南的文化是耳濡目染，另外，他所接觸的文人、文學作品，大都是江南的。」
〔註4〕從曹雪芹的家族傳記與友人詩文中，都能看到江南文化與其生平、家世
的密切關聯。敦敏在《贈芹圃》中就有提及：「燕市歌哭悲遇合，秦淮風月憶
繁華，新愁舊恨知多少，一醉白眼斜。」〔註5〕其中的「秦淮」就代指南京。
因此小說寫作的地、時、空定位在明末清初的江南地區。這是一個很特殊的
地理區域，而它也是《紅樓夢》產生的重要時空環境。

明末清初的江南地區並不是一個簡單的地理學概念，而是一個特殊的人
文地理文化概念，形成獨特的地理區域文化，《紅樓夢》就在這樣的地理區域
文化中產生。申明秀在《明清世情小說的江南性抒寫》中提到，「明清小說更
是江南文化的集中體現與昇華……那麼可以說如果沒有江南文化，像《紅樓
夢》那樣的世情小說傑作簡直就是無法想像的。」〔註6〕那麼，明末清初的江
南是一個怎樣特殊的地區？它的特殊文化對於《紅樓夢》的創作起著怎樣重
要的影響與作用呢？

一、明末清初江南地區的經濟生活

江南地區由於地理位置優越，土地肥沃，水路交通發達，使得其農業、手
工業、商品貿易與買賣活躍，晚明時已萌芽了資本主義生產關係，逐漸形成了
較為發達的商業文化以及城市文化。同時，上層建築對經濟基礎的變革迅速、
直接地作出反應，出現了一系列新變化。工商業的發展，物質的繁榮，造成了
城市規模的逐漸擴大，市民階層壯大，市民社會形成，據乾隆年間的《吳江縣
志》記載，「明初的蘇州府盛澤鎮還是一個只有五十幾戶的小村莊，到了隆慶萬
曆年間已擁有五萬多人口，這時的盛澤『四方大賈，輦金至者無虛日，每日中

〔註2〕 〔清〕曹雪芹著，脂硯齋批，周汝昌校訂批點本，《石頭記》（南京：譯林出
　　　　 版社，2011年8月第1版），頁2。
〔註3〕 〔清〕曹雪芹著，脂硯齋批，周汝昌校訂批點本，《石頭記》，頁6。
〔註4〕 吳新雷著，〈紅樓夢與曹雪芹江南家世〉，頁190。
〔註5〕 一粟編，《紅樓夢資料匯編》（北京：中華書局，1964年1月第1版），頁7。
〔註6〕 申明秀著，〈明清世情小說的江南性抒寫〉，《吉首大學學報（社會科學版）》，
　　　　 2011年5月第32卷第3期，頁78。

為市，舟楫塞巷，街道肩摩，蓋具繁榮喧盛，實為邑中之第一。』」〔註7〕

新興的商人、市民從官僚、地主、農民階層中獨立出來，形成一個新的社會群體。經商浪潮一浪高過一浪，金錢的潛勢力日益發揮著越來越重要的作用，一切均以經濟利益為前提，傳統的價值體系已瀕臨崩潰，諸如功名、鄉土、家庭、道德等觀念逐漸淡漠，金錢在許多人的心目中佔據著越來越重要的位置，傳統儒學的思想權威漸漸失落。城市娛樂生活發達，生活方式趨於逸樂，奢靡與享樂之風興盛，如張瀚所言：「人情以放蕩為快，世風以奢靡相高，雖逾制犯禁，不知忌也。」〔註8〕人慾得到肯定與解放，出現了民本思想與世俗化傾向，給這一時期的社會意識、民情風俗以及文學藝術帶來較大的衝擊。

在這樣的經濟基礎，以及由此形成的生產關係、社會結構、生活方式的基礎上，由一些思想上的先導者與開創者倡導，形成一股特殊的時代思潮。文學創作勢必受到這種時代思潮的影響。

二、明末清初江南地區的啟蒙思潮

宋代積弱，強敵壓境，內政苛嚴，為了穩固專制統治，思想專制日趨嚴酷，理學家們开出一整套束縛思想的禮法教條。到了明代，隨著皇權的極端化，程朱理學為統治階層所重視，更成了禁錮思想、獨尊威權的思想武器。而同時，明代政治陷入危機與黑暗，官商結合，賣官鬻爵，賦稅沉重，綱紀不正，產生了嚴重的道德危機。

程朱理學是先驗、絕對的倫理道德主義，它主張「存天理，滅人慾」。「天理」即是仁、義、禮、智四德；君臣、父子、兄弟、夫婦、朋友五倫。「天理」與「人慾」則是相互對立，勢不兩立的。程朱理學要用這一套外在先驗的倫理道德體系對人慾進行禁錮，對人的世俗生活進行框架。而隨著明末清初江南地區商業文明的發展，直接激發了人慾的興起，程朱理學「存天理，滅人慾」的主張，不再能夠適應時代發展的需要，並日漸僵化、虛偽，理學淪為假道學，道學家成了「偽君子」，使之不再被人們信任，受到一些有識之士的批判，「尊者以理責卑，長者以理責幼，貴者以理責賤。雖失，謂之順。卑者、幼者、賤者以理爭之，雖得，謂之逆。……上以理責其下，而在下之罪，人

〔註7〕 張稔穰著，〈一篇反映了資本主義萌芽的小說——醒世恆言·施潤澤灘闕遇友〉，《古典文學知識》，2001年第4期，頁21。
〔註8〕 〔明〕張瀚著，《松窗夢語》（北京：中華書局，1997年11月第一版），頁28。

人不勝指數。人死於法，猶有憐之者，死於理，其誰憐之。」〔註9〕

　　然而另一方面，人慾的過度張揚，不可避免地造成了儒家傳統倫理體系的混亂，社會生活糜爛。在這樣的時代情勢下，許多有社會責任意識的文人紛紛提出各種拯救時弊的思想。陽明心學的興起，與其後學各派的思想主張，形成了明末清初江南地區，一股具有人文主義精神和批判意識的啟蒙思潮。這股聲勢浩大的啟蒙思潮顛覆了傳統觀念，對人性、生命提出許多新的理解與主張，繼而影響到這個時期的女性觀，推動由傳統社會向近現代社會的轉型。這股啟蒙思潮勢必影響到曹雪芹的人性理解與生命視野，并形成《紅樓夢》獨特的人性觀、生命觀及女性觀，呈現出獨特的女性敘事，構成小說與眾不同的女性生命景觀。

（一）陽明心學興起

　　在程朱理學僵化的外在教條的束縛下，活潑自然的人慾被壓抑，人成為倫理教條的奴隸，生命的完整性被割裂，具體性被抽象，豐富性被簡縮，淪為倫理道德的工具。陽明心學提倡「致良知」、「心即理」，意在將綱常倫理道德灌輸到人的內心深處，與「心」融為一體，讓它成為人們自覺的內在要求，以此拯救人心與時弊。

1、從「理」到「心」

　　陽明心學以「心」取代「理」成為生命本體，主張「心外無物，心外無事，心外無理，心外無義」〔註10〕，將生命本體由外在客體性的「理」，轉向內在主體性的「心」，將外在、先驗的道德倫理束縛，轉向為內在心靈的自覺；強調生命的主體性，喚回人的主體覺醒，將人的認識主體與實踐主體看作一個整體，將存在本身作為一個完整的、活潑的、有生命的能動體來看待，「人也就成為一個不再依附於外在道德律令，而是有著自己的自由意志、現實判斷和自覺踐行的意義存在。」〔註11〕在從外在的「理」向內在的「心」轉向中，陽明心學強調了人的生命意志與主體性。

〔註9〕〔明〕戴震著，何文光整理，《孟子字義疏證》（北京：中華書局，2018 年 08 月版），頁 115。

〔註10〕〔明〕王陽明著，《傳習錄》（鄭州：中州古籍出版社，2015 年 12 月版），頁 58。

〔註11〕楚小慶著，〈陽明心學的主體性思想和現代美學精神〉，《福建論壇（人文社會科學版）》，2011 年第 12 期，頁 77。

2、肯定人的日常世俗生活

陽明心學肯定人的日常世俗生活，由僵化固定的教條，走向活潑的當下生存與具體生動的日常生活情境。人的主體性不是抽象、懸空的概念，而是落實在日常生活的具體情境與細節之中。良知本體不僅內在於人心，而且遍在於事事物物之中，呈現在「錢穀兵甲、搬柴運水」等日常行為中，表現出世俗性與日常性傾向。這對明清世情小說中世態人情、世俗生活敘事，尤其是《紅樓夢》中女性日常生活敘事產生了重要影響。

3、取消聖愚之分，講求心性平等

陽明心學取消聖愚之分，取消外在聖賢的權威，強調人與人的平等。「良知」是人的天賦靈根，人人皆可致良知，涵養心性人人平等。同時強調了人的自我主體性，人可自我主宰，自我取代了聖賢、權威，成為日常道德實踐的根本準則，「夫學貴得之心。求之於心而非也，雖其言之出於孔子不敢以為是也，而況其未及孔子者乎！求之於心而是也，雖其言之出於庸常，不敢以為非也，而況其出於孔子乎！」〔註12〕張揚個體的主體精神。

陽明後學在此基礎上，作了多面向的拓展。湯顯祖的「至情說」，馮夢龍的「情教觀」，李贄的「童心說」，袁宏道的「性靈說」等等，成了晚明文壇上的理論旗幟，強調人的個性、情感、性靈、慾望，不斷衝擊著傳統文化的桎梏，以強烈的反叛精神，向正統文學思想、文學復古思潮，發起猛烈的批判，形成了中國文學思想史上的一次聲勢壯闊的文學解放思潮。《紅樓夢》的創作是在這股思潮的影響與推動下展開的。

4、陽明心學對《紅樓夢》的影響

《紅樓夢》中所描寫的女性是活生生的有血有肉的人，她們或「情」，或「痴」，或「小才微善」〔註13〕，被當作一個完整、活潑、有能動性的主體看待，而不再是傳統話語下，抽象、乾癟的倫理與道德符號。《紅樓夢》對女性生命的觀照，回復其作為一個具體的人，基於個人存在體驗的基礎。「女性」在文學上開始被作為一個平等的存在者對待，呈現她們在日常世俗生活中複雜具體的各種面向，展現她們的個性、性靈、情感、慾望，甚至進一步深入女性被社會意識壓抑的個人無意識層面。《紅樓夢》的女性觀，在傳統中蘊含著一種新的女性意識的萌芽與期待，即個性、自由、平等，自作生命主宰的

〔註12〕〔明〕王陽明著，《傳習錄》，頁 189。
〔註13〕〔清〕曹雪芹著，脂硯齋批，周汝昌校訂批點本，《石頭記》，頁 4。

主體意識，體現出一定的現代性色彩。

（二）明末清初濃厚的主情文化——「情本主義」

明末清初時期出現了「理」的衰微與「情」的彰顯，形成了一股主情文化思潮，首當其衝的是湯顯祖的「至情」說。

1、湯顯祖的「至情」說

湯顯祖（1550 年～1616 年）在《牡丹亭》中提出「至情」說，高度推崇「情」在人生中的重要性，他認為這世界是由理、勢、情三者構成的，但在他所處的時代，卻最缺乏情，只有禮法與權勢充斥在社會中，弄得人們動輒得咎，沒有自由，整個社會也毫無生氣，所以他要大聲為情呼喚，以期一個有情世界的到來。〔註 14〕湯氏「至情」說，對明清文學的發展，有深遠的影響，並對《紅樓夢》「大旨談情」的情主題形成重要影響。

湯顯祖的「至情」說導源於陽明後學泰州學派羅汝芳（1515～1588）的「生生之仁」的哲學命題。羅汝芳的「生生之仁」呈現為生命的「情」、「趣」。從「生生之仁」的基點出發，生生不息的生命活動歷程中，隨時隨處都有生趣的觸發，這給生命活動帶來無盡的生機與活力。湯顯祖的「至情」說包含著「重生」思想，重視自我生命，如《貴生書院說》所言：「天地之性人為貴。人反自賤者，何也……故大人之學，起於知生。知生則知自貴，又知天下之生皆當貴重也。然則天地之性大矣，吾何敢以物限之；天地之生久矣，吾安忍以身壞之。」這種人本主義的基調，沿襲重生尊身的泰州學派傳統。湯顯祖所謂的「情」並不侷限於男女之情，它是一種生命活力，一種宇宙精神，一種自然生機，有著濃厚的人情味。它不是腐朽呆板的禮教世界，俗儒用死板的「理」來格這充滿生機的「情」的世界，而將此世界弄得死氣沉沉。湯顯祖所追求的絕非俗儒標榜的禮法世界，而是充滿生機活力，富有人情味的有情世界：

> 湯氏所言之情從哲學觀上講，是指生生不息的宇宙精神，體現在人類身上則是生生之仁，表現在具體的人性之上，便是包括愛情在內的人之情感。從湯氏的個體人格上講，此情是指其對現實人生的執著以及對現實政治的關注，同時也指他豐富的情感世界與充沛的生命活力。〔註15〕

〔註14〕左東嶺著，〈陽明心學與湯顯祖的言情說〉，《文藝研究》，2000 年第 3 期，頁 104。

〔註15〕左東嶺著，〈陽明心學與湯顯祖的言情說〉，頁 105。

《紅樓夢》中體現出人本主義思想的萌芽，對於女性生命的關懷、尊重與珍惜，對女性生命自然之本然的正視，正是沿襲了這樣的「重生」思想。湯顯祖「至情」說，對曹雪芹影響尤深，曹氏美學思想的核心範疇是「情」。《紅樓夢》開宗明義即為「大旨談情」〔註16〕，小說主旨即是一個有情世界的展開，整部小說就是一個「因空見色，由色生情，傳情入色，自色悟空」〔註17〕的「以情悟道」的過程。那塊頑石落於「大荒山無稽崖青埂峰」，〔註18〕「青埂」即「情根」，小說乃是以情為生命之根，建立了情的本體性，把情上升為萬物生成之本源，世界之本體，宇宙的終極，一切生命創造的原動力，萬物和諧運行的依據，「開闢鴻蒙，誰為情種？都只為風月情濃」。〔註19〕拋卻了情，世界萬物將一片混沌。眾女兒生在一個有情世間，由情而衍生出她們的一切活動，她們或「情」或「癡」，生命的美好皆源於「情」，推崇兒女真情。此「情」不僅僅是對於人，亦是對於物，於是從「唯情論」又發展到「泛情論」，世間萬物，草木風石亦有情。

《紅樓夢》中「正邪兩賦」〔註20〕的人性觀亦是建立在「情」的基礎之上，有「情」的自然人性本身是正邪兩賦的，包含著矛盾與衝突的。

> 正不容邪，邪復妒正，兩不相下，亦如風水雷電，地中既遇，既不能消，又不能讓，必至搏擊掀發後始盡。故其氣亦必賦人，發洩一盡始散。使男女偶秉此氣而生者，上則不能成仁人君子，下則亦不能為大凶大惡。〔註21〕

這樣的人性觀並不如俗儒所簡單格為的非善即惡、非黑即白的二元世界，而是充分正視和還原了自然人性的複雜性與豐富性。

2、馮夢龍的「情教觀」

程朱理學崩壞腐朽，理學不可能匡正時弊，馮夢龍（1574年～1646年）欲以情教化世人，他在萬曆四十八年前後編撰的《情史・序》中提出情教思想，「我欲立情教，教誨汝眾生」〔註22〕，使這個社會「無情化有，私情化公，

〔註16〕〔清〕曹雪芹著，脂硯齋批，周汝昌校訂批點本，《石頭記》，頁5。

〔註17〕〔清〕曹雪芹著，脂硯齋批，周汝昌校訂批點本，《石頭記》，頁5。

〔註18〕〔清〕曹雪芹著，脂硯齋批，周汝昌校訂批點本，《石頭記》，頁1。

〔註19〕〔清〕曹雪芹著，脂硯齋批，周汝昌校訂批點本，《石頭記》，頁75。

〔註20〕〔清〕曹雪芹著，脂硯齋批，周汝昌校訂批點本，《石頭記》，頁26。

〔註21〕〔清〕曹雪芹著，脂硯齋批，周汝昌校訂批點本，《石頭記》，頁26。

〔註22〕〔明〕馮夢龍著，《情史》（長沙：嶽麓書社，1986年第一版），頁60。

庶鄉國天下，藹然以情相與，於澆俗冀有更焉」。〔註23〕《情史‧序》強調情是人類的自然情感，是普遍存在的，馮夢龍從世界本原的追尋來建構理論，建立了「情」一元論世界觀。把「情」作為世界的本原，「子有情於父，臣有情於君。推之種種相，俱作如是觀。萬物如散錢，一情為線索」。〔註24〕這裡的情並不僅僅是男女之情，也包括人與人之間的社會關係，此情並不是無約束地泛情，而是以儒家思想為主體，合乎禮義的仁愛之情。

（1）區分「情」與「淫」

在封建社會，人們論及情往往和淫、欲聯繫在一起，但情是人的普遍情感，人的自然屬情，和淫具有一定的區別。《情史》卷七（洛陽王某）條下評述，夫「情近於淫，而淫實非情」〔註25〕。「情教」說推崇的是一種真情、癡情的生命理想境界，「夫情近於淫，而淫實非情。今縱慾之夫，獲新而置舊，妒色之婦，因婢而虐夫，情安在乎！惟淫心未除故而耳。情之所機，乃至相死而不悔，況淨身乎？」〔註26〕馮夢龍的小說觀意在以情匡世、救世，無情之淫是筆墨較多之作，揭示這種放蕩行為的本質，僅僅是為了追求情慾的渲洩，感官的刺激，這是不道德的社會行為。「淫」絕非作者所倡導的情，淫只能導致社會道德淪喪，大則危國害家，小則亡身。故而《情史》認為情生愛，愛復生情，這與情慾之發洩絕不相同。

《紅樓夢》中提出「皮膚濫淫」與「意淫」、「風月」與「兒女真情」的區別，正是受到馮夢龍情觀的影響。把合乎事理，建立在感情基礎之上的男女之情，稱作「意淫」〔註27〕，它是對雙方人格的尊重、體貼與關懷，有自然感情的基礎，聲氣相投、恩德相結。把只是追求感官刺激，不尊重人格的男女之欲，貶斥作「皮膚濫淫」〔註28〕。曹雪芹在懺悔家族的敗落時，對「淫」之懺悔是其中一個重要內容。「欲」既可以發展為「情」，亦可發展為「淫」，曹雪芹肯定的是正當情慾的顯露與張揚，而不是「邪淫」。而寶黛之情乃是「情至」的演繹，神瑛侍者日以甘露灌溉，而絳珠仙草則欲酬報此灌溉之德，這樣的情是以長期感情為基礎，且有恩義的內涵。

〔註23〕〔明〕馮夢龍著，《情史》，頁71。
〔註24〕〔明〕馮夢龍著，《情史》，頁71。
〔註25〕〔明〕馮夢龍著，《情史》，頁89。
〔註26〕〔明〕馮夢龍著，《情史》，頁90。
〔註27〕〔清〕曹雪芹著，脂硯齋批，周汝昌校訂批點本，《石頭記》，頁79。
〔註28〕〔清〕曹雪芹著，脂硯齋批，周汝昌校訂批點本，《石頭記》，頁79。

（2）要求「情」合乎事理

馮夢龍受到李贄自然人性論的影響，在強調貞潔的同時，還強調事理。事理不是單純的天理、道德規則等，而是指人的自然屬性。對於男女私情，不能一味地示作不貞；而應具體分析，順乎人性，承認人的自然情慾，「情竇開了，誰熬得住？」〔註29〕情是人的自然屬性。馮夢龍所依據的事理、禮義，已不是程朱理學的教條，而是與世俗的事理相結合，具有很濃的人情味。

在朱明理學下，女性只是一個倫理符號，她們生命的慾望、情感都被壓縮與忽略，或稱為邪惡的，需要被克服的東西。人成了倫理教條下的乾癟的符號，取消了人的生命的正當權利。而《紅樓夢》在情的思想下，恢復了女性的生命權利，肯定了女性「情」的天然的慾望與權利。她們的生命之源動力即是「情」，人生因情而動，因情而樂，也是因情而苦，保存了人性的天真。小說中的女性自作主宰的願望與衝動已經呈現出來，她們想主宰自己的婚姻、愛情，開始有了生命的自我意識的覺醒。

「情」乃是一種合乎禮義，又順乎人情與事理的情。馮夢龍說：「世儒但知理為情之範，孰知情為理之維乎？」〔註30〕。「情為理之維」，故「情」對「理」有所滲透，使得「貞節」等傳統道德理念的基礎由外在理性的約束轉向深厚的感情支持；「理為情之範」，則以「理」對「情」有所規範，使得「情」趨於專一與恆定，情之真摯深沉的意味大大增強。馮夢龍認為情的理想狀態是，「情理並行而以情助理」並最終達到以「人情之大寶，為名教之至樂」〔註31〕的創作目的，追求情、欲、理三者之間的統一。

（3）男女在情面前是相互平等的

馮夢龍在李贄思想的影響下，主張情是人人具有的，男女二人的感情是在長期相互瞭解中逐漸培養的，即使出身地位懸殊，但在情感方面是平等的，這就肯定了女性的情感權利。在批判封建婚姻制度的同時，馮夢龍提出了以情為基礎的自由擇夫、男女相悅的婚姻原則；主張女子「應以能擇一佳婿自豪」（《情史‧情俠類‧梁夫人評》），而再也不能受「聽任臨之以父母，誑之以媒妁，敵之以門戶，拘之以禮法」的婚姻制度的擺佈；再也不能成為專制制度的犧牲品。這是對女子追求幸福權利的充分肯定。

〔註29〕〔明〕馮夢龍著，《情史》，頁20。

〔註30〕〔明〕馮夢龍著，《情史》，頁46。

〔註31〕〔明〕馮夢龍著，《情史》，頁5。

（4）《紅樓夢》中情、理、慾三者的融合

《紅樓夢》中蘊含著情、理、欲的三層世界。這三層世界，三種因素，在人性中互相牽扯。《紅樓夢》張揚人之情的可貴，肯定與正視人之慾，其中「大旨談情」之「情」，是一種在儒家倫理規範內的情，即由「理」規範與約束的「情」，而使之不會墮落為「淫」，是「以情悟道，守理鍾情」。秦可卿之死，反映的是作者對違反「禮」（「理」）的淫慾的批判，如一個「迷津」，「作速回頭要緊」〔註32〕。曹雪芹推崇的情，是對雙方人格的尊重，建立在感情基礎之上，有心靈與思想之溝通的知己之情。他自覺地把情慾置於欲與情、理與情的雙重關係中，置於人與社會、人的自然性與社會性的複雜關係中來書寫。

《紅樓夢》中所談之「理」，雖然還是在一定的倫理規範與禮義範圍內，但已經不是程朱理學的教條了，其內容已經具有肯定人的情感的成分，禮義已與世俗的事理相結合，具有很濃的人情味。曹雪芹並非反禮教、反儒學，反而是繼承了儒家的生生之仁。因為他的重情乃是儒家生生之仁傳統精神的延續與光大，體現出一種儒家的人道主義精神：「比如男子喪了妻，或有必當續弦者，也必要續弦為是。但只是不把死的丟開不提，便是情深意重了。若一味因死的而不續，孤守一世，妨了大節，也不是禮，死者反而不安了。」〔註33〕這種情觀正體現了「情」與「禮」的相融。

（三）晚明以來的性靈文學思潮

明代文壇以復古為主流，主張師古，隆、萬以後，李贄、湯顯祖、徐渭等人為前驅，再經過公安三袁、江盈科、陶望齡，性靈文學成為一股新興風潮，與復古思潮相拮抗。袁宏道提出「獨抒性靈」，成為性靈文學思潮的中心，強調作者自身的內發性本源，如童心、性靈、性情、精光、元神等等皆是。提出「才如其面而情如其言」，指出人人才情各異，強調個體所具有的獨特個性；且順承陽明心學人人皆具良知的平等思想，本著人性平等的觀念，肯定個體的人的相殊才質。性靈是人的自然本性，是真性情的展露，將性靈之真視為至高的生命價值。《紅樓夢》中對少女性靈、才情的讚賞與肯定，對其各具特質的才質的欣賞與肯定，對黛玉的風流別致，寶釵的端莊渾厚、湘雲的英豪率真、探春的理性大氣等等，都有著平等的欣賞。

〔註32〕〔明〕馮夢龍著，《情史》，頁80。
〔註33〕〔明〕馮夢龍著，《情史》，頁699。

第二節　明末清初江南地區的文人女性觀

在明末清初江南地區的啟蒙思潮中，許多男性文人對於女性的情感、個性、才華、幸福等問題作了積極的探討，並提出了諸多不同於傳統規訓的女性觀。這樣的女性觀對於《紅樓夢》中女性觀的形成產生了重要的影響。

一、李贄的女性觀

李贄（1527 年～1602 年）以異端者自居，他重構「人必有私」的新人性論，以「是非無定論，無定質」的懷疑精神，尋求適應時代發展的新價值標準，是黃宗羲所謂「非名教之所能羈絡」者。對於女性問題，李贄亦大膽突破傳統規訓，提出「惟是陰陽二氣，男女二命」，在男女平等的基礎上，提出諸多新的有顛覆性的女性觀與價值觀。

（一）李贄對女性自然情慾的肯定

李贄以「童心」、「真心」為哲學基礎來構建他的自然人性論。何為「童心」？「夫童心者，真心也。若以童心為不可，是以真心為不可也。夫童心者，絕假純真，最初一念之本心也。若失卻童心，便失卻真心；失卻真心，便失卻真人，人而非真，全不復有初矣」〔註 34〕。「童心」，即一念初心、真心。真實無偽的人心，慾望、情感的真實自然的流露。李贄抨擊程朱理學的「假道學」，以及在「假道學」下虛偽的人，揭示理學的虛偽。

李贄肯定人的真實慾望與私慾之心，認為此為「自然之力，不可被架空而臆」〔註 35〕。所謂「自然之力」即指人性中自然之慾望與情感。它是人的自然人性，是人不能被取消與架空的生命權利：

> 夫私者，人之心也，人必有私，而後其心乃見，若無私，則無心矣。
> 如服田者私有秋之獲，而後治田必力；居家者私積倉之獲，而後治家必力；為學者私進取之獲，而後舉業之治也必力。……此自然之力，必至之符，非可以架空而臆也。〔註 36〕

在他的自然人性論中，李贄由道德實踐轉向自然感性，肯定了私慾是人的普遍情感，這其中就包括了女性的自然情慾。

〔註 34〕〔明〕李贄著，張建業譯注，《焚書》（北京：中華書局，2018 年 7 月出版），頁 45。

〔註 35〕〔明〕李贄著，《藏書》（北京：中華書局，1959 年 5 月一版），頁 52。

〔註 36〕〔明〕李贄著，《藏書》，頁 52。

李贄以「天下萬物皆生於兩」〔註37〕、惟是「陰陽二氣，男女二命」〔註38〕為哲學基礎，來論證男女天賦相同的自然情慾觀，追求人性解放，肯定男女自然情慾的合理性。以「究物始，而但見夫婦之為造端」〔註39〕為理論根據，肯定寡婦復嫁為正當人倫。「但言夫婦二者」、不言「一」、不言「理」，使夫婦之間的自然性情自天理的束縛下解放出來，做到「不必矯情，不必逆性，不必抑志，直心而動」〔註40〕。《紅樓夢》將人性從單純的善惡二元論中解放出來，不再用簡單的道德二元論來束縛與壓縮人性的豐富性，承認與肯定女性的自然人性與生命慾望，一定程度上恢復了女性的生命主體性。

（二）「真」的價值觀──真男子論

李贄推崇「真」的價值觀。在其著作中，有「自然之性，乃是自然真道學也」〔註41〕之「真道學」觀；有「世之真能文者，比其初皆非有意於為文也」〔註42〕的「真文」論；有「言男子而必繫之以真」〔註43〕的「真男子」論等等。「真男子」，並非以男女的自然性別來判定的，而是以人格中是否有一種自然真誠的品質與氣魄來判定。如果能將自然人性推擴出來，做到「不矯情、不逆性、不昧心，就是真男子」〔註44〕。所以，女子可以是「真男子」，而男子反而可以不是「真男子」。《初潭集》卷四〈夫婦〉，對許多作為「真男子」的女子事蹟作了記載。

> 此與夫人城一也，可謂真男子矣。若無忌母、婕妤班、從巢者、孫翊妻、李新聲、李侃婦、海曲呂母，皆的的真男子也。天下皆男子，夫誰非真男子者，而曰真男子乎？然天下多少男子，又誰是真男子者？不言真，吾恐天下男子皆以我為男子也。故言男子而必繫之以真也。〔註45〕

可見，李贄對許多女子的欣賞與對虛偽男子的鄙視。對於那些奴性十足的男子，李贄進行了批判，他曾責問道：「然天下多少男子，又誰是真男子者？」

〔註37〕〔明〕李贄著，張建業譯注，《焚書》，頁70。
〔註38〕〔明〕李贄著，張建業譯注，《焚書》，頁70。
〔註39〕〔明〕李贄著，張建業譯注，《焚書》，頁70。
〔註40〕〔明〕李贄著，張建業譯注，《焚書》，頁76。
〔註41〕〔明〕李贄著，張建業譯注，《焚書》，頁76。
〔註42〕〔明〕李贄著，張建業譯注，《焚書》，頁76。
〔註43〕〔明〕李贄著，張建業譯注，《焚書》，頁76。
〔註44〕〔明〕李贄著，張建業譯注，《焚書》，頁76。
〔註45〕〔明〕李贄著，張建業譯注，《焚書》，頁70。

〔註46〕在李贄看來，「剛」、「健」之類，應屬於男女共同的自然本性，能率此性而動者，即是「真男子」，女子身上亦具有陽剛之氣。

《紅樓夢》最高度推崇的一個女性品質即為「真」，其中許多女子都是這樣的「真男子」，如黛玉、晴雯、湘雲、探春等等。她們敢於真誠地表達自我，遵循自己真實自然的情感，不被外在的禮教、言論所牽制。然而在那個禮教森嚴的時代，堅持人格、言行的「真」往往會有悖於傳統世俗觀念，因而需要勇氣與剛毅精神，即所謂「脂粉英雄」〔註47〕也。《紅樓夢》中許多女子身上開始呈現出一種男子氣魄，小說多處以男子來衡量與評論女性，並塑造了眾多在才、德方面勝於男子的女性形象。

（三）從學識、才能揭示男女的等同性

在陽主陰從、乾健坤順的文化傳統下，形成了「婦人見短，不堪學道」的傳統觀念。然而李贄在〈答以女人學道為見短書〉中反駁道：

> 夫婦人不出閨域，而男子則桑弧蓬矢以射四方，見有長短，不待言也。……余竊謂縱論見之長短者當如此，不可止以婦人之見為見短也。故謂人有男女則可，謂見有男女豈可乎？謂見有長短則可，謂男子之見盡長、女子之見盡短，又豈可乎？〔註48〕

所以，男子可能見短，而女子也能見長，一個人見識的長短並不以男女性別來判別，而且「設使女人其身而男子其見，樂聞正論而知俗語之不足聽，樂學出世而知浮世之不足戀。則恐當世男子視之，皆當羞愧流汗，不敢出聲矣。」〔註49〕明確指明了女性先天稟有「令男子羞愧流汗」的見道能力，從生理層面肯定了男女見道之能的相似性。同時也揭露了人為造成男女後天之見有別的社會殘酷性，指出了女性被塑造的男權社會意識。波伏娃說：「女人不是天生生成的，而是被塑造的」〔註50〕。她認為女性在當時所扮演的角色是受男權社會意識投射下的形象，而不是真正的人性和天性。在封建社會，婦女行動受到極大限制，終身足不出戶，如給她們提供和男子一樣的社會條件，參與社會活動和受教育的機會，則表現會與此大相徑庭。

〔註46〕〔明〕李贄著，張建業譯注，《焚書》，頁 70。
〔註47〕〔清〕曹雪芹著，脂硯齋批，周汝昌校訂批點本，《石頭記》，頁 161。
〔註48〕〔明〕李贄著，張建業譯注，《焚書》，頁 63。
〔註49〕〔明〕李贄著，張建業譯注，《焚書》，頁 63。
〔註50〕〔法〕西蒙‧波伏娃著，李強譯，《第二性》（北京：西苑出版社，2004 年 5月），頁 56。

　　李贄肯定男女平等的人性與天性，打破了傳統男權對女性作為自然性別的歧視與貶低。在李贄看來，女性具有與男子相似的遠見之生理條件，既包括理性的認知，亦有超理性的「直覺之知」，或曰「體知」，在《焚書·夫婦論》中提出「天下萬物皆生於兩，不生於一」〔註51〕的宇宙觀，給予女性與男性平等的地位，肯定女性的天性、見識、能力與氣度。這也是對王陽明的良知良能，「愚夫愚婦與聖人同」的平等觀的繼承，反對人有所謂「上智」與「下愚」的天賦差別，認為「天下無一人不生知」、「聖人與凡人一」。從天賦平等出發，男女的地位也是平等的，「聖人之所能者，夫婦之不肖可以能，勿下視世間之夫婦為也。……夫婦所不能，則雖聖人亦必不能，勿高視一切聖人為也」。〔註52〕《初潭集》卷二〈才識〉篇，記述了 25 位女性事蹟，此二十五位夫人，「才智過人，識見絕甚」。

　　對於女性的平等尊重，不僅僅表現在識見上，還表現在實踐中。他不顧世俗的非議，招收女弟子，與女弟子之間進行平等交流，在《答澹然師》中說：「以師稱我，我亦以澹然師答其稱，……不獨師而彼此皆以師稱，亦異矣！」李贄希望中國女性也能獲得如同「士」階層的男性一樣的智力和情感的發展，並且通過「才智過人，識見絕甚」的女性來改變中國「士」階層的男性庸懦卑瑣的性格。《紅樓夢》中鳳姐協理寧國府、探春改革大觀園等，都展現出遠遠超越男性的改革現狀、開闢新局的魄力與才幹，真正是「金紫萬千誰治國，裙釵一二可齊家。」〔註53〕

（四）婚姻自主、寡婦再嫁，夫妻互敬互愛

　　李贄肯定那些敢於衝破封建禮教的束縛，追求自己幸福的寡婦，斥責阻攔寡婦再嫁的道學家。在〈司馬相如傳論〉中他認為卓文君是一個有見識、有膽量的婦女，她的「私奔」不僅不是「失身」，而且是「獲身」，是符合自然人慾的天經地義的行為，應當給予同情。他讚揚卓文君私奔相如，「斗筲小人，何足計事，徒失佳偶，空負良緣。不如早自抉擇，忍小恥而就大計。」〔註54〕他歌頌卓文君與司馬相如的結合是「同聲相應，同氣相求，同明相照，同類相招」，為婦女自由擇婚大唱贊歌。他認為〈紅拂記〉中的俠女私奔「可

〔註51〕〔明〕李贄著，張建業譯注，《焚書》，頁81。
〔註52〕〔明〕李贄著，張建業譯注，《焚書》，頁79。
〔註53〕〔清〕曹雪芹著，脂硯齋批，周汝昌校訂批點本，《石頭記》，頁169。
〔註54〕〔明〕李贄著，張建業譯注，《焚書》，頁115。

師可法，可敬可羨」，是千古以來的第一個嫁法。《紅樓夢》裏的正邪兩賦論中亦提到了卓文君。在黛玉所作的〈五美吟〉中也稱讚紅拂為不可能被羈縻的「巨眼識窮途的女丈夫」〔註55〕。

綜上可知，李贄對女性的看法，影響了《紅樓夢》女性的「真、能、情慾、才、性」。

二、其他男性文人的女性觀

明代詩人謝肇淛（1567 年～1624 年）反對「女子無才便是德」，頌揚那些學問淵博，文采出眾的婦女，肯定女性才學，《五雜俎》卷八中提到：「婦人以色舉者也，而慧次之。文采不章，幾於木偶矣。」〔註56〕他認為《列女傳》不僅僅侷限於道德上的節烈之女，應當還包括才智、文采上出色的女性：

> 士有百行，史兼收之。或以德，或以功，或以言，至於方技淄流一事足取悉附紀載，未必德行純全而後傳也。故吾以為傳列女者節烈之外，或以才智或以文章，稍足膾炙人口者，咸著於篇，即魚玄機、薛濤之徒亦可傳也。〔註57〕

《紅樓夢》為閨閣作傳，所記女子「並無班姑、蔡女之德」，而是富有才、情、痴、善的女子，即與謝肇淛主張的「未必德行純全而後傳」相同。

明代文學家葉紹袁（1589 年～1648 年）首先明確提出：「丈夫有三不朽，立德、立功、立言；而婦人亦有三焉，德也，才與色也。幾昭昭乎鼎千古矣。」〔註58〕由此確立了「才、德、美」的女性評價模式。這與傳統的「婦德、婦言、婦容、婦功」的評價模式大不相同。在傳統的德之外，肯定並強調了女性之才。此「才」主要指女性的文學才華，這對明清江南才女文化的發達起著積極作用，女詩人，女作家及女性文學作品大量湧現。這樣的才女文化景觀在《紅樓夢》中得到了生動的展現。

三、明清時期男性文人維護才女、刊刻女性詩集

明清時期是女性詩人輩出，詩歌創作及出版非常繁盛的時期。三百年間，

〔註55〕〔清〕曹雪芹著，脂硯齋批，周汝昌校訂批點本，《石頭記》，頁758。
〔註56〕〔明〕謝肇淛撰，《五雜俎》，明天啟間刻本，頁35。
〔註57〕〔明〕謝肇淛撰，《五雜俎》，明天啟間刻本，頁35。
〔註58〕〔明〕葉紹袁編，《午夢堂集》，明崇禎間刻本，頁65。

就有兩千多位出版過專集的女詩人。而在其中，男性文人的高度讚賞與助推起到了重要的作用，當時的文人不但沒有對才女產生敵意，在很多情況下，他們還是女性出版的主要贊助者，且竭盡心力，努力把女性作品經典化。當時大多數女性詩文集都是由男性文人刊刻的。女性詩歌創作的活躍景象，在《紅樓夢》中也得到了充分的展現。孫康宜認為當時文人普遍嚮往女性文本，一方面是他們政治上的失意與邊緣處境，使他們與處於男權社會邊緣的女性處境惺惺相惜，對歷史上被埋沒的才女產生極大的同情。如史震林在《西青散記》中說：「人生須有兩副痛淚，一副哭文章不遇者，一副哭從來淪落不遇佳人。」以不遇佳人自況，在被埋沒的才女那裡看到自己的失意處境，而從收集女詩人的作品並努力將其經典化的過程中，得到心靈的安慰與另一種文學上的成就感。《紅樓夢》中寶玉就是一塊不得補天，懷才不遇，因而自怨自艾的石頭；寄意於這些半世親聞親睹的女性，並將她們的經歷記錄下來。在這裡，曹雪芹的女性書寫的心境與寄意是與明清時期的多數文人對女性的欣賞一致的。

這些男性文人欣賞女性生命及其詩歌不同於男性的特質即「清」，並認為這是一種男性文人日漸缺乏的生命品質。《紅樓夢》中，寶玉對女性也有類似的「清爽」之論，「女兒是水做的骨肉，我見了女兒就覺清爽」〔註59〕。「清」很重要的內涵是「真」，指女性不為世俗社會所污染，而保有自然、質樸的天地的靈秀之氣。明代葛徽奇說：「非以天地靈秀之氣，不鍾於男子；若將宇宙文字之場，應屬於婦人。」編撰《古今女史》的趙世傑說：「海內靈秀，或不鍾男子而鍾女子，其稱靈秀者何？蓋美其詩文及其人也。」男性文人以天地靈秀之氣只鍾於女子。

竟陵派文人鍾惺（1574 年～1625 年）是晚明最著名的女性詩歌的倡導者，他認為才女詩歌居性靈文學之首，因為她們的詩歌有著一種自然率真、清新靈動之美，乃為清物也，「詩也者，自然之聲也。」、「非假法律模仿而工者也。」〔註60〕認為女性是鍾靈毓秀，「若乎古今名媛，則發乎情，根乎性，未嘗擬作，亦不知派，惟清故。清則存慧，男子之巧，洵不及婦人矣。」認為女性的詩歌，發乎情，根乎性，是自然情性的自然流露，較少受到後天人文學術傳統的束縛與浸染，天賦自然，因此是更好的詩人，表現出對女性生

〔註59〕〔清〕曹雪芹著，脂硯齋批，周汝昌校訂批點本，《石頭記》，頁 25。
〔註60〕〔明〕鍾惺輯，《名媛詩歸》，明刻清河澗堂修補本，頁 82。

命的欣賞，與對男性文化的批判。女性詩歌是女性純真的直覺經驗、內心自然與情感本能的顯現。《紅樓夢》中女性詩歌創作就呈現出這樣的率真性靈及寶玉對女性詩才的高度欣賞。晚明文學革新思潮的代表人物袁宏道（1568 年～1610 年）提倡「性靈說」，強調詩文創造應「獨抒性靈，不拘格套，非從自己胸臆流出，不肯下筆」。從此觀點出發，他推崇女詩人的作品，認為她們「不受一官束縛」，作品中呈現出率真之性靈，充滿活潑之生趣。但這種詩學觀其實也強調了社會性別歧視，將女性排斥於公領域和政治之外；只突出直感表達和情感特性，反而是對女性生命及詩歌的束縛與限制。

第三節 《紅樓夢》女性敘事產生的明清文學土壤

　　《紅樓夢》在塑造女性人物方面達到了中國古代小說的最高峰，但這個高峰絕非孤立突兀的飛來之峰。它的成功，與明末清初世情小說創作經驗的積累有極為密切的關係。

一、《金瓶梅》之「慾」

　　在中國小說史上，蘭陵笑笑生的《金瓶梅》的地位是非常重要的，它開了長篇小說寫人情世態的先河，吸引了一大批小說作家進行世情小說的創作，以對一個家族的世俗生活、世態人情的細膩、逼真的刻畫，呈現人性的複雜，社會的醜惡與陰暗。《金瓶梅》之後的《續金瓶梅》，西周生的《醒世姻緣傳》和《林蘭香》，至《紅樓夢》，以家庭生活揭露社會世情這一派小說達到了頂峰。《金瓶梅》中女性完全成了「欲」的化身，明末清初的才子佳人小說對《金瓶梅》中人慾橫流的現象進行了反思，因此在描寫男女之情時對「欲」進行了淨化，使之昇華為情，提出了「才、貌、情、德」的新愛情婚姻觀，強調了戀愛、婚姻中「情」的地位。人物塑造剔除了《金瓶梅》以及艷情小說中的色情成分，塑造出了一批高度理想化的才子佳人形象。這些形象距離生活現實太遠，可愛而不可信，甚至只是某種理想的化身，抽象乾癟並不可愛，但她們對於《金瓶梅》中的女性來說，無疑具有蟬蛻新生的意義，而對《紅樓夢》大觀園理想的女性世界，又無疑具有啟發先導的作用。

　　才子佳人小說塑造了眾多栩栩如生的才女形象，「才」在女性身上的地位大大提高，並成為構成她們存在價值的重要因素，才子們對她們的愛慕、追

求，不僅僅是因為她們有驚人之貌，更重要的是由於她們有超人之才。荻岸山人的《平山冷燕》甚至把才的標準提到了首位：「人只患無才耳，若果有才，任是醜陋，定有一種風流，斷斷不是一村愚面目」〔註61〕。正是在這種觀念的指導下，才子佳人小說的作者們才塑造出了一大批才華絕世、機智過人的才女形象。《紅樓夢》承繼了這一特點，並將女性之才推向了極致。《紅樓夢》中的女子之才對於才子佳人小說中的女子之才有了超越與突破。例如黛玉的詩才、鳳姐理家之才、寶釵的博學等。

但由於才子佳人小說家們太重理想，他們塑造出來的女性也多成了個人理想的化身，缺乏現實生活中女性的激情和血肉，使女性形象失去了生命力。塑造出來的並不是真實日常生活中的女性，對於女性生命意識的描寫也比較膚淺，陷入一種模式化、理想化的套路，「金瓶梅也許『穢褻』，但在露骨之餘，尚且道盡世態人情；才子佳人小說標舉『純潔』，卻因未染人間煙火而流於傀儡演戲。」〔註62〕而《紅樓夢》則把女性形象放置在真實日常生活中進行描寫，對她們的生命存在作了更豐富、深入而真實的開掘，塑造出眾多「正邪兩賦」的具有複雜性與真實性的有血有肉的女性形象。《紅樓夢》第五十四回中，就借賈母之口對這種模式化、理想化的才子佳人小說套路進行了諷刺與批評：

> 這些書都是一個套子，左不過是些佳人才子，最沒趣兒，把人家女兒說的那樣壞，還說是佳人，編的連影兒也沒有，開口都是書香門第，父親不是尚書就是宰相，生一個小姐，必是愛如珍寶，這小姐必是通文知禮無所不曉，竟是個絕代佳人，只一見了一個清俊的男子，不管是親是友，便想起終身大事來。父母也忘了，詩禮也忘了。鬼不成鬼，賊不成賊，那一點兒是佳人？便是滿腹文章，作出這些事來，也算不得佳人了。〔註63〕

二、人情小說之影響

人情小說是世情小說中成就最大的一支，它繼承了《金瓶梅》的寫實手

〔註61〕〔清〕荻岸山人編次，《平山冷燕》（北京：華文出版社，2018 年 4 月），頁67。

〔註62〕魯迅著，《中國小說史略》（上海：上海古籍出版社，1998 年 1 月第一版），頁125。

〔註63〕〔清〕曹雪芹著，脂硯齋批，周汝昌校訂批點本，《石頭記》，頁646。

法，真實地反映社會現實，描摹世態人情。如西周生《醒世姻緣傳》、丁耀亢《續金瓶梅》、《金雲翹傳》、《林蘭香》等在中國小說史上都有一定地位。《醒世姻緣傳》，立足於家庭，廣泛涉及了女性問題，揭示了女性命運，並塑造了一批真實可感、栩栩如生的女性群像，這在小說史上有重大的意義，對後來以女性命運為題材的《紅樓夢》、《鏡花緣》等都有不可忽視的影響。

（一）人物形象經驗

《金雲翹傳》和《金瓶梅》、《醒世姻緣傳》相比，不再圍繞男性寫女性，而是把女性做為真正的主人公進行描寫；不再侷限於寫女子的外貌、情慾，而突出其才、德。這些對《紅樓夢》產生了很大的影響。在人物塑造上，也為《紅樓夢》提供了豐富的經驗。如王翠翹身上的濃重悲劇意味，在林黛玉身上有所體現。《林蘭香》與《金瓶梅》、《紅樓夢》的關係非常密切，最能顯示從《金瓶梅》向《紅樓夢》過渡的趨勢，在二者之間起著承上啟下的作用。在人物塑造、語言運用以及總體風格等方面，已基本上脫離了《金瓶梅》的世俗色彩，而接近了《紅樓夢》，「基本完成了世情小說從俗到雅的轉化。」〔註64〕

（二）人物悲劇書寫

《金雲翹傳》、《林蘭香》為代表的人情小說，繼承了才子佳人小說崇才重情的特點，但又不滿足於才子佳人小說生硬的大團圓模式，力求如實地展示女性的命運，從而寫出了才女的悲劇。對女性悲劇命運的書寫，突破了愛情悲劇的狹隘範疇，對《紅樓夢》女性悲劇書寫產生重要影響；不僅僅停留在佳人命薄，而著力於在比較廣闊的社會背景上，對女性的命運進行客觀的探索。它不僅寫了王翠翹的愛情悲劇、婚姻悲劇，也寫了她基本做人權利也被剝奪了的人生悲劇。而造成她悲劇的原因，也不單單是簡單的門第觀念，而是各種複雜的因素共同作用的結果。這樣複雜的女性命運悲劇觀，對於《紅樓夢》中的女性命運悲劇有著影響與啟發。《金雲翹傳》以王翠翹坎坷的一生為中心，在比較廣闊的社會背景上，反映了女性的悲劇命運，其揭示女性悲劇的深度，暴露社會醜、惡的勇氣，都超出了一般的才子佳人之作。人情小說寫才女的悲劇，對婦女的命運進行客觀的審視，突破了古代小說勸誡、教

〔註64〕雷勇著，《明末清初世情小說新探》，《漢中師院學報（哲學社會科學版）》，1994年第2期，頁51。

化的大團圓模式，立足於廣闊的社會背景來反映女性的悲劇，揭示女性悲劇的原因，這就為《紅樓夢》中對女性深刻的悲劇性書寫作了有益的嘗試。

　　《紅樓夢》超越傳統的女性敘事，是在明末清初江南地區啟蒙運動思潮影響下產生的，呈現對生命的主體性、自然人性、主體慾望的肯定，尤其表現在男性文人女性觀的發展，對女性的自然慾望、情感平等、個體權力及才華天分的肯定；這些都為《紅樓夢》的女性敘事，展開了不一樣的生命視野與景觀。對女性生命做更為真實、深入、複雜的審視，對女性之美作更豐富的展現。而從《金瓶梅》到明末清初的才子佳人小說、人情小說的發展，其中女性人物形象的塑造，為《紅樓夢》女性人物形象的塑造，奠定了文學基礎；並在此基礎上，作了更大的超越與豐富。

第三章 《紅樓夢》的女性日常生活敘事

　　本章節是對明末清初女性生活的考察，選取最能集中體現女性日常生活新變化與主體性、創造性的閱讀、寫作及家庭管理三項活動來進行。女性生活史的研究已有豐富成果。然而歷史研究並不側重具體生活細節的還原，然而一個時代的制度、觀念、倫理規範並非抽象、概念化的存在，而是滲透在歷史的人的具體生動的生活細節中。小說細緻、生動的日常敘事與對女性生活細節的再現，與歷史的記錄相比，更生動地呈現了當時女性生活的具體面貌；從中得以窺見與女性相關的各種制度、觀念、規範、思潮具體的影響與起作用的方式。但文學的敘事離不開歷史的真實。已有的歷史研究成果可為理解《紅樓夢》女性日常生活敘事的史料基礎，因此本章用文史結合，「以文證史」的研究方法來展開。

　　《紅樓夢》是一部家庭小說，它以一個世襲貴族家庭日常生活敘事為主體，包括衣食住行、婚喪嫁娶、宴飲節慶等內容。在小說的敘事中，女性不再是作為男性文人想像出來的抽象概念符號，而被置回具體而微的日常生活細節中，還原其在日常生活中有血有肉的存在。《紅樓夢》的女性敘事，詳盡地展現了明末清初女性豐富複雜的生命存在，深入「人在日常生活行為的根本原則和一般圖式」[註1]，而不再停留在空洞的理念層面的公式化概念，從而建立起一個女性日常生活史，清晰展現出她們在傳統藩籬下的反叛，是一種家庭日常生活中的反抗，這種反抗是「溫和的、隨機性的，寄生在封建倫

〔註1〕艾秀梅著，〈論日常生活哲學視閾下的紅樓夢〉，《紅樓夢學刊》，2005 年第 04 期，頁 86。

理體系上的消極抵抗。」〔註2〕

　　家庭小說對研究兩性關係具有可驗證性，因為家庭是男權制社會中的一個單元。家庭處於個人與社會之間，在政治和其他權威不能施以完全控制和要求絕對順從的地方發揮作用。作為男權制社會的基本工具和基本單位，家庭及其扮演的各種角色具有典型性。作為大社會的代理人，家庭不僅鼓勵其成員適應和順從社會，而且還是通過家長對其成員實行統治的男權制政府的單位。在男權制社會裏，婦女即便擁有合法的公民身份，對她們實施統治的也往往只是家庭，她們與國家之間幾乎不存在任何正式的關係。因而女性家庭的日常生活敘事，可以深入考察明末清初家庭體制中，男權是如何發揮作用，而女性又是怎樣在夾縫中獲得反叛的空間。

第一節　《紅樓夢》女性閨閣閱讀活動

　　在漫長的男權社會中，男性對於女性閱讀施行嚴格控制，他們相信「女性威脅論」，認為一旦女性發現閱讀能夠提供機會，用思想、想像力和知識的無限天地來取代家中的狹隘空間，她們從此就變成了威脅，影響到家庭倫常的穩定，對男性所建立的倫常秩序造成衝擊與威脅，這足以讓他們恐懼與擔憂。因而明清男權社會高度強調才與德的對立，正所謂「女子無才便有德」。

　　「閱讀」是人類從曚昧走向理性，思想啟蒙，認識世界，形成自我意識，並進行智力訓練、情感陶冶，建立價值觀念過程中非常重要的活動。然而，正因為這樣，閱讀也被社會權力階層利用，成為他們進行規訓與統治的重要手段。歷來男權社會對女性施行的規訓中，閱讀就是一個重要環節。波伏娃認為「女性不是天生的，是社會形成的」，閱讀正是形成女性意識的，非常重要的一個後天社會因素。對特定時代與社會中女性閱讀情況的考察，可以看到男性對於女性的態度與兩性互動關係的變化，看到社會文明的發展與開放程度，以及傳統男權社會中女性規訓的具體內容及操作方法。

　　對於被限制在閨閣中的女性而言，閱讀是她們日常生活的重要出口。在傳統儒家社會性別規訓下，閱讀成為女性意識產生現代性的重要地帶。明末清初，女性的閨閣閱讀活動，雖然在現實時空中仍是被限制的，然也以令人

〔註2〕艾秀梅著，〈論日常生活哲學視閾下的紅樓夢〉，頁86。

不易察覺的方式,讓女性的生活有可能越過傳統藩籬,與外在世界連接起來,并成為她們封閉單調的閨閣生活中,生命快樂與價值感的重要源泉。女性在閱讀中得以暫時逃脫傳統規訓與束縛,獲得個人私密空間與獨處時光,並且通過家族女性間的群體閱讀及討論、交流,創造了一個專屬女性的文化社交圈。對女性閨閣閱讀活動的深入考察,可作為研究當時女性生存狀態、生命發展、意識與心理狀態的重要入口,也可以考察閱讀在女性的生命發展、心理完善及人格建立上所具有的重要影響與價值。

明清時期,儒家傳統婦德觀依然是主流,「女了無才便是德」的傳統觀念仍然佔據著主導地位。但此時,女性的閱讀生活呈現出中國歷史上從未有過的興盛與活躍狀態。無論是從女性閱讀書籍的數量、種類,閱讀方式與狀態,閱讀群體的形成,以及男權社會對女性閱讀的態度,兩性互動方式等等,都產生了巨大的變動與發展,呈現出特有的時代活力。關於這個時期的女性閱讀生活,留下了很多的歷史文獻記錄。《紅樓夢》對於當時上層社會女性閱讀情況,作了真實而細膩的敘述,與歷史文獻的記載相比,更為具體生動。尤其是對於女性閱讀的心理狀態、生命感受的呈現,更是歷史文獻記錄所欠缺的。以下將還原小說中的女性閱讀,結合歷史文獻,通過「文史互證」,結合閱讀理論,來深入考察明清時期上層社會女性的閱讀生活,剖析社會制度、歷史變化、觀念意識、深層心理及性別關係的互動,考察閱讀活動如何建構明末清初女性社會性別的歷史。

一、明末清初女性閱讀活動概況

明清時期是中國文化史上女性讀書著述最為活躍的時期。胡文凱《歷代婦女著述考》〔註3〕所載,在清代三千六百多人的女作家中,江蘇 1213 人,浙江 916 人,安徽 216 人,湖南 172 人,福建 154 人,廣東 88 人,江西 78 人,直隸 74 人,山東 71 人,四川 54 人,湖北 47 人,廣西 35 人,貴州 31 人,河南 29 人,山西 27 人,陝西 18 人,雲南 11 人,餘者 10 人以下。統計結果顯示,清代女性閱讀者的地域分布以江南地區的江蘇、浙江為最,兩省共計 2129 人,佔 57%。浙江省的婦女讀者,主要集中在以錢塘江為中心的杭州灣沿岸。江蘇省的女讀者主要集中在以太湖為中心的常州、蘇州、鎮江、松江、太倉五府。

〔註 3〕 胡文凱著,《歷代婦女著作考(增訂本)》(上海:上海古籍出版社,1995 年)。

（一）明清時期江南地區女性閱讀興盛的原因

1、明清時期江南地區發達的坊刻業

讀書活動的普及有賴於書籍的增加和流通。明清時期江南地區經濟發展，坊刻業發達，官刻、坊刻、家刻多種形式並存，門類齊全，數量龐大。出版物增多，價格降低，私家藏書家人數多、藏書量大，上層女性因為家族的力量，能夠有能力與機會接觸、閱讀到大量書籍。《紅樓夢》中劉姥姥遊大觀園時，在進到黛玉的瀟湘館時，看到了大量的藏書。因父親去世，黛玉回蘇州老家，返回金陵之後，從家中帶來了許多書籍。不同於官刻主要限於經史等功令內容，坊刻、家刻更偏重於通俗文學、小說戲曲之類，很受普通大眾特別是女性歡迎，客觀上促使女性閱讀作品趨於多元。

2、清代江南女教的興盛

隨著江南地區財富的增長，江南上流家庭開始有更多的金錢和精力去關注和發展家族文化，推動家族文化走向精緻，當時上層世家望族非常注重對家族女性的文化教育，才女成為一種家族資產，女教的興盛促進了女性閱讀。《紅樓夢》中黛玉和寶釵的父親都令其女兒從小讀書；賈母、李紈父親等也都讓家族中的女孩子讀書。

3、社會對女性「才、德、美」兼具的肯定

女性的受教育、閱讀與寫作，仍然倚重於男性的推助與支持。當時部分有見識的男性文人對女性才華與創作的推助、肯定與扶持，逐步推動了社會風氣的轉變。對女性社會地位的提高，閱讀及創作活動的發展起了推波助瀾的作用。在以男權為中心的社會中，嚴格的男女性別差異無疑有了鬆動。士人對婦女才德觀的明顯轉變，如前文所述，以李贄最具代表性。男性文人還公開招收女學生，蒐集女性作品刊刻出版，鼓勵女性讀書創作。袁枚所編《隨園女弟子詩選》〔註4〕六卷，共 28 人，均是門下女弟子的詩歌作品。杭州陳文述門下女弟子眾多，他所編的《碧城仙館女弟子詩》〔註5〕中收錄 10 人作品。

4、家族書香的傳承

才女的閱讀與創作，受到了家中父兄的影響與支持。名父之女，才士之

〔註4〕 〔清〕袁枚編，《隨園女弟子詩選》，嘉慶元年丙辰刊本。
〔註5〕 〔清〕陳文述撰，《碧城仙館詩鈔全二冊》（北京：中華書局，2016 年 11 月出版）。

妻，令子之母，是明清最有可能自主閱讀的三個典型群體：「就人事而言，則作者成名，大抵有賴於三者：其一名父之女，少秉庭訓，有父兄為之提倡，則成就自易；其二才士之妻，閨房唱和，有夫婿為之點綴，則聲氣易通；其三令子之母，儕輩所尊，有後嗣之表揚，則流譽自廣。」〔註6〕

　　家學淵源形成許多文學世家，在家族內以血緣和婚姻為紐帶，形成母女詩人、姐妹詩人、妯娌詩人等女性家庭文學團體。如沈宜修和她的女兒們，袁枚的幾個妹子，「她們以家族為中心，親朋好友之間的直接傳閱使女性作品得以傳播，她們聚在一起，讀書賦詩，彼此代寫序跋，以文會友，這是女性讀寫活動由個體走向群體的重要一步。」〔註7〕山陰著名藏書世家祁承家族中，曾以商景蘭為中心，締結了一個盛極一時的女性家庭讀書、創作群體。這樣的家族結社與群體閱讀，客觀上促進了女性閱讀與創作活動的開展。

（二）明清時期女性閱讀書籍的類型

　　明清時期的女性閱讀仍然以女訓、女誡為主，除官修外，民間編纂的女教書亦不少。繪圖本女教書的出版，更以圖文並茂的生動形式，吸引了各層次女性讀者，客觀上擴大了女性受教育的機會，提升了女性普遍的識字水平，為閱讀其他書籍提供可能性。具有較強閱讀能力的女性敢於衝破禁忌，博覽群書，從整個江南女性群體的閱讀而言，閱讀種類涵蓋了詩、詞、文、史、儒家經典、女教讀物、佛道典籍、繪畫、書法、戲曲、小說、醫藥、數術、天文、曆算、碑刻、家訓等。

1、女教書

　　清初女教之盛，集二千餘年來之大成，女教書的編纂擴大了女性受教育的機會，培養了女性的閱讀能力，發達的印刷出版業為女性閱讀提供了眾多書籍。劉向《列女傳》和呂坤《閨範》成為女教書籍中刊刻最多、流傳最廣、影響最大的讀物。

　　在古代，女性閱讀權力是被剝奪的，除了上層社會、書香門第，很多下層的女性是沒有機會接受教育與進行閱讀的。而明清時期印刷業的興盛，大大提高了普通民眾閱讀的積極性，為女性閱讀創造了條件，使得中產之家的

〔註 6〕韓淑舉著，〈明清女性閱讀活動探析〉，《圖書館工作與研究》，2009 年第 1 期，頁 65。

〔註 7〕凌冬梅著，〈清代江南女性閱讀與家族書香傳承〉，《山東圖書館學刊》，2017 年 03 期，頁 89。

女性亦能購買與閱讀書籍。女性閱讀的書籍數量是很有限的，而且書籍的內容也被嚴格規定。傳統男權社會規定的女性閱讀的範圍，以女訓、女誡為主。先秦時期就有女訓、女誡的編纂，漢唐時期繼承發展，明代女教書的編纂達到了高峰。除男性所著外，女性自身亦撰寫了數量不少的女教書。《歷代婦女著述考》著錄明代女教書15部。明代女性教育得到重視，朝廷設立女官制度，女教書不僅有官修也有民間編撰。歷史上女教書的重要代表作品是，東漢女史家班昭《女誡》、明成祖的徐皇后《內訓》、唐朝女學士宋若莘《女論語》、明末學者王相之母劉氏《女範捷錄》，統稱為《女四書》；主要內容都是宣傳孝順貞潔、勤儉持家、相夫教子等倫理義務。其中包括古代賢淑女性的感人事蹟和勸誡嘉言，成為女性言行舉止的典範與榜樣。明清時期的女教書內容，較之以前更通俗、平民、普及化。較有代表的如明萬曆年間進士呂坤新創的插圖本女教範本《閨範圖說》。女教書的編撰與出版，雖然有助於女性受教育及閱讀的擴展，但也限制和鎖定了女性的閱讀空間，阻礙了女性閱讀主體性的發揮。

這些女教文本集中體現了父權話語權對於女性生命意識形態的控制，主要內容是婦德及婦女在家庭生活中的責任、義務，三綱五常、三從四德，闡述了為人處事的道理，宣揚了賢妻良母所應具有的相夫教子、溫順貞潔的道德規範，樹立了諸多理想女性的典範與榜樣，規範女性的價值觀，使她們自覺將此作為自己的人生理想，「男性作家作品中完美的女性形象，實則是一種溫柔的陷阱，誘惑著更多的女性讀者去按照他們所勾勒的女性形象和標準去要求自己，進一步去迎合男性的口味，失去自我的獨立價值。」〔註8〕在這些女教書中，女性只是作為「他者」而存在，強調的是女性生命倫理工具性的存在，而不是作為獨立與平等的個體得到關注與發展。通過給文化教育以合法地位，明末清初的印刷文化改變了女性教育的理論和實踐，婦女識字率的提高，並沒有減弱儒家道德的控制。實際上，宣揚儒家意識形態的媒介物，從未像現在這樣的強有力和具有滲透性。

　　更厲害的是才女們自身對儒家道德的擁護，她們編寫詩歌以教授其他女性以忠誠的美德。換言之，女性讀者兼作者的興起，在很大程度上，標誌著儒家社會性別體系的強化，而不是它的消亡。受教育

〔註 8〕 奧錦霞著，《女性主義閱讀理論的歷史研究》，延安大學碩士學位論文，2014年6月，頁18。

女性將其新的文化資源，服務於她的母性和道德守護天職。〔註9〕
在這些女教書的閱讀中，女性自我意識、理想形象的建構，都是按照男性的
需要進行的。在這樣缺乏主體意識的閱讀中，女性沒有自由選擇的權力，也
不能得到閱讀的自由與愉悅。這樣的閱讀，並未促進女性人格的獨立，反而
強調了女性人格對男性及家庭的依附性，將女性主體意識與自我意識更深地
掩蓋。女教書實乃是一種「父權制典籍」（patriarch text），「父權制文本是男性
對於女性意識形態領域實施的最直接、最典型的長久統治手段。」〔註10〕《紅
樓夢》中李紈父親對她的培養與教育，即具有時代的典型性：

> 然認為「女兒無才便有德」，故生了李氏時，便不十分令其讀書，只
> 不過將些《女四書》、《烈女傳》、《賢媛集》等三四種書，使他認得
> 幾個字，記得前朝這幾個賢女傳罷了，卻只以紡績針指為要。〔註11〕

明末清初，雖然女子有讀書的機會，但仍然以紡績針指為要。女子能讀的書
也被限定在有限的女誡女訓中，這是父權對女性意識形態的控制。女性在閱
讀中自覺將這些歷史上的賢女、烈女作為自己的人生偶像，將她們的言行舉
止作為自己傚仿的對象，將她們的價值觀內化為自己的價值觀，在此過程中
完成自我馴化，因此年輕守寡的李紈「雖青春喪偶，且身處於高粱錦繡之境，
竟如槁木死灰一般。一概無見無聞，惟知侍親養子，外則陪侍小姑等針繡誦
讀而已。」〔註12〕

2、儒家經史類

明清刻印大量儒家經典，有《詩》、《書》、《禮》、《易》、《春秋》、《孝
經》、《論語》、《孟子》、小學類等書，是女性學習的藍本。明清女性精於經
書者，大多經史並重。例如錢塘林以寧「尤注意經學，且願為大儒，不願
為班左，自命卓卓，絕不似閨閣中語」〔註13〕。或如梁小玉在《詠史錄》自
序中云：「余最愛閱史，以為羅萬象於胸中，玩千古於掌上，無如是書。」
〔註14〕又如江西臨川的李芹「博涉經史，尤熟於春秋三傳，親串間有請益者，

〔註9〕 〔美〕高彥頤著，李志生譯，《閨塾師》（南京：江蘇人民出版社，2005 年 1
月第 1 版，頁 67。
〔註10〕 奧錦霞著，《女性主義閱讀理論的歷史研究》，頁 15。
〔註11〕 〔清〕曹雪芹著，脂硯齋批，周汝昌校訂批點本，《石頭記》，頁 51。
〔註12〕 〔清〕曹雪芹著，脂硯齋批，周汝昌校訂批點本，《石頭記》，頁 52。
〔註13〕 韓淑舉著，〈明清女性閱讀活動探析〉，頁 65。
〔註14〕 韓淑舉著，〈明清女性閱讀活動探析〉，頁 65。

剖析異同靡不賅貫，暮年猶默誦左氏傳日必數卷，無間寒暑也」。〔註15〕《紅樓夢》中也有提及經史之書，如改革大觀園時，當探春感歎賴大家的園子裏一個破荷葉，一根枯草根子都值錢的時候，寶釵隨即便引出朱子的《不自棄》這篇文章，「但你們都念過書，識字的，竟沒看見朱夫子有一篇『不自棄』之文不成？」〔註16〕而當探春不以為然地譏諷它不過是勉人自勵的虛比浮詞時，寶釵立即反駁道：「朱子都有虛比浮詞？那句句都是有的。你才辦了兩天的時事，就利慾薰心，把朱夫子都看虛了？你再出去見了那些利弊大事，越發把孔子也看虛了。」〔註17〕可以看出傳統規訓下的典範淑女寶釵對於儒家經典的熟悉與推重。

3、頤養情性類

頤養情性類閱讀主要是閱讀詩詞作品。胡氏《著述考》所收近四千家女性著述，其中 90%以上為詩詞文集。詩歌創作是在大量閱讀古人詩詞的基礎上產生的，由此可見，明清時期女性讀詩之盛行。《紅樓夢》中黛玉所收藏的多是詩詞作品，平時也常浸淫在詩詞的閱讀與創作中，王摩詰全集、老杜七言律、李青蓮的七言絕句，都爛熟於胸。詩歌的閱讀方式也較豐富。除了個人閱讀，在各種休閒、節慶、家族團圓、詩社聚會場合中也常常賦詩酬唱、議論詩詞。在儒家正統的價值觀中，詩詞並非女性分內之事；女性自己也認為讀詩、寫詩只是閨中的頑意。如寶釵就說：「其餘詩詞之類，不過閨中游戲，原可以會，可以不會。」〔註18〕但是她們卻樂此不疲，因為詩詞比較能表現女性的性靈與情感，詩詞的美感與性靈的抒發，帶來女性生命的釋放與自由感。史籍中有許多對明清女性讀詩文經史的記載：明張如玉「熟精文選、唐音，善小楷八分，及繪事，傾動當時」〔註19〕，安徽桐城左如芬，「幼聰慧過人，讀唐詩千餘首，背誦不忘，年三十而卒」。〔註20〕江蘇金匱顧慈「七歲受毛詩、女戒諸書，能通大義，旁及漢魏六朝三唐靡不研究」〔註21〕，錢塘徐德音「熟精文選，流覽滿家，年老猶日閱書一寸」〔註22〕，錢塘潘佩芳「少

〔註15〕韓淑舉著，〈明清女性閱讀活動探析〉，頁65。
〔註16〕〔清〕曹雪芹著，脂硯齋批，周汝昌校訂批點本，《石頭記》，頁666。
〔註17〕〔清〕曹雪芹著，脂硯齋批，周汝昌校訂批點本，《石頭記》，頁666。
〔註18〕〔清〕曹雪芹著，脂硯齋批，周汝昌校訂批點本，《石頭記》，頁762。
〔註19〕韓淑舉著，〈明清女性閱讀活動探析〉，頁65。
〔註20〕韓淑舉著，〈明清女性閱讀活動探析〉，頁66。
〔註21〕韓淑舉著，〈明清女性閱讀活動探析〉，頁66。
〔註22〕韓淑舉著，〈明清女性閱讀活動探析〉，頁68。

工詩，沈文愨公所選唐詩別裁悉能背誦，喜藏書，貲不足恆典釵償之」〔註23〕，嘉興李璠「通習孝經、毛詩、小戴記、列女傳諸書，尤酷嗜唐人詩，脫口輒諧聲律」〔註24〕，錢塘汪端「每終日坐一室，手唐人詩默誦，遇得意處，溢然以笑，咸以書痴目之。」〔註25〕詩文經史無不涉獵，尤以《文選》、《詩經》、唐詩最受青睞。《紅樓夢》中香菱「苦志學詩精神誠聚」〔註26〕，「諸事不顧，只向燈下一首一首的讀起來。寶釵連催他數次睡覺，他也不睡。」〔註27〕寶釵笑諷她「可真詩魔了。」〔註28〕

4、明清的小說與戲曲

小說與戲曲在明末清初還是屬於邪書。在《紅樓夢》中，《西廂記》、《牡丹亭》多次被提及，但大都是作為邪書，而被正統價值觀所禁絕。特別是《牡丹亭》的流行，引起明清閨閣才女的閱讀熱情，甚至出現了「情迷」的閱讀現象，很多女性因過分投入閱讀而死。這種特殊的文學作品閱讀現象，體現出明清女性特殊的情感心理狀態。《紅樓夢》中林黛玉閱讀《牡丹亭》，就很生動地再現了當時女性對於這部戲曲的痴迷，「林黛玉聽了這兩句，不覺心動神搖。又聽道：『你在幽閨自憐』等句，亦發如醉如痴，站立不住，便一蹲身，坐在一塊山了石上，細嚼『如花美眷，似水流年』八個字的滋味。」〔註29〕湯顯祖《牡丹亭》在閨閣中產生了很大的反響，許多女性比勘各種版本，記錄閱讀所得；評品之作《三婦評牡丹亭雜記》和程瓊評點本《才子牡丹亭》，在當時頗有影響。

5、繪畫、字帖

明清女性精於繪畫書法者很多，閱讀相關書籍，臨摹名家作品，成為她們日常文化生活的重要部分。明清畫壇上，女畫家繪畫較歷代更為繁榮，如明代的李因、馬守真、薛素素，清代的陳書、任霞等。《紅樓夢》中薛寶釵精湛的畫論，足見其對繪畫作品的熟悉與鑑賞能力。探春房中「放著一張花梨大理石大案，案上磊著各種名人法貼並十數方寶硯，各色筆筒，筆海內插的

〔註23〕韓淑舉著，〈明清女性閱讀活動探析〉，頁68。
〔註24〕韓淑舉著，〈明清女性閱讀活動探析〉，頁69。
〔註25〕韓淑舉著，〈明清女性閱讀活動探析〉，頁69。
〔註26〕〔清〕曹雪芹著，脂硯齋批，周汝昌校訂批點本，《石頭記》，頁584。
〔註27〕〔清〕曹雪芹著，脂硯齋批，周汝昌校訂批點本，《石頭記》，頁581。
〔註28〕〔清〕曹雪芹著，脂硯齋批，周汝昌校訂批點本，《石頭記》，頁584。
〔註29〕〔清〕曹雪芹著，脂硯齋批，周汝昌校訂批點本，《石頭記》，頁297。

筆如樹林一般。西牆上當中掛著一大幅米襄陽《煙雨圖》，左右掛著一幅對聯，乃是顏魯公墨跡。」〔註30〕可見，當時繪畫與書法是女性閨閣生活中的一項重要藝術修養。

6、佛道典籍《莊子》、《太上感應篇》、《金剛經》

有明以來，尤其是萬曆以後，談禪念佛之風甚勝，參禪成為知識女性的日常文化生活內容。學者謝肇淛稱「今之釋教殆遍天下，琳宮梵宇，盛於簧舍，哮育咒唄，囂於絃歌，上自王公貴人，下至婦人女子，每談禪拜佛，無不灑然色喜者」。小說中寶玉的床頭書即是《莊子》，而寶釵與黛玉對這本書也非常熟悉，三人才有關於《莊子》的對話。迎春常看的書即《太上感應篇》，王夫人常叫人抄寫《金剛經》等。

（三）明清社會對女性閱讀的態度

雖然世家大族的女子從小都接受教育，但女性閱讀並未成為世人眼中的正經事。他們或者認為女性閱讀只是認識幾個字，「不是睜眼的瞎子罷了」〔註31〕，大凡還是認為女子擁有讀書、識字能力即可，並不需博覽群書、博古通今，「女子無才便是德」的傳統觀念，仍然根深蒂固。所以，女子讀書，只是讀些宣揚傳統女德的書而已，仍以貞靜為主。讀書並沒有成為女性生命中重要的事，仍是可有可無的點綴品。上層世家讓家族中的女子讀書，也構成一種家族資產，將來有可能成為家族聯姻的資本，同時也是作為書香世家的認證。而女性自己則深深地認同這樣的讀書觀念，自覺地約束自己的讀書活動。《紅樓夢》中賈母在問黛玉所讀之書時，即認為女孩子讀書「不過不是睜眼的瞎子罷了」，以至於後來黛玉在回答寶玉的讀書之問時隨即改口道：「不曾讀書，只上了一年學，些須認得幾個字。」〔註32〕可見當時雖然世家大族都推重女兒教育，但還是停留於識字層次，並不是真正將女性作為閱讀主體來發展與對待，也並不鼓勵女性深入閱讀。當時女性閱讀的觀念雖已開始鬆動，但仍非為主流所倡導與推崇，閱讀是只是私下進行而不能堂而皇之公開的事，多讀書對於女性來說並不是一件值得驕傲的事。因此當寶釵勸誡黛玉不要讀那些不正經的戲曲作品之後，黛玉的態度是「大感激」，而且認為原來的讀書乃是「大誤」。

〔註30〕夏邦著，〈明代佛教信仰的變遷述略〉，《史林》，2007 年 02 期，頁 106。
〔註31〕〔清〕曹雪芹著，脂硯齋批，周汝昌校訂批點本，《石頭記》，頁 43。
〔註32〕〔清〕曹雪芹著，脂硯齋批，周汝昌校訂批點本，《石頭記》，頁 46。

（四）女性閱讀的內在驅動力

　　儘管儒家傳統婦德仍然佔據著主流意識形態，但內在驅動使女性對閱讀的熱情，遠遠超出了社會及家庭預期。

1、排遣寂寞單調的閨閣生活

　　傳統社會中女性的日常閨閣生活非常單調，絕大多數女性的一生，都是在障人眼目的層門鎖戶後面度過。因此閱讀便成了女性打發大量無聊時間的最好方式，誠如長洲金逸所言：「除此更無消遣法，讀書才倦枕書眠」〔註 33〕。獨守空閨，唯讀書以消寂寞的辛酸：「案頭設古書，讀過苦追憶。藉此以解憂，頻年伴孤寂」〔註 34〕。許多才女甚至因過於專注閱讀而無暇顧及女紅，如駱綺蘭云「堪笑女兒針黹廢，終年閉閣只翻書」〔註 35〕。清代江南女性往往廢寢忘食地忘我苦讀，「汪端每終日坐一室，手唐人詩默誦，遇意得處，嗢然以笑，咸以『書痴』目之」〔註 36〕，有些女性甚至於苦讀致疾，僑居吳縣的江珠「耽經史，常夜半猶手一卷，以是得寒嗽疾，久成勞瘵」〔註 37〕。這些江南閨閣女子的讀書狀態，在《紅樓夢》的林黛玉身上得到了突出的表現。傳統社會中女性沒有科舉入仕的機會與壓力，閱讀完全源自內心的喜好與情感的滿足，不帶功利色彩。通過與作品人物的對話，女性在現實生活中被壓抑的情感，得以確認、表達與交流，獲得情感上的滿足，帶來獨處時的生命快樂，誠如《閱讀的女人危險》一書的序文裏所言：

　　　千萬不要低估讀書的女人！她們不但變得越來越聰明、不但懂得如
　　　何享受純粹個人的閱讀樂趣，而且她們非常善於獨處。閱讀就是獨
　　　處時的最大享受之一，此際可以與自己的想像力和作家的想像力獨
　　　處一室……每讀書一個小時即可讓我在同一小時內忘卻煩惱。雖然
　　　煩惱不無重新浮現的可能，不過屆時或許會如同畫中的景象：一切
　　　已經重放光明。〔註 38〕

〔註 33〕韓淑舉著，〈明清女性閱讀活動探析〉，頁 67。
〔註 34〕韓淑舉著，〈明清女性閱讀活動探析〉，頁 68。
〔註 35〕韓淑舉著，〈明清女性閱讀活動探析〉，頁 68。
〔註 36〕韓淑舉著，〈明清女性閱讀活動探析〉，頁 69。
〔註 37〕韓淑舉著，〈明清女性閱讀活動探析〉，頁 69。
〔註 38〕〔德〕斯特凡‧博爾曼著，《閱讀的女人危險》（北京：中央編譯出版社，2010
　　　年 3 月第 1 版），頁 7。

2、群體交流的需要

明清時期的女性閱讀，以血緣和婚姻為紐帶，形成家族內部的母女詩人、姐妹詩人、妯娌詩人、姑嫂詩人等家族女性之間的群體性閱讀，交流與評論，「清代是中國古代女性閱讀最活躍的時期，尤以江南顯著，出現了諸多一族之中女性普遍好讀書、擅吟詠的風雅局面，譜寫了中國閱讀史上的動人篇章。」〔註39〕女性突破封閉的閨閣生活，建立屬於自己的文化社交圈，相互交流思想、互相切磋詩文與學問，超越一己閨閣之限制，建立一個屬於自己的文化圈與社會空間，從而使她們有機會棲居於遠大於其閨閣的世界中。女性之間的唱和酬贈，增進了彼此間的友誼，更是心靈的交流與共鳴，讓寂寞的閨閣生活有了溫暖與慰藉，「她們以家族為中心，親朋好友之間的直接傳閱使女性作品得以傳播，她們聚在一起，讀書賦詩，彼此代寫序跋，以文會友，這是女性讀寫活動由個體走向群體的重要一步。」〔註40〕女性之間的群體性閱讀，帶來女性間深厚的姐妹情誼，她們相互欣賞，彼此確認，給予對方心靈慰藉，成為一個命運共同體。

3、對現實世界的暫逃與超越

在文字與想像的世界裏，閱讀是對現實束縛的一種暫時的解放與超脫，「凡讀詩，則如心遊身外，身所未歷之境，心能歷之；言所未達之情，心能會之。故其為詩，多有得之於夢寐者。」〔註41〕在壓抑與無奈的現實生活中，閱讀為女性創造了一個相對自由的想像性的精神世界，進而帶給女性自由的新體驗。她們在現實中不能把握自己的命運，但在閱讀中則有機會體認自己的力量與價值。女性在閱讀中獲得了精神自由的權利，也贏得了自由的尊嚴，並通過運用才智與想像，掌握與認識更廣闊的世界。女性借內容豐富的書籍，突破內闈的限制，認識歷史與社會，了悟歷史、評騭人物，表現出對家國命運的關注。明清時期集中體現了各階層知識女性的非凡見識，不輸於男性文人的胸襟和膽略，在精神上突破閨閣時空的限制，將自我與外部更為廣大的世界連接起來。

4、女性自我意識初步覺醒的需要

博覽群書開闊了閨秀的眼界，引發她們對自身命運的反思與自我意識的

〔註39〕凌冬梅著，〈清代江南女性閱讀與家族書香傳承〉，頁42。
〔註40〕韓淑舉著，〈明清女性閱讀活動探析〉，頁65。
〔註41〕〔清〕張紈英撰，〈澹菊軒初稿後序〉，清道光二十年宛鄰書屋刻本，頁114。

覺醒。這種意識隨著她們終生不輟的讀書吟詠，日益強化，使得她們比前代的女性詩人更清醒地體味到自我生命價值缺失的苦悶。這種苦悶又愈加激發了她們對閱讀的狂熱，及通過創作自我傾訴的衝動。

　　《紅樓夢》對上層女性閨閣閱讀生活的敘事，在林黛玉與薛寶釵兩個女性人物身上得到聚焦與呈現。她們對於閱讀有著截然不同的態度，日常閨閣生活中閱讀活動的形態不同，閱讀活動在她們生命中起作用的方式也不同，代表著明末清初兩種較為典型的女性閱讀行為，「林黛玉以自我才情和性靈為核心的閱讀行為與當時以道德訓誡為目的的閱讀行為交織在一起，形成了《紅樓夢》意象世界中複雜的閱讀景觀」〔註42〕。本章以文本細讀法，對這兩種不同的女性閱讀，進行還原與深入細緻分析，對其中表現出來的女性不同的閱讀心理、反應，以及引起女性生命存在狀態的變化進行研究。在此基礎上，探詢明清女性閱讀生活，在傳統承續中蘊含著的現代性。

二、林黛玉的閱讀

　　在林黛玉孤獨而單調的閨閣生活中，閱讀成為排遣孤獨與寂寞的重要途徑，佔有極其重要的地位。閱讀構築了黛玉的生命狀態，塑造了她的自我意識，寄託了她的孤獨靈魂，形成了獨特的生命美感與超逸氣質，成為生命中本體性的存在。由此延伸出來的創作、評論、葬花、焚稿等行為，甚至她的愛情心理，都無不受到她的閱讀生活以及過程中形成的特殊心理的影響。

（一）黛玉式閱讀的形成原因

1、孤獨的童年

　　黛玉出生書香門第，從小父親就令其守制讀書。然而，黛玉至小多病，母親早逝，父親年邁，上無親母教養，下無姊妹兄弟扶持，在她孤寂而又多病的童年生活中，讀書成為黛玉心靈的慰藉，孤獨童年的陪伴。從小沉浸在書的世界裏，使得黛玉的精神與靈性高度發達，培養了她的才華，但也造成了她與外部世界交往的隔閡。

　　母教，是女性最初接觸到社會禮儀與現實規範的重要渠道。由於母親的重病以及早逝，在黛玉的童年時期，母教缺位，使得她沒有能夠有機會得到教導；這也反過來使得黛玉受傳統女性閱讀規範的束縛不多。她對寶釵說道：

〔註42〕王懷義著，〈林黛玉閱讀現象研究〉，《紅樓夢學刊》，2010年第3輯，頁196。

「細細算來，我母親去世的早，又無姊妹兄弟，我長了今年十五歲，竟沒一個人像你前日的話教導我。」〔註43〕這樣一種母親去世的早，又無姊妹兄弟的童年，剝奪了林黛玉潛在社會化成熟的機會，使她只能孤獨地自我摸索，從而將全副精神專注於個體自身的精神活動，不知外界的人情世故，對群體事理無意也無暇旁顧。母親的過早缺席，使黛玉無法在充滿慈愛與同情的環境裏，逐漸體會並進入到與他人緊密聯繫的社會關係之中。再加上缺少平輩兄弟姊妹的分享、關懷、忍讓、協調的互動學習，以致天性中本就帶有一段孤傲性分的她，只有長期抑制潛在的合群，喪失在群體中取得認同與價值實踐的社會化，閱讀便成為她在現實之外的藏身之處。

2、病體的封閉

黛玉患有不足之症，長期處於生病狀態。病體創造了機會，讓黛玉可以適當逃脫傳統女性在日常生活及禮儀上的束縛。整個大觀園裏只有她可以不用做女紅，「他可不做呢。饒這麼著，老太太還怕他勞碌著了。大夫又說，好生靜養才好，誰還敢煩他做？舊年算好一年的工夫，做了個香袋兒，今年半年還沒見拿針呢！」〔註44〕，而且日省昏的禮儀也得以免去，從而得到更多的時間可以獨處於閨閣之中。黛玉幾乎把自己全部的精力與時間，都放在她所熱衷的閱讀與寫作上。在一個人的時空中，黛玉的孤獨與疏離，讓她更深地投入到詩文世界；而詩文閱讀與創作，又讓她與現實生活更疏離，以至於慢慢陷入病態。她的閱讀沉迷於一種情感的消極虛空之中：

> 這裡黛玉磕了兩口稀粥，仍歪在床上。不想日未落時天就變了，漸漸瀝瀝下起雨來。秋霖脈脈，陰晴不定，那天漸漸的黃昏，且陰的沉重，兼著那雨滴竹稍，更覺淒涼。知寶釵不能來，便在燈下隨便拿了一本書，卻是樂府雜稿，有《秋閨怨》、《別離恨》等詞。〔註45〕

可以想見，多少個孤獨的漫漫長夜，只有閱讀這些詩詞與黛玉相伴。

（二）黛玉閱讀的本體性存在意義

黛玉的閱讀多以詩詞為主，這是一種出於性靈的閱讀，構築了一個可以釋放性靈的空間。閱讀是黛玉的生命寄託，靈魂的依存方式，是她最初性靈的自由活動空間。閱讀為她創造了現實之外，另一個更為本源性的存在空間，

〔註43〕〔清〕曹雪芹著，脂硯齋批，周汝昌校訂批點本，《石頭記》，頁549。
〔註44〕〔清〕曹雪芹著，脂硯齋批，周汝昌校訂批點本，《石頭記》，頁402。
〔註45〕〔清〕曹雪芹著，脂硯齋批，周汝昌校訂批點本，《石頭記》，頁550。

一種更加純粹、根本而豐富的存在。閱讀已經遠遠超越了識字的程度，而承載了黛玉的生命能量；已經不是一種外在的裝飾，而是成為她生命中本體性的存在。閱讀是她的生命樂趣之所在，一種超越世俗的審美愉悅。與古人性靈的對話，滋潤黛玉孤獨的心靈、頤養性靈，撫慰心靈的寂寞。閱讀創造出一個唯美的審美空間，塑造了黛玉的自我意識與個體意識，促成了黛玉的生命意識的覺醒，塑造了黛玉超逸脫俗的生命氣質與優雅美感，也成為黛玉情慾與浪漫想像的寄託。

（三）黛玉的病態閱讀

黛玉對於閱讀呈現出「上癮」的特性，遠遠溢出了儒家社會性別規訓對於女性閱讀生活所設置的界限，呈現出一種「情迷」的狀態。這是明清女性閱讀生活中很有時代性的一種現象，是閨閣閱讀湯顯祖《牡丹亭》時，引發的痴迷與狂熱現象。《紅樓夢》對黛玉閱讀生活的細緻描寫中，可以看到這種「情迷」現象，超越了平衡的閱讀生活，耗費大量的生命能量，強化了她的生命痛苦與情感抑鬱，加重了她的執著與無奈。在這樣的病態閱讀中，黛玉體驗自身的存在，但也消耗了自己。

1、罪中之樂

黛玉的閱讀伴隨著罪惡感與道德壓力。在沁芳橋旁，私密的環境中，黛玉與寶玉共讀《會真記》，通過對戲文字詞的品讀與戲謔，傳遞兩人的隱藏情慾，「我就是多愁多病的身，你就是那傾國傾城貌。」[註46]這樣的戲曲文字是現實世界裏被壓抑的情愛心理，以文藝白日夢形式，委婉的表達、傳遞與洩露。正處於情竇初開的黛玉不可能不受影響，這些文字甚至在公共場合也不經意地流露出來，「黛玉道：『良辰美景奈何天。』寶釵回頭看了看他。黛玉只顧怕罰，也不理論。鴛鴦道：『中間錦屏顏色俏。』黛玉道：『紗窗也沒有紅娘報。』」[註47]黛玉開口便是《牡丹亭》，下句又是《西廂記》，皆是閨中忌讀之閒書。

林黛玉一直遊走於傳統規範的邊緣，她的行為常溢出規訓，她是矛盾的，閱讀與寫作，讓其心靈因此承受著巨大的疏離感、焦慮感、不安全感與道德壓力。卻又沉浸在自由情感與心靈世界。她一直遊走於體系與秩序的邊緣，

[註46]〔清〕曹雪芹著，脂硯齋批，周汝昌校訂批點本，《石頭記》，頁296。
[註47]〔清〕曹雪芹著，脂硯齋批，周汝昌校訂批點本，《石頭記》，頁499。

渴望進入體系與秩序，因為那是一個安全地帶。人安全感的來源中，馴服是最重要的要件。在關係、體系、秩序內，從家庭到社會，這種感受都會帶來安全感。所以當位於體系內的薛寶釵勸誡她不要讀那些雜書時，黛玉的反應不是發怒，反倒是大感激，感激寶釵對她的教導，而且感歎從沒有人像她那樣教道自己。可見，閱讀這些邪書，讓黛玉不自覺地被深深吸引並產生強烈共鳴，同時也承受著巨大的道德壓力與孤立感，被正統體系排除在外的焦慮感與不安全感。而寶釵的真誠相勸，疏解了黛玉的壓力，給予她很大的心靈慰藉與溫暖。

2、強化精神的孤獨、封閉與自戀情結

閱讀強化了黛玉的自戀與幽閉，卻並沒有把她引向客觀、現實的，與自我無涉的外在世界，賦予她的生命以平衡、健康、真實的現實理性，反而令她深深困圍於自我情緒、情感、浪漫幻想的世界，從而加重了她生命的哀憐癖。當初薛寶釵勸誡黛玉不要去讀那些邪書，正是因為「移了性情，就不可救藥了」〔註48〕。這些邪書，一方面確實喚醒了女性的生命主體意識，但是，因為沒有提供其他出路，因而讓覺醒的生命主體陷落在情感中，無處可逃。閱讀讓黛玉在幻想中生活，無法進入真實的現實生活。它加深了女性對於那個幻想世界的浪漫想像，對於眼前讓人失望的現實，產生更深的排斥與逃避，并消蝕了生命的力量。這或許就是明清時期那麼多熱愛文學的才女過早離世的原因。

黛玉的閱讀，在其中投注大量的生命情感，已經呈現出上癮的特性，消耗了巨大的生命能量。沉迷於一種對自我生命哀憐以及情緒、美學想像之中，把書中天地與真實生活畫上等號。她的憂傷，已經不是她一個人的憂傷，而是一種哲學的、文學的憂傷。她將自己視為歷史上才女的代言人與化身。在閱讀中，與作品中的主人公獲得一種認同與惺惺相惜之感，建立一種情感的慰藉與命運共同體式的連接。在閱讀中，她們被觸動身世之感，為書中至情之人而情迷，在摹仿和表演性的行動中展露與慰藉自己的創傷經驗。

閱讀本來是人生的指南和調劑，但若將之與生活混淆起來的話，只會奪走閱讀對心靈產生的療效，反而使得原先的熱情變成苦難的泉源。閱讀可以使我們瞭解別人的生活，但如果過度投入，就會使我們偏離當下的生活，甚至還會造成生命危害。因此庚回本後的評論為：「前以《會真記》文，後以

〔註48〕〔清〕曹雪芹著，脂硯齋批，周汝昌校訂批點本，《石頭記》，頁516。

《牡丹亭》曲，加以有情有景，消魂落魄，詩詞總是爭於令聾兒種病根也。看其一路不跡不離，曲曲折折，寫來令觀者亦技難持，況瘦怯怯之弱女乎！」〔註49〕。在那個禮教森嚴的時代，在一個女性沒有更多生命自由選擇與出路的環境中，過度的閱讀所帶來的對於現實的疏離，對於想像世界的沉迷，不可企及的幻想與渴望，給女性的身心帶來了巨大的折磨。

3、閱讀衍生為鏡象與行為藝術

黛玉在閱讀之後，在形式化的行動中「表達」出她的閱讀感受。閱讀已經不止於書本、文字了，而文字所展開的那個浪漫感傷的世界，自我的幻想空間，已經讓她難以自拔地陷溺其中。她在生活中甚至「表演」著這種文學的想像，「幾乎到了要吞噬生活全部的程度」〔註50〕。甚至她的「葬花」、臨死之前的「焚稿」，某種程度上亦是一種表演。黛玉創造了她自己的閱讀生活，反過來，她所閱讀的那些詩文，又進一步塑造了她，「閱讀參與到女性讀者的自我塑造和建構，甚至影響到整個時代風尚和文化美學」〔註51〕。

王德威有言：「湯顯祖的『因情生夢，因夢成戲』因此或有另一種解讀：『因戲生夢，因夢成情。』」〔註52〕由此上演幻想投射、以幻為真的傳奇。在文字的誘引下，戲、夢、情的交織更複雜地衍生與作用於她，而情的「表演」在她那裡也愈加發展到吞噬生活全部的程度。黛玉把歷史上的才女，融入了自己的生命之中。她不再是她自己，而是歷史上那些薄命才女的化身，構成了一種「慾望介體」，「這種經由閱讀和想像建構起來的喻象（figure）閱讀所引發的表演性實踐正是主體對於喻象的一種摹仿。甚至這種表演越是帶有悲劇性，表演主體越是付出沉重代價，似乎意義越大。」〔註53〕黛玉的閱讀以及衍生的行為藝術，構成了一種「表演」（performing），是一種明確的自我反射和擬象的行動，是文字中的意淫。「在這樣的表演中，她將現實與夢幻、現實自我與理想自我、角色身份與社會身份混同／迭映起來，以穿梭於慾望與

〔註49〕〔清〕曹雪芹著，脂硯齋批，周汝昌校訂批點本，《石頭記》，頁297。
〔註50〕張春田著，〈不同的「現代」：「情迷」與「影戀」──馮小青故事的再解讀〉，《漢語言文學研究》，2011年01期，頁39。
〔註51〕鄭培凱著，《湯顯祖與晚明文化》（臺北：允晨文化公司，1995年第1版），頁78。
〔註52〕王德威著，〈遊園驚夢，古典愛情──現代中國文學的兩度還魂〉，陳平原主編：《現代中國》第六輯，北京大學出版社，2006年版，頁102。
〔註53〕張春田著，〈不同的「現代」：「情迷」與「影戀」──馮小青故事的再解讀〉，頁39。

死亡的迷宮裏。」〔註54〕閱讀與生活實際在不知不覺中已經融為一體，想像與現實也已經界限模糊了。閱讀中的命運感、人物想像、情感體驗、自我認同已經融入生活之中。她已經完全把閱讀經驗替換為自己的生活經驗和期待了。這樣的閱讀，構成了一種「鏡象」〔註55〕，在鏡象認同中獲得的所謂同一性根本上是一種「誤認」。

> 把本來屬於想像的東西當作是真實的，把本來屬於他者的屬性當作是自己的，把本來屬於外在的形式當作內在的，就像面對鏡象的嬰兒，他內在的身體鏡象本來是破碎的、不協調的，但卻在視覺格式塔的完型作用下，獲得了完整統一的身體形象，並將這一外在形象預期為是自己必將擁有的，由此而產生了對它的欣悅認定。〔註56〕

黛玉對自我生命意識的認同是不客觀，也是不完整的，它受到了自小所讀詩詞的投射與影響，而形成一種觀念中的自我，帶著一種強烈的自哀自憐，美學上的自戀，與鏡象的循環往復來完成理想自我的構型，而且還通過預期把這一理想自我投射到自己未來的形象中，形成了一個理想主體。拉康說，這種誤認機制帶來的是一種異化，人們滿足於披著異化身份的外部他者形象的華衣，卻陷入了自我理想形象和現實經驗之間的不協調，進而造成一種內部和外部世界的撕裂，也對自我的求證造成了極大的困擾。從小過多的閱讀生活，使得黛玉的自我意識在形成中，沒有充分與現實世界融合，無形中構成了社會化的障礙。

4、情感匱乏與想像性滿足

在這樣的閱讀中，女性的自我生命意識有了初步覺醒。首先，表現在對自我情感的渴望與確認，對愛情的渴望。但是這樣的覺醒還是很初步的。它沒有其他更豐富的表現方式與成長渠道，一旦萌芽，即被封閉的現實生活壓抑下去，約束起來。愛欲這股生命的原始強大能量，沒有得到自由宣洩的方式，只能以白日夢的藝術形式，得到間接的表現與洩露。這種藝術的白日夢又進一步強化了女性的愛欲與匱乏感。與杜麗娘一樣，她們的愛情不存在於現實中，只有在想像的世界中，才得以釋放那從來就存在的隱秘的內心情感。

〔註54〕張春田著，〈不同的「現代」：「情迷」與「影戀」——馮小青故事的再解讀〉，頁41。

〔註55〕〔法〕雅克·拉康著，儲孝泉譯（上海：上海三聯出版社，2001年1月出版）。

〔註56〕吳瓊著，《雅克·拉康：閱讀你的症狀》（北京：中國人民大學出版社，2011年5月第1版），頁77。

而《牡丹亭》的「夢」正好呼應了女性的情感訴求，填補了女性的現實缺憾，撩撥著她們關於理想愛情和美好婚姻的憧憬。《牡丹亭》對於女性的重要性即在此。「在《牡丹亭》的閱讀中，明清江南眾多的女子即是以近乎宗教般的痴迷與狂熱釋放著主流意識形態長期壓抑的情感，在一種想像性、替代性的滿足中找到情感的宣洩與慰藉。」〔註 57〕在一個匱乏與無望的現實世界中，文學閱讀提供了一種想像，這種浪漫的想像，表達出了現實中被壓抑的生命渴望，確證了人存在的情感權力，呼應與表達了情感。光是呼應與表達所帶來的確證存在，對於女性來說就是一種撫慰。閱讀也是一種創造性行為，在其中，女性讀者不僅創造了她們的自我形象，也構建著她們自己幻想的多彩世界。每位讀者對這些故事都有再想像的空間，以滿足變化中的心境與需求，構成一種超越的行為，「書籍如宗教獻身一樣，提供著一條超脫乏味世俗的路徑，從這些虛構的紙頁中，女讀者建造起了她們自己的浮世，於此浮世中，智力刺激與情感和宗教的滿足結合在一起。」〔註 58〕

現實在對比之下，顯得更加不可留戀，她們轉而將生命能量投注在想像的世界中，以至於把生命消磨在虛幻的世界。文學的想像，對於生活在現實匱乏與壓抑中的人，有著重要影響，它提供一種生命價值觀，成為想像性、替代性的滿足。杜麗娘的形象正是女性自我形象的投射，柳夢梅則成為女性想像中的愛欲對象；她們沉浸在這樣想像性的意淫中，來彌補現實的匱乏與渴望。「在明清江南，尚沒有其他任何文學作品能激發出如此強烈的女性情感共鳴，這種集體浸淫與情感狂歡並不是充溢，反而對應著匱乏。在《牡丹亭》的女性閱讀者身上，可以看到當時女性普遍的生存境遇與群體壓抑。」〔註 59〕杜麗娘精神是一種對真摯的愛情的獻身，這似乎成為了閨閣女性寄託自己生命能量與價值的所在。藉此，她們感覺到對自我生命的把握。

閱讀成為如黛玉般閨閣才女們，寂寞與壓抑現實人生中逃避的出口，但這個出口並不通向一個更為光明與廣闊的世界，反而讓他們更深地沉湎於情感的世界。就在這種情感的強烈體驗中，飛蛾撲火，消滅了自己。男女之愛，

〔註 57〕董雁著，〈明清江南閨閣女性的《牡丹亭》閱讀接受〉，《東方叢刊》，2009 年第 4 期，頁 221。

〔註 58〕〔美〕高彥頤著，李志生譯，《閨塾師》，江蘇人民出版社，2005 年 1 月，頁 104。

〔註 59〕董雁著，〈明清江南閨閣女性的牡丹亭閱讀接受〉，《東方叢刊》，2009 年第 4 期，頁 220。

成為這些女性寄寓生命，孤注一擲的唯一價值。她們把所有的生命能量都投注其上，在反覆的閱讀與想像中陷溺得越來越深。這種閱讀，已不僅僅是閑暇之餘的消遣和娛樂，更成為了一種深刻的生命和情感體驗，成為了一種承受精神損耗和心靈痛楚卻不容已的生存狀態。

三、薛寶釵的閱讀

寶釵的閱讀與黛玉情迷式的閱讀方式不同，代表儒家理想的女性讀書方式。她一直謹慎地處在關係、體系、秩序之中，她對閱讀活動的定性與認知，或在日常生活中呈現的狀態，都遵循著儒家社會性別規訓。

（一）寶釵閱讀的特徵

1、自覺用傳統女德觀約束閱讀

寶釵對閱讀活動的定位、時間、種類都自覺地符合儒家倫理規範。在她的生活中，女紅、現實事務以及倫理人際關係才是最重要的生活內容，而讀書只是紡績針線之餘，閑暇時候的消遣：「究竟這也算不得什麼，還是紡績針線是你我的本等。一時閑了，到是於身心有益的書看幾章是正緊。」〔註60〕她很自覺地限制自己的閱讀時間，讀書也只能讀於身心有益的正經書，如儒家女誡女訓。讀書是為了修身養性，促進婦德，而不是個人才華的彰顯。至於詩詞之類，更只是閨中游戲，「自古道，女子無才便是德，總以貞靜為主，女紅次之，其餘詩詞之類，不過閨中游戲，原可以會，可以不會。咱們這樣人家的姑娘，到不要這些才華的名譽。」〔註61〕在寶釵的閨房中只擺放有「兩部書」，「及進了房屋，雪洞一般，一色頑器全無，案上只一個土定瓶中供著數枝菊花，並兩部書、茶奩茶杯而已。」〔註62〕對於如此博學的寶釵來說，她讀過的書何止兩部。閨閣內的裝飾，可見出她認為書籍多並不是什麼值得誇耀的正經事，閱讀乃是在日常生活女紅、人際之餘的玩意，是不應被炫耀與張揚的。這是她對於閱讀生活自發自覺的克制。而黛玉的瀟湘館則恰恰相反。「劉姥姥因見窗下案上設著筆硯，又見書架上磊著滿滿的書。」〔註63〕以至於讓劉姥姥誤以為是那位哥兒的書房，並感慨道：「這那裡像個小姐的繡

〔註60〕〔清〕曹雪芹著，脂硯齋批，周汝昌校訂批點本，《石頭記》，頁466。
〔註61〕〔清〕曹雪芹著，脂硯齋批，周汝昌校訂批點本，《石頭記》，頁516。
〔註62〕〔清〕曹雪芹著，脂硯齋批，周汝昌校訂批點本，《石頭記》，頁496。
〔註63〕〔清〕曹雪芹著，脂硯齋批，周汝昌校訂批點本，《石頭記》，頁490。

房，竟比那上等書房還好。」〔註64〕當讀書與實際生活事務發生矛盾時，女性就應該棄書字，而以針黹家計等事為主。女性的閱讀與個人的才華，終究要歸於生活實際，相夫教子，人倫交際：「當日有他父親在日，酷愛此女，令其讀書識字，較之乃兄，竟高過十倍。自他父親死後，見哥哥不能體貼母懷，他便不以書字為事，只留心針黹家計等事，好為母親分憂解勞。」〔註65〕

　　在寶釵訓誡式閱讀中，閱讀是傳統女性相夫教子、道德完善的自我救贖。明代以來對女教書的編纂達到了高峰，除去男性所著外，女性自身亦寫作了數量不少的女教書。在後宮建立完備的女官制度，由知書達理，富有才情的女性擔任。她們教授宮女讀《百家姓》、《千字文》、《孝經》、《女訓》、《女孝經》、《女誡》、《內則》、《詩》、《大學》、《中庸》、《論語》等書。明清女性以其博覽群書、著述等身，成就了幾多才女，她們相夫有政聲，訓子為令臣，完善地盡了自己的婦職，成為賢妻良母。教子更是明清社會與家庭讓女性識字讀書的終極目的，因而閱讀能使女人成為更好的母親。

　　在以章學誠為代表的古典派看來，女性之所以閱讀，要麼為著傳承家學，要麼為著教育子女。總之，讀書是為了職責、使命，不是為了愉悅自己。章學誠《婦學》中「道不離器」〔註66〕，是其哲學思想的根本，強調女性學術活動的經世致用。在章學誠看來，「才女」之「才」不是吟風弄月的小技巧，而是純正的古典經史之學。薛寶釵入賈府之前，是要入宮備選女官的，「近因上崇詩尚禮，徵採才能，降不出世之隆恩，除聘選妃嬪外，凡世宦名家之女皆報名達部，以備選擇，為宮主、郡主之入學陪侍，充為才人贊善之職。」〔註67〕可見其讀書是有著明確的價值取向的，那就是傳承傳統儒家婦德。

2、讀書是德性之美與生活智慧

　　讀書不是強化個人意識與自我意識，而是要融入日常生活的為人處事、待人接物中，內化為一種德性之美、生活智慧。寶釵道：「學問中便是正事，此刻於小事上用學問一提，那小事越發作高一層了。不拿學問提著，便都流入市俗去了。」〔註68〕學問是要融入到日常生活的小事中去的。她看到寶玉

〔註64〕〔清〕曹雪芹著，脂硯齋批，周汝昌校訂批點本，《石頭記》，頁490。
〔註65〕〔清〕曹雪芹著，脂硯齋批，周汝昌校訂批點本，《石頭記》，頁59。
〔註66〕章學誠著，《章學誠遺書》（北京：文物出版社，1985年1月），頁156。
〔註67〕〔清〕曹雪芹著，脂硯齋批，周汝昌校訂批點本，《石頭記》，頁59。
〔註68〕〔清〕曹雪芹著，脂硯齋批，周汝昌校訂批點本，《石頭記》，頁666。

喝冷酒，就以藥理來勸誡他：「寶兄弟，虧你每日家雜學傍收的，難道就不知道酒性最熱？若熱吃下去，發散的就快。若冷的吃下去，便凝結在內，以五臟去暖他，豈不受害！從此還不快不要吃那冷的呢。」〔註69〕可見，寶釵平日也讀醫書，懂醫理。脂批：「知命知身，識理識性，博學不雜，庶可稱為佳人。」〔註70〕讀書博學是為了識理識性，知命知身的生活實用性，能夠在日常生活中平衡身心，節制約束自己，過一種合乎理性規範的平衡合理的生活。

3、讀書明理、經世致用

寶釵勸誡黛玉道：

> 男人們讀書不明理，尚且不如不讀書的，何況你我？就連作詩寫字等事，也非你我分內之事，究竟也不是男人家分內之事。男人們讀書明理，輔國治民，這便好了。只是能有幾個這樣？讀了書到更壞了。這是讀書誤了他，可惜他到把書糟蹋了，所以到是耕種買賣，到沒什麼大害處。〔註71〕

寶釵的這種讀書明理、經世致用的讀書觀，受到明末清初顧炎武、王夫之和黃宗羲等人的民本思潮影響。學問應有益於國事，關注社會現實，面對社會矛盾，並用所學解決社會問題，以求達到國治民安的實效。顧炎武批判道學脫離實際的學風，主張發揮孔子的「博學於文，行己有恥」的思想，提倡實踐中求真知，主張文人多研究有關國計民生的現實問題，反對空談。李贄寫過一首詩歌〈書能誤人〉：

> 年年歲歲笑書奴，生世無端同處女。
>
> 世上何人不讀書，書奴卻以讀書死。

李贄並不是要否定讀書的意義，「世上何人不讀書」正是闡明書籍對於人類的意義，因此不能簡單地認為作者是反智主義者。他是嘲諷那些食古不化、冥頑不靈，只知道依照古人說法，機械僵化處理實際問題的人稱為「書奴」，認為他們被書本所奴役。「生世無端同處女」說的是書奴們的生活方式，嘲諷他們行動舉止都像女人，「靜若處子」。男子的雄心氣魄本是用在建立功業、開拓創新上的。但是書本卻將人拘束在書齋之內，脫離了現實生活。人們只知

〔註69〕〔清〕曹雪芹著，脂硯齋批，周汝昌校訂批點本，《石頭記》，頁177。
〔註70〕〔清〕曹雪芹著，脂硯齋批，周汝昌校訂批點本，《石頭記》，頁177。
〔註71〕〔清〕曹雪芹著，脂硯齋批，周汝昌校訂批點本，《石頭記》，頁516。

道從書本上獲取知識，忽略了實踐求知的作用。天長日久，竟然導致男子的性情發生了變化，這實際上是對人性的摧殘。

4、寶釵閱讀的規訓史

寶釵曾經對黛玉講述過自己閱讀生活的規訓史：

> 你當我是誰，我也是個淘氣的，從小七八歲上也勾個人纏的。我們家也算是個讀書人家，祖父家裏也極愛藏書。先時人口多，姊妹弟兄也在一處，都怕看正經書。弟兄們也有喜詩的，也有愛詞的，諸如這些《西廂》、《琵琶》，以及元人百種，無所不有，他們是背著我們看，我們也卻偷著背了他們瞧。後來大人知道了，打的打，罵的罵，燒的燒，才丟開了。所以咱們女孩兒家，不認字的到好。〔註72〕

寶釵的閱讀是被納入到體系、關係、秩序之中，自覺地以倫理、秩序與情感上的克制，被約束在安全範圍內。對於閱讀，她有著明確的二元劃分：正常／不正常、正經／不正經、本分／非本分。有些書是「正經書」，而有的書是「雜書」、「邪書」、「不正經」的書。福柯認為權力規訓的一個重要手段即是「二元劃分」〔註73〕。同時，在大觀園姐妹們的閱讀生活中，她也常常是自發扮演著一個訓誡女官的角色，對黛玉讀書的勸誡，對香菱讀詩的勸誡等。當寶釵以此來勸誡黛玉不要去讀《牡丹亭》這類雜書時，脂批對此的評論是「何等愛惜」。因為薛寶釵深知對於一個深閨中的少女來說，讀這樣的邪書存在著極大的危險性，看了雜書，移了性情，就不可救了。閱讀並不是一件單純的文化活動，它承載著社會禁忌、倫理規範、等級身份，且對人的生命意識、情感與心理狀態起到巨大影響。從各個方面的現實考量，寶釵將自己的閱讀活動導向了合乎時代禮儀規範、階級等級身份、女性倫理訓誡，於自我身心健康與平衡的方向。

5、「才、德、美」兼備

在傳統婦德規訓下薛寶釵雜學博收所帶來的博學、才華、智慧的人格狀態，這一點上大大超過了男性，不僅可以與男性平等地對話與交流，很多場合對男性都起了「一字師」的角色，且被男性所深深的稱讚與肯定。寶玉

〔註72〕〔清〕曹雪芹著，脂硯齋批，周汝昌校訂批點本，《石頭記》，頁516。

〔註73〕〔法〕米歇爾・福柯著，劉北成、楊遠嬰譯，《規訓與懲罰》（北京：生活・讀書・新知三聯書店，2012年9月），頁289。

讚賞寶釵道:「真可謂一字師了。從此後我只叫你師父,再不叫你姐姐了。」
〔註 74〕無書不讀,對超越閨閣限制的話題,都有不凡的見識。閱讀,所帶來
的博學與智慧,對事務的理解與生命的格調,對生命的理解,美感,確實融
入了寶釵的生活與生命之中,使其生命呈現出一種德、才、美兼備的特質。
儒家經典的閱讀,賦予她的生命一種德性之美。寶釵的訓誡式的閱讀、博
學,也塑造了她女君子式的生命品格與德性之美。

(二)傳統藩籬中的越界

寶釵也在閱讀中不自覺地越過界限。她把香菱帶進大觀園,默許她與黛
玉學詩,甚至還打趣與戲謔。她與黛玉在交心時,也透露出對詩詞、曲文的
喜歡;在詩社中的詩歌創作,也可以看出她對詩詞的閱讀絕不會少。她與黛
玉的金蘭友誼,也是因為黛玉的靈動與自由的天性,吸引著被壓抑與克制中
的她。在「識得幾個字」以及女誡書的閱讀的衛護下,在家庭文化氛圍的時
刻,女性之間的交流、詩文酬唱,逐漸越出儒家性別規訓,傳統婦德的內/
外界限已經被鬆動。

(三)寶釵讀書的侷限性

寶釵的讀書並沒有帶來獨立人格與自由思考。閱讀,是為了更好地融入
家庭生活、人際關係,而不是為了女性自我生命的發展,自我人格的建立。
每當讀書促進她的自我意識發展時,寶釵就會很自覺地將它們塞回儒家社會
性別規訓的藩籬中去。寶釵的閱讀主體意識其實是被壓抑的。閱讀客觀上促
成了她生命意識與個體意識的發展,流露生命的活潑。作為一個自覺的倫理
道德規訓式人格,她不得不經常服用「冷香丸」來抑制與熄滅那蠢蠢欲動的
生命慾望。

閱讀是女性認識社會和自我最重要的路徑之一,通過閱讀喚醒女性正確
的自我意識,就是讓女性在閱讀中,排除來自男性中心話語對自身辨認的干
擾。在整個傳統中國社會,儘管不乏女性閱讀的身影,但並不能說明女性通
過閱讀獲得了個體的獨立意識和獨立的生存空間。女性被侷限在家庭領域,
而家庭角色使女性疏離了人的社會本質,限制了女性閱讀的視角。無法正確
瞭解外部客觀世界的運行,也就不能把自身行為與外部世界聯繫起來,從而
限制了女性的自我發展。閱讀,一定程度上促成了女性主體意識與自我意識

〔註74〕〔法〕米歇爾・福柯著,劉北成、楊遠嬰譯,《規訓與懲罰》,頁 228。

的發展，但它所喚醒的生命能量並不通向外在世界，並未與外在世界的改造產生實際性的連接。女性閱讀真正的價值實現方式，應該是讓女性通過閱讀獲得自主的意識，果敢地履行自己的歷史使命、社會責任、人生義務，並清醒認識自身的特點，以獨特的方式參與社會生活改造，肯定和實現自己的需要和價值。

第二節　女性閨閣寫作活動

一、明末清初女性寫作概況

　　明末清初不僅女性閱讀興盛，也是女性文學寫作興盛的時代。明清時期是女性詩歌創作最興盛的時期。胡文楷《歷代婦女著作考》著錄兩漢至清末民初女作家 4000 多人，僅清代就有 3600 多人。江南地區經濟的發展，文化的繁榮，坊刻的發展，教育的普及形成女性讀者群。明代嘉靖、萬曆以後，隨著商業化社會的發展，書籍市場丕變，通俗書籍數量劇增而價格銳減，促使非傳統精英讀者如中下層文人、商人以及閨秀等都有機會擁有書籍。女性文化修養提高，而男性文人對於女性創作的肯定與推動，使女性不僅是書籍市場的消費者，也成為創造者。江南商業化坊刻和家族性私刻的盛行，為閨閣女性從事寫作提供了傳播通道。明末世紳家庭家刻盛行，女性作品也成為商業化坊刻的熱門賣點，《名媛詩歸》、《古今女史》，《牡丹亭》的評論，正是因明清坊刻、私刻的繁榮，藉以保存下來，也對才女文化的發展，起到了有力推動作用。

　　女性作品亦被視為家族文化傳統和資財的一部分。女性詩歌創作受到家庭的「內在動力」的推動，士族的父親十分重視對女兒的適當教養。在明末清初的江南地區，大多數的士人父親都傾向讓女兒接受教育。作為世家大族的女兒，所需要具備的基本素養、婚姻籌碼、交際需要，形成了濃厚的家學傳統與世家文學氛圍。

　　　　晚明以降，世紳階層的婚姻觀念發生新變，文藝修養成為中上層女性婚前教育的重要層面，閨中的教育在一定程度上已經成為了家族的一種文化投資，也是一種家族身份與地位的認證，女性的才能和聲譽也成了家族的資本。換言之，「四德」儘管還在強調，但女性若要更受尊重，還需才學與詩藝——這是女性文學創作與出版能夠得

到家族讚賞與支持的重要原因之一。〔註75〕

然而對於女性創作詩歌，社會上也有不同的意見。以袁枚與章學誠為代表，引發了他們對於女性詩歌寫作的爭論。

乾嘉年間，女子吟詩作詞的風尚，空前興盛，背後推波助瀾者即為袁枚。以袁枚為代表的文人，推崇女性詩歌之性靈，他認為一個有學識的女性的最高成就，就是寫詩。他招收女弟子，助推女性寫作，收集女性詩歌並出版其詩歌集，將女學生們創作成果編纂成《隨園女弟子詩選》，打破了內言不出閫的傳統。保存了大量女性作品，不使其湮沒，在中國文化史上留下了濃抹重彩的一筆。

章學誠在《婦學》中，對於袁枚以及隨園女詩人展開激烈批評：「近有無恥妄人，以風流自命，蠱惑士女，大江以南，名門大家閨秀，多為所誘。徵刻詩稿，標榜聲名，無復男女之嫌。」〔註76〕他堅持內言不出於閫，以儒家婦學為女性生命首要規範。《紅樓夢》中寶玉即使珍愛與讚賞黛玉的詩作，但也意識到閨閣中詩詞字跡是輕易往外傳誦不得的，「自從你說了，我總沒拿出園子去。」〔註77〕

然而借助詩歌創作，被壓抑與禁閉的女性，開始發出自己的聲音，彰顯才華，表達自我生命意識。詩歌創作，帶給女性生命一個解放與超越的出口，是其話語權的體現，帶給女性一定程度的言說自由，自由地表達性靈：

> 才女們的詩歌中煥發出創造性、私人性、獨特的個性以及卓越的表現能力，在一個父權文化中，她們創造了婦女自己的話語，這種話語一方面唯禮是從，一方面卻又使得隱隱然將欲衝潰禮教堤防的心潮與情思聲聞于外。她們詩歌的聲音攜帶著她們越出家庭和親族的小天地，與皇朝天下的話語的徑流融合成為一體。〔註78〕

本節將考察《紅樓夢》中女性的詩歌寫作，並以此來考察明末清初上層家庭中閨閣女性詩歌寫作的具體展開情況以及女性在其中的心理狀態。

〔註75〕〔美〕高彥頤著，李志生譯，《閨塾師》，頁167。
〔註76〕章學誠著，《章學誠遺書》，頁189。
〔註77〕〔清〕曹雪芹著，脂硯齋批，周汝昌校訂批點本，《石頭記》，頁762。
〔註78〕〔美〕曼素恩著，定宜莊、顏宜葳譯，《綴珍錄》（南京：江蘇人民出版社，2005年1月第1版），頁104。

二、《紅樓夢》中的女性詩社

　　明末清初，上層貴族女性的詩歌創作，雖然出現了蓬勃發展的興盛狀態，但仍然是被保護在一定的主流秩序與倫理規範內的，只有合乎理性規範的包裝和遮蔽，才能夠得以順利展開。一旦超過了這些邊界，則會滑向危險境地，帶給女性巨大的道德與心理壓力。這些邊界包括：群體性、公共性、娛樂性、消遣性、遊戲性，例如：在大觀園內，女性的詩歌創作活動，是躲藏在群體的狂歡中，發生在家族的公共空間與集體活動的時間，包括宴飲、節慶、重要家族時刻，這是被權力的主導者所允許與認可的時空。家族重要的宴席、場合，都會讓家族中的女兒們賦詩，以表現家族的文化素養與傳承的家風。又如公共性。女性的詩歌創作活動，是被要求在公共的時間與空間中展開的，所表達的情感與內容都具有公開性。再如娛樂性、消遣性、遊戲性。明末清初女性的詩歌創作雖然已很興盛，但在主流價值觀看來，詩歌創作對於女性仍然屬於閨中游戲，並不是什麼正經事，只是生活中偶而的娛樂與消遣。女性詩歌創作也常常在這樣的偽裝與遮蔽下展開，讓不合常規的詩歌寫作得以存在。詩歌創作只是女紅之餘的消遣，所謂「繡餘之作」：

> 士族家庭為了緩解他們對於家中受過教育的女孩的擔憂，想出了一個策略：教導她們工作為先，寫作次之。對於女人來說，寫作是她們完成工作之餘後用來消磨時間的營生。在 18 世紀中國官員和學者眼中，「女紅」被認為是當時女性德行最精粹的標誌。男作家們將「女紅」——尤其是紡織——奉為女性性格的標誌以及她們道德高下的標準。為了努力將主婦的角色和藝術天才這兩項互不相能的要求捏合在一起，有教養的女人總是明白哪個應該擺在第一位，當女作家在自己的詩集前言中告訴她的讀者，這是「繡餘之作」，她是在這項要求的面前表示她奉命惟謹的態度。〔註79〕

古典詩歌應該是情理結合，情感上符合儒家詩教的「樂而不淫，哀而不傷」的中和之美。

　　江南世家中女性結詩社，交遊、唱和酬贈、文學賞評的閱讀社群的形成，構成了明清江南才女文化的獨特景觀，形成很好的文學氛圍，助推了女性的詩歌創作。有清一代，女性詩社就達到了 50 個以上，出現了如學術界公認的

〔註79〕〔美〕曼素恩著，定宜莊、顏宜葳譯，《綴珍錄》，頁 89。

清代閨秀三大詩社：即清初以顧之瓊、林以寧為領袖的「蕉園詩社」；清中葉以張滋蘭為核心的「清溪吟社」；晚清以沈善寶、顧春為領軍人物的「秋紅吟社」。此外，還有清初浙江桐鄉「飛霞閣」、盛清福州「光祿派」、晚清湘潭「梅花詩社」等諸多在詩學上頗有作為的地域閨秀詩社。《紅樓夢》細膩具體地敘述、還原了明末清初江南文學世家中閨秀詩人的詩社活動。大觀園是《紅樓夢》中的一個女兒樂園、理想空間，而詩社則是一個女性理想空間的凝聚點；體現了大觀園女性空間所蘊含的理想性。本節將深入探討這一女性詩社空間中所具有的理想性。

（一）女性話語空間

明末清初女性詩歌創作的興盛，體現在閨秀結社的興盛。中國文人結社的傳統，源遠流長。這是男性文人展現才華、知己唱和，比拼詩才，以及在與大自然的交融中感悟生命的風雅活動。而明末清初女性詩社的建立，正是女性對於男性文人詩歌雅集的「千古之佳談」的欽慕，是對女性自身詩才的肯定，以及對男性話語權的挑戰。這些女性從與世隔絕的閨房中嶄露頭角，在文學領域中僭取了一個清晰的位置；而這一位置從前是男性文人的特權。《紅樓夢》中有男兒之志的探春，憑藉著「孰謂蓮社之雄才，獨許鬚眉。直以東山之雅會，讓餘脂粉。」〔註80〕的巾幗不讓鬚眉的不凡氣魄，欲結海棠社，開創一大新局面，構建一個屬於女性自己的文化圈。

結詩社在大觀園內舉辦，而且恰逢賈政被點了學差出門的時機，在一個女兒樂園且父權統治暫時鬆綁的分離領域中展開：

> 分離領域促進了一種閨閣內女性文化的繁榮，這一文化在一定程度
> 上是獨立於男性世界之外的。只有通過探究這些女性獨有的交際含
> 義，我們才能正確評價其生活的經和緯：在以男性為中心的官方宗
> 族和權力結構中，女性能夠獲取的獨立是怎樣衍生出來的〔註81〕。

清代諸多閨秀詩人通過詩歌結社活動走出深閨，由私人空間邁向公共空間，可以公開地展現自我、表達自我、創造並形成交流與探討。在這個詩歌空間中，女性獲得了充分的話語權，詩歌創作、家族事物中的言說、詩文評論，並打破了內閨之文不可外傳的傳統，將其詩歌創作刊刻出版。

〔註80〕〔清〕曹雪芹著，脂硯齋批，周汝昌校訂批點本，《石頭記》，頁454。
〔註81〕〔美〕曼素恩著，定宜莊、顏宜葳譯，《綴珍錄》，頁205。

（二）詩社組織形式

《紅樓夢》細緻地展現了大觀園女性詩社的組織與活動。詩社是一個理想化的自由空間，「如果說大觀園是曹雪芹的理想世界，紅樓詩社則在一定程度上寄寓了曹雪芹對理想社會結構的嚮往和思考。」〔註82〕

1、自願、自主、自由的參與

第三十七回中，探春欲結海棠社，下帖邀請，眾女兒積極響應，在充分尊重個人意願的基礎上，表現出自願、主動、自由的參與態度，「我不算俗，偶然起了個念頭，寫了幾個貼兒試一試，誰知一招皆到。」〔註83〕可見這是件女兒們眾望所歸的雅事、樂事，表現出了強烈的積極性與主動性，充分體現了女兒們的自主權。詩社並不是一個家長意志的產物，而是女兒們自主自願的集合，是順應她們的自然、純真、活潑天性的一個組織。而在「偶結海棠社」中，詩社的命名是因為賈蘭送來的海棠花，一個「偶」字，可見詩社的非正式性、偶然性，也體現了一種自然天成之趣，「明日不如今日，就是此刻好。」因看見賈芸送的白海棠，就此詠起海棠詩來，並呼作「海棠社」。它是沒有功利性的，是女兒們興之所致，它的產生符合人性之自然，一開始就具有了審美性與詩意的態度。結詩社是自願、自主、自由的活動，因而具有無功利的審美性。

2、個體性

在詩社的工作分配中，李紈雖不善作，但善看，且又最公道，所以由她來負責評閱優劣，並作為社長來組織引導詩社活動。迎春、惜春都不會作詩，但也各分一件事，作為副社長，一位出題限韻，一位謄錄監查。遇見容易些的題目，也可以隨便作一首。而林黛玉、薛寶釵則是最主要的兩位詩人，她們貢獻出詩歌創作最主要的力量。詩社活動尊重個人不同的個性、能力與意願，每個人都有角色分工，以各自的形式參與到詩社的運作中去。

3、打破血緣與倫理關係

在詩社中，女兒們首先要起一個別號，黛玉道：「既然定要起詩社，咱們都是詩翁了，先把這些姐妹叔嫂的字樣，改了才不俗。」〔註84〕李紈道：「何

〔註82〕嚴安政著，〈紅樓詩社——曹雪芹理想的社會模式〉，《西安電子科技大學學報（社會科學版）》，2004年12月，第14卷第4期，頁20。
〔註83〕〔清〕曹雪芹著，脂硯齋批，周汝昌校訂批點本，《石頭記》，頁455。
〔註84〕〔清〕曹雪芹著，脂硯齋批，周汝昌校訂批點本，《石頭記》，頁455。

不大家起個別號，彼此稱呼到雅。」〔註85〕這些別號符合參與詩社的每位女性的個性，並且體現其生命情趣。這代表她們是以個體身份參與詩社活動，參與者之間不再是一種親屬倫理血緣關係。在這個特殊的以詩為媒介的文藝社團中，女性能夠從日常功利與禮教語境中暫時超越，避免了尊卑、上下、長幼的分別，成為詩藝上的摯友關係，相互切磋詩藝，平等交流思想與情感。詩社也因而成為女性得以暫時逃脫現實倫理規訓的自由詩意空間與社會文化空間。

4、平等、民主、合作、競爭關係

在詩社活動中，多次通過「拈鬮」的形式，來決定限韻和詞調。如七十回填柳絮詞時，通過拈鬮，寶釵拈得了《臨江仙》，黛玉拈得了《唐多令》等。「拈鬮」這一形式雖不科學，但卻體現了在機會面前人人平等。在初結海棠社時，寶玉率先提出：「這是一件正經大事，大家鼓舞起來，不要你謙我讓的。各有主意自管說出來大家平章」〔註86〕。所謂「各有主意儘管說出來大家平章」就是鼓勵大家各自發表意見，體現出民主的精神。詩社的詩歌評比以詩藝高低為準則，由李紈為主評，因為「她雖不善作，卻善看，又最公道。」女性之間互聯互對，互評互譯，切磋討論，共賞共評，既有詩藝上的競爭，又有共同合作，形成了一個平等、民主、和諧的詩社氛圍，「紅樓詩社平等的態度、民主的原則、公正的價值尺度、和諧融洽的氣氛，體現了《紅樓夢》作者曹雪芹心中理想的社會模式。」〔註87〕

5、遊戲性、愉悅性

詩社的詩歌創作活動，是以一種自由遊戲的形式展開的，常與喝酒、划拳、酒令、抽花籤等遊戲結合在一起，既有娛樂性、消遣性又富有詩意，並且融入女性的日常生活情境，與節令、氣候、自然、日常生活、家族重要時刻緊密連結，實現了女性日常生活的藝術化、審美化。在詩社活動中，人、自然、詩歌交融在一起，心靈是自由、釋放的，遊戲的形式賦予詩歌創作快樂、互動與比拼，也增強了群體狂歡的愉快性。女性之間的群體交流與心靈對話，撫慰了寂寞，充滿了愉悅性，具有了生命力的暢通。詩社活動具有詩意、自由、創造力，對於長年被封閉在深閨中的閨秀來說，帶來了生命的樂

〔註85〕〔清〕曹雪芹著，脂硯齋批，周汝昌校訂批點本，《石頭記》，頁455。
〔註86〕〔清〕曹雪芹著，脂硯齋批，周汝昌校訂批點本，《石頭記》，頁455。
〔註87〕嚴安政著，〈紅樓詩社——曹雪芹理想的社會模式〉，頁20。

趣。康德認為生命就是活動，生命的樂趣只有在自由活動中才能領略。在這個理想空間裏，女性在逸出日常倫理生活規範的詩詞遊戲中，得到一定程度的自由與放鬆，娛樂與消遣。

（三）詩社創作特徵

1、寄性寓情，獨抒性靈

寶釵說：「古人賦詩，也不過都是寄性寓情耳。」〔註88〕詩歌創作是寄性寓情，性靈的呈現，這些詩歌呈現女兒們不同的文氣、個性、生命形態，一人是一人口氣，讓女性不同的生命品質得到精緻的尊重與美的呈現。明末清初，男性文人推崇女性詩歌的特點是「真」，清新，是為清物，表現出女性的性靈與活力。因為這些詩歌既沒有功利目的，不干涉公共領域事物，也不是滿足於道德訓誡的實用目的；它們是女性生命情感最真實與自由的表達，詩歌裏能夠看到那一顆童心與真心。詩歌的風格是性靈、感性與清新的。在第三十七回詠白海棠時，薛寶釵的詩，呈現出的是「淡極始知花更艷」的清潔自厲、溫雅沉著。李紈贊道：「到是蘅蕪君。」而黛玉的「偷來梨蕊三分白，借得梅花一縷魂」所透露出來的風流別緻，逸才仙品，更贏得了大家的喝彩，「果然比別人又是一樣心腸。」〔註89〕

2、即景生詩，自然流露

女性的詩歌創作並不為科舉考試，常以即景生情的方式創作，自然、真誠，新鮮活潑；表現出女性活潑的天性，沒有沉重的道德或功利負擔，唯個人性情的自由抒發。海棠詩社的命名，也是因為看見有人抬了兩盆白海棠來，就詠起他來。詩歌的體式，也因書架上隨手一揭是七言律而定。所押「門」韻，也是因為一個丫頭恰好倚著門，「迎春掩了詩，又向一個小丫頭道：『你隨口說一個字來。』那丫頭正倚著門立著，便說了個『門』字。迎春笑道：『就是門字韻，十三元了。頭一個韻定要這門字。』」〔註90〕這是鍾嶸《詩品·序》所言「即目會心」的創作，以審美直覺觸物興情，亦是禪宗的現量。這樣的創作方式，使詩歌呈現出沒有雕琢痕跡的自然真美，即「自然英旨」。如黛玉所說，「何等自然，何等現成，何等有景，且又新鮮，我竟要擱筆了。」〔註91〕這樣的

〔註88〕〔清〕曹雪芹著，脂硯齋批，周汝昌校訂批點本，《石頭記》，頁457。
〔註89〕〔清〕曹雪芹著，脂硯齋批，周汝昌校訂批點本，《石頭記》，頁457。
〔註90〕〔清〕曹雪芹著，脂硯齋批，周汝昌校訂批點本，《石頭記》，頁457。
〔註91〕〔清〕曹雪芹著，脂硯齋批，周汝昌校訂批點本，《石頭記》，頁457。

即景生詩，使詩歌更富有天然清新、生動活潑的氣質。藝術雖有別於自然，卻仍須妙肖自然，不露出矯揉造作的痕跡。

第三節　女性個體與詩歌

一、黛玉詩作——靈魂的吟唱

林黛玉是大觀園的首席女詩人，性靈派才女，哲人。她是太虛幻境下凡的仙女，用全部身心浸淫、感受、記錄、吟唱、哀悼那個時代女性的命運悲劇。

（一）黛玉詩作特色

1、私密性

在公開的群體詩社活動外，林黛玉大量的詩歌創作是在私人時空中進行的，這是孤獨、遠離群囂，充滿詩性與哲理啟悟的性靈詩境。小山坡上的葬花冢、梨香院牆角等隱秘角落，阻隔的孤寂空間中感悟生命、情思繁逗。瀟湘館有竹影、苔痕，古意、清幽，孤寂、蕭瑟，是一個性靈的詩意與領悟空間。窗下案上設著筆硯，書架上磊著滿滿的書。可以想像黛玉在瀟湘館裏幽靜的讀書生活。在窗下讀書，凝望窗外遐思；讀累了，在羊腸小路上散步。這窗下的世界，是黛玉生命最適切的表徵，孤獨的凝望、低頭的寫作，抬頭的瞭望，孤獨又沉靜。一個女詩人、女哲人的私密寫作與凝視世界，是從閨房通向自然的窗口，是從個體生命通向自然、宇宙的窗口。在這一小窗口下，黛玉看見了春夏秋冬的流轉。但這窗口，也構成她生命的侷限，無眠的夜晚，她守著這個窗口，凝思、流淚，書寫，構成了黛玉作為一個女詩人的生存圖景。黛玉的窗口，既是禁閉、孤獨，也帶來觀察與冥思的寧靜。窗口前的燈火是在廣闊宇宙的漫長黑夜中孤獨存在，「被燈火的星星照亮的孤獨家宅具有了宇宙空間性，它總是作為一種孤獨感出現。」〔註92〕從外面的世界往裏看，一個小小的窗口，一線搖搖的微弱的燭火，那是一個在宇宙中弱小的存在的生命，卻倔強地以性靈之光，在漫漫長夜裏冥思。寫詩不是一種外在的附庸、身份的象徵，而是最真實內在幽微靈魂的表達，創作是她對自我女性生命的感慨。

〔註92〕〔法〕加斯東‧巴什拉著，張逸婧譯（上海：上海譯文出版社，2009 年 1 月第 1 版），頁 125。

2、專業性

在傳統女性規訓中，詩歌創作只是閨中游戲。女性閨閣生活中最基本而重要的活動是女工、家庭事務以及人際往來。因為疾病與個性的孤僻，黛玉不用擔負太多的女紅禮節與交際，因而將大量時間沉浸在個人情感與創作中。她主動追求出眾的詩才與展示，「黛玉安心今夜大展奇才，要壓倒群芳。此時林黛玉未得展其抱負，自是不快。」〔註93〕她的詩歌創作遠遠超過傳統婦德中女性寫作的邊界，呈現出專業性的特質。這樣的越界與沉迷，讓黛玉墜入焦慮矛盾與壓抑衝突中，身心處於危險邊緣。

3、強烈的情感性

黛玉詩歌整體的格調與風格是淒楚哀傷的，是她苦悶靈魂的表達，整個人浸淫在痛苦情緒中。她的詩字字是血與淚，甚至不惜犧牲自己的身體來寫作，詩歌充滿了強烈的情感性，縱情任性、沉溺於纖弱的自我傷感與現實的無奈窘困，是被小女兒的眼淚所困的詩歌，也困住了黛玉的生命，使其情病更甚。

（二）黛玉詩作的主要內涵

1、舊帕子上題詩——傳達私情

在傳統儒家道德規訓之下，文學（戲文文字、詩歌等）成為男女之間私相傳遞心意、暗訂盟約的方式。寶玉的舊帕子是貼身私密之物，它被送到黛玉那裡，是以「私物」的形式，打破了貴族禮儀對男女兩性的區隔與禁忌，建立一種最私密、貼近的關係，承載著情慾的色彩。黛玉以自己的詩歌寫於舊帕子上，用最私密的詩歌文字回應於寶玉，這些詩歌文字因而也具有了私密性、情慾性、禁忌性與反叛性。黛玉的詩歌超過了儒家倫理秩序的情理結合，而沉浸在強烈的情感性與哀傷感中，甚至透露了她的隱秘情慾。

2、閨中抒懷——傷歎青春

（1）女性敏感的生命意識與命運哀歎

黛玉的詩歌充滿女性生命意識的覺醒，身世之歎及命運的無奈。「花謝花飛花滿天，紅消香斷有誰憐？」〔註94〕女性青春易逝，美好的少女時代是短暫的，一旦進入婚姻，就結束了，「進入青春期的男孩子是主動邁向成人的，

〔註93〕〔清〕曹雪芹著，脂硯齋批，周汝昌校訂批點本，《石頭記》，頁229。
〔註94〕〔清〕曹雪芹著，脂硯齋批，周汝昌校訂批點本，《石頭記》，頁350。

而少女只能等待這個全新而又難以預料的時代的到來。從現在起，她的故事將是被編好的，時間會裹挾著她進入這個漩渦中。」〔註95〕「簾中女兒惜春莫，愁緒滿懷無處訴。」〔註96〕被壓抑在深閨中的青春活力，讓人感覺到苦悶。空中飄舞的落花，彷彿她們飄零短暫的青春。「桃李明年能再發，明歲閨中知有誰？」〔註97〕是對不可知未來的恐懼。「明媚鮮妍能幾時？一朝飄泊難尋覓。花開易見落難尋，階前悶殺葬花人。」〔註98〕她沒有任何實在的人生目標，只是在消磨時間。青春在等待中消逝。「願奴脅下生雙翼，隨花飛落天盡頭。天盡頭，何處有香丘？」〔註99〕這無處安放的生命，哪裏才是生命的歸宿？美好的生命，就在傳統規訓下日復一日單調生活的磨挫下慢慢消散。

（2）持守與反抗

在〈五美吟〉的詠史詩中，黛玉稱許紅拂為「女丈夫」，對她鍾情而夜奔李靖之勇持讚賞態度，贊為「巨眼」，這是對女性大膽追求自由愛情的欣羨。然而這五首詩中，女人的幸福還是依附於男性，命運被男性牽制，未能獲得真正獨立。在詩中，黛玉沉浸於古來才女的命運中，被她們的深情、高潔，為情獻身的主動精神而感動，並喚起自己的命運之歎。在黛玉的詩歌中，蘊含著女性對自己生命純粹性與自主性的堅持，對外在世界與命運的反抗。「質本潔來還潔去，強於污淖陷渠溝」〔註100〕。不願被人擺佈，隨波逐流，柔弱中蘊含著抗爭的力量，「天盡頭，何處有香丘？」這是對男權社會中，女性生命何去何從的追問。看似纖弱，實有著敢於直面慘淡人生的勇敢，深入生命的痛苦，去咀嚼與表達。大觀園裏的那個香冢，就是她對抗這個世界的堡壘，是她對少女美好生命的悼念。

黛玉的詩歌目光始終對準「閨中女兒」這個自我，關注女兒自身；女性不再是作為男性的附庸：

> 她聰慧過人，且善於獨立思考，但是她的全部觀念只能深藏於心，
> 注定被囿於深宅大院的她只能關注自我。於是，對自身美好品質的

〔註95〕〔法〕西蒙·波伏娃著，李強譯，《第二性》，頁356。
〔註96〕〔清〕曹雪芹著，脂硯齋批，周汝昌校訂批點本，《石頭記》，頁350。
〔註97〕〔清〕曹雪芹著，脂硯齋批，周汝昌校訂批點本，《石頭記》，頁350。
〔註98〕〔清〕曹雪芹著，脂硯齋批，周汝昌校訂批點本，《石頭記》，頁350。
〔註99〕〔清〕曹雪芹著，脂硯齋批，周汝昌校訂批點本，《石頭記》，頁350。
〔註100〕〔清〕曹雪芹著，脂硯齋批，周汝昌校訂批點本，《石頭記》，頁350。

肯定，對自身不幸命運的哀怨，對嚴酷外界的控訴，對污濁環境的
拒斥，便組成了此詩的精神境界。這是基於女性立場的對生命的禮
讚，是對男性價值觀念的否定。〔註101〕

這種關注已經超越個人存在，而關乎所有女性的命運。

（三）黛玉的藝術人格

1、敏銳而無法自拔

　　黛玉是天生的女詩人，具有藝術家人格，大觀園中唯一的真正詩人。對
其他少女而言，作詩只是作為藝術修養或遊戲活動，而黛玉則把全部的生命
能量與靈魂，寄託於詩作中。詩歌成為她生命最極致的表達方式，沒有詩歌，
就沒有黛玉。《紅樓夢》的作者塑造黛玉的病態，自憐、自戀、孤獨、憂鬱，
而與她旺盛的藝術創造力形成鮮明的對比：「那些描寫早慧才女的故事常常有
意將她們心理、生理上的脆弱和創造力的旺盛作成鮮明的對比。」〔註102〕這
只有在藝術的角度來理解。德國精神分析學家榮格說：「藝術家是自己才能的
『受難者』，她的病態乃是一種『藝術家的病態』」〔註103〕，黛玉以犧牲健康
與身體為代價，獻身於詩歌的創作。她不是女道德家，因此並不追求生命的
平衡、克制與健康。她是病態的，用全部的生命去寫成這些詩，表達女性生
命中無可逃避的悲劇性。在詩歌中品嘗生命的苦澀。這種被強化的生命悲劇
感，濃重的傷感情調，是她為詩歌創作付出的昂貴代價。最後，她也在詩歌
中銷毀了自己。

　　通常，藝術家們的生活非常不盡如人意。創造之火這一神聖的天賦
　　索取了藝術家的一切動力，使他們不得不產生各種壞的品質——冷
　　酷無情、自私自利、高傲虛榮，甚至產生出各種惡習，以維持那生
　　命的火花，使它不至於完全熄滅。〔註104〕

從藝術創作的角度說，黛玉人格中所有的痛苦、糾纏、渴望，敏感，都滋養
了她獨特的詩歌創造力，精神疾患既可以剝奪一個人的創造力或創造性，又
可以使他更有創造力或創造性。

〔註101〕莫礪鋒著，〈論紅樓夢詩詞的女性意識〉，張宏生主編，《明清文學與性別研究》
　　　　　（南京：江蘇古籍出版社，2002年10月第1版），頁176。
〔註102〕〔美〕曼素恩著，定宜莊、顏宜葳譯，《綴珍錄》，頁93。
〔註103〕〔德〕古斯塔夫·榮格著，《心理學與文學》（上海：譯林出版社，2011年9
　　　　　月），頁389。
〔註104〕〔德〕古斯塔夫·榮格著，《心理學與文學》，頁389。

2、藝術家天命

黛玉不得不接受這作為女詩人的藝術家天命。她無法抗拒這樣的詩人天命，而用生命去實現它，為中國古代的女性代言，訴說她們的哀傷、無奈與生命悲劇，「藝術是一種天賦的驅動力，它攫住一個人，把它變成自己的工具」〔註105〕。為了完成這個使命，她犧牲了身心的寧靜、和諧與健康，「因為真正的藝術家從出生的那一刻起，就被召喚來完成一個比普通人所能勝任的更偉大的任務。要完成這一艱難的使命，他有時必須犧牲幸福及對普通人來說每一樣使生活值得去過的東西。」〔註106〕

二、香菱學詩——生命的閃光

香菱，一個天生的孤女詩人，她渾然天真、毫無心機，在命運的折磨下，承受痛苦，可無能力與心機扭轉。只能用「呆」、「憨」來消解塵世之痛，忍受、偽裝與麻痺自我。香菱對自己的身世並不關心，認命似的忍受著前世的罪孽，「我今日罪孽可滿了。」更令人沉痛的是，香菱始終以置之度外的態度，來坦然領受這樣的痛苦，甚至都感覺不到她曾有過痛苦。詩歌，是「呆」香菱心底的一個秘密，在與黛玉學詩前，私下就一直讀詩。這是她在苦難現世的一個避難所，是「痴」、「憨」背後的傷痕累累中掩埋的激情。

（一）詩歌重現靈性與天賦

香菱是甄士隱的女兒，出生於一個書香門第。但三歲就被拐，歷經世事的坎坷，被賣於薛蟠為妾；詩歌，重新喚醒了她被損害與掩埋的天賦與靈性。讓她的生命再一次煥發了活力與光亮。讀詩、作詩時的痴迷，她的悟性與詩意，讓來往的人都詫異。正如寶玉所言：「這正是地靈人傑。老天生人，再不虛賦情性的。我們成日歎說，可惜他這麼個人竟俗了，誰知到底有今日，可見天地生人至公。」〔註107〕詩歌是香菱未被世俗所移的最初本心與童心的呈現，在命運的漩渦中，不甘於就此陷落，內心還嚮往著那個更美好的自己：「細想香菱之為人也，根基不讓迎探，容貌不讓鳳秦，端雅不讓紈釵，風流不讓湘黛，賢惠不讓襲平。所惜者青年罹禍，命運乖蹇，足為側室，且雖曾讀書，不能與林湘輩並馳於海棠之社耳。」〔註108〕

〔註105〕〔德〕古斯塔夫·榮格著，《心理學與文學》，頁351。
〔註106〕〔德〕古斯塔夫·榮格著，《心理學與文學》，頁379。
〔註107〕〔清〕曹雪芹著，脂硯齋批，周汝昌校訂批點本，《石頭記》，頁583。
〔註108〕〔清〕曹雪芹著，脂硯齋批，周汝昌校訂批點本，《石頭記》，頁578。

（二）詩歌喚起生命的自主性

香菱「苦志學詩精神誠聚」，體現出生命的自主性。這與她世俗生活中隨波逐流的被動態度完全不同。她是現實世界的奴隸，卻是精神世界的主人。一入園就主動請黛玉教她作詩，「我這一進來了，也得了空兒，好歹教給我作詩就是我的造化了。」〔註109〕拿了黛玉借給她的詩集，「諸事不顧，只向燈下一首一首的讀起來。」寫詩時更是「連房也不入，只在池邊樹下，或坐山石上出神，或蹲在地下摳土。」〔註110〕甚至睡夢中都在作詩，從夢中笑道：「可是有了。難道這一首還不好？」作詩的快樂讓香菱在夢中笑出來。詩歌喚醒她生命的自主性與創造的愉悅，不再感到自己是個被人擺佈的奴隸，重新發現本真的自我及生命力量。詩歌創作，雖然不可能改變整體的社會性別規範與秩序，卻在很小的範圍內，給予女性體驗自身更多可能性的空間，創造出一個精神領域的自由生存空間。對社會與習俗所安排的位置，作出反抗，獲得一點非正式的權力和社會自由。正如德國哲學家黑格爾在《美學》中所指出，人的存在是被限制的、有限性的東西，人是被安放在缺乏、不安、痛苦的狀態，而常陷於矛盾之中。美或藝術，作為可以從壓迫、危機中回復人的生命力的東西，並作為主體的自由的希求，是非常重要的。

（三）體會關懷與支持

在薛寶釵的引入、林黛玉的教授、寶玉的稱讚、湘雲的陪伴及眾姐妹的鼓勵下，學詩讓香菱飽經折磨的心靈，得到了庇護、鼓勵與撫慰。「學詩」事件中，香菱不僅得到了生命快樂，其他人也因對香菱的鼓勵與支持，而得到了快樂。湘雲的俠義與熱情；黛玉作為老師給予香菱幫助與教導；探春作為詩社的創立者，邀請香菱入社。寶釵，在香菱學詩中，也變得幽默有趣，主動把香菱引入大觀園，雖然不無訓誡與教誨，仍欣然贊同與支持香菱學詩，表現出寶釵生命的變化。寶玉，看到香菱的復甦、美和詩意，更是快樂。詩社讓香菱在悲苦的命運下，任性了一回，夢想成真。

（四）短暫的烏托邦

然而「詩」只是一個暫時的庇護所，短暫的烏托邦。在當時的社會制度下，香菱如同一顆流星般一閃而過，這是她生命裏唯一一次的發光。在命運、

〔註109〕〔清〕曹雪芹著，脂硯齋批，周汝昌校訂批點本，《石頭記》，頁580。
〔註110〕〔清〕曹雪芹著，脂硯齋批，周汝昌校訂批點本，《石頭記》，頁583。

社會制度的磨折下，純真、簡單如她，根本無力對抗，最後命喪金桂之悍下，香消玉殞，她的詩性智慧發展得越充分，她從學詩中得到的快樂越充盈，與她不得不離開大觀園後的真實處境相比，其反差就顯得越強烈，從樂園跌進深淵的感覺，也就越沉痛。詩歌是她可憐生命中的唯一亮光。

三、湘雲詩興──香夢的沉酣

湘雲年紀雖小，但從小嘗遍人生坎坷，襁褓中沒了爹娘，寄居於叔叔嬸嬸家，忍受他們的苛刻與冷漠，在家裏不得自由，還要做女紅到深夜。有感於現實的無奈與苦悶，所以，湘雲進入大觀園時，就像進入一片桃花源，盡情地釋放著天然本性，沉浸在單純美好的生命之樂中，以忘卻大觀園之外，現實憂愁、命運未卜。《紅樓夢》中多次強調了湘雲的香夢。湘雲幾次進大觀園，都帶著姐妹們，快樂盡情地沉酣於這個生命的香夢中。這個夢裏，飄蕩著花香、酒香、詩詞之香，是一個生命解放的夢。湘雲就是這位夢中女神。在掣花簽時，湘雲抽到題為「香夢沉酣」的簽：「黛玉一擲，是個十八點，便該湘雲掣。湘雲笑著，揎拳擄袖的伸手掣了一根出來。大家看時，一面畫著一枝海棠，題著『香夢沉酣』四字。那面詩道是：『只恐夜深花睡去』」。〔註111〕曹雪芹使湘雲盡情釋放青春活力。湘雲，如春之女神，點亮了大觀園，注入了新鮮活力。所以，她沒有任何鋪墊地進入大觀園，就像一陣風，也像一道光，帶來一派明亮、歡愉、豪放的陽剛之力。她如泉香酒冽，一杯琥珀美酒映著月光，如一片芍藥花叢。她是李清照筆下那個天真爛漫，「不知綠肥紅瘦卻道海棠依舊」的少女；又如魏晉名士，在美酒與花叢中，香夢沉酣；錦心繡口又不妨口食腥羶。現實中被壓抑的本我，在這個大觀園裏盡情釋放。湘雲的詩歌活動中透露著獨特的審美風格，蘊含著審美的超越性。

（一）魏晉名士之風流

湘雲自比「名士」，「惟大英雄能本色，是真名士自風流。」〔註112〕她認同魏晉名士之風流，而她的生命中也頗有魏晉名士之格，「史湘雲純是晉人風味」〔註113〕。史湘雲言談舉止我行我素，不受傳統婦德規訓束縛，越名教而任自然地表現自我，追求自由，「割腥啖」，「藥酣眠」，不管旁人的議論與觀

〔註111〕〔清〕曹雪芹著，脂硯齋批，周汝昌校訂批點本，《石頭記》，頁748。
〔註112〕〔清〕曹雪芹著，脂硯齋批，周汝昌校訂批點本，《石頭記》，頁598。
〔註113〕〔清〕二知道人著，《紅樓夢說夢》，一粟編，《紅樓夢資料彙編》（北京：中華書局，1963年1月第1版），頁95。

感，只求適意自在，有種不隨俗流，不顧物議、我行我素、旁若無人的氣度，而呈現出不同於傳統閨閣女子的自然生命，「豪放之情狀，豪飲酣醉、豪睡可人，青絲拖於枕畔，白臂撂於床沿：夢態決裂，豪睡可人。至燒鹿大嚼，飲藥酣眠，尤有千仞振衣、萬里濯足之概，更覺豪之豪也。不可以千古與！」〔註114〕任憑性之所至。而與魏晉名士異曲同工之處是及時行樂的生命態度，卻是以生命的悲苦為底色。在豪放中，獲得暫時的狂歡與自由。

（二）本真

湘雲的生命精神惟一「真」字，不拘不羈，不拘禮俗束縛。由真而來的愛憎分明，心直口快，對人赤誠，洋溢著赤子之美、純淨之美，卻又不失人文之雅、自由氣息。純真質樸、慷慨開朗，愛憎分明，天真無邪。周汝昌說湘雲：「心直則無機巧無作偽，不知忌諱避嫌疑。不做作，不扭捏，不計較盤算自己得失利害。若見他人並不如此，而一味虛情假話，則不能忍受。」〔註115〕錦心繡口不妨腥羶。个者於相，不拘於形式，歸於本色，去除雕琢，返璞歸真。此乃大英雄真本色也，是李贄所謂「真男子」也，有一顆真樸自然的童心。

（三）豪之美

湘雲身上有著一種英豪闊大寬宏量，這種豪之美學飽含著陽剛之力，將陰鬱柔弱一掃而光。

1、豪興洋溢

大觀園每一次詩社活動中，湘雲都是最興致勃勃、全情投入的。她的豪興感染在場的每一個人，深鎖重閨的少女們生命力也活躍起來。《紅樓夢》中湘雲第一次出場，寶玉的反應是：「抬身就走。寶釵笑道：『等著，咱們兩個一齊走，瞧瞧他去。』說著下了炕，同寶玉一齊來至賈母這邊。只見湘雲大說大笑的，見他兩個來了，忙問好廝見。」〔註116〕史湘雲的到來，引起寶玉與寶釵輕鬆、親暱的氛圍，折射出湘雲為人的自在隨性。曹雪芹寫人筆法靈活，從他人反應，寫出人物性格。「大說大笑」表現湘雲的開朗活潑、豪爽不拘，「問好廝見」又可見其為人的親暱熱情。她的出場，沒有交代，無需

〔註114〕〔清〕涂瀛著，《紅樓夢論贊》，一粟編，《紅樓夢資料彙編》（北京：中華書局，1964年第1版），頁127。

〔註115〕〔清〕曹雪芹著，脂硯齋批，周汝昌校訂批點本，《石頭記》，頁68。

〔註116〕〔清〕曹雪芹著，脂硯齋批，周汝昌校訂批點本，《石頭記》，頁259。

鋪墊，與讀者自然熟一般，「從敘事筆法而論，前無來由，後無解說，突如其來。然令人稱奇者，作者讀者似乎早已與湘雲熟識，毫無陌生之感，此則何也。」〔註117〕而且湘雲出場的季節是春天：「此全書湘雲首次出場，季節屬春。」〔註118〕她如春天般燦爛而孕育著生命的活力。

湘雲愛喝酒賦詩，在醉狂中呈現酒神精神。在狂醉中忘卻生命痛苦，沉醺人生，感到生命的歡悅，打破現實限制，重新與自然、世界融為一體。酣醉的湘雲，滿身滿臉的芍藥花瓣，圍繞她飛舞的嬉戲擾攘的蜂蝶，一派自然氣息，給大觀園帶來自由與快樂。

2、豪邁不羈

湘雲不拘小節，行事言語豪邁不羈。她命運坎坷、孤苦艱難，卻不以悲苦縈懷，卻放達爽朗，不陷溺於傷感纖弱的情緒中，「襁褓中，父母歎雙亡。縱居那綺羅叢，誰知嬌養？幸生來，英雄闊大寬宏量，從不將兒女私情略縈心上。好一似，霽月光風耀玉堂。」〔註119〕呈現出明亮閃耀的陽剛精神以及超越命運束縛的生存美學，這種豪邁個性既是氣質稟賦，也是湘雲有意識的生命態度。她常寬慰黛玉說：「你是個明白人，何必作此形象自苦。我也和你一樣，我就不似你這樣心窄。何況你又多病，還不自己保養。」〔註120〕凹晶館對詩，黛玉的是「冷月葬花魂」，湘雲評價道：「詩故新奇，只是太頹喪了些。你現病著，不該作此過於淒楚奇譎之語。」〔註121〕她的則是「寒塘渡鶴影」，在冷月映照的寒塘，「戛然一聲，卻飛起一個白鶴來。」〔註122〕黑夜中仍有鶴飛動的身影。桃花社中，見柳花飄舞，湘雲便偶成一小令，調寄《如夢令》：「豈是繡絨殘吐，捲起半簾香霧。纖手自拈來，空使鵑啼燕拓。且住，且住，莫使春光別去。」〔註123〕她一心要留住美好春光。湘雲在蘆雪廣生烤鹿肉，被黛玉嘲諷：「那裡找這一群叫花子去。罷了罷了。今日蘆雪廣遭劫，生生被雲丫頭作踐了。」湘雲聽了不以為然，還自視為「真名士自風流」。

〔註117〕〔清〕曹雪芹著，脂硯齋批，周汝昌校訂批點本，《石頭記》，頁259。
〔註118〕〔清〕曹雪芹著，脂硯齋批，周汝昌校訂批點本，《石頭記》，頁259。
〔註119〕〔清〕曹雪芹著，脂硯齋批，周汝昌校訂批點本，《石頭記》，頁76。
〔註120〕〔清〕曹雪芹著，脂硯齋批，周汝昌校訂批點本，《石頭記》，頁895。
〔註121〕〔清〕曹雪芹著，脂硯齋批，周汝昌校訂批點本，《石頭記》，頁900。
〔註122〕〔清〕曹雪芹著，脂硯齋批，周汝昌校訂批點本，《石頭記》，頁900。
〔註123〕〔清〕曹雪芹著，脂硯齋批，周汝昌校訂批點本，《石頭記》，頁824。

第四節　女性管理活動

中國傳統家庭實行男主外，女主內的分工，女性承擔家族內部管理事務，男人則在外為官，擔負起整個家族勢力與地位的延續與傳承；並通過世家聯姻，建立同盟，婚姻是宗族聯盟的一環，以保存家族的勢力。世襲貴族的男性，通過長子世襲官職以及讀書參加科舉考試、捐官等形式，擔任朝廷官員。「榮國府中，由長子賈赦襲著官，次子賈政，自幼好喜讀書，原要以科甲出身的，皇上因恤先臣，遂額外賜了這政老爹一個主事之銜，令其入部習學，升了員外郎，」〔註124〕賈政長期在外為官，「公私冗雜，且素性瀟灑，不以俗務為要。每公暇之時，不過看書下棋而已，餘事多不介意。」〔註125〕寧國府中，長子賈敬雖襲了官，「但一味好道，只愛燒丹煉汞，餘者一概不在心上」〔註126〕。族長賈珍，襲了官，掌管族中大小事體。「然賈珍這等紈絝子弟，那裡肯讀書，只一味高樂不了，把寧國府竟翻了過來，也沒有敢來管他的。」〔註127〕整日會酒觀花，甚至聚賭嫖娼。

> 整個家族生齒日繁，事務日盛，但是主僕上下，安富尊榮者盡多，運籌謀畫者無一。出去的多，進來的少，入不敷出，但日用排場費用又不能將就省儉。如今外面的架子雖未甚倒，內囊卻也盡上來了。這還是小事，更有一件大事，誰知這樣鐘鳴鼎食之家，翰墨詩書之族，如今的兒孫，竟一代不如一代了。〔註128〕

男性在家族事務管理上缺席，使女性臨危受命，在家庭內部管理上發揮著重要作用，並形成一個封建大家族女性管理群。這些女性對家族的興衰成敗抱有一份清醒的責任感，居安思危的危機意識，關心著家族的命運與發展。在家庭管理活動中，她們以勤勞賢惠的傳統婦德，教養子女，為家族的日常起居操勞，維繫著整個家族的運轉與延續，展現出女性特有的能力，不凡的見地與智慧，興利剔弊的改革氣魄與能力。

榮府中的女性管理組織，其高層是賈母、賈政和王夫人，對整個家族的重大事務執行決策，是女性管理群中的決策層。賈母是家族中資格最老，輩分最高的老太君，威望最高，掌握著家族最高的權力。她憑藉著自己的地位

〔註124〕〔清〕曹雪芹著，脂硯齋批，周汝昌校訂批點本，《石頭記》，頁25。
〔註125〕〔清〕曹雪芹著，脂硯齋批，周汝昌校訂批點本，《石頭記》，頁62。
〔註126〕〔清〕曹雪芹著，脂硯齋批，周汝昌校訂批點本，《石頭記》，頁25。
〔註127〕〔清〕曹雪芹著，脂硯齋批，周汝昌校訂批點本，《石頭記》，頁24。
〔註128〕〔清〕曹雪芹著，脂硯齋批，周汝昌校訂批點本，《石頭記》，頁24。

和精明，把整個家族中一切權力都嚴密控制在手中。但因年事已高，所以退居幕後，由兒媳王夫人管理。王夫人負責向賈母彙報工作，離開執行層，進入決策圈並成為決策的首要人物。

　　然而王夫人秉性喜靜，吃齋念佛，對家族繁雜瑣碎的事務不積極參與。寡嫂李紈，尚德不尚才，且是寡婦身份，只宜清淨守節。所以，並不參與家族內部事務的管理，而只是把姑娘們交給他，看書寫字，學針線，學道理，這是她的責任。除此，問事不知，說事不管。因此，家族內部事務，都交由王熙鳳負責。平兒是王熙鳳的重要助手，並管理著龐大的婆子群體，她們是具體工作的執行者。由此，《紅樓夢》中形成了獨特的大家族女性管理群形象：以賈母和王夫人為代表的決策層；剛性管理者王熙鳳，合作型管理者賈探春；以平兒等四大丫鬟為代表的輔助參謀層；以吳新登家為代表的基層管理者。

一、王熙鳳理家之才

　　鳳姐是王夫人的內姪女，聽從王夫人的指令，接受管理與交辦任務，向她彙報。鳳姐處事周到，管理出眾，且處處都顧及王夫人的權威，所以深得信任與託付。家族事務都由鳳姐籌畫與安排。鳳姐承歡迎候賈母，極能投賈母之意，插科打諢，逗賈母開心。由此深得賈母的喜歡與信任。賈母親切地叫她「鳳辣子」、「猴兒」，而這也鞏固了王夫人的地位。賈母的喜愛與王夫人的信任，使她在賈府獲得了很高的權威與地位。剛嫁入賈府時，王熙鳳作為丈夫賈璉的管家協助，但慢慢以超凡出眾的管理能力，將賈璉比下去。在管家事務中強勢佔據，成為賈府實際的當家人與管事者，掌握實際權力，形成她在家族內是一人之下，萬人之上的當家人、主管者的地位。王熙鳳也培養了自己的親信，包括心腹，通房大丫頭平兒、來旺和來旺媳婦，來幫助她運行管理。

（一）王熙鳳的管理內容

1、家庭物資與財務管理

　　鳳姐掌握著鑰匙權與對牌，負責家族物資的分配、調度與使用。黛玉剛進賈府時，王夫人就對她說道：「這是你鳳姐姐的屋子，回來你好往這裡找她來。少什麼東西，只管和她說就是了。」〔註129〕可見，家裏物資的支取

〔註129〕〔清〕曹雪芹著，脂硯齋批，周汝昌校訂批點本，《石頭記》，頁 42。

與使用，都要通過鳳姐的准許與認可，由她來分配。她掌管對牌，對牌是物資支取的重要憑證，「便是他們作，也得要東西，攔不住我不給對牌是難的。」〔註 130〕

　　鳳姐負責家庭日常收支及財務管理，包括主子、丫環的月錢、分例。在賈府中，上到賈母，下到粗使的丫頭，都是有月錢的。依照身份、地位的不同，數額有所差別。在《紅樓夢》中，王夫人不止一次詢問鳳姐關於月錢發放情況，「正要問你，如今趙姨娘、周姨娘的月例多少？月月可都按數給他們？」〔註 131〕探春管家之時，就曾問過平兒關於鳳姐的月錢發放工作，「我想的事不為別的，因想著我們一月所有的頭油脂粉，每人又是二兩。這又同剛學裏的八兩一樣，重重疊疊。事雖小，錢有限，看起來也不妥當。你奶奶怎麼就沒想到這個？」〔註 132〕

　　作為管家人，鳳姐對於家族財務入不敷出，日漸消疏的真實經濟狀況異常清晰，作為管家人，她必須想盡辦法來省儉開支，努力維持家族的正常運行，「你知道我這幾年生了多少省儉的法子，一家子大約也沒個不背地裏恨我的。若不趁早料理省儉之計，再幾年就都賠盡了。」〔註 133〕此外還有家庭日常事務管理，包括家族人員的日常吃穿用度、節慶宴席活動、紅白喜事、採買節禮等。

2、家族人事管理

　　鳳姐負責管理家族內的婆子、丫頭，分配工作，任免調配，她對黛玉說：「丫頭，婆子們不好了，也只管告訴我。」〔註 134〕她還插手賈府子弟的人事安排。在第二十三回中，賈芹的母親想為兒子在賈政這邊謀一個大小事務，於是就求鳳姐，鳳姐就以一時娘娘出來，就要承應為理由，想出一個到鐵檻寺管理小和尚道士的差事來，並告知王夫人，且要賈璉依著她來行，而賈璉已受託要為賈芸謀事，因此埋怨道：「好容易出來這件事，你又奪了去。」最後鳳姐答應，保管叫賈芸管理在大觀園種植松柏樹的工程。這場人事任免的較量，以依了鳳姐的主意收場。最後，賈芹順利得到了這個職缺。在這個事件中可以看到鳳姐在家族人事管理中實際掌握的權力，決定賈府人事分配與

〔註 130〕〔清〕曹雪芹著，脂硯齋批，周汝昌校訂批點本，《石頭記》，頁 75。
〔註 131〕〔清〕曹雪芹著，脂硯齋批，周汝昌校訂批點本，《石頭記》，頁 444。
〔註 132〕〔清〕曹雪芹著，脂硯齋批，周汝昌校訂批點本，《石頭記》，頁 665。
〔註 133〕〔清〕曹雪芹著，脂硯齋批，周汝昌校訂批點本，《石頭記》，頁 662。
〔註 134〕〔清〕曹雪芹著，脂硯齋批，周汝昌校訂批點本，《石頭記》，頁 42。

任免。在這個過程中，還要處理家庭人際關係，周旋在各種利益關係中，且不小心就容易得罪人。在第五十五回中，平兒就諷刺賈府的媳婦們道：「你們素日那眼裏沒人，心裏利害，我這幾年難道還不知道。二奶奶若是略差一點兒的，早被你們這些奶奶治倒了。饒這麼著，得一點空兒，還要難他一難，好幾次沒落了你們的口聲。」〔註135〕鴛鴦也體認到鳳姐在家族人際關係處理上的不易：

> 罷喲！還提鳳丫頭呢，他可憐見的，雖然這幾年沒有在老太太跟前有個錯縫兒，暗裏也不知得罪了多少人。如今咱們家裏更好，新出來的這些底下奴字號奶奶們，一個個心滿意足，都不知要怎麼樣才好，少有不得意，不是背地裏咬舌根，就是挑三窩四。〔註136〕

除了家族內部的管理，鳳姐還要負責賈府對外交際事務，與各王府世家之間的賀送弔往、禮尚往來。在第七回中，鳳姐向王夫人彙報與甄家禮品往來的情況：「今兒甄家送了來的東西，我已收了。咱們送他的，趁著他家有年下進鮮的船去，一併都交給他們帶去了。」〔註137〕以及臨安伯老太太千秋的禮的打點與派送。第七十一回中，賈母詢問鳳姐壽禮收放情況，「『前兒這些人家送禮來的，共有幾家有圍屏？』鳳姐道：『共有十六家有圍屏，有十二架大的，四架小的炕屏。』」〔註138〕

3、掌權

在處理這些家族內部事務的過程中，鳳姐逐漸掌握了相當具有實質性的權力，包括人事任免權、經濟權、物資分配權。但是這些不受限制的權力，隨著她膨脹的個人野心與慾望，又滋生出收受賄賂，權錢交易，私攬訴訟、放高利貸等勾當。這也是導致後來賈府被抄檢的重要罪證。

（二）王熙鳳改革寧國府

1、正本清源

改革寧國府時，在紛繁混亂的現象面前，鳳姐先理一個頭緒出來。她思路清晰，有很強的現實意識，有著豐富的管理經驗，一下子理出了寧國府的亂象之源，抓住問題的癥結所在，表現出超凡的見地與發現問題的能力。她

〔註135〕〔清〕曹雪芹著，脂硯齋批，周汝昌校訂批點本，《石頭記》，頁661。
〔註136〕〔清〕曹雪芹著，脂硯齋批，周汝昌校訂批點本，《石頭記》，頁839。
〔註137〕〔清〕曹雪芹著，脂硯齋批，周汝昌校訂批點本，《石頭記》，頁163。
〔註138〕〔清〕曹雪芹著，脂硯齋批，周汝昌校訂批點本，《石頭記》，頁837。

將寧府的混亂歸納為五點:「頭一件是人口混雜,遺失東西;第二件,事無專執,臨期推委;第三件,需用過費,濫支冒領;第四件,任無大小,苦樂不均;第五件,家人豪縱,有臉者不服衿束,無臉者不能上進。」〔註139〕此五個方面,不僅是寧府中的風俗,也是一切貴族家庭的弊病。認清問題之後,是有針對性地採取改革措施,一一解決問題與弊端。

2、量才分工

針對「人口混雜」的問題,鳳姐定造簿冊,查看家口花名冊,按名將家裏的僕人一個一個喚進來看視,對家中人口進行盤查、掌握、瞭解,以便量才而用。針對「事無專執,臨期推委」的情況,鳳姐實行細緻明確的分工,「這二十個分作兩班,一班十個,每日在裏頭單管人來客往到茶,別的事不用他們管。」〔註140〕在此基礎上,施行嚴格的崗位責任制,「這四個人單在內茶房收管杯碟茶器,若少一件,便叫他四個描賠。這下剩的按著房屋分開,某人守某處,某處所有桌椅古董起,全於痰盒撣帚,一草一描,或丟或壞,就和守這處的人算賬描賠。」〔註141〕來升家的則負責每日攬總查看,向鳳姐彙報工作。要求他秉公執法,不可徇情,如實彙報,「你若徇情,經我查出,三四輩子的老臉,就顧不成了。」〔註142〕這樣就構成嚴格的層級責任制,「如今都有了定規,以後那一行亂了,只和那一行說話。」〔註143〕明確的分工與崗位責任制,產生了明顯的管理效果,「眾人領了去,也都有了投奔,不似先時只揀便宜的作,剩下苦差沒個招攬。」〔註144〕每個人都能各歸其位,各司其職。

3、收支管控

針對「需用過費,濫支冒領」的亂象,鳳姐嚴格控制、審查物資的支出數量與用途,以防冒支濫領。鳳姐嚴格詢問並審查物資的支出用途,清楚各類事務所需物資數量,做到按數發於,數量清晰。只有當物資支取數量與她心中數目相合時,才會取榮國府對牌擲下。一旦發現數量有誤,執事者就必須再算清了來取。物資當場交割清楚,同時一筆筆收賬登記,「一面交發,一

〔註139〕〔清〕曹雪芹著,脂硯齋批,周汝昌校訂批點本,《石頭記》,頁169。

〔註140〕〔清〕曹雪芹著,脂硯齋批,周汝昌校訂批點本,《石頭記》,頁172。

〔註141〕〔清〕曹雪芹著,脂硯齋批,周汝昌校訂批點本,《石頭記》,頁173。

〔註142〕〔清〕曹雪芹著,脂硯齋批,周汝昌校訂批點本,《石頭記》,頁173。

〔註143〕〔清〕曹雪芹著,脂硯齋批,周汝昌校訂批點本,《石頭記》,頁173。

〔註144〕〔清〕曹雪芹著,脂硯齋批,周汝昌校訂批點本,《石頭記》,頁173。

面提筆登記，開得十分清楚。」〔註145〕鳳姐執行嚴格的掌管對牌，只有經過她親自審核，並得到許可後，執事者才可以取得鳳姐的對牌，並且憑藉對牌去庫房領取所需的物資，這就有效地防止了濫支冒領。

4、嚴刑峻法

在一進寧國府改革之先，鳳姐就定下嚴格規矩，這如今可要依著我行，「錯我半點兒，管不得誰是有臉的，誰是沒臉的，一例現清白處治。」〔註146〕且嚴懲不貸，堅定落實下去，並樹立個人權威，給每項工作定下嚴格清晰的時間表：

> 井井有條地按序推進，素日跟我的人，隨身自有鐘錶，不論大小事，我是皆有一定的時辰。橫豎你們上房裏也有時辰鐘，卯正二刻我來點卯，巳正吃早飯，凡有令牌回事者，只在午初刻。戌初燒過黃昏紙，我親自到各處查一遍，回來上夜的交明鑰匙。第二日仍是卯正二刻過來。〔註147〕

針對「家人豪縱，有臉者不服衿束，無臉者不能上進。」則在管理中強調公平原則，「管不得誰是有臉的，誰是沒臉的，一例清白處治」〔註148〕只講法則，不講人情。若有犯錯，一律按紀處罰，依法辦事。

鳳姐的改革在寧國府中很快取得了明顯的效果，她以集權式的管理方法進行家庭事務的管理，以管理者個人的絕對權威的專制，憑藉其個人超強能力，以嚴刑峻法對違犯行為進行懲處，對被管理者進行冷酷打壓的管理方法，在短期內取得了效果，樹立了個人權威，「大家這才知道鳳姐的利害。眾人不敢偷安，自此兢兢業業，執事保全。」〔註149〕而在她的管理下，原來混亂的家庭事務開始井然有序，「如這些無頭緒、慌亂推託、偷閒、竊取等弊，次日一概都蠲了。」〔註150〕

（三）王熙鳳改革失敗之因

然鳳姐的改革只在寧國府內產生了短期與局部效果，並不能在整個賈府的發展中產生普遍而長期的作用。

〔註145〕〔清〕曹雪芹著，脂硯齋批，周汝昌校訂批點本，《石頭記》，頁174。
〔註146〕〔清〕曹雪芹著，脂硯齋批，周汝昌校訂批點本，《石頭記》，頁172。
〔註147〕〔清〕曹雪芹著，脂硯齋批，周汝昌校訂批點本，《石頭記》，頁172。
〔註148〕〔清〕曹雪芹著，脂硯齋批，周汝昌校訂批點本，《石頭記》，頁173。
〔註149〕〔清〕曹雪芹著，脂硯齋批，周汝昌校訂批點本，《石頭記》，頁173。
〔註150〕〔清〕曹雪芹著，脂硯齋批，周汝昌校訂批點本，《石頭記》，頁173。

1、缺乏認同

在集權式的嚴刑峻法的冷酷打壓下，人雖然能夠努力工作，並且避免幹壞事，但不是出於道德上的自律與對正向價值觀的認同，只是出於規避和懼怕懲罰，人可能仍然是無恥的。正如孔子語：「道之以政，齊之以刑，民免而無恥」〔註151〕，且工作缺乏主動性、積極性以及正向的價值建立，更談不上創造性。由這樣的人建立起來的組織，往往缺乏長期競爭力。在王熙鳳生病後，園內的人比先放肆了許多，「近來漸次放誕，竟開了賭局，甚至有頭家局主，或三十弔，五十弔，一百弔大輸贏。半月前，竟有爭鬥相打之事。」〔註152〕賈府中吃酒、賭博，偷竊、打鬥，私會偷情的現象都紛紛出現，最後落得被抄家的結局。

2、上下交爭利

鳳姐的管理單純以利益和賞罰調動。壓制性的管理方式，使得管理者與被管理者之間的矛盾被激化，導致上下左右交爭利，上下級關係緊張，左右部門互相私鬥爭利，「若按私心藏奸上論，我也太行毒了，也該抽頭退步，回頭看看了。再要窮追苦克，人恨極了。」〔註153〕

3、法治變人治

鳳姐的集權式管理，通過嚴刑峻法、個人權威，靠著個人的勢來控制，一旦勢沒了，管理也就坍塌了。由於沒有監督與約束，權力愈來愈膨脹，變成了隨意而為的人治，聽憑私慾胡搞和亂用刑罰，使權弄權，生出種種罪惡的勾當，私攬訴訟，放高利貸，利用家族的權勢與人脈來換取利益，這也構成賈府被抄家的重要原因。在第七十二回，鳳姐就要心腹旺兒家的收回所放出去的高利貸，「說給你男人，外頭所有的賬，一概都趕在今年年底下收了進來，少一個錢，我也不依。我的名聲不好，再放一年，都要生吃了我呢！」〔註154〕

在賈府兩場聲勢浩大的家庭聚會「寧國府除夕祭宗祠，榮國府元宵開夜宴」後，作為主政榮國府的大管家王熙鳳，因長期勞累過度便小月了，在家一月不能理事。於是王夫人決定除大事自己主張外，將家中瑣碎之事暫讓兒媳李紈代理。但考慮到「李紈是個尚德不尚才的，未免逡縱了下人，王夫人

〔註151〕〔東周春秋時期〕孔子著，《論語》（北京：中華書局，2006年12月），頁78。
〔註152〕〔清〕曹雪芹著，脂硯齋批，周汝昌校訂批點本，《石頭記》，頁855。
〔註153〕〔清〕曹雪芹著，脂硯齋批，周汝昌校訂批點本，《石頭記》，頁663。
〔註154〕〔清〕曹雪芹著，脂硯齋批，周汝昌校訂批點本，《石頭記》，頁847。

便命探春合同李紈裁處」〔註155〕，因而給了探春一個機會來合同李紈進行管理。王夫人又特意把自己的外甥女薛寶釵請來，託她各處小心照管。至此，一個以李紈為董事長、賈探春為執行董事、薛寶釵為監事的三人管理委員會正式形成，在賈府內外交困之際，拉開了改革大觀園的序幕。

二、賈探春的改革

《紅樓夢》作者安排秦可卿的死，讓鳳姐當家作主；那麼鳳姐的病，就是使探春與寶釵嶄露頭角。鳳姐的生病，給了機會，讓家族中的其他幾個女性可以協作起來，進行一場興利剔弊的管理與改革實踐，並呈現出與鳳姐集權式管理不同的面貌，以集體協作，共同商議的管理形式，給家族帶來了短暫的新鮮氣象。在這個過程中，幾位女性展現出了各自不同的管家才干與智慧，以探春為主導，而李紈、寶釵，則是協助與商議。這次改革也得到了鳳姐的支持。她雖小月，但通過平兒，時時關注著這次的管理與改革，並給予支持與鼓勵。李紈，作為寡嫂，又是尚德不尚才的，在這次改革中，主要起到協助、調和的作用。才自精明志自高的探春，一直想要有一個機會來伸展自己的抱負與能力，因此王夫人的此次託付，對她來說是一個非常珍貴與難得的機會。對於家族的現狀也有著清晰的認識與高度的責任感，她以全部的精力與心力，積極主動地投入到這次的管理與改革中，希望在家族事務管理中開創出新的局面。此次改革體現出了探春獨特的氣質個性、才干智慧與現代式的管理方式。寶釵，作為親戚，又最是守禮之人，平素「一問搖頭三不知」的謹慎與內斂個性，對於此次管理與改革，她並不是很主動地參與的，然而寶釵出眾的理事智慧，還是得到了呈現，並以人情式的管理方法，在探春的基礎上進行調和與圓融。

賈探春、李紈、薛寶釵三人每日早晨皆到園門口南面的三間小花廳上去會齊辦事，吃過早飯上班，中午下班（卯正至此，午正方回）。並把這個小花廳起名為議事廳，「凡一應執事媳婦等來往回話者，絡繹不絕。」〔註156〕這與鳳姐理事大不相同，鳳姐理事多在自己家中，拖欠下人工資、放高利貸等偷偷事兒都是在家裏幹出來的。而後者則是一種定時定點集中辦公制度，多人在場，相互監督，公開透明，實行集體決策，避免了暗箱操作。正是有了這

〔註155〕〔清〕曹雪芹著，脂硯齋批，周汝昌校訂批點本，《石頭記》，頁654。
〔註156〕〔清〕曹雪芹著，脂硯齋批，周汝昌校訂批點本，《石頭記》，頁655。

樣一個舞臺，賈探春在李紈、薛寶釵的配合支持下，針對賈府和大觀園管理中的漏洞和弊端，進行了大膽積極而與卓有成效的改革。

（一）賈探春初露鋒芒

主政賈府之初，由於年輕和涉世不深，賈探春並未引起手下人的重視。但接下來通過三件事，探春彰顯了自己的管理能力與智慧，以及驚人的膽魄與氣量，並為接下來的大觀園改革奠定了基礎。

1、對付刁奴

鳳姐對婆子們也怕三分，正如平兒所說：

> 你們素日那眼裏沒人，心裏利害，我這幾年難道還不知道。二奶奶若是略差一點兒的，早被你們這些奶奶治倒了。饒這麼著，得一點空兒，還要難他一難，好幾次沒落了你們的口聲。他利害，你們都怕他，惟我知道，他心裏也就不算不怕你們呢！〔註157〕

這刁奴更是不把一個未出閣的年輕姑娘放在眼中，故意以趙姨娘兄弟趙國基之死的賞銀，來刁難與試探新管家們的能力，並打定主意，「若辦得妥當，人家則安個畏懼之心。若少有嫌隙不當之處，不但不畏伏，一出二門，還要編出許多笑話來取笑。」〔註158〕在與這些刁奴面對面的鬥法中，「言語安靜，性情和順，未曾動怒」的探春卻是句句藏刀，字字有鋒，以家族法令制度秉公辦事，公正、嚴屬、精細，以絲毫不讓的正氣，步步緊逼，讓這些刁奴受到了震懾。

李紈老實，以德處事，提議與襲人媽的賞銀一樣，給四十兩。然而探春提出尖銳精細的問題，質問吳新登家的媳婦：老姨娘身份有別，賞銀多少。當吳新登家的媳婦不以為然地以這也不是什麼大事搪塞時，探春嚴屬斥責她道：「這話胡鬧！」。首先因為賞銀多少事關家族銀兩出入之大事，吳新登執掌銀庫，其妻也是重要管家婆，竟如此敷衍搪塞，極不負責。吳新登家的是一個「辦事辦老了的」資深管家，這就是在人事管理上出了問題。其次，這涉及到銀兩分配的公平性與執行家族法理的嚴肅性問題。探春明確提出要以理辦事，並要求查看舊賬，按照賬上以往的舊例來處理，並對家裏各項支出作了精細考核。一開始氣燄囂張的吳新登媳婦「只有滿臉通紅，忙轉身出去」。眾媳婦們生起了畏懼之心。這一回合，以探春全勝結束。按照定例、規矩辦

〔註157〕〔清〕曹雪芹著，脂硯齋批，周汝昌校訂批點本，《石頭記》，頁661。
〔註158〕〔清〕曹雪芹著，脂硯齋批，周汝昌校訂批點本，《石頭記》，頁656。

事，不講私情，客觀公正。對下人做事嚴格要求、嚴明應對，且不怕得罪人，一個年輕姑娘卻有如此魄力。然而，這件事情的處理又觸犯到探春生母趙姨娘的利益，她又哭又氣地找探春理論，給探春管家另一巨大壓力。

2、以法理應對生母趙姨娘

探春的公正、清明，不包藏私心，秉公辦事，對王夫人所代表的家族利益的保護，並不汲汲於個人私利，更不恥於趙姨娘攀附人情。探春與趙姨娘的出發點與格局完全不同，探春是從整個家族的規矩、定法、利益出發，維護家庭法令的威嚴與秩序，而趙姨娘則無視法令、規矩，她只能看到私利與面子，拼命地要抓住蠅頭小利，不惜攀附關係。探春堅持「有理、有節、有據」的原則，既向趙姨娘解釋舊例，又加上親情哭訴，動之以情，曉之以理；使本來耍橫的趙姨娘理屈詞窮。拿帳與趙姨娘瞧，「這是祖宗手裏的舊規矩，人人都依著，偏我改了這例不成？原來為這個，我說我並不敢犯法違理。」〔註159〕探春遵循法理，理性公正地處理了這場衝突，讓別人也無話可說。這件事使探春的地位更加鞏固，權力強化。因此，探春開始了「開源節流」的改革舉措。

3、查賬節流

在對家庭賬本的細細核對中，精細而嚴厲的探春查出了重複支出的問題。一是寶玉、賈環、賈蘭三人學裏八兩銀子的公費與月錢重複支出，探春鋒芒畢露地指出，「原來上學去的是為這八兩銀子！從今兒起，把這一項蠲了」〔註160〕。寶玉是賈母的心肝寶貝，賈蘭是賈府未來的接班人之一，賈環也是個爺，這三人是賈府最尊貴的主子，沒有哪個能輕易惹，而探春偏偏就是「要找幾個利害與有體面的人開刀做法，鎮壓與眾人做榜樣」〔註161〕。她乾淨利落地免除了寶玉三人學裏八兩銀，體現有勇有謀、有膽有識。在廢除寶玉、賈環、賈蘭的學錢之後，探春又廢了包括自己在內的賈府姑娘們每人二兩的月錢。這兩件事情都直接觸動到核心集團的利益，很容易得罪人。在查賬過程中，探春質疑鳳姐管理中的漏洞，在有威勢的鳳姐面前不退縮，反而贏得了鳳姐對她的敬畏，「好好，好個二姑娘，我說她不錯。」〔註162〕探春

〔註159〕〔清〕曹雪芹著，脂硯齋批，周汝昌校訂批點本，《石頭記》，頁657。
〔註160〕〔清〕曹雪芹著，脂硯齋批，周汝昌校訂批點本，《石頭記》，頁660。
〔註161〕〔清〕曹雪芹著，脂硯齋批，周汝昌校訂批點本，《石頭記》，頁661。
〔註162〕〔清〕曹雪芹著，脂硯齋批，周汝昌校訂批點本，《石頭記》，頁665。

不是為了個人私利，而是對更高的家族整體利益負責來行事。所以，林語堂先生說探春有「清官本質」。這些節流的舉措，雖然對於整個賈府龐大臃腫的開支來說是九牛一毛，最終並不能輓救家族的頹敗，但畢竟開闢出一個不同的管理局面，呈現了短暫的新氣象。

4、開源——大觀園承包責任制

在節流之後，探春在大觀園實踐開源，把園內不同的產業，以承包責任制給園內的婆子們，是探春從賴大家的小園子得到的啟發，「我因和他家女兒說閒話，誰知那麼個園子，除了她們戴的花、吃的筍菜魚蝦之外，一年還有人包了去，年終足有二百兩銀子剩。從那日我才知道，一個破荷葉，一根枯草根子，都是值錢的。」〔註 163〕她的敏銳嗅覺，嗅到了改革後有四方面的現實利益：

> 一則園子有專定之人修理，花木自有一年好似一年的，也不用臨時忙亂；二則也不至於作踐，白辜負了東西；三則老媽媽們也可藉此小補，不枉年日在園中辛苦；四則也可以省了這些花匠山子匠打掃人等的人工費。將此有餘，以補不足，未為不可。〔註 164〕

這四點是句句在理，第一條是從花木管理的角度談改革的益處；第二條從節約浪費道義的角度談改革的益處；第三條從管理者私人的角度談改革的益處；第四條從公家（集體）的角度談改革的益處。探春的主張很快得到決策層的反響。證明她不凡的見識，對家族發展的責任意識。

之後，她立即大膽地在大觀園內進行改革，並得到了其他女性的積極支持與協助；充分體現探春不同於一般閨閣的現實意識與改革魄力。大觀園，自修建之日起，就耗費巨資，維護費巨大。探春的改革，讓大觀園中被閒置與浪費的物質資源，被利用與盤活，讓它能夠生利、產出，並且不再耗用賈府的大量人力與財力去維護它，讓它可以自給自足，不再依靠外在供給。而且婆子們的勞動價值得到體現與回報，也激發了她們的積極性與主動性。李紈不僅表示完全同意，還總結指出：「好主意，果然這麼行，太太必喜歡。」〔註 165〕王熙鳳在聽到平兒彙報後，也表示同意。就這樣，通過論證，以「放之以權、動之以利」為方針的大觀園改革，在賈探春的鼓動下推開了。

〔註 163〕〔清〕曹雪芹著，脂硯齋批，周汝昌校訂批點本，《石頭記》，頁 666。
〔註 164〕〔清〕曹雪芹著，脂硯齋批，周汝昌校訂批點本，《石頭記》，頁 667。
〔註 165〕〔清〕曹雪芹著，脂硯齋批，周汝昌校訂批點本，《石頭記》，頁 668。

（1）選人用人

方案定後，接下來落實承包人選。在選人用人上，賈探春與王熙鳳有所不同：一是堅持集體決策，無暗箱操作。所有人選都是與李紈、薛寶釵、平兒等一起商議，「探春聽了，便和李紈命人將園中所有婆子的名單要來，大家參度，大概定了幾個，又將他們一齊傳來，探春聽了，點頭稱讚，便向冊上指出幾個人來，與他三人看。」〔註166〕王熙鳳則是自己說了算，任人唯親，賈芸就是通過給王熙鳳送貴重香料謀得澆花的差事。

二是堅持用人標準。在承包人選上，賈探春規定的原則是：「本分老誠，能知園圃事。」〔註167〕「本分老誠」是重其德；「知園圃事」是重其能，德能兼備方可入選。比如在竹子管理人員的選擇上，探春提出，「這一個老祝媽是個妥當的，況她老頭子和她兒子代代都是管打草竹子，如今竟把這所有的竹子交與她。」〔註168〕一個「妥當」說明承包人的品行與職業道德不錯；一個「代代都是管打掃竹子的」，說明業務精通，有管好竹子的豐富的經驗與能力，是在行的人。探春在用人方面還大膽創新，實行了雙向選擇的辦法。在婆子們自願的基礎上，主僕雙方達成口頭協議，絕不獨斷專行，強行改革。

（2）賬房改革

探春對賬目的看法，「若收入歸到外面的賬房，上頭又添一層管主，還在他們手裏又剝一層皮，這如今我們興出這些事來，派了你們，已是跨過他們的頭上了，心裏有氣，只說不出來，你們年終去歸帳，他還不捉弄你們等什麼？」〔註169〕層層盤剝，中間所經手的流程越多，被盤剝與貪污的就越多。因此直接歸到裏頭來，別入他們的手。而寶釵繼續補充道：「裏頭也不用歸帳，不如叫他們領一分子去，就派他攬一宗事去，都是他們包了去，不用賬房去領錢。」〔註170〕簡化賬房制度，減少層層盤剝的可能性。

《紅樓夢》中探春的新經濟政策的改革內容很尖銳，實施得也非常果斷，尚稱平穩，不屬於激進的改革。這與寶釵對待改革的態度，以及她的運籌帷幄有直接關係。在這次改革中，寶釵對於探春改革思路的補充，明顯互補，

〔註166〕〔清〕曹雪芹著，脂硯齋批，周汝昌校訂批點本，《石頭記》，頁668。
〔註167〕〔清〕曹雪芹著，脂硯齋批，周汝昌校訂批點本，《石頭記》，頁666。
〔註168〕〔清〕曹雪芹著，脂硯齋批，周汝昌校訂批點本，《石頭記》，頁668。
〔註169〕〔清〕曹雪芹著，脂硯齋批，周汝昌校訂批點本，《石頭記》，頁669。
〔註170〕〔清〕曹雪芹著，脂硯齋批，周汝昌校訂批點本，《石頭記》，頁669。

呈現出寶釵與探春不同的人格氣質與管理智慧。但她們的共同之處，在都追求「辦事至公，於事甚妥」的目標。

三、薛寶釵的協助

　　寶釵是從金陵老家隨著母兄到京城的，這一路的遷移過程，豐富了寶釵的人生經歷，社會關係也會比探春深厚許多。探春本也喜歡外面的花樣世界，但無奈在那樣的家族裏只能麻煩寶玉每次外出時，給她買花樣時興的東西。難怪寶釵說「天下沒有不可用的東西，既可用，便值錢。難為你是個聰敏人，這些正事大節目事竟沒經歷，也可惜遲了。」〔註171〕的確，相對於三小姐兩耳不聞窗外事的閨中書齋生活，寶釵算是有見識的了。

　　作為商人之女，寶釵具有樸素的民主與唯物思想，當她聽到探春驚歎道，「從那日我才知道，一個破荷葉，一根枯草根子，都是值錢的。」〔註172〕半帶玩笑的嘲諷道：「真真膏粱紈袴之談，你們雖是千金小姐，原不知這事，但你們都念過書，識字的，竟沒看見朱夫子有一篇〈不自棄〉之文不成？」〔註173〕朱熹〈不自棄〉是諷刺貴族了弟驕奢紈綺的生活，不懂現實事務，並訓誡為人了，「為人孫者，當思祖德之勤勞；當念父功之刻苦，孜孜汲汲，以成其事；兢兢業業，以立其志。」〔註174〕這體現出寶釵經世致用、踏實刻苦的生命態度。而當探春嘲諷：「那不過是勉人自勵，虛比浮詞，那裡都真有的？」〔註175〕寶釵針鋒相對應答：「朱子都有虛比浮詞？那句句都是有的。你才辦了兩天的時事，就利慾薰心，把朱夫子都看虛了？你再出去見了那些利弊大事，越發把孔子也看虛了。」〔註176〕可見，寶釵雖具有商人的經世務實，但仍在儒家倫理道德的限制與規範下，體現了儒家義利觀。寶釵以儒家「仁」為基礎，進行的柔性管理，又兼商人思維。始終保持良好的界限與距離，「拿定主意，不干己事不張口，一問搖頭三不知，也難十分去問她。」〔註177〕

〔註171〕〔清〕曹雪芹著，脂硯齋批，周汝昌校訂批點本，《石頭記》，頁669。
〔註172〕〔清〕曹雪芹著，脂硯齋批，周汝昌校訂批點本，《石頭記》，頁666。
〔註173〕〔清〕曹雪芹著，脂硯齋批，周汝昌校訂批點本，《石頭記》，頁666。
〔註174〕〔清〕曹雪芹著，脂硯齋批，周汝昌校訂批點本，《石頭記》，頁666。
〔註175〕〔清〕曹雪芹著，脂硯齋批，周汝昌校訂批點本，《石頭記》，頁664。
〔註176〕〔清〕曹雪芹著，脂硯齋批，周汝昌校訂批點本，《石頭記》，頁664。
〔註177〕〔清〕曹雪芹著，脂硯齋批，周汝昌校訂批點本，《石頭記》，頁664。

（一）顧全大局，互利共享

寶釵的管理思想，凡事留有餘地，未雨綢繆，全面周到，考慮到形成一個和諧的利益共同體，既考慮到家族整體利益，也照顧到個人的利益；既考慮到效率，也照顧到公平，「如今這園子裏幾十個老媽媽們，若只給了這幾個，那剩的也必抱怨不公道。一年竟除了這個之外，每人不論有餘無餘，只叫他拿出幾串錢來，大家湊齊，單散與那些園中的媽媽們」〔註178〕；既考慮到節省，也照顧到家族禮儀，「雖是興利節用為綱，然亦不可太嗇。」〔註179〕能夠隨時俯仰，避免不必要的衝突。對婆子們的尊重，對他們勞動價值的尊重，照顧到公平，「卻又來，一年四百，二年八百，取租錢的房也能省得幾間了，薄地也可添幾畝。」、「雖然還有富餘的，但他們辛苦一年，也要叫他們剩些，黏補黏補自家。」〔註180〕

（二）曉之以理，動之以情

從對人的平等尊重與利益兼顧出發的基礎上，曉之以理，動之以情，並使之以權，動之以利，從正面激發婆子們能自主行事。這與鳳姐以嚴刑峻法、權威威懾、打壓懲罰的集權管理相比；寶釵則以體貼人情，照顧大局，和諧關係，尊重人格，合理回報的正面激勵法，執行人情式管理。

> 寶釵笑道：媽媽們也別推辭了，這也是分內應當的，你們只要日夜辛苦些，別躲懶，縱放人吃酒賭錢就是了。你們這些老的，反受了年小的氣？何不你們自己存些體面，他們如何得來作踐？於是眾婆子都喜歡起來。眾人聽了，都歡聲鼎沸說：「姑娘說的狠是，從此姑娘奶奶只管放心，姑娘奶奶這樣疼顧我們，我們真要不體上情，天地也不容了。」〔註181〕

寶釵曉之以理，動之以情的柔性管理，對人付出正向關懷與照顧，形成和諧正向的利益共同體。作為貴族社會的標準淑女，薛寶釵具有「停機」美德，又能以儒家義利觀來指導大觀園改革，推行動情曉理的柔性管理模式。此回標題句「識寶釵小惠全大體」。此處之「識」，是有見識、合時之義，即孟子評價孔子所說的「聖之時者也」之意。寶釵的管理思維是積極正向的，而鳳

〔註178〕〔清〕曹雪芹著，脂硯齋批，周汝昌校訂批點本，《石頭記》，頁670。
〔註179〕〔清〕曹雪芹著，脂硯齋批，周汝昌校訂批點本，《石頭記》，頁670。
〔註180〕〔清〕曹雪芹著，脂硯齋批，周汝昌校訂批點本，《石頭記》，頁670。
〔註181〕〔清〕曹雪芹著，脂硯齋批，周汝昌校訂批點本，《石頭記》，頁670。

姐的管理則是消極打壓的。若說鳳姐的管理更傾向於法家，以絕對的個人權威，嚴刑峻法來管理，寶釵則是以儒家的「仁」來實施，兩者應相輔相成，因事而行。探春的管理則更具有現代精神的剛性管理，講求規則、約定的契約精神。寶釵若是圓滑的，則探春即是剛烈；寶釵是散財政策，那麼探春則是斂財政策。探春有膽識有魄力，執行力強。

　　鳳姐完全是以個人能力、魄力，勤奮，手段來管家，而存在許多灰色地帶，甚至為了利而不擇手段。探春強調清晰、嚴明的法理、制度，不講人情、臉面，講求公正、清明。鳳姐的聰明才智全是從生活歷練中來的，而探春則有學問底子，因而更有眼界、格局、氣度更大。寶釵博學，在現實之中，又以孔孟之道來管事，不落入市儈。所以說，「學問中便是正事，此刻於小事上用學問一提，那小事越發作高一層了。不拿學問提著，便都流入市俗去了。」〔註182〕

　　明末清初的女性日常生活雖然主要還是被限制在家庭、閨閣之內，但已經出現了新的現象，產生了新的變化，對兩性的傳統規訓藩籬有了鬆動。經濟的發展，促使了坊刻業的發達，書籍開始大量刻製與流通，使女性的閱讀率大大提高；且閱讀書籍的種類豐富，提高了女性的文化修養，激發了女性生命意識；在此基礎上，女性也開始寫作，並得到了男性文人的支持。家庭事務的管理也提供了舞臺，讓女性可以表現卓越的見識、管理以及改革的魄力，這三方面的生活，對於女性生命的發展起到了重要的推動作用。《紅樓夢》中黛玉、寶釵、探春、鳳姐等人的詩才、博學與管理能力，即是反映了這個歷史現象，雖然是以小說的虛構手法，也反射出時代的縮影。

〔註182〕〔清〕曹雪芹著，脂硯齋批，周汝昌校訂批點本，《石頭記》，頁666。

第四章　《紅樓夢》的女性倫理敘事

　　在考察《紅樓夢》女性的過程中，倫理視角非常重要的。《紅樓夢》表現得最為全面而深刻的，是中國傳統家庭／家族文化精神的倫理文化。小說鋪設出一個經緯交錯的倫理關係網絡，成為理解明清時期家庭倫理關係的重要文本資料。由於女性的活動基本被限制在家庭關係之內，因此家庭倫理關係成為她們最重要的人際關係。家庭倫理是她們最重要的角色，家庭責任與義務成為其生命最重要的內容。她們是家庭倫理的承受者，倫理制度往往制定了嚴格限制與規範，對女性生命發展產生重要影響。所以，對明清女性倫理關係的研究，構成了女性生命意識研究的重要基礎。

　　本章從文學倫理學的角度進行《紅樓夢》中女性家庭倫理關係的研究。第一節考察《紅樓夢》中賈府末世之家的倫理混亂，闡釋曹雪芹的倫理意識。第二節考察父權制度與女性命運的關係，家長與夫權制度下，女性在婚姻關係中的處境與命運，分別考察正室夫人、姜以及寡婦三種女性倫理角色。在嚴格倫理秩序與體制壓制下，女性以各種象徵方式對倫理秩序進行挑戰、諷刺、叛離。這些反抗在當時的倫理制度下，基本以失敗，甚至是毀滅作為悲劇性結局；卻展現出當時女性覺醒的生命意識與力量，第三節擬考察《紅樓夢》中女性倫理叛離的各種表現方式與途徑。這種種形式的倫理叛離，既是對女性生命慾望的肯定與釋放，也是女性獨立人格與個體自由意志的呈現。在末世家族的倫理混亂中，賈府的女性亦表現出卓越的倫理品質，在生命困境與歷練中形成的生命智慧，亦是傳統儒家的倫理價值。因此，第四節擬深入考察《紅樓夢》女性的生命智慧與倫理品質。

　　文學倫理學批評與道德批評是不同的。首先，道德批評是對文學作品作簡單的道德評判。而在文學的倫理批評中，文學作品絕非道德說教的工具和

教條，不是承載道德的工具，並沒有先入為主的道德觀。正如王爾德所說：
「沒有任何一本可以作為道德或者不道德的書籍，只有好書或不好的書。」
〔註1〕文學倫理學批評力求避免主觀的道德判斷，客觀地從倫理角度解釋文學
作品，尋找作品所描繪的生活真實。其次，文學的倫理批評，要回到作品具
體的倫理環境中，「還原當時的歷史背景，站在作品本來的倫理立場上進行解
讀。」〔註2〕關注人的行為中的倫理張力，包括倫理選擇，以及倫理衝突等；
而無關於倫理觀念是否正確。《紅樓夢》並不是一本道德的書，曹雪芹將人物
放回到具體的倫理環境中，呈現倫理規範中的處境、選擇，從而表現出強
烈的倫理張力。再次，在文學的倫理批評中，重要的不是倫理觀念而是文學
作品本身，「從內容及形式層面被關注，傳統的道德批評針對的是文學中體現
出來的倫理觀念正確與否，是倫理觀念而不是文學本身才是批評的對象」。
〔註3〕文學倫理學認為，在小說中「作家通過運用文學想像和理性情感理解他
人，既不會因疏於瞭解而有所遺漏，也不會因感情用事而失之偏頗，從而公
正地裁決，促進社會公平。」〔註4〕實踐他的詩性正義，因而表現出一種客觀
精神。曹雪芹借助強大的文學想像，以及建立在其上的倫理立場，對筆下的
女性人物表現出巨大的悲憫。「這種文學想像能力，是一種倫理立場的必須要
素，一種要求我們關注自身的同時也要關注那些過著完全不同生活的人們的
善的倫理立場。」〔註5〕小說以「大觀」的平等、客觀的視角，打破傳統的主
體／他者、善／惡的二元對立，將眼光對準那些被父權社會所忽略的女性，
還原她們所生活與行動的倫理環境，細膩呈現他們的倫理環境與倫理選擇，
人性中的倫理矛盾，挖掘其中的倫理張力，發掘優秀的倫理品質。所以，從
文學倫理學批評的角度對《紅樓夢》的女性敘事進行解讀，是有價值與意義
的，正如魯迅所評論的：「紅樓夢把中國傳統的思想和寫法都打破了」，摒棄
了「敘好人完全是好，壞人完全是壞」、「惡則無往不惡，美則無一不美」的
傳統模式，敢於正視人的全部複雜性，「如實描寫，並無諱飾」，「善於從全部

〔註1〕 〔英〕奧斯卡・王爾德著，黃源深譯，《道連・格雷的畫像》（北京：人民文
　　　　學出版社，2004 年），頁 76。
〔註2〕 聶珍釗著，〈文學倫理學批評：基本理論與術語〉，《外國文學研究》，2010 年
　　　　第 1 期，頁 14。
〔註3〕 李元喬著，〈圍繞『倫理』四個文學理論關鍵概念辨析〉，《文藝理論研究》，
　　　　2015 年第 5 期，頁 55。
〔註4〕 李元喬著，〈圍繞『倫理』四個文學理論關鍵概念辨析〉，頁 55。
〔註5〕 李元喬著，〈圍繞『倫理』四個文學理論關鍵概念辨析〉，頁 55。

現實性底豐滿和完整上把握住」〔註6〕人物性格。

第一節　《紅樓夢》的倫理意識

一、打破倫理禁忌

《紅樓夢》是一部懺悔之書，在存於甲戌本卷首的凡例中，曹雪芹寫道：

> 忽念及當年所有之女子，一一細推了去，覺其行止見識皆出於我之
> 上，何我堂堂鬚眉，竟不若彼裙釵哉！實愧則有餘，悔又無益之大
> 無可奈何之日也！當此時，則自欲將已往所賴，上賴天恩、下承祖
> 德，錦衣紈絝之時，飫甘厭肥之日，背父母教育之恩，負師兄規訓
> 之德，已致今日一事無成、半生潦倒之罪，編述一記，我之罪固不
> 免，然閨閣中本自歷歷有人，萬不可因我之不肖，自護其短，則一
> 併使其泯滅也。〔註7〕

在這段文前自敘中，可以看到曹雪芹強烈的倫理罪惡與懺悔感，包括「愧」、「悔」、「背恩」、「負德」、「罪」這些感受。作家的懺悔意識中就包括了對家族倫理敗壞之懺悔，眼看著這樣一個赫赫百年之家，逐漸混亂、腐化與衰亡，陷入倫理混亂而無所作為，最後落得被抄家與敗亡的結局，作為家族子孫，每個人都難辭其咎。

中國古代世家大族，往往都有著代代相傳嚴格的家風世範與倫理規範，以及不可觸犯的家族倫理禁忌，這是家族繁衍、保存與穩固的重要手段。

> 倫理意識的核心是倫理禁忌，倫理混亂即表現為對倫理禁忌的打
> 破，人類由於理性而導致倫理意識的產生，這種倫理意識最初表現
> 為對建立在血緣和親屬關係上的亂倫禁忌的遵守，對建立在禁忌基
> 礎上的倫理秩序的理解與接受。〔註8〕

《紅樓夢》是一齣家族悲劇，百年家族衰敗的重要原因即是打破家族倫理禁忌。家族倫理的破敗，在小說中通過很多家族老人之口表達出來。這些老人，親歷了先祖艱辛的創業過程及祖上嚴格的家風，因此在目睹後代子孫的倫理敗壞時，異常痛心疾首。賴大嬤嬤對寶玉說：「不怕你嫌我，如今老爺不過這

〔註6〕魯迅著，《中國小說史略》，頁75。
〔註7〕〔清〕曹雪芹著，脂硯齋批，周汝昌校訂批點本，《石頭記》，頁2。
〔註8〕聶珍釗著，〈文學倫理學批評：基本理論與術語〉，頁14。

麼管你一管，老太太護在頭裏，當日老爺小時挨你爺爺的打，誰沒看見的！老爺小時何曾像你天不怕地不怕的了！還有那邊大老爺，雖然淘氣，也沒像你這扎窩子的樣兒，也是天天打。」〔註9〕可見，祖先家教的嚴格。

焦大是賈府的老人，對賈家有著很高的功勞情分，「從小兒跟著太爺們出過三四回兵，從死人堆裏把太爺背了出來，得了命，自己挨著餓，卻偷了東西來給主子吃，兩日沒得水，得了半碗子給主子吃，他自己喝馬溺。」〔註10〕當一個老臣親眼目睹賈府後代子孫的墮落、不肖，家族倫理混亂與敗落時，是痛心疾首的，因為「祖宗九死一生，掙下這個家業」〔註11〕，而這樣的沉淪與墮落，是子孫對艱苦創下家業的先祖的悖逆與不敬，所以他才痛哭道：「我要往祠堂裏哭太爺去，那裡承望到如今生下這些畜生來，每日家偷狗戲雞，爬灰的爬灰，養小叔子的養小叔子，我什麼不知道？咱們胳膊折了往袖子裏藏！」〔註12〕《紅樓夢》中多次提到「胳膊折了往袖子裏藏」，這是賈府內在不得見人的倫理混亂與醜陋罪惡，只能以遮掩的方式，艱難維持著外在架子。這個在外人看來赫赫揚揚的貴族世家，外面的架子雖未甚倒，內在的混亂與腐敗卻逐漸增強，以至於淪落到抄家、離散的不可挽回的悲劇結局。

賈氏學堂秩序之亂，更是集中體現了家族的倫理混亂，子孫不肖。家族學堂本是家族弟子聚集在一起，學習儒家意識形態、禮教文化、家風世範的地方。這本是嚴肅與精進向學的場所，然而賈府子弟們無心向學，各種肆行胡鬧、打鬧玩樂，因此脂批評曰：「此篇寫賈氏學中，非親即族，且學乃大眾之規範，人倫之根本，首先悖亂，以至於此極，其賈家之氣數，即此知。」〔註13〕賈府人倫之悖亂，家族氣數之衰敗，從中可知。

（一）情慾聲色之惑

賈家倫理敗壞的根本原因，是富貴安逸環境中情慾聲色的誘惑，子弟們生活的奢逸、淫亂，「今日會酒，明日觀花，甚至聚賭嫖娼，漸漸無所不至。」〔註14〕在這樣放縱於聲色誘惑與享樂中，人的原始本能與理性意志，人性因子

〔註9〕〔清〕曹雪芹著，脂硯齋批，周汝昌校訂批點本，《石頭記》，頁547。
〔註10〕〔清〕曹雪芹著，脂硯齋批，周汝昌校訂批點本，《石頭記》，頁107。
〔註11〕〔清〕曹雪芹著，脂硯齋批，周汝昌校訂批點本，《石頭記》，頁108。
〔註12〕〔清〕曹雪芹著，脂硯齋批，周汝昌校訂批點本，《石頭記》，頁108。
〔註13〕〔清〕曹雪芹著，脂硯齋批，周汝昌校訂批點本，《石頭記》，頁134。
〔註14〕〔清〕曹雪芹著，脂硯齋批，周汝昌校訂批點本，《石頭記》，頁62。

與獸性因子展開激烈交鋒，最後以理性的潰敗為結局，只知安富尊榮，不懂運籌謀畫，以致於「吾家自國朝定鼎以來，功名奕世，富貴流傳，雖歷百年，奈運終數盡不可挽回者。故近之子孫雖多，竟無一可以繼業者」〔註15〕。

（二）亂倫禁忌被打破

「孝」、「悌」，是儒家人倫的根本，在賈府中這兩種人倫基礎已被動搖，「父慈子孝」、「兄友弟恭」的傳統倫理關係被敗壞，父不父，兄不兄，子不子。亂倫的倫理禁忌被打破。賈敬天天在外修煉，從不過問家族事務，結果吞服秘法新制的丹砂被毒死。在父親的喪禮上，賈珍、賈蓉卻仍乘空尋他小姨廝混，不僅完全沒有傷親之情，且置人倫禮法於不顧，這樣的倫理混亂連丫頭都看不過，斥責道：「天老爺有眼，仔細雷要緊。」〔註16〕對此，賈蓉不僅完全沒有羞惡之心，不以為然，還為自己的亂倫行為找出藉口，「從古至今，連漢朝和唐朝人還說臟唐臭漢，何況咱們這種人家。誰家沒有風流事，別討我說出來。」〔註17〕其妻秦可卿與賈珍之間的亂倫，爬灰行為，想必他不會不知道，但也只選擇了默認。在賈璉面前，賈珍一時不遂，就以父親之名，對他施以人格侮辱，一發怒竟喝命家下人啐他，沒有了為父之尊，「那小廝們都知道賈珍素日的性子，違拗不得，那小廝上來向賈蓉臉上啐了一口。」〔註18〕完全不顧及父子之禮。而作為兄長的他，不僅不能給兄弟們作出表率，反而帶頭尋歡作樂，引誘得他們變得更壞，鳳姐看得很清楚：

> 這是什麼叫兄弟喜歡，這是給他的毒藥吃呢，若論親叔伯兄弟中，
> 他年紀又最大，又居長，不知教道學好，反引誘兄弟學不長進，擔
> 罪名兒，再者他那邊府裏的醜事壞名兒，已經叫人聽不上了，必定
> 也叫兄弟學他一樣，才好顯不出他的醜來。這是什麼做哥哥的道
> 理。〔註19〕

賈赦年邁昏聵，因賈璉沒法子幫他把石呆子的扇子弄到手，而天天罵他沒能為，後來那「沒天理的」賈雨村設了個法子，「訛詐石呆子拖欠了官銀，拿了他到衙門裏去，說所欠官銀，變賣家產賠補，把這扇子抄了，作了官價送了

〔註15〕〔清〕曹雪芹著，脂硯齋批，周汝昌校訂批點本，《石頭記》，頁73。

〔註16〕〔清〕曹雪芹著，脂硯齋批，周汝昌校訂批點本，《石頭記》，頁755。

〔註17〕〔清〕曹雪芹著，脂硯齋批，周汝昌校訂批點本，《石頭記》，頁756。

〔註18〕〔清〕曹雪芹著，脂硯齋批，周汝昌校訂批點本，《石頭記》，頁371。

〔註19〕〔清〕曹雪芹著，脂硯齋批，周汝昌校訂批點本，《石頭記》，頁688。

來」〔註20〕，幫賈赦弄到了扇子。為了滿足私利，賈赦不僅置那石呆子死活不顧，完全無視賈雨村所為的傷天害理，還自為得意地質問賈璉：「人家怎麼弄來了？」〔註21〕賈璉看不過去，說了一句公道話：「為這點子事，弄的人坑家敗業，也不算什麼能為。」〔註22〕賈赦聽了，就生了氣，竟以父親之權，把賈璉打了個動不得。作為父親的賈赦，不僅沒有為兒子作出表率，還以父親之權，強逼兒子以非法手段來滿足其私利，面對兒子的質疑，以父權的霸道予以懲罰，是非不分，正義不存，父子倫理完全被背離。

賈赦姬妾丫鬟眾多，「放著身子不保養，官兒也不好生作去，成日家和小老婆喝酒。」〔註23〕而對於這些姬妾丫鬟，「賈璉則常懷不軌之心，只未敢下手。」〔註24〕後來因為賈璉為其辦事得力，賈赦竟將自己的姬妾秋桐賞賜給他。父子之間的倫理關係，淪為一種利益關係。賈赦還覬覦賈母的財產，想出辦法要娶鴛鴦為妾，青山山農《紅樓夢廣義》評曰：

> 欲娶鴛鴦也，雖為好色而起，實為貪財而生。是時賈母已老，所有財盡歸鴛鴦掌管。收之房中既可因鴛鴦而聯絡賈母之心，又可借鴛鴦而覬覦賈母之財，此東窗下夫婦之祕計也。夫良斯喪，禽獸幾希，抄封問罪，不亦宜乎？〔註25〕

之後繡春囊入侵大觀園，以至家族內部的抄家，自己人殘害自己人，則是家族倫理混亂到極致的象徵。無力挽回家族頹勢的探春，此時也只能無奈地流下痛淚，「可知這樣大族人家，若從外頭殺來，一時是殺不死的，這是古人曾說到百足之蟲，死而不僵，必須先從家裏自生自滅起來，才能一敗塗地呢！」整個家族內部的倫理混亂，導致了這個世家大族的敗落。《紅樓夢》的家族悲劇正在於倫理混亂最終無法歸於秩序。

二、倫理混亂中的女性命運

在這樣的倫理混亂中，女性既是犧牲品，值得同情與可憐，也是情慾聲色之亂的源頭，「擅風情，秉月貌，便是敗家的根本」〔註26〕，曹雪芹對她們

〔註20〕 〔清〕曹雪芹著，脂硯齋批，周汝昌校訂批點本，《石頭記》，頁585。
〔註21〕 〔清〕曹雪芹著，脂硯齋批，周汝昌校訂批點本，《石頭記》，頁579。
〔註22〕 〔清〕曹雪芹著，脂硯齋批，周汝昌校訂批點本，《石頭記》，頁580。
〔註23〕 〔清〕曹雪芹著，脂硯齋批，周汝昌校訂批點本，《石頭記》，頁555。
〔註24〕 〔清〕曹雪芹著，脂硯齋批，周汝昌校訂批點本，《石頭記》，頁814。
〔註25〕 〔清〕青山山農撰，《紅樓夢廣義》，清光緒二十八年昧青齋刻本，頁46。
〔註26〕 〔清〕曹雪芹著，脂硯齋批，周汝昌校訂批點本，《石頭記》，頁78。

既有同情，也有批判。在這樣的淫亂關係中，有些女性成為男性的玩物，她們利用自己的美色、肉體，去勾引，迷惑，取悅男性。自甘墮落，心甘情願成為男性的玩物。

　　尤二姐、尤三姐，是一對淪落風塵的姐妹花。因為沒有經濟獨立能力，家境的清寒，使得她不得以倚靠男子生活，淪落風塵，因此不得不淪落到被玩弄與擺佈的境地，因為美貌與天性中的水性、淫蕩，亦使她自甘墮落，與賈珍、賈蓉有麀聚之亂，終至於死。因賈璉垂涎尤二姐，賈珍又將她聘嫁，打的主意則是「若是賈璉娶了，少不得在外居住，趁賈璉不在時好去鬼混」〔註27〕，兄弟之間淫喪敗德，二馬同槽，一同玩弄尤二姐。曹雪芹對於尤二姐這樣的弱女子，既有同情，亦有斥責。

　　秦可卿「擅風情，稟月貌」，生性風流，體態婀娜，亦非禮教中人，對於傳統女性倫理觀念是比較淡漠的，「這便是敗家的根本」。攝於公公賈珍之威，與他爬灰，亂倫，後得病而死。在她的喪禮上，賈珍哭的淚人一般，恨不得代秦氏去死，和賈代儒等說道「闔家大小，遠親近友，誰不知我這媳婦比兒子還強十倍。如今伸腿去了，可見這長房內絕滅無人。」〔註28〕竟要盡其所有，為媳婦料理喪事，這非禮之談，完全違背了公公與媳婦之間的人倫禁忌。尤氏曾說，「她這個病，病的也奇，經期又有兩個月沒來」〔註29〕，「經期紊亂」代表女性的生理混亂，是一種肉體淫亂造成的，秦可卿自知其所得之病之根源，因為此「病」是因為「命」，「任憑是神仙也自能治得病治不得命。嬸子，我知道我這病不過是挨日子罷了。」〔註30〕「命」是其倫理敗壞行為所遭受的因果報應，對她與公公的亂倫關係的懲罰，是對她淫蕩之罪的報應。她無法逃過「命」的懲罰。

三、曹雪芹的倫理意識與責任

　　曹雪芹在小說中展現出沒落貴族家庭的自省，毋寧說，在《紅樓夢》中曹雪芹表現出強烈的倫理意識與責任，對於傳統倫理秩序中的「禮」是批判性繼承。如周汝昌所言：「雪芹喜用禮字，亦重禮儀，是其思想性情中之另一面。論事論人，皆不可簡單膚淺。」〔註31〕明末清初是一個由於人慾

〔註27〕〔清〕曹雪芹著，脂硯齋批，周汝昌校訂批點本，《石頭記》，頁766。
〔註28〕〔清〕曹雪芹著，脂硯齋批，周汝昌校訂批點本，《石頭記》，頁163。
〔註29〕〔清〕曹雪芹著，脂硯齋批，周汝昌校訂批點本，《石頭記》，頁144。
〔註30〕〔清〕曹雪芹著，脂硯齋批，周汝昌校訂批點本，《石頭記》，頁147。
〔註31〕〔清〕曹雪芹著，脂硯齋批，周汝昌校訂批點本，《石頭記》，頁66。

解放而社會秩序混亂的時代。在這樣的社會歷史背景下，傳統儒家倫理思想呈現出它的價值，並富有新的時代意義，「從紅樓夢的描寫來看，作者對傳統的倫理道德並未一概否定，有的甚至表現出一種神往之情，尤為可貴的是，它在傳統的倫理道德的基礎上，所萌發出的具有新的時代意義的倫理思想。」〔註32〕

（一）傳統世家之禮

《紅樓夢》中，多次提到「禮」，賈母曾說道：「可知你我這樣人家的孩子們，憑他有什麼刁鑽古怪的毛病兒，見了外人，必是要還出正緊禮數來的，若他不還正緊禮數，也不容他刁鑽去了。」〔註33〕「正緊禮數」是不容背離，要謹謹遵循的，它是一個世家大族保存、延續與發展的生命線。如果背離了這樣的正緊禮數，祖德、天恩都是不容，勢必會受到懲罰與報應，「天」、「祖」，都是人要遵循的倫理秩序，是必須要敬畏的神聖力量。

小說展現了賈府世家大族的倫理規矩，子孫對賈母這位老封君的至高尊重。賈赦偶感風寒，寶玉來探望，代賈母問候，先述了賈母問的話，然後自己清了安。「賈赦先站起來，回了賈母的話」〔註34〕；次後喚人帶寶玉去邢夫人屋裏坐，「邢夫人見了他來，先到站起來，請過賈母的安，寶玉方請安。」〔註35〕賈赦染病，寶玉作為晚輩去探望，但因為他衛賈母之命去看望。雖然賈母不在現場，賈赦也要先起立答了賈母的話，然後才是接受寶玉的行禮。邢夫人要站起來對著寶玉給賈母請安，之後才輪到寶玉向她請安。按照輩分、尊卑請安、行禮的層次。所以後人在《紅樓夢》的批注中不禁稱讚此禮「一絲不亂」、「好規矩」。眾子孫在晚間，都在賈母前行定昏之禮。這是定省之禮中的昏禮。賈府子弟一天朝昏兩次向長輩問安，此為定省。家族祭祀儀式，則更是嚴格遵循倫理秩序與輩分尊卑，「左昭右穆，男東女西，俟賈母拈香下拜，眾人方一齊跪下」、「按長幼挨次歸坐受禮」〔註36〕等。

賈母在評才子佳人小說中的「佳人」時曾說：

把人家女兒說的那樣壞，還說是佳人，編的連影兒也沒有，開口都

〔註32〕朱引玉著，〈論紅樓夢的家庭倫理道德〉，《南都學壇（人文社會科學學刊）》，2010年第4期，頁45。

〔註33〕〔清〕曹雪芹著，脂硯齋批，周汝昌校訂批點本，《石頭記》，頁673。

〔註34〕〔清〕曹雪芹著，脂硯齋批，周汝昌校訂批點本，《石頭記》，頁673。

〔註35〕〔清〕曹雪芹著，脂硯齋批，周汝昌校訂批點本，《石頭記》，頁673。

〔註36〕〔清〕曹雪芹著，脂硯齋批，周汝昌校訂批點本，《石頭記》，頁637。

是書香門第，父親不是尚書就是宰相，生一個小姐，必是愛如珍寶，
這小姐必是通文知禮無所不曉，竟是個絕代佳人，只一見了一個清
俊的男子，不管是親是友，便想起終身大事來。父母也忘了，詩禮
也忘了。鬼不成鬼，賊不成賊，那一點兒是佳人？便是滿腹文章，
作出這些事來，也算不得佳人了。〔註37〕

由此可知賈母對於世宦大家的佳人所需講求的禮的重視，她譏諷這些故事
「乃是編書人編了來污穢人家，是一些謅掉了下巴的話」〔註38〕，因為「何
嘗他知道那世宦讀書家的道理！別說書中那些世宦書禮大家，就如今眼下真的
拿我們這中等人家比說，也沒有那樣的事，別說是那些大家子。所以我們從
不許說這些書，連丫頭們也不懂這些話。」〔註39〕李紈、薛姨媽二人則應和
道：「這正是大家子的規矩，連我們家也沒這些雜話給孩子們聽見。」〔註40〕
「大家子」的規矩是必須謹謹遵循、不可逾越的。

（二）倫理敗壞的懲罰

社會規則是倫理秩序的保障，如果破壞了，勢必受到懲罰。這種懲罰的
嚴厲與分明不爽，在《紅樓夢》中鮮明地體現出來。「欲」的不加限制總是與
「死亡」聯繫在一起。秦可卿、尤二姐及尤三姐的死、鳳姐的被休、乃至整
個家族的敗亡、離散都與此相關。

在尤二姐死之前，夢中尤三姐曾對她說：「此亦理數應然，你我生前淫奔
不才，使人家喪倫敗行，故有此報。」〔註41〕且道：「自古天網恢恢，疏而不
漏，天道好還。你雖悔過自新，然已將人父子兄弟致於麀聚之亂，天怎容你
安生？」〔註42〕可見曹雪芹深刻的倫理意識與責任，對傳統儒家人倫秩序的
尊重與重視，且將其上升到「天理」的高度，在其上建立了因果報應的觀念。
對違反傳統人倫的行為，給予分毫不爽的懲罰。尤二姐對於自己的悲慘命運
忍耐的態度，是因其內心對於自己所犯淫奔之罪的恐懼與懺悔，認為自己「一
生品行既虧，今日之報，既係當然，就隨她去忍耐。」〔註43〕對於這樣的因

〔註37〕 〔清〕曹雪芹著，脂硯齋批，周汝昌校訂批點本，《石頭記》，頁637。
〔註38〕 〔清〕曹雪芹著，脂硯齋批，周汝昌校訂批點本，《石頭記》，頁637。
〔註39〕 〔清〕曹雪芹著，脂硯齋批，周汝昌校訂批點本，《石頭記》，頁637。
〔註40〕 〔清〕曹雪芹著，脂硯齋批，周汝昌校訂批點本，《石頭記》，頁637。
〔註41〕 〔清〕曹雪芹著，脂硯齋批，周汝昌校訂批點本，《石頭記》，頁815。
〔註42〕 〔清〕曹雪芹著，脂硯齋批，周汝昌校訂批點本，《石頭記》，頁815。
〔註43〕 〔清〕曹雪芹著，脂硯齋批，周汝昌校訂批點本，《石頭記》，頁815。

果報應，《紅樓夢》中既有直接表達，也通過一些象徵手法表現出來。賈珍等人在聚眾淫樂之時，「那天將有三更時分，賈珍酒已八分，大家正添衣飲茶，換盞更酌之際，忽聽那邊牆下有人長歎之聲，大家明明聽見，都悚然疑懼起來。」〔註44〕發出長歎之聲的地方就是家族祠堂。「祠堂」是供奉與祭祀祖靈的肅穆之地，然而後代子孫的倫理敗壞行為，讓祖靈不安。

（三）倫理責任——警幻的警示

在寧榮二公之靈的囑託下，警幻仙子承擔著警示者與指引者的角色，並開闢出一條拯救之路，「先以情慾聲色等事，警其痴頑，或能使彼跳出迷人圈子，然後入於正路」〔註45〕。「情慾聲色」的迷惑是對賈府子孫最大的考驗，只有在這情慾聲色的迷惑中不沉淪、不迷失，人才能真正成長為有心性力量、理性意志，能夠自我控制並承擔起家族長遠發展重擔的成熟的人。而那些淫物紈絝、流蕩女子、輕薄浪子，往往就在這樣的富貴場、溫柔鄉中迷失了自我，被慾望淹沒，人性因子被獸性因子控制，甚至淪為了動物性的存在。道士給賈瑞救命用的那面風月寶鑒，既是對深陷情慾不可自拔的賈瑞的警示，也是對沉淪於聲色之欲的整個賈府子弟的警示。

寶玉天賦聰慧，讓他的生命具有一種悟性與超越性，可望成為家族繼承人。但他需「歷飲饌聲色之幻，或將來一悟，亦未可知也。」〔註46〕秦可卿是賈寶玉的性啟蒙老師，寶玉在秦可卿的閨房裏睡覺，做了春夢，「數日來柔情繾綣，軟語溫存，與可卿難解難分。」〔註47〕她是警幻仙子在俗世間的化現，是以她來教化警醒世人情慾之幻，警惕男女邪淫之罪，勿陷溺於情，「此即迷津也！寶玉再休前進，作速回頭要緊！」〔註48〕人情與家禮兼顧，以禮節情，兩盡其道，做到「以情悟道，守理衷情」〔註49〕。真誠的情感是可貴的，但人不能陷溺於情感，而毀滅了在現實生活中的力量，忽視了現實生活中的責任與義務。人不僅是感情存在物，也是現實存在物，「比如男子喪了妻，或有必當續弦者，也必要續弦為是。但只是不把死的丟開不提，便是情深意重了。若一味因死的而不續，孤守一世，妨了大節，也不是禮，死者反不安

〔註44〕〔清〕曹雪芹著，脂硯齋批，周汝昌校訂批點本，《石頭記》，頁887。
〔註45〕〔清〕曹雪芹著，脂硯齋批，周汝昌校訂批點本，《石頭記》，頁73。
〔註46〕〔清〕曹雪芹著，脂硯齋批，周汝昌校訂批點本，《石頭記》，頁74。
〔註47〕〔清〕曹雪芹著，脂硯齋批，周汝昌校訂批點本，《石頭記》，頁79。
〔註48〕〔清〕曹雪芹著，脂硯齋批，周汝昌校訂批點本，《石頭記》，頁79。
〔註49〕〔清〕曹雪芹著，脂硯齋批，周汝昌校訂批點本，《石頭記》，頁79。

了。」〔註50〕人性的成熟狀態是可以平衡好情感與理性。寶玉的成長是必須從那個永恆的樂園、內心的烏托邦中走出來，領悟情之幻，面對現實的考驗，擔負起家業繼承的重任，實踐自己的倫理責任與義務，「不過領汝領略此仙閨幻境之風光尚然如此，何況塵境之情哉？今而後萬萬解釋，改悟前情，將謹謹有用之工夫，置身於經濟之道」〔註51〕。

第二節　《紅樓夢》中的女性家庭倫理關係

　　傳統家庭倫理制度中對女性人格、命運影響最大的，即是家長婚姻及一夫一妻多妾制度，「一切不合理的社會制度，就是這樣經常扭曲著人們之間的感情，即使人間最天然的骨肉至情也不外。」〔註52〕本節對女性家庭倫理關係的考察，主要從家長制婚姻制度與夫權制、一夫一妻多妾制下的女性命運與處境展開。考察人物之間的倫理衝突的成因，分析人物倫理選擇之原因。對女性悲劇人物從倫理角度深入探討。

一、家長婚姻制度與釵黛婚事

（一）物色人選

　　由母親為兒子物色婚姻人選。不僅家世背景要相當，也需考慮女方的品格與性情。寶玉的婚事，一直是宮中的元妃、賈母、王夫人所掛念的大事，它關係到賈府延續與穩定。她們暗中觀察、盤算。林黛玉與薛寶釵，從家世、才華、容貌、品性等各方面都是理想人選。雖然寶釵是後來者，但她以其端莊渾厚的品性，贏得了元春、賈母、王夫人以及家中下人們的喜歡。在多方面的考察中，寶釵的優勢漸顯。皇商之家的家世背景，金陵四大家族賈、史、王、薛之一，而且「皆連絡有親，一損皆損，一榮皆榮，扶持遮飾，皆有照應。」〔註53〕婚姻中，媳婦應承擔起家族內部的事務管理，其個性關涉到整個家庭內部的運轉。黛玉小性，常常生氣，流眼淚。這樣敏感而憂鬱的性情，顯然並不能勝任大家媳婦之任。寶釵雖然比黛玉更晚進入賈府，但她安分從時，性情穩重和平，渾厚大度，能夠自覺地達到群體和諧，年歲雖大不多，「然

〔註50〕〔清〕曹雪芹著，脂硯齋批，周汝昌校訂批點本，《石頭記》，頁699。
〔註51〕〔清〕曹雪芹著，脂硯齋批，周汝昌校訂批點本，《石頭記》，頁79。
〔註52〕朱引玉著，〈論紅樓夢的家庭倫理道德〉，頁47。
〔註53〕朱引玉著，〈論紅樓夢的家庭倫理道德〉，頁64。

品格端方，容貌豐美，人多謂黛玉之所不及。而且寶釵行為豁達，隨分從時，不比黛玉孤高自許，目下無塵，故比黛玉大得下人之心。便是那些小丫頭們，亦多喜歡與寶釵去頑笑。」〔註54〕因此寶釵進府不久，上到賈母，下到小丫頭，無不喜歡與稱讚她，深得人心，把黛玉給比了下去，「既然『寶二奶奶』乃是家族社群結構中的產物，本身即是一種世俗身份與社會標籤，所發揮的也是現實世界的處事功能，故捨個人取向之黛玉而取群體取向之寶釵，實有其合情切實的必然之理。」〔註55〕現實婚姻中，賢妻應該能夠對丈夫進行勸誡與支持。

寶釵對於現世價值觀積極擁護，總是利用各種機會勸誡寶玉用心讀書，協助寶玉進入倫理秩序與世俗價值場域。寶釵安分守禮，懂得以理制情，「寶卿待人接物，不疏不親，不遠不近，可厭之人，亦未見冷淡之態形諸聲色，可喜之人亦未見體蜜之情形諸聲色。」〔註56〕是寶玉世俗生活中的理想伴侶，「寶釵之行止，端肅恭嚴，不可輕犯，寶玉欲近之而恐一時有瀆，故不敢狎犯也。故二人之遠，實相近之至也。」〔註57〕合度、和諧、遵循分寸、禮節，方得長久，此乃夫婦之道，以整個家族利益為出發點，而不能陷入兩個人的私情之中，「眼中無餘，種種孽障，種種憂忿，皆情之所陷。」〔註58〕

（二）獎勵手段

家長在決定婚姻理想人選時，往往會通過獎勵來展現意向。在《紅樓夢》中，賈母為寶釵過生日，比往年與林妹妹的不同。在第十八回元春初次省親所賞賜的贈禮中，寶釵、黛玉、寶玉與諸姊妹列為同等。而到了第二十八回元春賜物時，寶玉所得的賜物與寶釵的一樣，而黛玉與諸姊妹只單有扇子同數珠兒。寶玉聽了詫異道：「這是怎麼個原故？怎麼林姑娘的到不同我一樣，到是寶姑娘的同我一樣。」〔註59〕在這次賜物中，寶玉第一次感受到了自己的感情偏向與家長意圖之間的衝突，感覺到了家長婚姻制的隱隱威脅，「別是傳錯了罷」。而黛玉則敏銳地預見到自己與寶玉在現實中結合的虛幻性，並為之焦慮、痛苦，「我們沒福禁受，比不得寶姑娘，什麼金什麼玉的，我們不過

〔註54〕〔清〕曹雪芹著，脂硯齋批，周汝昌校訂批點本，《石頭記》，頁54。
〔註55〕歐麗娟著，《大觀紅樓（母神卷）》，頁220。
〔註56〕〔清〕曹雪芹著，脂硯齋批，周汝昌校訂批點本，《石頭記》，頁266。
〔註57〕〔清〕曹雪芹著，脂硯齋批，周汝昌校訂批點本，《石頭記》，頁266。
〔註58〕〔清〕曹雪芹著，脂硯齋批，周汝昌校訂批點本，《石頭記》，頁266。
〔註59〕〔清〕曹雪芹著，脂硯齋批，周汝昌校訂批點本，《石頭記》，頁276。

是個草木之人。」〔註60〕寶釵與寶玉的金玉之配，是他們的婚姻關係的世俗紐帶與基礎，而林黛玉與寶玉之間什麼信物也沒有，他們的結合缺乏堅實的現實基礎，他們有的只是「我的心」，和前世「木石前盟」的情義。黛玉與寶玉的木石前盟，只有在神界才可能，而落入現實世界，終是不可能實現的，因為在貴族世家，婚姻從來不是考慮感情的。

（三）愛情衝突

　　寶玉所鍾愛的是林黛玉，然而家長所制定的結婚對象卻是薛寶釵，這就發生了感情與婚姻的衝突，最後造成了三個人的悲劇。黛玉的嫉妒、壓抑、焦慮，寶玉的無能為力，寶釵的被忽略與被埋沒，都讓三個人備受煎熬。婚姻與愛情的衝突與錯位，既埋沒了寶釵的幸福，也讓黛玉鬱鬱而終，「空對著，山中高士晶瑩雪。終不忘，世外仙姝寂寞林。」〔註61〕這對相愛的男女，在那樣的家長制婚姻制度下，只能「一個枉自嗟呀，一個空勞牽掛。」〔註62〕自由愛情在鐵板不動的家長制婚姻制度的現實下，只能是虛幻的「水中月，鏡中花」。曹雪芹一改傳統才子佳人小說的大團圓結局，寶黛一死一出家的悲劇結尾，是秉持著高度的客觀精神，直面當時代家長婚姻制下自由愛情的虛幻。小說細膩描寫了相愛而不得結合的男女內心的煎熬、壓抑與無奈。優秀的寶釵，也終成了無愛婚姻的祭品，在孤寂中煎熬，終身的幸福被埋沒。

二、迎春悲劇

　　家長制婚姻制度下女性的命運悲劇，在迎春身上最集中地呈現出來。其婚姻悲劇成因，既有外在制度因素，也有其自身性格緣由。迎春從小缺乏父母的關愛。父親賈赦冷酷無情，親生母親早逝，而繼母邢夫人則市儈冷漠，對她沒有一點愛惜之情，她是被遺忘的一個。在這樣不被關愛的處境下成長，她的自我意識被壓抑，對待自己形成一種冷漠與無所謂的態度，養成一種逆來順受的懦弱個性，「戳十針也不知哎喲一聲」〔註63〕。遇事總是「罷罷！省些事罷！寧可沒了，又何必生事！」〔註64〕的消極態度，並逃避到《太上感

〔註60〕〔清〕曹雪芹著，脂硯齋批，周汝昌校訂批點本，《石頭記》，頁366。
〔註61〕〔清〕曹雪芹著，脂硯齋批，周汝昌校訂批點本，《石頭記》，頁75。
〔註62〕〔清〕曹雪芹著，脂硯齋批，周汝昌校訂批點本，《石頭記》，頁75。
〔註63〕〔清〕曹雪芹著，脂硯齋批，周汝昌校訂批點本，《石頭記》，頁778。
〔註64〕〔清〕曹雪芹著，脂硯齋批，周汝昌校訂批點本，《石頭記》，頁859。

應篇》這樣的道書中求得精神慰藉。她以為這樣就可以自保，可是她不知道，一個懦弱女兒的婚姻幸福，在一個自私冷酷的父親眼中，根本就不是重要的事情。她完全成為了抵債的物品，被父親隨意地轉賣與孫家，沒有選擇的餘地。如果主動放棄反抗與自我保護，那麼，命運只能任人宰割，「也因素日迎春懦弱，他們都不放在心上。」〔註65〕賈母心中雖不十分趁意，但也認為兒女之事自有天意前因，況且是他父母主張，何必出頭多事，因此也不能干預。一夫一妻多妾製成了滋養男性霸權的溫床，「孫紹祖一味好色好賭酗酒，所有的媳婦丫頭將及淫遍」〔註66〕，迎春略勸過三兩次，便罵她「醋汁子老婆擰出來的。好不好打一頓，攆到下房裏睡去。」〔註67〕在如此霸道的夫權面前，懦弱的迎春完全喪失了尊嚴與權利，淪為奴隸。

一個沒有力量保護自己利益與人格不受侵犯者，也不可能去保護與關心身邊的人。懦弱的另一面，往往是對他人不幸遭遇的自私、冷漠，是非不分。遇事只求息事寧人，失去獨立判斷，喪失自我意志，「問我，我也沒什麼法子。他們的不是，自作自受，我也不能討情，我也不去苛責就是了。」〔註68〕一副事不關己的漠然。她的奶娘偷了她的累金鳳去賣，她不追究責任，只是搪塞逃避，「罷罷！你不能拿了金鳳來，不必牽三扯四亂嚷。我也不要那鳳了。便是太太們問時，我只說丟了。」〔註69〕抄檢大觀園時，當迎春的丫鬟司棋被搜出私遞於潘又安之物，面臨被逐的命運而央求迎春的支持時，那迎春卻只拿著一本《太上感應篇》只顧看，司棋痛心說道：「姑娘，好狠心啊！哄了我這兩日，如今怎麼連一句話也沒有？」〔註70〕她不知道懦弱的迎春連自己都保護不了，何況是一個丫鬟，「懦弱、怕事、遲鈍、麻木，到了別人的生死關頭上，就是殘忍。」〔註71〕

在悲劇婚姻中，迎春只能怪罪於「命苦」。她向王夫人哭訴：「我不信我的命就這麼苦。」〔註72〕雖然外在社會制度、倫理秩序、風俗習慣，對

〔註65〕〔清〕曹雪芹著，脂硯齋批，周汝昌校訂批點本，《石頭記》，頁859。
〔註66〕〔清〕曹雪芹著，脂硯齋批，周汝昌校訂批點本，《石頭記》，頁948。
〔註67〕〔清〕曹雪芹著，脂硯齋批，周汝昌校訂批點本，《石頭記》，頁948。
〔註68〕〔清〕曹雪芹著，脂硯齋批，周汝昌校訂批點本，《石頭記》，頁859。
〔註69〕〔清〕曹雪芹著，脂硯齋批，周汝昌校訂批點本，《石頭記》，頁859。
〔註70〕〔清〕曹雪芹著，脂硯齋批，周汝昌校訂批點本，《石頭記》，頁906。
〔註71〕王崑崙著，《紅樓夢人物論》（北京：北京出版社，2011年2月第3版），頁94。
〔註72〕王崑崙著，《紅樓夢人物論》，頁948。

一個女性命運有重要影響，但個人力量與自我意志還是女性抵禦外在強權的最後武器。一個做慣奴隸，習慣沉默與逆來順受的人，別人也不會把她當回事，以致於她的丫鬟秀橘都感歎道：「姑娘這樣軟弱，都要省起事來，將來連姑娘還要騙了去呢！」〔註73〕懦弱的迎春只有在眼淚中哀悼自己的不幸，最終被折磨而死。迎春之死固然讓人悲歎，但讓人「有憐心而無敬意」〔註74〕，因為這樣的死亡「並非以自己求生之力，奮然挺身向者死迎上去；只不過是意外地遇到了死向她們猛撲之時，她們便無力抵抗而倒下了。」〔註75〕

三、一夫一妻多妾制度下的女性處境

一夫一妻多妾婚姻制度下，不同倫理身份的女性處境，呈現出此制度對女性心靈與人格的損害，以及女性之間的相互殘害。

（一）王夫人的處境

1、寬柔慈善的當家夫人

王夫人是賈政的嫡妻正室，賈府的兒媳婦。作為一位孝順的兒媳，慈祥的母親，慈善的夫人，和順的妻子；她對賈母的孝順，對子女的慈愛，對丈夫賈政的柔順，是合乎其倫理身份與要求的。平日裏吃齋念佛，對人寬柔慈善，少言寡語，嫻靜端正，是她努力塑造的世家大族當家夫人的角色。這個角色，建立在實權在握與穩固地位的基礎上。娘家的強大勢力，又有內姪女王熙鳳替她掌管家裏的事，且深得賈母喜愛，還生有寶玉與貴為王妃的女兒元春。然而，王夫人仍有其焦慮與無助，這主要是因為寶玉。

2、對寶玉的愛之焦慮與無助

王夫人在痛失長子賈珠後，人到中年才又得了寶玉，所以，寶玉是她的命根子，也是心頭最大的心病。寶玉不愛讀書，卻喜歡與女孩子廝混，不被父親賈政喜歡。在王夫人眼裏就是一個「孽障」，「既愛之也恨之，我何曾不知道管兒子，先你珠大爺在時，我是怎麼管來著？難道我如今到不管兒子了？只是有個原故，所以就縱壞了他。我常常掰著口兒勸一陣，說一陣，氣的罵一陣，哭一陣，彼時也好，過後還是不相干，端的吃了虧才

〔註73〕王崑崙著，《紅樓夢人物論》，頁859。
〔註74〕王崑崙著，《紅樓夢人物論》，頁96。
〔註75〕王崑崙著，《紅樓夢人物論》，頁96。

罷！設若打壞了，將來我靠誰呢！」〔註76〕如果寶玉不好，王夫人會背上不好好管教兒子的罪責，這是影響到整個家族運勢的大罪，「若叫人哼出一聲不字來，二爺後來一生的聲名品行豈不完了。二則太太也難見老爺。」〔註77〕寶玉的乖戾性格，危及她在賈府的地位，成為王夫人最大的心病。為了維護寶玉與自己的聲譽與地位，一旦有危及寶玉管教者，她平素的寬柔慈善立刻轉變成冷酷無情。當聽到寶玉與金釧調笑嬉鬧時，王夫人的反應激烈：「翻身起來，照金釧兒臉上就打了一個嘴巴子，指著罵道：『下作小娼婦，好好的爺們，都叫你們教壞了。』」〔註78〕打了一下，罵了幾句，無論金釧兒如何苦求，仍毫不留情地將她攆了出去。晴雯因為長得太好，個性鋒芒太露，又因婆子進讒言，被王夫人視為勾引寶玉的狐狸精，在病中被趕出大觀園。

3、對趙姨娘的恨──原配情結

王夫人對趙姨娘長期隱忍，因為在古代，正室是不可以嫉妒丈夫之妾的，這會成為「七出」之一條。「婦有七去：不順父母去，無子去，淫去，妒去，有惡疾去，多言去，竊盜去。」〔註79〕。王夫人為了遵循傳統婦德，並維護自己的賢妻形象及地位，必須對趙姨娘表現出一種大度與包容，「她的大度更多是一種自我約束的體現，是在封建社會要求下婦德的展示。」〔註80〕但實際上，趙姨娘不是省油的燈，興風作浪，而且仗著自己有賈環與探春，不守本分，到處惹事。而且，作為原配，王夫人不得不與她共享一個丈夫，因此她內心對於趙姨娘是怨恨、厭惡的，一旦找到機會，就不由自主地流露出來，王夫人便不罵賈環，便叫過趙姨娘來罵道：「養出這樣黑心不知道理下流種子來，也不管管！幾翻幾次我都不理論，你們得了意了，這不亦發上來了。」〔註81〕這種一夫一妻多妾制度，讓王夫人的內心扭曲，她對於趙姨娘的恨，漸漸發展為一種原配情結，以致於對於那些風騷的妖精，充滿了仇恨

〔註76〕〔清〕曹雪芹著，脂硯齋批，周汝昌校訂批點本，《石頭記》，頁423。
〔註77〕〔清〕曹雪芹著，脂硯齋批，周汝昌校訂批點本，《石頭記》，頁424。
〔註78〕〔清〕曹雪芹著，脂硯齋批，周汝昌校訂批點本，《石頭記》，頁386。
〔註79〕高明譯註，《大戴禮記今註今譯》（天津：天津古籍出版社，1988年2月），頁117。
〔註80〕陽淑華著，〈紅樓夢中王夫人的原配情結〉，《湖南科技學院學報》，2016年3月第37卷第3期，頁24。
〔註81〕〔清〕曹雪芹著，脂硯齋批，周汝昌校訂批點本，《石頭記》，頁315。

與除之而後快的狠毒。

4、王夫人的手段

（1）培植親信，物色妻妾

王夫人一面掃除異己，一面暗地裏積極地為寶玉物色合意的妻妾人選，希望以此來穩定寶玉的心。襲人自覺的符合傳統儒家婦德對女子的規範，賢惠而聰明的她，看出了王夫人的心病，所以找機會向王夫人諫言，而她的一番話直接擊中了王夫人內心的恐懼與焦慮，因此她心懷感愛襲人不盡，忙說道：「我的兒，你竟有這個心胸，想得這樣周到。難為你成全我娘兒兩個名聲體面真真我就不知道你這樣好。」〔註 82〕襲人的賢惠與忠誠，深得王夫人的心，於是她成為王夫人安排在怡紅院中，控制寶玉身邊的威脅因素的親信，「可知我身子雖不大來，我的心耳神意，時時都在這裡。難道我通共一個寶玉，就白放心憑你們么引壞了不成！」〔註 83〕她們結成了利益同盟，「你今兒既說出了這樣話，我就把他交給你了，好歹留心，保全了他，就是保全了我，我自然不辜負你。」〔註 84〕襲人憑藉賢而多智術，成為寶玉之妾的不二人選，自以為得到了終身之託。

（2）掃除異己──母子衝突

晴雯被逐出大觀園，鬱鬱而終。她死後，寶玉哭道：「我究竟不知晴雯犯了何等滔天大罪！」〔註 85〕寶玉不懂為何平素慈愛的母親會變得如此冷酷。王夫人要保護寶玉的名譽與家族地位，並進而鞏固自己的利益與地位。為了這個目的，她迫害寶玉喜歡的女性，剝奪一切存在威脅性的東西，以有悖於寶玉心性的方式行事，置他於痛苦之中，「這對在各自的心目中有著獨特分量的母與子，最可能成為對方毀滅性的打擊者。」〔註 86〕她的母愛是極端自私的，「王夫人的母愛是帶有自私成分在裏面的，她擔心自己在賈府中的地位和身份隨寶玉的失去而消失。也因寶玉有違自己的期許而存有『恨鐵不成鋼的情感』。」〔註 87〕在這樣的世家大族，父子、母子之間的親子關係，也不再是那麼單純。家族繼承人地位競爭激烈，血肉親情在現實的利益面前，顯得無

〔註82〕〔清〕曹雪芹著，脂硯齋批，周汝昌校訂批點本，《石頭記》，頁 424。
〔註83〕〔清〕曹雪芹著，脂硯齋批，周汝昌校訂批點本，《石頭記》，頁 908。
〔註84〕〔清〕曹雪芹著，脂硯齋批，周汝昌校訂批點本，《石頭記》，頁 424。
〔註85〕〔清〕曹雪芹著，脂硯齋批，周汝昌校訂批點本，《石頭記》，頁 909。
〔註86〕貝京著，〈癡心慈母寫盡矣〉，《紅樓夢學刊》，2009 年第四輯，頁 203。
〔註87〕陽淑華著，〈紅樓夢中王夫人的原配情結〉，頁 24。

力。在產生矛盾時，一般都是以後者為重，「無論任何事情，只要與寶玉的利害無關或對寶玉不會有任何傷害，一般來說，她都能以一種正常的心態對待和處理，十分平和、穩重、超脫；而一旦事情與寶玉有關，她立刻會便得非常警覺、敏感。」〔註88〕

5、倫理衝突與選擇

王夫人平日裏慈善寬柔、吃齋念佛的形象與掃除異己時的狠毒、冷酷形成了鮮明對比，「你們小心！往後再有一點分外之事，我一概不饒」〔註89〕。這種對比，蘊含著倫理衝突。為了保護寶玉和自己在賈府的利益，王夫人不得不與內心的慈善寬柔作鬥爭。她的吃齋念佛，是對內心的焦慮與無助的安撫。當金釧兒被她逐出而跳井自殺時，王夫人哭訴道：「要是別的丫頭，賞他幾兩銀子也就完了，只是金釧兒雖然是個丫頭，素日在我跟前比我的女兒也差不多。」〔註90〕口裏說著，不覺流下淚來。王夫人的眼淚，既有不捨也有恐懼。如此慘烈的結局，是她不曾預料到的，她恐懼這件事情會毀壞寶玉的聲望。王夫人「平素慈善仁厚，從來不曾打過丫頭們一下」〔註91〕，對服侍她多年的金釧兒本是有深厚的主僕之情的，全是因為寶玉與金釧兒的調笑，觸及了王夫人內的心病，「今忽見金釧兒行此無恥之事，此乃平生最恨者，故氣忿不過」〔註92〕。眼淚亦是對金釧之死的心痛、自責，也有為寶玉操碎心的無奈與辛酸。在複雜心理的驅動下，王夫人想辦法彌補金釧的妹妹玉釧，王夫人想一想道：「也罷，這個分例只管關了來，不用補人，就把這一兩銀子給他妹妹玉釧兒罷。他姐姐伏侍我一場，沒個好結果，剩下他妹妹跟著我吃個雙分子，不為過於了。」〔註93〕這樣的補償行為，既是對此事件中受影響的寶玉聲譽的挽回，也是對金釧的愧疚，更是對自己焦慮內心的撫慰。

王夫人是父權代言人，有根深蒂固的婦德觀，自覺用父權制的標準來衡量女性。一旦遇到溢出規訓邊界，對她的地位與利益造成威脅的人，她必毫不留情地摧毀。對於寶玉身邊那些有威脅性的美麗少女，必冷酷鏟除，「太太只嫌她生的太好了，未免輕狂些。在太太是深知這樣美人似的人必不安靜，

〔註88〕貝京著，〈癡心慈母寫盡矣〉，頁201。
〔註89〕〔清〕曹雪芹著，脂硯齋批，周汝昌校訂批點本，《石頭記》，頁385。
〔註90〕〔清〕曹雪芹著，脂硯齋批，周汝昌校訂批點本，《石頭記》，頁385。
〔註91〕〔清〕曹雪芹著，脂硯齋批，周汝昌校訂批點本，《石頭記》，頁385。
〔註92〕〔清〕曹雪芹著，脂硯齋批，周汝昌校訂批點本，《石頭記》，頁385。
〔註93〕〔清〕曹雪芹著，脂硯齋批，周汝昌校訂批點本，《石頭記》，頁443。

所以嫌她。」〔註94〕為了在父權體制下謀得生存、保存自己，女性對女性的殘害更為可怕。

（二）邢夫人的處境

邢夫人是賈赦的繼室，娘家家境一般，且並沒有生養兒女，是賈璉與迎春的繼母。作為媳婦，她並不被賈母喜歡。與王夫人相比，在賈府沒有地位。一夫一妻多妾制度下，賈赦好色，養了眾多妻妾，邢夫人在婚姻裏得不到人格尊重，只知委曲迎合賈赦以求自保，甚至不惜為他到處討要丫頭，失去了是非判斷，有著深入骨子裏的奴性，頑固、愚強。所以賈母才訓斥她道：「我聽見你替你老爺說媒呢，你到也三從四德的，只是這賢惠也太過了！你可如今也是孫子、兒子滿眼了，你還怕他？勸兩句都使不得，還由著你老爺那性兒鬧？」〔註95〕

邢夫人長期缺乏愛，漸漸變得自私自利、冷酷無情。作為繼母，對賈璉與迎春，冷漠又勢利。她無法給予子女關愛，而只是將他們視為利益的籌碼。迎春遭孫紹祖虐待，深陷婚姻不幸的痛苦，邢夫人毫無關心，「本不在意，也不問其夫妻和睦，家務凡難。」〔註96〕表現出來的是作為繼母的冷漠。得不到丈夫的愛與尊重，還不得不接受其眾多的姬妾，讓邢夫人的心理扭曲，無法再生起真摯的感情，沒有子女的愛，娘家沒有倚靠，在這樣的處境中，她內心充滿焦慮與不安全感，只能拼命抓住金錢，變成了一個冷酷、自私且吝嗇的女人。

（三）趙姨娘的沉淪

趙姨娘作為妾，是奴才出身的半主子。她自以為是主子，罵小戲子芳官道：「小淫婦，你是我銀子錢買來學戲的，不過娼婦粉頭之流，我家裏三等奴才也還比你尊貴些。」〔註97〕作為妾，她並不被當作主子看待，芳官諷刺她，「我又不是姨奶奶家買的，梅香拜把子都是奴幾來。」〔註98〕和周姨娘不同，她不是安心老實、恪守本分之人。因為生育了一兒一女，總想著出頭。處在從奴隸到主子夾縫中的倫理身份，造成她心靈的扭曲。無力看清現實處境，一心為不切實際的幻想折磨，失去正確的判斷力，陷入混亂的認知與錯誤的

〔註94〕〔清〕曹雪芹著，脂硯齋批，周汝昌校訂批點本，《石頭記》，頁909。
〔註95〕〔清〕曹雪芹著，脂硯齋批，周汝昌校訂批點本，《石頭記》，頁566。
〔註96〕〔清〕曹雪芹著，脂硯齋批，周汝昌校訂批點本，《石頭記》，頁948。
〔註97〕〔清〕曹雪芹著，脂硯齋批，周汝昌校訂批點本，《石頭記》，頁711。
〔註98〕〔清〕曹雪芹著，脂硯齋批，周汝昌校訂批點本，《石頭記》，頁711。

行為中，如探春所說：「這麼大年紀，行出來的事，總不叫人敬伏。這是什麼意思，也值得吵一吵，並不留體統，耳朵又軟，心裏又沒計算。」〔註99〕妾的倫理身份，使得趙姨娘養成卑賤陰暗的性格，這樣的性格，反過來加劇了趙姨娘人格的低劣與地位的低賤。

這樣的自卑，造成了她變態、扭曲的反抗，充滿了嫉妒、仇恨的受害者心理，破罐子破摔，以撒潑的方式來發洩，「乘著抓住了理，罵給那些浪淫婦們一頓也是好的。」〔註100〕不惜一切手段，抓住一切可以抓取的利益，隨時處於報復，負面扭曲，心態狹隘。這樣的心理扭曲到極點時，不惜以邪惡的手段來置寶玉與鳳姐於死地，完全陷入了內心的地獄，生命沉淪到黑暗與污濁之中，無可救贖，不能醒悟，脂批為：「痴婦痴婦」。被馬道婆一挑撥，就完全迷了，被煽動起仇恨，不惜殘害人命。趙姨娘認為，只有通過這樣的方式，自己在賈府才能不被遺忘，有安全的所在。實際上她的手段是錯誤的，導致她陷入被所有人嫌棄，孤立無援的境地。

趙姨娘因為妾的身份，在自己孩子面前是沒有地位與為母的尊嚴與身份。鳳姐可以當著賈環的面，斥責與辱罵她，趙姨娘竟然不敢還口。因為趙姨娘只是為賈家生育了一個孫子的妾，沒有獨立地位。連自己的兒子都嫌棄她，埋怨她妾的身份，帶累了自己在家族的地位，「我拿什麼比寶玉呢？你們怕他，都和他好，都欺負我不是太太養的。」〔註101〕說著便哭了。

趙姨娘把女性作為姨娘身份所造成的人格卑劣，全都呈現在作為「母親」的角色上。她負面、狹隘不負責任地發洩在孩子身上，肆無忌憚地傷害她們，喪失了母愛。她既不懂得尊重和愛護自己，也就根本上失去了愛他人的能力，包括自己的孩子。不把他們當成出氣筒，「呸，你這下流沒剛性的，也只好受這些毛崽子的氣。」〔註102〕對孩子進行語言侮辱與攻擊，完全不尊重孩子。更難談得上關懷、鼓勵與愛。她把他們當成自己在賈府的利益籌碼。母子之間沒有溫情，只有相互埋怨、鄙視、責備，一起往下流裏墮落，將負面的陰暗心態雙倍地擴大。在這樣的母親的影響下，賈環也養成了陰微鄙賤的性格，常常惡人先告狀，扭曲真相，總覺得別人都在欺負自己，「同寶姐姐

〔註99〕〔清〕曹雪芹著，脂硯齋批，周汝昌校訂批點本，《石頭記》，頁712。
〔註100〕〔清〕曹雪芹著，脂硯齋批，周汝昌校訂批點本，《石頭記》，頁711。
〔註101〕〔清〕曹雪芹著，脂硯齋批，周汝昌校訂批點本，《石頭記》，頁257。
〔註102〕〔清〕曹雪芹著，脂硯齋批，周汝昌校訂批點本，《石頭記》，頁258。

頑來著，鴛兒欺負我，賴我的錢，寶玉哥哥撞我來了。」〔註103〕多次以卑鄙的手段加害寶玉。

　　探春拼命掙扎，企圖從卑劣的出身裏出來。她否定這個母親和自己的出身，努力開創新的自我。不合理的倫理制度下，人性容易向下沉淪，要保持積極、健康的心態，讓生命向上發展，是需要極大的勇氣與環境作抗爭的。趙姨娘是個弱者，在這樣的倫理處境中，任憑非理性的獸性因子把自己推向地獄「讓趙姨娘卑微的不是法律上的奴妾身份而是人格上陰微鄙賤的奴妾心靈」〔註104〕。生命不是努力向上發展，而是沉淪到邪惡與陰鄙中，形成破壞性、毀滅性的心態。

第三節　女性的倫理反叛

　　在傳統不合理的倫理制度與艱難處境下，《紅樓夢》中的女性仍進行著微不足道的反叛，且多以失敗告終；但卻表現出女性自我意識的覺醒。

一、王熙鳳之嫉妒

　　鳳姐憑藉出眾的管理能力，成為賈璉的賢內助。在賈璉外出的日子裏，她幫忙料理家庭事務，使賈璉無後顧之憂，分擔了賈璉的責任與壓力：「賈璉遂問別後家中的諸事，又謝鳳姐的操持勞碌。」〔註105〕林如海病逝，賈璉送黛玉回姑蘇扶靈，鳳姐見同行的照兒回來，「細問一路平安信息。連夜打點大毛衣服，和平兒親自檢點包裹，再細細追想所需何物，一併包藏交付。」〔註106〕此處看到賈璉對鳳姐管家的讚賞，與鳳姐對賈璉在外的牽掛。

　　鳳姐逐漸在賈府成了獨當一面的管家，掌握財政、人事等實權，架空了賈璉。隨著個人威權的建立，還有娘家的實力，她根本不把賈璉當一回事。賈璉本性好色，生性浮蕩。在家族紈綺子弟惡習的薰染下，在一夫一妻多妾制的縱容下，賈璉以各種偷食，「成日家偷雞摸狗，醶的臭的都拉了屋裏去。」〔註107〕來對鳳姐的強勢進行反抗，「你還不足，你細想，昨兒誰的不是多？今兒當著人，還是我跪了一跪，又賠不是，你也爭足了光。這會子還叨

〔註103〕〔清〕曹雪芹著，脂硯齋批，周汝昌校訂批點本，《石頭記》，頁258。
〔註104〕歐麗娟著，《大觀紅樓（母神卷）》，頁276。
〔註105〕〔清〕曹雪芹著，脂硯齋批，周汝昌校訂批點本，《石頭記》，頁193。
〔註106〕〔清〕曹雪芹著，脂硯齋批，周汝昌校訂批點本，《石頭記》，頁176。
〔註107〕〔清〕曹雪芹著，脂硯齋批，周汝昌校訂批點本，《石頭記》，頁539。

叨，難道還叫我給你跪下才罷？太佔足了強也不是好事。」〔註108〕鳳姐與賈璉夫妻之間，沒有了信任與尊重，沒有真情，只有防備、控制、背叛和赤裸裸的金錢與利益關係。在這樣的夫妻關係中，鳳姐焦慮痛苦，也是孤獨艱辛的。她只有用變得更加強勢與狠毒來自我保護，讓自己不在這樣的夫妻關係中敗下陣來。情感上的空白，讓鳳姐變得更加凶猛，用心機與手段來面對赤裸裸的人性之惡與殘酷的現實。

面對賈璉與鮑二家的勾搭，疼愛鳳姐的賈母，也不得不笑道：「什麼要緊的事，小孩子們年輕，饞嘴貓似的，那裡爆的住不這麼著。自從小兒世人都打這麼過的。都是我的不是，他多吃了兩口酒，又吃起醋來。」〔註109〕對鳳姐來說，這是一件不可饒恕的事情。在說這話的時候，賈母是作為家族權力的掌握者，立於禮法觀點。她告訴鳳姐，這本不是一件了不起的大事，是傳統婚姻倫理中正常的事情，身為女人，只有接受。是女性不可抗拒的命運，自小兒世人都打這麼過的。「七出」中規定女人在婚姻中吃醋是違背倫理而可以成為被休的理由。然而自我意識強大的鳳姐，不能忍受賈璉出軌，即使是傳統父權社會下男人所享有的特權。這樣的不平等關係對於爭強好勝、個性覺醒的鳳姐來說，是難以接受的。王熙鳳陷入了打破傳統價值觀念的自我與順從傳統價值觀念的自我之間的對抗。自我意識的覺醒與傳統父權一夫一妻多妾制度之間產生的矛盾，表現為強烈的嫉妒，讓她感受到了在婚姻中被背叛與被侮辱的痛苦，不惜用最惡毒扭曲的方式，排除異己，維護自己的尊嚴與地位。

她利用手中的權力，不斷地積累金錢，來作為保護自我的資本，並且以狠毒的手段來打擊、殘害威脅自己利益的其他女性，懲罰男人的濫淫，發洩自己的不滿，反抗不公平的婚姻制度。「封建社會由於妻尊妾卑，妻子能夠依恃元配名份凌駕於妾之上，其妒忌心理常用極端的方式發洩出來。」〔註110〕這種惡毒的反抗實際造成了鳳姐身心的扭曲，「同性間的仇恨心理，遠遠勝於對異性的仇恨，甚至達到歇斯底里的癲狂狀態」〔註111〕，而鳳姐的生命也墮入了地獄，「在這種特殊的搏鬥中，妻妾無論孰勝孰負，對女性來說都是莫大的悲哀」〔註112〕。

〔註108〕〔清〕曹雪芹著，脂硯齋批，周汝昌校訂批點本，《石頭記》，頁537。
〔註109〕〔清〕曹雪芹著，脂硯齋批，周汝昌校訂批點本，《石頭記》，頁537。
〔註110〕朱引玉著，〈論紅樓夢的家庭倫理道德〉，頁47。
〔註111〕朱引玉著，〈論紅樓夢的家庭倫理道德〉，頁47。
〔註112〕朱引玉著，〈論紅樓夢的家庭倫理道德〉，頁47。

二、尤三姐之自殺

在現實生活層面，尤三姐只是靠肉體取悅於男性的風塵女子。但她後來的轉變以及自殺行為，展現出超越於肉體之上的生命力量及悲劇意義。她的自我覺醒經歷了復仇、重生到死亡完成。

當尤三姐看清賈璉與賈珍二馬同槽，玩弄她們姐妹後，決定以「反雌為雄」進行復仇，用肉體來嘲諷那些玩弄女人的男人們，「據賈璉評去，所見過的上下貴賤若干女子，皆未有此綽約風流者。二人已酥麻如醉，不禁去招她，那婦人淫態風情反將二人禁住。自己高談闊論，任意揮霍灑落一陣，拿他弟兄二人嘲笑取樂，竟真是她嫖了男人，並非男人淫了她。」〔註113〕

在復仇狂歡之後，她欲通過與柳湘蓮的真摯感情和婚姻來重生。尤三姐淪落風塵，是為了生存而不得已，在內心中，始終保留著對真摯愛情的渴望，這是她淪落污濁的生命中的光亮，「但終身大事，一生至死，非同兒戲。我如今改過守分，只要找揀一個素日可心如意的人，方跟他去。若憑你們揀擇，雖是富比石崇，才過子建，貌比潘安的，我心理進不去，也白過了一世。」〔註114〕尤三姐對自己過去的淫蕩，充滿可恥感，她想要重生的願望與決心是如此強烈：

> 姐夫，你只放心，我們不是那心口兩樣的人，說什麼是什麼。若有了姓柳的來，我便嫁他。從今日起，我自己修行去了。」說著，將一根玉簪擊作兩段，說：「一句不真，就如這簪子！」說這，回房去了，真個竟非禮不動，非禮不言起來。〔註115〕

這是尤三姐自我意識的覺醒，不再隨波逐流，被外在現實與命運主宰，而是憑藉自由意志進行倫理選擇。她通過節欲的形式，來完成肉體道德倫理上的救贖，洗刷肉體之罪，提升人格，以期獲得柳湘蓮的真情，「他小妹果是個斬釘截鐵之人，每日侍奉母姊之餘，只安分守己，隨分過活。」〔註116〕表現出改變命運的強大意志力。得到柳湘蓮的定婚信物鴛鴦劍後，「尤三姐喜出望外，連忙收了，掛在自己繡房床上，每日望著劍，自喜終身有靠。」〔註117〕這是她生命中最有希望與光亮的一刻。

〔註113〕〔清〕曹雪芹著，脂硯齋批，周汝昌校訂批點本，《石頭記》，頁774。
〔註114〕〔清〕曹雪芹著，脂硯齋批，周汝昌校訂批點本，《石頭記》，頁776。
〔註115〕〔清〕曹雪芹著，脂硯齋批，周汝昌校訂批點本，《石頭記》，頁782。
〔註116〕〔清〕曹雪芹著，脂硯齋批，周汝昌校訂批點本，《石頭記》，頁783。
〔註117〕〔清〕曹雪芹著，脂硯齋批，周汝昌校訂批點本，《石頭記》，頁783。

　　然而柳湘蓮的拒婚，否定了她的所有努力，與她期待的未來，更否定了新生的可能性，而讓她回到原來那種不堪忍受的生活。對真摯愛情的嚮往不可得，對未來生活希望的破滅，讓她看不到可以拯救自己的希望，而選擇了自殺，「由於他是自殺者不願去繼續他的舊生活的自白，它同時也是並非一切善的火花都已在自殺者的靈魂中熄滅的這個事實的一種象徵。」〔註 118〕在希臘學派當中，斯多葛學派的伊壁鳩魯學派特別強烈的維護自殺的道德上的可能性。他們把當生命沒有進一步的價值時摒棄生命的自由讚美為人的一種特權。這時候，她只有最後一條路，即自殺。既然重生不能，只有以死來解構、否定那恥辱肉體的存在，終結以往不堪的生活。這也是尤三姐對倫理罪業的懺悔與自我懲罰，「可恥生命的可恥的結束。」〔註 119〕尤三姐的自殺是對那些侮辱與玩弄她的男人的嘲諷，也包括柳湘蓮這樣輕視她的意志與情感的男人。是對玄幻痴情的嘲諷，「妾痴情待君五年矣，不期君果冷心冷面，妾以死報此痴情」。〔註 120〕「揉碎桃花紅滿地，玉山傾倒難再扶」小說用「桃花」、「玉山」來讚美尤三姐人格之高潔。柳湘蓮在她死後讚嘆道：「我並不知是這等剛烈賢妻，可敬，可敬！」〔註 121〕尤三姐是污泥中的一朵蓮花，為生活所迫不得不淪落風月場，但她內心高潔，志氣很高。尤三姐的自殺，是對男權社會的控訴，是女性人格自尊、自由意志的表現，展現出一種強烈的反抗力量。她的自殺完成了從肉體向精神的昇華。

　　從尤三姐之死可知，當時女性仍然是以男性的婚娶作為唯一的歸宿，她們沒有獨立的經濟地位，也沒有其他出路，不得不依附於男性，把生命的幸福完全寄託在男人身上。那柄柳湘蓮贈的鴛鴦劍，冷颼颼，明亮亮，如兩痕秋水般，掛在她的繡房床上。尤三姐整日望著它，彷彿看到了那束可以讓她絕地反擊，改變命運的希望之光。可是，也是這柄傾盡平生之力，壓上全部生命重量的鴛鴦劍，最終取了她的性命。她的標緻、剛烈、痴情與覺醒，在女性生命沒有更多選擇，出口與可能性封閉的黯淡世界裏，終是一束被遮擋的虛妄之光，讓人唏噓同情。

〔註 118〕〔德〕包宏生著，何懷宏，廖申白譯，《倫理學體系》（北京：中國社會科學出版社，1988 年 7 月第 1 版），頁 505。
〔註 119〕〔清〕曹雪芹著，脂硯齋批，周汝昌校訂批點本，《石頭記》，頁 508。
〔註 120〕〔清〕曹雪芹著，脂硯齋批，周汝昌校訂批點本，《石頭記》，頁 785。
〔註 121〕〔清〕曹雪芹著，脂硯齋批，周汝昌校訂批點本，《石頭記》，頁 785。

三、鴛鴦之抗婚

　　鴛鴦抗婚是自由意志的展現，雖然身為女僕，她絕不看輕自己，自尊自愛，敢於對抗強權勢力，維護自己的自由意志。在與不合理制度的對抗中，橫眉冷對引誘、壓迫，絕不屈從，令人起敬。和她相同處境的女孩，都以將來作姨娘為自己命運的歸宿，逆來順受，而鴛鴦則質疑與反抗：「你們自以為都有了結果的，將來都是做姨娘的！據我看來，天底下的事，未必都那麼遂心如意的，你們收著些。」〔註122〕在這批女孩子中，鴛鴦是看得最清，最具有反抗精神。她甚至以剪了頭髮的方式，來表達反抗的決心。雖然身為奴僕，但在人格與精神上，是自我生命的主人，拒絕成為姨娘，且向所有人表達意志的堅定不移：

> 我是橫了心的，我這一輩子，別說是寶玉，就是「寶金」、「寶銀」、「寶天王」、「寶皇帝」，橫豎不嫁人就完了！就是老太太逼著我，一刀子抹死了，也不能從命！服侍老太太歸了西，我也不跟著我老子娘哥哥去，或是尋死，或是剪了頭髮當姑子去！要說我不是真心，暫且拿話支吾，這不是天地鬼神、日頭月亮照著！嗓子裏頭長疔！〔註123〕

鴛鴦所在乎的不是外在的名分、身份、地位，「別說大老爺要我作小老婆，就是大太太這會子死了，他三媒六聘的娶我去作大老婆，我也不能去。」〔註124〕在婚姻問題上，她要遵從自我意志，她不是令人擺佈溫順的綿羊，而是充滿反抗精神與主動性的高貴豹子。這樣的反抗，為她招來的可能是滅頂之災。賈赦被她拒絕後，就怒言：「我要他不來，以後誰還敢收他。叫他想想，憑他嫁到誰家，也難出我的手中。除非他死了，或是終身不嫁男人，我就伏了他了。若不然時，叫他趁早迴心轉意，有多少好處！」〔註125〕無論最後是否成功，這抗婚過程中，鴛鴦敢於公開表達並堅持自我意志，就是她生命力量的實現。

四、賈惜春之出家

　　惜春從小目睹家族混亂，為了逃避是非，養成了「心冷意冷，心狠意狠」

〔註122〕〔清〕曹雪芹著，脂硯齋批，周汝昌校訂批點本，《石頭記》，頁559。
〔註123〕〔清〕曹雪芹著，脂硯齋批，周汝昌校訂批點本，《石頭記》，頁563。
〔註124〕〔清〕曹雪芹著，脂硯齋批，周汝昌校訂批點本，《石頭記》，頁559。
〔註125〕〔清〕曹雪芹著，脂硯齋批，周汝昌校訂批點本，《石頭記》，頁563。

〔註126〕冷僻孤寂的性格，小小年紀就熄滅了對現實人世的熱情；成了諸緣熄滅，諸事不理的自了漢。因為對眼前濁世的失望，而逃避到一己的清淨之中。與此同時，她喪失是非判斷與對他人的關心和同情。一個沒有得到愛的人，能夠給出愛是艱難的，她成了一個沒有情感熱度，沒有愛的枯竭靈魂：「我只知道保得住我就勾了，不管你們去。從此以後，你麼有事別累我。」〔註127〕這樣的清淨，只是消極的反抗。所以，當丫鬟入畫被查出私自傳物而跪求幫助時，惜春卻冷酷地回絕，「快帶了去，或打，或殺，或賣，我一概不管。」〔註128〕與充滿熱情、責任感與正義感的姐姐探春相比，生命境界立刻顯出差距。不過，在那樣的時代與制度下，軟弱無力的惜春，以消極的反抗，保存清淨，不同流合污，也是她唯一能夠想到的出路。

第四節　《紅樓夢》中女性品德之美

在貴族末世之家的倫理混亂中，我們仍然看到了女性生命在困境中激發出的優秀品德，獨立、擔當、勇敢、勤奮等等。它們既來自於生活的歷練，也是對傳統儒家倫理的傳承，體現了傳統儒家倫理智慧與價值。在今天看來，仍然具有時代意義。

一、賢德妃賈元春

孝順的元春，為了家族利益而入宮，在嚴峻的宮廷鬥爭中，犧牲了自己的幸福。熬過遠離家人的孤獨歲月，經歷了政治鬥爭的嚴峻與複雜，見識了家道的起起落落，她能身居高位而不迷失，「二十年來辨是非」〔註129〕，在極致的富貴與權勢中返璞歸真，體認到骨肉親情的珍貴與溫暖，並懂得簡樸持家的重要，「元春身處榮華富貴，卻長保心靈的質樸，始終珍視人倫親情，從而展開寬厚的羽翼，庇護大觀園的青春兒女，讓他們在磨難重重的人間暫時獲得幸福」〔註130〕表現出深厚的倫理品質與生命智慧。

（一）天倫至情

小說安排皇上准許嬪妃省親一事乃是當今隆恩，「從古至今從未有過，因

〔註126〕〔清〕曹雪芹著，脂硯齋批，周汝昌校訂批點本，《石頭記》，頁877。
〔註127〕〔清〕曹雪芹著，脂硯齋批，周汝昌校訂批點本，《石頭記》，頁877。
〔註128〕〔清〕曹雪芹著，脂硯齋批，周汝昌校訂批點本，《石頭記》，頁876。
〔註129〕〔清〕曹雪芹著，脂硯齋批，周汝昌校訂批點本，《石頭記》，頁71。
〔註130〕歐麗娟著，《大觀紅樓（母神卷）》，頁365。

見宮裏嬪妃才人等皆是入宮多年，以致拋離父母音容，豈有不思想之理？」
〔註131〕骨肉之私情，乃是天倫中之至性，天和之事，世上至大莫如孝字。省
親時的元春，處於倫理衝突中。身為貴妃，不得不遵循繁複國禮，然而正是
國禮把她與家人隔開。在她的內心深處，只想做個最樸素的女兒與姐姐，多
年未見親人，心裏滿是思念。因此，當親人慾行國禮，她反常地一再下諭
「免」，卻欲向祖母親人行家禮，處處使皇權向家禮及天倫之情退讓。大觀
園一片富貴熱鬧，「園中香煙繚繞，花彩繽紛，處處燈花相映，時時細樂聲
喧。說不盡這太平氣象，富貴風流」〔註132〕，在景致的襯托下，元春滿是孤
獨與痛苦，她「滿眼垂淚」、「忍悲強笑」，隔簾含淚謂其父曰：「田舍之家，
雖齏鹽布帛，終能敘天倫之樂。今雖富貴已極，骨肉各方，然終無意趣！」
〔註133〕但賢德的元妃，儘管內心無比孤獨，仍然能夠控制住自己的感情，展
現出「只以國事為重，暇時保養，切勿記念」〔註134〕的大局意識與家族責
任感。

　　元春與寶玉姐弟深情，長姐如母，對寶玉的教育與成長非常關心。自入
宮後，時時帶信與父母說：「千萬好生撫養，不嚴不能成器，過嚴又恐生不
虞，且致祖母之憂。」〔註135〕當聽聞大觀園的題詞皆為寶玉所作時；弱弟的
進步使長姐無比欣慰：「果然進益了。」為了家族，她終年身處深宮。錯過了
弟弟的成長，因此當看到多年未見的寶玉時，元春喜極而泣，「命他進前，攜
手攬於懷內，又撫其頭頸笑道：『比先竟長了好些。』一語未終，淚如雨下。」
〔註136〕眼淚中既有兄弟長成的喜悅，也有心酸與無奈。賈政讓寶玉題詞，亦
是體諒到元春對寶玉的這份姐弟深情，「更使賈妃見之知係其愛弟所為，亦或
不負其素日切望之意。」〔註137〕

　　省親之後，出於對妹妹們的體貼與愛護，元春命她們搬入大觀園，讓這
個象徵皇權的園林，轉變為青春少女們盡享快樂生命的烏托邦。這是長姐對
於姊妹們的疼愛，也是她對自己失去青春的補償。

〔註131〕歐麗娟著，《大觀紅樓（母神卷）》，頁197。
〔註132〕歐麗娟著，《大觀紅樓（母神卷）》，頁223。
〔註133〕歐麗娟著，《大觀紅樓（母神卷）》，頁226。
〔註134〕歐麗娟著，《大觀紅樓（母神卷）》，頁226。
〔註135〕歐麗娟著，《大觀紅樓（母神卷）》，頁224。
〔註136〕歐麗娟著，《大觀紅樓（母神卷）》，頁226。
〔註137〕歐麗娟著，《大觀紅樓（母神卷）》，頁224。

（二）簡樸與節制

元春當時是因賢孝才德，被選入宮中作女史。因為其出眾的道德品性，又被皇上加封為「賢德妃」，此賢德來自崇高的人格與智慧的體現，「是融合了先天資質與後天修為所形成的一種內在涵養。」〔註138〕在富貴與權勢中，元春並沒有迷失，卻能夠保持人性的樸素與節制，崇節尚儉，天性惡繁悅樸。她在宮中的地位，掌握的權力，蔭蔽著整個家族，她也關心著整個家族的發展。回家省親時，「看此園內外如此豪華，因默默歎息奢華過費」〔註139〕。看到大觀園石牌坊上明顯的「天仙寶境」四個大字，她忙命換成「省親別墅」〔註140〕。她向家人反覆叮囑的事是「以後不可太奢，此皆過分之極」〔註141〕，因此在「二十年來辨是非」的人生歷練中，元春懂得簡樸與節制乃是持家之道，是關係到家族長遠發展的大事，「元春的生日與太祖太爺，同一天也是有其象徵意義的，元春和創業祖先同一天生日的意義並不是夫妻關係，而是建構在百年家族命運薪火相傳上，為家族建功立業的繼承關係。」〔註142〕

賈雨村沉淪之前曾路遇一鄉野破廟，門旁有一副舊破的對聯曰：「身後有餘忘縮手，眼前無路想回頭」〔註143〕。這幅對聯是對賈雨村的警示，也是對賈府中人的警示，人往往在得意順利的時候，肆意揮霍，放縱自己於享樂的快感中不知節制。「在揮霍、享樂的放縱中，人的清明理性被敗壞，生命的活力被動物性的衝動所障礙，人陷入了麻木遲鈍，更何談思考家族的發展與改革，放縱不只是向動物狀態的倒退，而且使人的最高精神力量和天賦為感覺慾望所支配。」〔註144〕賈府中人沉浸在家族富貴可以永葆無虞的幻想中，不能未雨綢繆，保持理性與節制，為家族的長遠發展做好準備。因此當賈妃看到大觀園的奢華時，她反覆勸誡家人道：「不可太奢」。而賈府的敗亡，就是因為沉淪於享樂中不知節制。道士給賈瑞以自救的那面風月寶鑒，反面的骷髏正是對賈府中人的警示，不要沉淪於正面的美女等慾望、色相的迷惑中，

〔註138〕歐麗娟著，《大觀紅樓（母神卷）》，頁365。
〔註139〕〔清〕曹雪芹著，脂硯齋批，周汝昌校訂批點本，《石頭記》，頁223。
〔註140〕〔清〕曹雪芹著，脂硯齋批，周汝昌校訂批點本，《石頭記》，頁227。
〔註141〕〔清〕曹雪芹著，脂硯齋批，周汝昌校訂批點本，《石頭記》，頁227。
〔註142〕歐麗娟著，《大觀紅樓（母神卷）》，頁368。
〔註143〕〔清〕曹雪芹著，脂硯齋批，周汝昌校訂批點本，《石頭記》，頁22。
〔註144〕〔德〕包宏生著，何懷宏、寥申白譯，《倫理學體系》（北京：中國社會科學出版社，1988年7月第1版），頁256。

成了自己的慾望的奴隸，至死而不知醒悟。相反，節制與簡樸，使人能夠有清明的理性。儒家講「克己復禮」，講「中庸」、「中道」，就是要用「禮」的理性來節制慾望，給予人性一種規範，防止人性中獸性因子的破壞以及不可遏制的沉淪。然而在賈府中，「禮」的敗壞已形同虛設，失去了實質性的內容，已經無法約束人性的放縱。

二、老祖宗賈母

賈母是金陵世勳史侯家的小姐，在丈夫賈代善去世後，成為賈府在世輩分最高的人。她掌握了至高的母權而成為家族內父權的掌握者和代言人。在執行父權時，又融入了女性的母性智慧。這是顯赫的家世背景及人生歷練沉澱下來的生命智慧的圓融：樂觀開朗、幽默慈善、善待下人，處家寬容。

（一）至高母權

賈母是家族中輩分最高的老封君，家族的核心人物，也是這個世家大族的凝聚力量、家族精神象徵，家族祭祀儀式中，賈母主持祭祀，呈現出在家族中的至高位置與母權。祭祀儀式中，眾人圍隨著賈母至正堂上，供品從祠堂檻外層層傳遞，最後傳遞到賈母手中，賈母方捧放在供桌上，之後全族子弟，「左昭右穆，男東女西，俟賈母拈香下拜，眾人方一齊跪下。鴉雀無聞，禮畢後，賈敬、賈赦等端侯與賈母行禮。」〔註145〕家族晚飯時，第一次進賈府的黛玉就見識到賈母在場時，家族倫理秩序之嚴謹：「於是進入後房門，已有多少人在此伺候，見王夫人來了，方安設桌椅。賈珠之妻李氏捧飯，熙鳳安箸，王夫人進羹。賈母正面榻上獨坐，兩傍四張空椅。外間伺候之媳婦、丫鬟雖多，卻連一聲咳嗽不聞。」〔註146〕

（二）圓融變通

賈母雖然身居高位，但年紀大了，不喜拘束，更喜取樂隨性。賈母和鳳姐去清虛觀打醮，鳳姐兒笑道：「老祖宗也去，趕情好！就只是我又不得受用了。」賈母則回應道：「到明兒我在正樓上，你們在兩邊樓上，你也不用到我這邊來立規矩，好不好？」鳳姐兒笑道：「這就是老祖宗疼我了。」〔註147〕雪天裏賈母參加園中姐妹們的詠梅活動，賈母坐了，因笑道：「你們只管照舊

〔註145〕〔清〕曹雪芹著，脂硯齋批，周汝昌校訂批點本，《石頭記》，頁637。
〔註146〕〔清〕曹雪芹著，脂硯齋批，周汝昌校訂批點本，《石頭記》，頁43。
〔註147〕〔清〕曹雪芹著，脂硯齋批，周汝昌校訂批點本，《石頭記》，頁369。

頑笑吃嗑，我因為天短了，不敢睡中覺，抹了一會骨牌，忽然想起你們來了，我也來湊個趣兒。」〔註148〕她生怕自己的到來壞了孩子們的興致，還強調說：「你們仍舊坐下說笑我聽，就如同我沒來的一樣才好。不然我就去了。」〔註149〕不以老祖母的架子來壓人，在這樣遊戲玩耍的場合，放下老封君的身段，能夠和孫女們玩在一起，融入她們。面對鳳姐在賈母面前插科打諢的「放誕」，王夫人以「無理」來批評她，「老太太是因為喜歡他，才慣的他這樣。還這樣說，他明兒越發無理了。」〔註150〕賈母卻不以為然：「我喜歡他這樣，況且他又不是那不知高低的孩子。家常沒人，娘兒們原該這樣，橫豎禮體不錯就罷，沒的到叫他從神兒似的作什麼。」〔註151〕這裡王夫人在禮法面前的一本正經與賈母的收放自如形成了對比。做人心裏有高低，懂禮數就好，在具體的生活中，不用拘泥於條條框框的規則，可以更為放鬆與活潑自在。賈母在歷經世事後，形成了一種隨心所欲不逾矩的收放自如的生活智慧，融通、隨性、活潑，但又不壞了禮法。且不把禮作為壓制別人，顯耀自己權威的方法，顯得隨和、親切，又禮法井井。這樣既保持了家族禮儀，又營造了家族寬鬆愉快的氛圍。脂批：「此似無禮而禮法井井。所謂整瓶不動半瓶搖，又曰習慣成自然。真不謬也。」〔註152〕賈母對於禮法已經做到寬嚴相濟，自然而然地融入她的生活言行中，展現出活潑自在的大家風度。

（三）慈愛母神

1、對晚輩慈愛與關心

賈母對孫女們充滿慈愛與關心。賈府的姐妹們都跟著她一邊讀書，「因史老太夫人極愛孫女，都跟在祖母這邊一處讀書，聽得個個不錯。」〔註153〕對晚輩的態度開明且尊重。賈母向薛姨媽笑道：「咱們走罷。他們姊妹們都不大喜歡人來坐，生怕髒了屋子。咱們別沒眼色，正緊坐一會子船，喝酒去。」〔註154〕賈母年紀大了，卻有著童心雅趣，可以與孫女們玩在一起，不拘禮

〔註148〕〔清〕曹雪芹著，脂硯齋批，周汝昌校訂批點本，《石頭記》，頁604。
〔註149〕〔清〕曹雪芹著，脂硯齋批，周汝昌校訂批點本，《石頭記》，頁604。
〔註150〕〔清〕曹雪芹著，脂硯齋批，周汝昌校訂批點本，《石頭記》，頁470。
〔註151〕〔清〕曹雪芹著，脂硯齋批，周汝昌校訂批點本，《石頭記》，頁470。
〔註152〕〔清〕曹雪芹著，脂硯齋批，周汝昌校訂批點本，《石頭記》，頁470。
〔註153〕〔清〕曹雪芹著，脂硯齋批，周汝昌校訂批點本，《石頭記》，頁28。
〔註154〕〔清〕曹雪芹著，脂硯齋批，周汝昌校訂批點本，《石頭記》，頁496。

數。看到寶釵年紀輕輕房內卻如此素淨，賈母心疼，「二則年輕姑娘房裏這樣素淨，也忌諱。我們這老婆子，越發該往馬圈去了。」〔註155〕還提出要幫親自幫寶釵重新布置，「我最會收拾屋子的，如今老了，沒這閒心了。如今讓我替你收拾，包管又大方又素淨。」〔註156〕因為喜歡寶釵的穩重和平，就親自蠲資二十兩，給寶釵過生日。這樣一位充滿慈愛的老祖母，給了孫輩們寬鬆愉快的生活氛圍，讓他們得以在長輩與家族的關懷與溫暖中成長。叮以得以享受讀書、遊戲的無憂無慮的快樂生活。

2、幽默風趣

賈母年紀雖大，但仍興致盎然，性情開朗，喜開玩笑，聽見笑聲就問：「見了什麼這樣樂？告訴我們也笑笑。」〔註157〕並沒有老封君的呆板、嚴肅，不苟言笑。這也是鳳姐可以討得賈母開心的重要原因。賈母平日裏的語言方式也是活潑、通俗、幽默感很強，且善於插科打諢。賈母嘲弄鳳姐道：「這猴兒慣的了不得了，只管拿我取笑起來，恨的我撕你那油嘴。」〔註158〕這樣的幽默風趣，既是賈母天生的個性，也體現了老人家積極樂觀的生活態度，更重要的是，作為家族的核心與精神的支撐，賈母以她的開朗、慈善、祥和，快樂，維持著家族的氣勢。中秋之夜，當賈母也感覺到家族頹敗之勢不可扭轉的時候，仍倔強地說：「偏今兒高興，你又來催。難道我醉了不成？偏到天亮！」〔註159〕然而賈母年高帶酒之人，聽見桂花陰裏嗚嗚咽咽的笛音，越發淒涼，不免有觸於心，墮下淚來。

3、惜老憐貧

賈母作為身居高位的老封君，從來不擺架子，而是惜老憐貧，充滿慈愛親和，展現出世家大族溫柔敦厚的仁愛精神。平兒對劉姥姥說：「你快去罷，不相干的。我們老太太最是惜老憐貧的，比不得那個狂三詐四的那些人。」〔註160〕面對劉姥姥這麼一個鄉村農婦，身世、地位都高高在上的賈母卻表現得異常親切。親自帶著她參觀大觀園，在櫳翠庵裏把自己的茶給劉姥姥喝。還幫劉姥姥帶花：「賈母便揀了一朵大紅的簪了鬢上。因回頭看見了劉姥姥，

〔註155〕〔清〕曹雪芹著，脂硯齋批，周汝昌校訂批點本，《石頭記》，頁497。
〔註156〕〔清〕曹雪芹著，脂硯齋批，周汝昌校訂批點本，《石頭記》，頁497。
〔註157〕〔清〕曹雪芹著，脂硯齋批，周汝昌校訂批點本，《石頭記》，頁472。
〔註158〕〔清〕曹雪芹著，脂硯齋批，周汝昌校訂批點本，《石頭記》，頁472。
〔註159〕〔清〕曹雪芹著，脂硯齋批，周汝昌校訂批點本，《石頭記》，頁894。
〔註160〕〔清〕曹雪芹著，脂硯齋批，周汝昌校訂批點本，《石頭記》，頁482。

忙笑道；『過來帶花兒。』」〔註161〕言辭中充滿了隨和親切。

對小戲子，小道士，賈母亦是慈愛。「賈母深愛那作小旦的與一個作小丑的，細看時亦發可憐見兒的，賈母命人另拿些肉菜與他兩個，又另外賞錢兩弔。」〔註162〕清虛觀打醮，一個沒來得及躲閃的小道士，「一頭撞在鳳姐兒懷裏，鳳姐便一揚手照臉一下，把那小孩子打了一個筋斗。」〔註163〕鳳姐盛氣凌人，完全沒有一絲憐憫之心。賈母聽到了忙道：「快帶了那孩子來，別唬著他。小門小戶的孩子，都是嬌生慣養的慣了，那裡見的這個勢派。可憐見的，倘或一時唬著了他，他老子娘豈不疼的慌？」〔註164〕賈母命賈珍拉起小道士來，叫他不要怕，還問他幾歲了。一個貴族老太君，對一個小道士充滿了慈愛與心疼。寶玉收了道士們的法器，想拿出去散給窮人。賈母笑道：「這到說的是。」〔註165〕可見這是賈府祖上的家風，寶玉身上傳襲了這樣的慈善寬厚的家風，賈母在他身上看到了國公爺的影子，所以特別喜歡寶玉。

4、對下人寬厚仁道

賈家對待下人寬厚仁道，這是祖宗定下的規訓與家風，對待下人皆是寬柔以待，如賈政所說，「我家從無這樣事情，自祖宗以來，皆是寬柔以待下人。」〔註166〕在一些節慶宴席的場合，不拘於主僕之禮，封賞下人，允許她們隨意吃嗑，讓她們也享受到一份喜慶和歡樂，以犒賞他們平日的付出，表現出賈母的慈善與對下人們的人道關懷。賈府風俗，年高服侍過父母的家人，比年輕的主子還要體面。滿族風俗特別尊重年老有功或曾侍奉長親之僕婦。對於家中的年高德劭的僕人，賈家給予他們許多的恩典與照顧。對他們的孩子、家人，也給予了一定的支持。賈府的老僕人賴大家的兒子當上了洲縣官，鳳姐等人向他道喜。他則說：「我也喜，主子們也喜，若不是主子們恩典，我們這喜從何來！昨兒奶奶又打發彩哥兒賞東西，我孫子在門上朝上磕了頭了。」〔註167〕可見，賈府對於家中老僕人以及他們的子孫後代的恩典與支持。

〔註161〕〔清〕曹雪芹著，脂硯齋批，周汝昌校訂批點本，《石頭記》，頁489。
〔註162〕〔清〕曹雪芹著，脂硯齋批，周汝昌校訂批點本，《石頭記》，頁279。
〔註163〕〔清〕曹雪芹著，脂硯齋批，周汝昌校訂批點本，《石頭記》，頁371。
〔註164〕〔清〕曹雪芹著，脂硯齋批，周汝昌校訂批點本，《石頭記》，頁371。
〔註165〕〔清〕曹雪芹著，脂硯齋批，周汝昌校訂批點本，《石頭記》，頁472。
〔註166〕〔清〕曹雪芹著，脂硯齋批，周汝昌校訂批點本，《石頭記》，頁546。
〔註167〕〔清〕曹雪芹著，脂硯齋批，周汝昌校訂批點本，《石頭記》，頁747。

賈府這樣的詩書世家，與那些暴發戶是不一樣的，他們有著崇禮良善，醇厚的家族傳統，不是一味的苛刻、重利、盤剝，以貴壓人，盤剝壓榨奴僕們的勞動力。對於那些奴僕，以及為整個家族的延續與發展所付出努力，賈府回饋以尊重與厚道的善待。

賈母，作為家族中輩分地位最高的老祖宗，雖然因年事已高，不親自參與家族事物的管理與執行，但她身上沿襲著家族的傳統與精神，成為家族的精神象徵。以特有的方式，支持著家族的發展與延續。

三、女君子薛寶釵

大觀園抽花籤時，寶釵抽到的是牡丹，題著「艷冠群芳」四字，又注著：「在席者共賀一杯，此為群芳之冠。」〔註168〕眾人都說，「巧的狠，你也原配牡丹花」〔註169〕。可見，薛寶釵在眾女兒中超群的生命品質。她的品性既體現了儒家人格理想和超越的德性之美，也有著清初商業思維與民主思想的萌芽，以及高度的生活智慧。是才、德、美兼具的理想女性形象。

寶釵是典型的倫理型人格，自覺踐行儒家規範，以其人格理想作為自己的生命理想並深深內化在自我生命中，而成為一位「女君子」，「曹雪芹筆下的薛寶釵，並不是一個圓滑世故、滿心奸詐的小人。她只是十分自覺地按照禮教的規範律己處世，她的存在是一種倫理人格的存在。」〔註170〕這是寶釵對自我生命的主體認同，也是她的生命價值所在。

（一）儒家理想人格

儒家人格的核心思想「仁」與「禮」，和諧地融合在寶釵的生命中，形成她文質彬彬的女君子風度。

1、溫柔敦厚

寶釵的個性中富有溫良的善意、誠樸寬厚的人格底蘊、溫厚和平的性情，「寶釵行為豁達，隨分從時，不比黛玉孤高自許，目下無塵，故比黛玉大得下人之心。便是那些小丫頭們，亦多喜與寶釵去頑笑。因此黛玉心中便有些抑鬱不忿之意，寶釵卻渾然不覺。」〔註171〕寶釵溫柔敦厚而不愚，明辨事理，

〔註168〕〔清〕曹雪芹著，脂硯齋批，周汝昌校訂批點本，《石頭記》，頁478。
〔註169〕〔清〕曹雪芹著，脂硯齋批，周汝昌校訂批點本，《石頭記》，頁478。
〔註170〕朱偉明著，〈林黛玉、薛寶釵形象及其文化意義〉，《紅樓夢學刊》，1994年2月，頁69。
〔註171〕〔清〕曹雪芹著，脂硯齋批，周汝昌校訂批點本，《石頭記》，頁64。

善於勸誡身邊的人。

2、成人之道

劉向《說苑》載:「顏淵問於仲尼曰:『成人之行何若?』子曰:『成人之行,達乎性情之理,通乎物類之變,知幽明之故,睹遊氣之源,若此而可謂成人。』」〔註172〕寶釵把自我位置放得很低,真正做到從身邊人的處境出發,腳踏實地去關心他們。這種關心是在尊重對方的基礎上,來自對人情的默默觀察、細緻體察,設身處地領會人心,並選擇適宜的時機,以善巧合宜之法,在能力與禮儀許可範圍內,去幫助與關心人。寶釵暗中每相體貼接濟邢岫煙,「倘或短了什麼,你別存那小家子女兒氣,只管找我去。」〔註173〕;寶釵對湘雲體貼與關心,「你這麼個明白人,怎麼一時半刻的就不會體諒人情。我近來看著雲丫頭的神情,再風裏言風里語的聽起來,那雲丫頭在家裏竟是一點兒作不得主。想其形景來,自然從小兒沒爹娘的苦。我看著他也不覺傷心起來。」〔註174〕脂批為:「真是知己,不罔湘雲前言。」薛蟠遠行,寶釵借機把香菱帶進大觀園,「我知道你心裏羨慕這園子不是一日兩日的了,只是沒個空兒,就每日來一淌,慌慌張張的,也沒趣兒。所以趁著機會,越性住上一年,我也多個作伴的,你也遂了心。」〔註175〕為香菱在大觀園的學詩創造了可能性條件,幫助她實現了生平最大的夙願。

3、節情以中

《中庸》寫道:「喜怒哀樂之未發,謂之中;發而皆中節,謂之和。」〔註176〕脂批評價寶釵待人接物之道為:「不親不疏,不遠不近,可厭之人未見冷淡之態,形諸聲色;可喜之人亦未見醴密之情,形諸聲色。」〔註177〕寶釵對人用情,不是為了滿足自己情感需要的陷溺,而是在尊重他人的基礎上,以理克情,在禮的規範下,以實際可行的行為來關心與幫助他人,而非一味的就情論情,「情是薛寶釵的情感特點,但無情並非絕無感情,而不過是薛寶釵這個典型人物所獨具的情感個性一種外在的表達方式。」〔註178〕不藏私,

〔註172〕〔漢〕劉向著,《說苑譯註》(北京:北京大學出版社,2009年9月),頁189。
〔註173〕〔清〕曹雪芹著,脂硯齋批,周汝昌校訂批點本,《石頭記》,頁686。
〔註174〕〔清〕曹雪芹著,脂硯齋批,周汝昌校訂批點本,《石頭記》,頁407。
〔註175〕〔清〕曹雪芹著,脂硯齋批,周汝昌校訂批點本,《石頭記》,頁578。
〔註176〕〔東周〕子思著,《中庸》(北京:中華書局,2007年9月),頁27。
〔註177〕〔清〕曹雪芹著,脂硯齋批,周汝昌校訂批點本,《石頭記》,頁578。
〔註178〕俞曉紅著,〈紅樓夢花園意象解讀〉,《紅樓夢學刊》,1997年第1期,頁69。

不溺情，表現出情感與理性平衡和諧的處事智慧。

4、內聖外王

「內聖外王」語出《莊子・天下》，「是故內聖外王之道，暗而不明，鬱而不發，天下之人，各為其所欲焉，以自為方。」〔註 179〕「內聖外王」的統一是儒家學者們追求的政治理想，他們希望由內在修養優秀的人來主持國家大局。內聖是基礎，外王是目的。內聖是個人內在的人格修養，外王則指的是個人的事功、在社會上的作為。寶釵被稱為「山中高士晶瑩雪」〔註 180〕，所謂「高士」，乃是以修身為本，志趣、品行高尚的人。

寶釵自覺遵循著儒家婦德對於女性的規訓。「四德」首先在《禮記》中被提出，經過班昭《女誡》這部中國歷史上最流行的女訓著作之一，得以廣泛流傳。「夫言婦德，不必才明絕異也；婦言，不必辯口利辭也；婦容，不必顏色美麗也；婦功，不必工巧過人也。」〔註 181〕做女子的，第一要緊是品德，能正身立本；然後是言語，有知識修養，說話得體，言辭恰當，其次是相貌，端莊穩重持禮，不要輕浮隨便；最後是治家之道，相夫教子、尊老愛幼、勤儉節約等生活方面的細節。寶釵的日常打扮、吃穿住用簡單、樸素；言語行為低調內斂，符合儒家傳統對女性的內向定位。寶釵的《詠海棠》：「珍重芳姿晝掩門，自攜手甕灌苔盆。胭脂洗出秋階影，冰雪招來露徹魂。」〔註 182〕清潔自屬、含蓄渾厚，無一輕浮之語。正是她的高潔品質的體現。

（二）生活智慧

寶釵認為：「學問中便是正事，此刻於小事上用學問一提，那小事越發作高一層了。不拿學問提著，便都流入市俗去了。」〔註 183〕寶釵的博學融入到日常生活的為人處事、待人接物中，內化為一種圓融的生活智慧。章學誠在《章學誠遺書》中的婦女傳記，推重婦女的儒家人格風範，讚賞她們能夠做到「內外整飭，家政肅然，和睦宗親。」寶釵身上就傳承了這種生活智慧與人格風範。

〔註 179〕〔戰國〕莊子著，孫海通譯註，《莊子》（北京：中華書局，2007 年 4 月），頁 278。
〔註 180〕〔清〕曹雪芹著，脂硯齋批，周汝昌校訂批點本，《石頭記》，頁 25。
〔註 181〕〔漢〕班昭著，《女誡》（北京：中央民族大學出版社，1996 年），頁 98。
〔註 182〕〔清〕曹雪芹著，脂硯齋批，周汝昌校訂批點本，《石頭記》，頁 585。
〔註 183〕〔清〕曹雪芹著，脂硯齋批，周汝昌校訂批點本，《石頭記》，頁 666。

1、安分權變

《紅樓夢》的寫作用了一字褒貶的春秋筆法。曹雪芹給予薛寶釵的評定，是一個「時」字：己卯、庚辰本及列藏本第五十六回回目為「時寶釵小惠全大體」，脂評解釋為「隨時俯仰」。庚辰本中批：「寶釵此等非與阿鳳一樣，此則隨時俯仰，彼則逾蹈也」〔註184〕。朱熹說：「凡天下之事，一不能化，惟兩而後能化。且如一陰一陽，始能化生萬物，雖是兩個，要之亦是推行乎此一爾。」、「柔變而趨於剛，是退極而進；剛化而趨於柔，是進極而退。」〔註185〕寶釵平時不輕言妄動，一方面是自覺符合婦德與禮法；另一方面也是審時度勢、深思熟慮，謀定方動。她協理大觀園時，可以站在老媽媽的立場上動之以利，曉之以情。體察人情，又顧全大局。說話處事，又注意身份、禮儀與邊界：「寶釵在日常為人處世與大觀園管理中表現出來的溫厚練達、圓潤變通，是以女性的柔美、柔和與變通重新闡釋了儒家權變思想的陽剛、正直與包容，是儒家剛柔並濟、權變管理思想的另一種智慧與魅力。」〔註186〕表現出剛柔並濟、安分權變的高度的生活智慧與處事能力。

2、儒商之道

寶釵是以封建淑女面目出現的皇商小姐，做事追求義利結合，一種進入十八世紀中葉封建中國淑女之婦德。探春看了賴大家的園子所產生的經濟價值而深受啟發：「誰知那麼個園子，除他們帶的花兒，吃的筍、菜、魚、蝦之外，一年還有人包了去，年終總有二百兩銀子剩。從那日我才知道，一個破荷葉，一根枯草根子，都是值錢的。」〔註187〕寶釵則諷之為「真真膏粱紈綺之談，你們雖是千金小姐，原不知這事」，並用朱夫子的治家思想來解釋：「但你們都念過書，識字的，竟沒看見朱夫子有一篇『不自棄』之文不成？」〔註188〕而當探春不以為然地說：「雖也看過，那不過是勉人自勵、虛比浮詞，那裡都有真的？」〔註189〕寶釵則針鋒相對地譏諷道：「朱子都有虛比浮詞？那句句都是有的。你才辦了兩天的時事，就利慾薰心，把朱夫子都看虛了？你

〔註184〕〔清〕曹雪芹著，脂硯齋批，周汝昌校訂批點本，《石頭記》，頁676。
〔註185〕〔宋〕黎靖德著，王星賢注解，《朱子語類》（北京：中華書局，1986年3月），頁118。
〔註186〕〔宋〕黎靖德著，王星賢注解，《朱子語類》，卷74，頁60。
〔註187〕〔清〕曹雪芹著，脂硯齋批，周汝昌校訂批點本，《石頭記》，頁666。
〔註188〕〔清〕曹雪芹著，脂硯齋批，周汝昌校訂批點本，《石頭記》，頁666。
〔註189〕〔清〕曹雪芹著，脂硯齋批，周汝昌校訂批點本，《石頭記》，頁666。

再出去見了那些利弊大事，越發把孔子也看虛了。」〔註190〕由此可見寶釵與探春都具有經濟務實之想，但寶釵更強調的是孔子、朱子等儒家思想對經濟事務的指導意義與約束，追求義利結合，而不是一味利慾薰心。

3、剛健自強

寶釵在生活中能夠雅俗共賞、渾厚之中又不失詼諧風趣；知命知身，識理識性，對生活有著健康理性的、自強剛健的精神；寶釵詠柳絮：「終不免過於喪敗。我想柳絮原是一件輕薄無根無絆的東西，然依我的主意，偏要把他說好了，才不落套」〔註191〕。於是飄飄蕩蕩的柳絮卻具有了「好風頻借力，送我上青雲」的飛揚之勢與剛健精神。她常勸誡黛玉：「不該傷心，到是覺得身上不爽快，反自己強掙扎著，出來各處走走逛逛，把心鬆散鬆散，比在屋子裏悶坐著還強呢，傷心是自己舔病的大毛病。怕病，因此偏扭著他，尋些事件作作，一般裏也混過去了。」〔註192〕體現出在生活中善於調節與平衡身心的智慧以及剛健自強的生命精神。

賈府末世陷入了倫理混亂，傳統不合理的倫理制度對女性生命產生巨大傷害，尤其是父權婚姻制、一夫一妻多妾製造成了妻妾之爭，女性之間相互殘害與打擊報復；造成婚姻悲劇，使得女性心靈扭曲、人格分裂。而隨著女性自我意識的增強，一些女性也開始有意識地反叛傳統倫理制度，扛婚、自殺、出家；雖不能撼動堅固的傳統倫理，又多以失敗告終。但在這個過程中，女性表現出生命的主動性與權力意識，不再作為被動的受害者。倫理混亂中品德則顯得非常可貴，天倫親情、樸素節制、慈善仁厚、理性剛健等等；這也是傳統倫理所蘊含的時代價值。

〔註190〕〔清〕曹雪芹著，脂硯齋批，周汝昌校訂批點本，《石頭記》，頁666。
〔註191〕〔清〕曹雪芹著，脂硯齋批，周汝昌校訂批點本，《石頭記》，頁826。
〔註192〕〔清〕曹雪芹著，脂硯齋批，周汝昌校訂批點本，《石頭記》，頁798。

第五章 《紅樓夢》的大觀園女性空間敘事

　　古典小說的結構偏重於時間的相續性，現代小說的結構則側重於空間的廣延性。《紅樓夢》雖是古典小說，但在空間結構上卻表現出現代小說的風格。在女性敘事中展現出了微妙複雜的空間結構，將女性的生命活動，在多層次、多維度的空間結構中表現出來，《紅樓夢》的空間藝術遠遠超越了時代。人的生命存在不是抽象的，而是在特定具體的空間裏。生存空間與人之間構成雙向運動。人在空間中活動，而空間也進入了人的生命之中，構成人的內化空間。現象學對個體生存與活動空間進行還原、意義描述與精神分析，可以考察人物的心理狀態，進入深層生命意識。

　　本章以空間理論，對《紅樓夢》女性生活空間進行深入考察，在文學闡釋基礎上，從宏觀到微觀，由表面描述挖掘深層意蘊，運用文化學、現象學等研究方法，進行還原；對空間中的物象以及人物活動描述與闡釋，論述它們的象徵意義；並以精神分析，論述女性空間所蘊含的人性、存在論價值，發掘其中蘊含的心理意涵與生命意識。從空間考察女性生命存在的豐富內涵，以及明末清初女性生命發展中傳統與現代的二元性。

　　《紅樓夢》構造了一個女性的理想世界，那就是作為父權社會逃逸與隱匿空間的大觀園。作為與現實存在空間相對立的一個理想空間，它具有一定程度的現代性啟蒙。第一節詳細考察大觀園這一女性逃逸空間。考察園林空間的文化傳統與文學淵源，作為逃逸空間所具有的理想性與現代性，進而探討大觀園中女性私人空間及物象、隱秘角落的詩學意義。最後思考大觀園毀滅的原因、象徵意義及可能性救贖。在現實與理想的空間之外，《紅樓夢》中

還存在一層女性空間，那就是作為仙閨幻境的太虛幻境。筆者認為此一空間作為夢幻空間，實際是一個女性的悼亡空間，傳統壓抑下的女性生命悲劇的象徵。也是一個啟悟寶玉認識情愛的迷失與虛幻的哲理空間。

第一節 大觀園女兒空間

一、女兒空間的多重性

20 世紀 70 年代，關於大觀園的研究，側重強調大觀園作為「淨土世界」、「女兒樂園」具有的詩性與理想性，從余英時、宋淇的引導，接續夏志清的思路。將大觀園與大觀園之外的賈府作為清與濁截然不同、二元對立的兩個世界，並由此衍伸出情與淫、真與假、空與有等一系列二元對立的哲學內涵。然而深入考察，就會發現這樣簡單的二元對立，是對《紅樓夢》主旨的簡化，所謂「假作真時真亦假，無為有處有還無」，真／假，有／無並非二元對立的，而是一體兩面，相互轉化的，「大觀園並非一個單一空間，本是一處擁有多重象徵意蘊的空間，具有混融性、複雜性、多重性，花園作為自然力與人工的共構空間，本身就具有複雜耦合的天然質性，而其價值亦恰恰體現在昭示多重含義共現並存或相互拉鋸補襯的關係上。」〔註 1〕曹雪芹營造了一個烏托邦，又對這個烏托邦進行自我解構，這正是後現代烏托邦寫作的策略，「反烏托邦寫作是基於對世俗烏托邦的幻滅感而產生的對於烏托邦本身的一種反抗。」〔註 2〕正如妙玉的判詞中所說的：「欲潔何曾潔，云空未必空。」那種純粹的潔淨，只可能是一種精神烏托邦，它讓人仰望，卻不具有現實性，其結局是「可憐金玉質，終陷淖泥中。」這是對妙玉精心營造的精神烏托邦的解構與嘲諷。探究大觀園這一女兒空間所蘊含的多重屬性與複雜內涵，是深入體會《紅樓夢》女性敘事與思想主旨的重要切入點。

大觀園空間裏，陽光明媚下暗流湧動、蕭瑟陰冷。陰陽、正邪，不是二元對立的兩樣事情，而是同一事物的不同面向。生命裏的混沌與清澈，潔淨與污穢，文明與野性，精緻與粗俗，高雅與卑微，這些真實複雜的面向，都交融在大觀園空間中。它並非單純的伊甸園，「不同於西方伊甸園般美好樂園

〔註 1〕 李丹丹著，〈情禮兼備的嘗試——論大觀園的政治結構與禮法秩序〉，《紅樓夢學刊》，2008 年第 2 輯，頁 186。

〔註 2〕 王乾著，〈紅樓夢的反烏托邦寫作〉，《南都文壇》，2016 年第 6 期，頁 14。

的隱喻，明清小說中庭院空間的歷史內涵與文化屬性斑駁而多彩，有時是詩意飛揚的心靈棲居地，有時是青春熱烈的愛情理想國，有時又是陰冷黑暗的死亡隱秘所。光亮與陰冷，興盛與衰微，崇高與卑劣，升騰與墜落就這樣奇妙地疊合在同一空間裏。」〔註3〕本章深入考察大觀園女兒空間具有的多重象徵意蘊與複雜屬性，以期對《紅樓夢》女性敘事以及明末清初女性生命存在能夠有更深入的認識與理解。

二、女兒空間的理想性與詩性

大觀園，是曹雪芹為女性營建的一個理想空間，作為小說中的「女兒樂園」、「淨水世界」，從外部形態與內部構造都呈現出理想性，富有詩意。這個精緻美麗的貴族園林，是曹雪芹回憶與想像的空間。它通向曹雪芹美麗憂傷的回憶，是他內心幻想的詩境。

本節主要探究作為曹雪芹胸中丘壑的「女兒樂園」，大觀園所蘊含的理想屬性，在空間外部形態與女性生命活動中如何具體呈現出來。在大觀園理想空間的敘事中繼承的文化傳統與文學元素。從實體的物理空間到抽象的精神空間，探討大觀園女兒空間的理想性具有的精神內涵，體現出曹雪芹的生命理想。

（一）大觀園空間敘事的美學與文學淵源

1、園林美學意義

中國傳統文人園林，是中國傳統獨特的審美空間，與儒家禮制空間具有不同的空間屬性。它是一個悠閒適意、怡情悅性、安頓性靈的自由空間。其中，人與自然交融和諧，空間不再構成秩序、權力，對人產生壓迫。

2、中國桃花源敘事傳統

清代二知道人說：「大觀園與呂仙之枕竅等耳」，「雪芹所記大觀園，恍然一五柳先生所記之桃花源也。其中林壑田池，於榮府中別一天地，自寶玉率群釵來此，怡然自樂，直欲與外人間隔矣。」〔註4〕直接點出大觀園繼承中國小說從《劉陵阮肇》中的仙女境界、《黃粱一夢》中的枕竅，再到《桃花源記》中的桃花源的敘事傳統。

〔註3〕 葛永海著，〈明清小說庭院敘事的空間解讀〉，《明清小說研究》，2007 年第 2 期，頁 50。

〔註4〕 〔清〕二知道人著，《紅樓夢說夢》，一粟編，《紅樓夢資料彙編》，頁 86。

3、戲曲小說中的後花園敘事傳統

元雜劇往往把花園當作超越世俗的理想之所，才子佳人在此盡情品味愛情的甘露。到了湯顯祖《牡丹亭》，杜麗娘人性的覺醒、愛情的發生就在後花園裏，使之成為超越世俗的理想之所。在這裡，禮法暫告闕如，青春愛情萌發，人性甦醒和釋放。明清小說繼承了戲曲的後花園敘事傳統，在明末清初出現了大量的才子佳人小說，形成了「後花園模式」，並且在敘事中充滿牧歌情調。

（二）大觀園理想空間的構成

1、逃逸皇權與父權的空間

大觀園是一個特赦的逃逸空間。元妃對家人的愛，用皇權的形式給予家中少女們以自由與快樂，讓她們遷入大觀園中居住，這是人情對於政治禁閉的侵入，也是皇權、母權對於少女們的蔭護，使得大觀園從政治性開始具有了詩性。男人不可入園，賈母、王夫人、王熙鳳等父權執行者也沒有居住在裏面，暫時逃脫了父權倫理秩序的監管。大觀園更是成了隨少女入園的賈寶玉對現實世界的逃避之地，「那寶玉素日本就懶與士大夫諸男人接談，又最厭峨冠禮服賀弔往還等事，今日得了這句話，越發得了意，不但將親戚朋友一概杜絕了，而且連家庭中晨昏定省亦發都隨他的便了，日日只在園中游臥，不過每日一清早到賈母，王夫人處走走就回來了，卻每每甘心為諸丫鬟充役，竟也得十分閒消日月。」〔註5〕寶玉每日在園中任意縱橫曠蕩，「大觀園就是他的山林草野，他正是隱居在女兒之中，以這種怪異而獨特的方式逃避著讀書——入仕的厄運，過著一種適己任性的生活，盡享著心靈的清淨。」〔註6〕

2、純淨的少女空間

元春的命令，保證了大觀園作為少女樂園存在的合法性。李紈能夠入園，因為她是寡婦，沒有沾染男人的氣息，鳳姐作為有夫之婦則不能住在園中。大觀園空間隔離了男性，而寶玉作為「絳洞花主」，是作為這片少女樂園的守護者隨其入園的，而其他男人若要進園，則需要嚴加防範與遮擋。大觀園作為純淨的少女樂園，把男人以及男人的權力、文化阻擋在園外。

〔註5〕曹雪芹著，脂硯齋批，周汝昌校訂批點本，《石頭記》，頁442。
〔註6〕王向東著，《情感與理智的衝突——大觀園理想的建立與破滅》，《紅樓夢學刊》，1995年02期，頁18。

3、青春的樂園

大觀園是青春的樂園，少女們都處在青春時期，「多在十五六歲的年齡，此時大觀園中比先更熱鬧了多少。李紈為首，餘者迎春、探春、惜春、寶釵、黛玉、湘雲、李紋、李綺、寶琴、岫煙，再添上鳳姐與寶玉，一共十二三個。敘起年庚，除李紈年紀最長，這十二個皆不過是十五六七歲。」〔註7〕都處於一片天真爛漫的混沌世界。園中那些人多半是女孩兒，止在混沌世界天真爛漫之時，「坐臥不避，嬉笑無心」〔註8〕這些少女，未經世事，質樸天然，保持了生命的純潔詩意。

（三）大觀園女兒的生活形態與精神內涵

1、詩意的生活空間

大觀園由山石、小橋流水、花草樹木構成，曲折蜿蜒，自然隨性。少女們在這樣的自然環境中開展各種詩意的活動，結詩社、宴飲、賞樂，構築了一種快意自在的生活空間，「且說寶玉自進園來，心滿意足，再無別項可生貪求之心，每日只和姊妹丫頭們一處，或讀書或寫字，或彈琴下棋，作畫吟詩，以至描鸞刺鳳，鬥草簪花，低吟悄唱，拆字猜枚，無所不至，到也十分快意。」〔註9〕

2、超越紅塵的性靈驛站

在大觀園美好的自然環境中，達到人、自然、詩的融合，成為一個超越紅塵的詩意之境，少女們自由舒展性靈的驛站，自然情性、天賦靈性得以呈現的空間，女兒才情得以自由展現。香菱只有進了大觀園，才能有機會作詩，展現天賦的詩才。林黛玉的教導，寶玉與女兒們的鼓勵、支持，讓香菱得以從現實生活的束縛中暫時解放出來，自由展開她嚮往已久的詩歌寫作。瀟湘館裏，池邊樹下，山石之上，都是香菱可以自由沉浸在詩情的地方，「香菱越性連房也不入，只在池邊樹下，或坐山石上出神，或蹲在地下摳土。來往的人都詫異。」〔註10〕這個詩意的自由空間，點燃了香菱掩藏已久的詩情。寶玉笑道：「這正是地靈人傑。老天生人，再不虛賦情性的。」〔註11〕「地

〔註7〕〔清〕曹雪芹著，脂硯齋批，周汝昌校訂批點本，《石頭記》，頁589。
〔註8〕〔清〕曹雪芹著，脂硯齋批，周汝昌校訂批點本，《石頭記》，頁285。
〔註9〕〔清〕曹雪芹著，脂硯齋批，周汝昌校訂批點本，《石頭記》，頁293。
〔註10〕〔清〕曹雪芹著，脂硯齋批，周汝昌校訂批點本，《石頭記》，頁583。
〔註11〕〔清〕曹雪芹著，脂硯齋批，周汝昌校訂批點本，《石頭記》，頁583。

靈」就是指大觀園詩意空間。香菱黯淡可憐的一生中，唯有一次閃亮綻放，就是與黛玉學詩。在身不由己的現實人生中，大觀園這片詩境，提供了一個空間，讓她可以任自然地做自己鍾愛之事，沉浸其中，暫時忘掉煩憂，展現出獨特的天賦與生命的光彩。所以寶玉感歎道：「我們成日歎說，可惜他這麼個人竟俗了，誰知到底有今日，可見天地生人至公。」〔註 12〕湘雲最嚮往的就是能進園，在大觀園裏，她得以自由釋放豪興，醉臥芍藥花叢，滿頭臉衣襟上皆是紅香散亂，蜂蝶圍繞，人，詩、酒，自然交融，一派天真爛漫的自然氣息。

寶玉對生命清淨本性與原始性靈的愛護與欣賞，對天賦人權的尊重，只有在大觀園裏才有可能實現。在這個詩意空間，少女們得以自由展現生命美好與天然靈性，以至於寶玉感歎道：「老天老天，你有多少精華靈秀，生出這些人上之人來，可知我井底之蛙，成日家只說現在的這幾個人是有一無二的，誰知不必遠尋，就是本地風光，一個賽似一個，如今我又長了一層學問了。」〔註 13〕李紈作為一個寡婦，在大觀園裏也得到特赦，可以參與這些少女的詩社活動，且表現得異常活潑與積極，被傳統禮教束縛壓抑的生命力暫時獲得釋放，「花象徵著女性般的本然真情的柔美、乾淨，詩則象徵著童趣、韻致始終不離棄感性情態的歡愉。只有在大觀園中，所有這一切才達到了完整的綜合。」〔註 14〕

3、理想化的人際情場

大觀園成為一個情感場域。在這裡，有宴飲、詩社的相聚時光，寶玉對女孩子們的關懷，姐妹之間的情誼，人與人之間的情感流露，都達致情的至真至純境地。甚至賈母、王夫人進入園中，都有不一樣的表現，打破主僕間堅硬的階級等級，主動鬆懈綁縛在身上的倫理秩序，退下了母權的莊嚴、權威，變得隨性、親切、平易近人，可愛慈祥，彷彿回到了少女時代。人性可愛真實的一面，在這個自由輕鬆的理想空間裏流露出來，洋溢著平等、民主的氛圍。這些人因賈母、王夫人不在家，沒了管束，「便任意取樂，呼三喝四，喊七叫八，滿廳中紅飛翠舞，玉動朱顏，十分熱鬧。」〔註 15〕除自然詩意、

〔註12〕〔清〕曹雪芹著，脂硯齋批，周汝昌校訂批點本，《石頭記》，頁 583。
〔註13〕〔清〕曹雪芹著，脂硯齋批，周汝昌校訂批點本，《石頭記》，頁 587。
〔註14〕雷鳴著，〈紅樓夢的花園意象〉，《齊齊哈爾大學學報·哲學社會科學版》，2010年 9 月，頁 82。
〔註15〕〔清〕曹雪芹著，脂硯齋批，周汝昌校訂批點本，《石頭記》，頁 735。

怡情悅性的公共空間之外，大觀園中還有屬於每個女孩的私密個性空間，黛玉瀟湘館的幽靜詩意，寶釵蘅蕪院的樸素安靜，探春秋爽齋的爽朗開闊，是女兒個性呈現的空間。

4、愛情生發空間

在大觀園裏，寶黛的自由愛情也得以有機會與空間來滋潤與發展，沁芳閘橋邊、桃花底下共讀西廂，小山坡上一起葬花，瀟湘館裏嬉笑玩耍，分享著生命中最美好的私密時空間。

大觀園具有伊甸園的理想性，美好的自然景致、無憂無慮的生活、個體性靈的自由舒展、天賦靈性的完整呈現、詩意自在的生活以及人際間自由、民主、平等的氛圍，保持著生命本源的自然活潑、純淨詩意，「它是屬於人的生存性空間，是一個充滿意義追求，充滿感性經驗，充滿情感體驗、充滿精神超越、充滿生命關懷的個性化世界。唯因如此，空間才是一個生機勃勃、生命躍動、意義充盈的生存性世界。一個詩意棲居的審美世界。」〔註16〕

曹雪芹繼承了傳統園林敘事的理想與浪漫性，同時又對它們作了超越。在《紅樓夢》的女性空間敘事中，大觀園不再只是一個浪漫故事展開的理想空間背景，抽象的象徵符號，而是作為少女日常居住的現實空間融入到敘事中去。這些女性人物在裏面展開真實的生活化的生命流程，以日常化、細節化的敘事來解構傳統園林敘事的虛幻性與套路化，消解傳統園林空間單一的理想性，還原其複雜多元的現實性與世俗性，「將大觀園的複雜質性單一化或者片面化，尤其是對其理想性的過度強調，往往會遮蔽和模糊大觀園生成的現實性與世俗性。」〔註17〕在這樣的空間敘事中，反映女性生命存在複雜的現實性與歷史性，使大觀園成為女性命運的空間隱喻。這些女性不再是生活在烏托邦裏的仙女、神女，而是存在於真實的日常現實語境、歷史與時代語境中的真實女性，從《紅樓夢》裏我們可以看到大觀園嚴酷的現實性，「我們也可以因此而斷言，曹雪芹清醒地意識到其現實性，他並沒有廉價而抽象的讚美與同情代替深刻的歷史性。」〔註18〕曹雪芹決心直面女性人性與生命的真相。

〔註16〕葛永海著，〈明清小說庭院敘事的空間解讀〉，頁53。
〔註17〕李丹丹著，〈情禮兼備的嘗試——論大觀園的政治結構與禮法秩序〉，頁186。
〔註18〕陳維昭著，〈解讀大觀園：透視紅學與20世紀文化思潮〉，《汕頭大學學報（人文社會科學版）》，2000年第四期，頁89。

本節考察大觀園女兒空間的現實性與世俗性，從大觀園的建立基礎、現實運作、維繫的條件、人際關係等各個層面來深入剖析，並由此研究那個時代女性的真實處境與生命狀態。

三、女兒空間的現實性與世俗性

大觀園是人造園林，介於自然與人工之間，既具有自然性，又是人為建造的景觀，其建立的基礎是大量的財富與特權。它是一種人為的自然，不是原始的自然，是文化融入的優雅秀麗的自然，它具有現實性，並不是純然的世外桃源。《紅樓夢》詳細描述了這一女兒空間現實中的構築過程，從地基的選擇，到建築的修築，各色人、事、物的採辦，都是具體而現實的事務，呈現出它作為建築空間的現實性，建立在現實的經濟、政治、時空等條件之上，並不是從天而降的海市蜃樓，虛幻的烏托邦。

（一）大觀園基址

大觀園的基址並非遠離紅塵的人間仙境，它就建基在賈府中，在罪惡的寧府花園之上。大觀園的建立，「先是拆寧府會芳園牆垣樓門，直接入榮府東大院中。將榮府東邊所有下人一帶群房盡皆拆去，從東邊一帶借著東府裏的花園起轉至北邊，一共丈量準了三里半大。」〔註 19〕計成的《園冶》認為，水是園林的靈魂。在大觀園布局中，沁芳溪環繞著各處，成為園林的靈魂。那條象徵著少女生命之源的溪流，本是會芳園從北拐角牆下引來的一股活水。而且這條園林命脈的溪流並不封閉，直接通向外面的水域，它不可能保持永遠的純淨，最終是被外面世界人的骯臭污物所污染，林黛玉道：「撂在水裏不好，你看這裡的水乾淨，只一流出去，有人家的地方，骯的臭的混倒，仍舊把花糟蹋了。」〔註 20〕然而這才能保持它是流動的活水，它並不能永遠地庇護女性，女性終究還是要進入外面的世界。

（二）修築資金

大觀園修建所用的銀子來自甄家，而甄家後來被抄家。可見，這銀子並不乾淨，「江南甄家還收著我們五萬銀子。明日寫一封書信會票我們帶去，先支三萬，下剩二萬存著，等置辦花燭彩燈並各色簾櫳帳幔的使費。」〔註 21〕

〔註 19〕〔清〕曹雪芹著，脂硯齋批，周汝昌校訂批點本，《石頭記》，頁 199。
〔註 20〕〔清〕曹雪芹著，脂硯齋批，周汝昌校訂批點本，《石頭記》，頁 275。
〔註 21〕〔清〕曹雪芹著，脂硯齋批，周汝昌校訂批點本，《石頭記》，頁 200。

為了建設大觀園，耗費了賈家巨大的物資與錢財。大觀園運行所需的開支費用倚靠著賈府，一旦賈府敗落，大觀園也就敗落了。

（三）政治功能

大觀園之被建，是作為元妃的省親別院。元春被加封為賢德妃，倚賴著當今的隆恩，「念及宮裏嬪妃才人等皆是入宮多年，以致拋離父母，不能使其遂天倫之願，於是當今至孝純仁，體天格物。允許內廷鸞輿入其私第。」〔註22〕因此大觀園最初是皇權的政治功能的體現。之所以成為女兒樂園，是建立在元妃與賈母的憐護，「如今且說賈元春因在宮中自編大觀園題詠之後，忽想起那大觀園中景致，自己幸過之後，賈政必定敬謹封鎖，不敢使人進去騷擾，豈不寥落？況家中現有幾個能詩會賦的姊妹，何不命他們進去居住，也不使佳人落魄，花柳無顏。」〔註23〕可以說是君主制度和家長制度兩方面的權威合力作用的結果。大觀園一開始就具有了的政治屬性與功能。

（四）日常運作

少女們在大觀園中的快樂詩意生活其實是由母（皇權、母權）、婦（李紈、鳳姐、尤氏以及許多婦人的辛勤操勞與日常用度的安排）來作為基礎的。在園內日常的運作中，構成母——婦——女自成秩序的互動模式和內在結構法度。門禁制度，是想要人為地維護大觀園作為少女樂園，並由婆子們守護，然而這個門禁是可以突破的，「大觀園所謂的內外之隔，其實類似實線與虛線之間的互涵與交迭。」〔註24〕大觀園內等級、階層的政治性，以「房」為單位的居住空間的歸屬和管理。在各房裏面，「從主子、大丫頭到小丫頭逐次遞降的階級秩序亦相當明顯，園中秩序雖不以外界倫常尊卑為度，卻依照世家閨閣的需要和規矩，另外譜成一套禮的法度。」〔註25〕內部的人事實際上構成一個大觀園的階級金字塔，構成從粗使婆子媳婦（邊緣底層）——小丫頭——奶奶、媽媽、大丫頭——主子嚴格的不可逾越的等級劃分，「且將不同身份角色的人劃分進不同的空間界域裏。」〔註26〕在第五十八回中，芳官的乾娘，看芳官進寶玉房中為他吹湯，便也跑進去說：「他不老成，仔細

〔註22〕〔清〕曹雪芹著，脂硯齋批，周汝昌校訂批點本，《石頭記》，頁197。
〔註23〕〔清〕曹雪芹著，脂硯齋批，周汝昌校訂批點本，《石頭記》，頁290。
〔註24〕李丹丹著，〈情禮兼備的嘗試——論大觀園的政治結構與禮法秩序〉，頁187。
〔註25〕李丹丹著，〈情禮兼備的嘗試——論大觀園的政治結構與禮法秩序〉，頁187。
〔註26〕李丹丹著，〈情禮兼備的嘗試——論大觀園的政治結構與禮法秩序〉，頁187。

打了碗，讓我吹罷！」〔註 27〕晴雯罵道：「快出去，你讓他砸了碗也輪不到你吹。你什麼空兒跑到裏隔子內來了？還不出去。」〔註 28〕這婆子不知道，芳官能夠進寶玉的屋子，是寶玉的特許。而他這麼一個婆子，是沒有資格進到這個空間的，正如小丫頭子們所說的：「我們到的地方兒，有你到的一半，還有你一半到不去的呢！何況又跑到我們到不去的地方還不算，又去伸手動嘴的了。」〔註 29〕由此可見，婆子的等級在小丫頭之下，而小丫頭又在襲人、晴雯等大丫頭之下。不同階層與等級的人，能夠被允許進入的空間是不同的。這種差別對待，使不同等級的人之間，婆子與丫頭之間，丫頭與丫頭之間，構成了激烈與殘酷的競爭。小紅難得逮了個機會在寶玉面前露了個面，就引起秋紋、碧浪的嫉妒與責罵：「秋紋聽了，兜臉便啐了一口，罵道：『沒臉的下流東西，正緊叫你催水去，你說有事故，到叫我們去，你等著作個巧宗兒。一里一里的，這不上來了！難道我們到跟不上你了？你也拿鏡子照照，配滴茶遞水不配？』」〔註 30〕所以，小丫頭佳蕙才會感歎道：「可也怨不得這個地方難站。」〔註 31〕大觀園並非純情之地，禮制、權力的監視與控制無處不在。惡狠狠的婆子成為監視者與阻撓者，並時時回報給掌權者，一有機會就對其潛在的競爭者施以迫害，「我已經回了奶奶們，奶奶們氣的了不得。」〔註 32〕構成一個「殘酷而精巧的牢籠」，監視、束縛無處不在。晴雯因讒言所害，被逐出大觀園，乃至發展到抄檢大觀園，都與這樣的監視系統有關。

　　寶玉以為他可以逃避那個現實世界，躲入大觀園這片女兒淨土中。但漸漸的，他領悟到淨土不淨，世上沒有永恆的樂園，他無處可逃。作為大觀園中的護花使者，寶玉一心想守護這片烏托邦，但在親眼目睹著大觀園女兒的離散與樂土的被破壞時，一次次的心碎與省悟，他成了烏托邦解構與消亡的見證者。這一守護、見證、領悟的過程是以寶玉在大觀園裏隱秘角落的「偷窺」視角來展開的。

〔註 27〕　〔清〕曹雪芹著，脂硯齋批，周汝昌校訂批點本，《石頭記》，頁 698。
〔註 28〕　〔清〕曹雪芹著，脂硯齋批，周汝昌校訂批點本，《石頭記》，頁 698。
〔註 29〕　〔清〕曹雪芹著，脂硯齋批，周汝昌校訂批點本，《石頭記》，頁 698。
〔註 30〕　〔清〕曹雪芹著，脂硯齋批，周汝昌校訂批點本，《石頭記》，頁 328。
〔註 31〕　〔清〕曹雪芹著，脂硯齋批，周汝昌校訂批點本，《石頭記》，頁 698。
〔註 32〕　〔清〕曹雪芹著，脂硯齋批，周汝昌校訂批點本，《石頭記》，頁 698。

四、女兒空間的隱秘性

（一）隱秘角落的可能性

園林空間曲折幽深，草木山石以及橋、廊的連接，自然植被的遮擋，構成了大空間中的小空間，並且包含了很多隱秘角落。

> 中國古代庭院十分講究布局的巧妙，追求意境的深遠，曲徑通幽的趣味，因此造園者往往利用草木山石將庭院空間分割成一個個相對獨立的空間單元，庭院內部的空間之間往往會有遮擋，當人物行走在庭院之中，穿花度柳到另一個空間時，無意之間往往會窺探到另一個空間場景的人物行為或談話，而由於草木山石的遮擋，被窺聽者往往不易察覺。〔註33〕

大觀園空間及建築是半敞開，半封閉的，這就為窺看、窺聽提供了可能的條件，為隱秘角落的存在提供了可能性。

（二）隱秘空間的意義

「隱秘角落」是不公開的，偶然被揭示的空間。在小說中，讀者是借助「闖入者」或「偷窺者」的眼光，才得以看見。由於這些空間的隱蔽性，它們往往成為人在開放空間中，不被允許或不願被公開的某些人性秘密的展開之地，成為秩序之外的邊緣空間、不合法的空間，卻可以揭示出人性更豐富複雜的真實性，如同福柯所說的「異質性空間」。在關於《異質空間》一文中福柯指出，異質空間是那些被社會主流的秩序所排斥的偏離性空間，是另類的，非主流的，離經叛道的，被忽視或游離於政治之外的弱勢群體的空間〔註34〕。這些「異質空間」對主流空間具有幻覺性和補償性的功能，是一種「退隱」與「避難」，我們相信，「靈魂的每一次退隱都有著避難的形象。角落這個最骯髒的避難所值得我們作一番考察。」〔註35〕因為與主流秩序背離，因而顯得「骯髒」。《紅樓夢》對這些異質空間的呈現，表現出作者對生命多元現象的包容。那麼，這樣的隱秘角落有哪些呢？它們是怎麼被揭露與發現？文本中的隱秘角落有哪些類型，又是怎麼呈現出來的？

〔註33〕葛永海著，〈明清小說庭院敘事的空間解讀〉，頁45。
〔註34〕包亞明著，《後現代性與地理學的政治》（上海：上海教育出版社，2001年），頁1～8。
〔註35〕〔法〕加斯東·巴什拉著，張逸婧譯，《空間的詩學》（上海：上海譯文出版社，2009年1月第1版），頁147。

（三）寶玉的偷窺視角

大觀園的隱秘角落是通過寶玉在大觀園裏的偷窺，包括「窺視」與「窺聽」呈現出來的，這個富貴閒人「每日在園中任意縱橫曠蕩」，「『窺聽』對於《紅樓夢》具有一種本體的意義，窺聽行為與場景的主體性突出。」〔註36〕在偷窺視角下，女性隱秘角落被發現，蘊藏著女性生命被遮蔽的隱私、洩露的慾望、自然本能的流露。

賈政作為父權的代表，具有首先入園，檢視並為園內各處題寫匾額對聯的權力。然而，他那久在儒家經典與官場仕途打磨的年老靈魂、性情與此怡情悅性的園林空間具有不相融性，「你們不知，我自幼於山水花鳥上題詠就平平，如今上了年紀，且案牘勞煩，於這怡情悅性文章上更生疏，縱擬了出來，未免迂腐古板，反不能使花柳園亭生色，倘不妥協，反沒意思。」〔註37〕於是他把這個權力，讓渡給了寶玉。寶玉注定是那個進入大觀園空間，行走各處，並為園中所有亭臺軒館一一題詠，賦予此空間以靈魂，與這個空間產生高度融合性、協調性的核心人物。他將大觀園中那條水源命脈命名為「沁芳」，這是寶玉第一次開口題名，僅僅二字卻將全園之精神命脈囊括其中，他將親眼目睹著眾女兒的人生悲劇。

在第一次進入大觀園時，「寶玉在一座玉石牌坊之前，心中忽有所動，尋思起來，倒像在那裡曾見過的一般，卻一時想不起那年月日的事了。」〔註38〕這正是他夢境中所到的太虛幻境。在那裡，寶玉被警幻仙子引領，見到了少女們的命冊，但那時他並不能領悟。大觀園是太虛幻境在人間的投影，只有在這個人間的少女樂園中去歷劫、觀察，體驗，他才能真正領悟這些少女的命運。在這個過程中，寶玉也將從一個天真爛漫的懵懂頑童成長、覺醒，悟到生命實相，面對人間現實。因為元妃下旨命寶玉隨眾女兒進園，他得以守護者的角色，伴隨著少女進入大觀園，並陪伴、守護她們。當寶玉無意中窺視到這些隱秘角落裏的女性生命時，他就是那個一次次走出「自身」並逐漸長大的孩子，「孩子從她自身的存在那裡得來的一閃念，正是在她走出『自身』之時發覺的。」〔註39〕當他看到賈薔與齡官之情時，感悟道：「我昨兒晚上的

〔註36〕張燕著，〈「窺視」的藝術情蘊——從金瓶梅到紅樓夢的私人經驗之文本呈現〉，《紅樓夢學刊》，2008 年第 7 期，頁 156。
〔註37〕〔清〕曹雪芹著，脂硯齋批，周汝昌校訂批點本，《石頭記》，頁 206。
〔註38〕〔清〕曹雪芹著，脂硯齋批，周汝昌校訂批點本，《石頭記》，頁 214。
〔註39〕〔法〕加斯東‧巴什拉著，張逸婧譯，《空間的詩學》，頁 147。

話竟說錯了，怪道老爺說我是管窺蠡測，昨夜說你們的眼淚單葬我，這就錯了，我竟不能全得了。」〔註40〕這是從「管窺蠡測」的自我限制與懵懂天真中一次次的頓悟、成長與覺醒。在研究大觀園女性空間時，就必須研究寶玉的偷窺視角，這是對於少女青春生命的深情一瞥，「寶玉的情感世界成為大觀園中具有主導性的空間。在庭院場景的不斷轉換中，人物內心世界不斷被拓展，大觀園這個世俗之域，經過提振與昇華而成為閃爍著哲思光彩的詩性空間。」〔註41〕在寶玉的偷窺與領悟中，大觀園的這些隱秘角落充滿了生命的哲思與詩意。

那麼，寶玉偷窺發生的空間場景構成及類型有哪些呢？其中偷窺者與被偷窺者的狀態，以及他們之間的關係是怎樣的？

（四）大觀園女性隱秘角落的類型

1、少女傷情空間

這一隱秘角落是由少女哽噎之聲的牽引而被發現的，一開始就奠定傷情的氛圍。偷窺的場景中，「薔薇花葉茂盛，悄悄隔著籬笆洞兒，花葉繁密，上下俱被枝葉隱住」〔註42〕從這個籬笆洞兒看到的齡官畫薔，彷彿是一幅畫，一幅少女深情之畫。薔薇花不僅象徵著少女的情慾，也象徵著她心裏所愛慕的那個男人賈薔。在偷窺場景中，偷窺者與被窺視者的狀態都是「痴」，「裏面的原是早已痴了，畫完一個薔，又畫一個薔，已經畫了有幾十個薔。外面的不覺也看痴了，兩個眼珠兒只管隨著簪子動。」〔註43〕以至於下了雨，兩個人都沒有覺知到自己的身體已經淋濕了，他們的情感、心意高度集中，以至忘卻了身體的感受。

通過齡官的眼，我們看到了偷窺時候寶玉的狀態，「花葉繁密，上下俱被枝葉隱住，剛露有半邊臉，那女孩子只當是個丫頭，再不想是寶玉。」〔註44〕偷窺時的寶玉，彷彿化身為少女，對眼前這個痴情少女充滿如姐妹般的惺惺相惜，完全用一片真誠的憐愛之心去體貼她的心意，「這女孩兒一定有什麼說不出的大心事，才這個形景。外面既是這個形景，心裏不知怎麼煎熬呢。看

〔註40〕〔清〕曹雪芹著，脂硯齋批，周汝昌校訂批點本，《石頭記》，頁450。
〔註41〕葛永海著，〈明清小說庭院敍事的空間解讀〉，頁45。
〔註42〕〔清〕曹雪芹著，脂硯齋批，周汝昌校訂批點本，《石頭記》，頁386。
〔註43〕〔清〕曹雪芹著，脂硯齋批，周汝昌校訂批點本，《石頭記》，頁387。
〔註44〕〔清〕曹雪芹著，脂硯齋批，周汝昌校訂批點本，《石頭記》，頁387。

他模樣兒這般單薄，心裏那裡擱得住還煎熬。可恨我不能替你分些過來。」〔註45〕被薔薇花枝葉遮蔽的籬笆洞兒，造成了空間的阻隔，使偷窺者與被偷窺者都沒有發現對方，這就使得隱秘空間所發生的一切都成為人物最真實心意與情感、生命狀態的呈現，最真實情感與自然慾望的流露，賦予了這個場景以豐富的詩意，「距離構成了審美的外在條件，敘事的間隔帶來了敘事效果的距離之美。」〔註46〕正因為人物之間這樣的距離，造成了純粹的不帶有任何功利色彩的形式欣賞與審美。

寶玉的偷看，絕不是對少女隱私的僭越與侵犯，為了滿足自己的淫慾，而是出於對少女生命的尊重與誠敬，他是少女的知音，「端在憐其薄命，越誠越敬，略無雜念。」〔註47〕他的痴看，全然是對少女的一片體貼、憐惜之心，欣賞著她們生命中最私密而真情流露的傷情時刻，為之流淚，為之痴迷。在偷看的過程中，看者與被看者之間，產生了深深地感應。寶玉甚至忘了自己的存在，與少女心意相通，感動於她們的命運、遭際，與她們融為一體。在這個偷窺空間中，他的移情，流動著強烈的內心情感性，但更耐人尋味的是，兩人似乎都沒有意識到雨水已經淋濕了自己的身子，所以當寶玉提醒齡官時，自己反要對方來提醒，說明了在同一空間裏，「內在的痴情是如何外化為肉體的近乎麻木的同樣感受。」〔註48〕

2、哲思頓悟空間

小山坡那邊的嗚咽之聲與滿山的落花，牽引著寶玉來到黛玉葬花與吟詩的傷情角落。黛玉唱《葬花吟》，寶玉聽痴了，「不覺慟倒山坡之上，懷裏兜的落花撒了一地。」〔註49〕這一曲悲歌引發了他對「人、事、物終將到無可尋覓之時」的生命空幻本質的頓悟，啟發寶玉發出「自己又安在？」這個生命歸宿的終極之問。這個無憂無慮，希望樂園永恆的懵懂頑童，在偷聽到黛玉的《葬花吟》後，突然被點醒，第一次強烈感受到生命虛幻本質的透徹哀傷，感悟到生命無常的深深無奈，以至於痛哭了一回。黛玉聽到山坡上也有

〔註45〕〔清〕曹雪芹著，脂硯齋批，周汝昌校訂批點本，《石頭記》，頁387。

〔註46〕王麗文著，〈間隔之妙與距離之美——紅樓夢獨特的敘事藝術〉，《紅樓夢學刊》，2009年第4輯，頁178。

〔註47〕〔清〕曹雪芹著，脂硯齋批，周汝昌校訂批點本，《石頭記》，頁539。

〔註48〕詹丹著，〈阻隔與同在——論紅樓夢人物交往的空間意義〉，《紅樓夢學刊》，2014年第2輯，頁133。

〔註49〕〔清〕曹雪芹著，脂硯齋批，周汝昌校訂批點本，《石頭記》，頁353。

悲聲，心下想道：「人人都笑我有些痴病，難道還有一個痴子不成？」〔註 50〕「兩個痴子」，在小山坡的角落，心意被連結在一起，共同領悟著生命的虛幻本質，這個隱秘空間，是充滿生命頓悟與本質之問的哲思之域。

3、才情流露空間

在大觀園少女才情流露的空間裏，女兒自由展示性靈與才情的時刻，總有寶玉的眼光在默默關注、欣賞並鼓勵她們。這是對少女天賦靈性與個性才華的驚喜與愛護，是對真摯情感流露的感動，是對性靈自由舒展的喜悅，是對宇宙世界中美好生命的珍惜，天賦人權的尊重。這個隱秘角落洋溢著生命的喜悅、平等與詩意，寄託著對女性生命深厚的人道關懷。

寶玉看香菱學詩，感歎道：「老天生人，再不虛賦情性的。我們成日歎說，可惜他這麼個人竟俗了，誰知到底有今日，可見天地生日至公。」〔註 51〕寶玉看寶琴作詩，「見她年紀最小，才更敏捷，深為奇異。」〔註 52〕甚至在鄉間偶遇二丫頭，偷窺的眼光也戀戀不捨。這個村野少女，來自寶玉生活的貴族世界之外。她不被貴族禮教所縛，渾身散發著自然質樸的氣息與活力。她不懂得寶玉的尊貴身份，大方、率直地與他相處。寶玉被她吸引，怎奈聚散離合太匆匆，也只有在一面間的一個眼神、一句話、一瞬心動中留下痕跡。這樣的偷窺是在茫茫人海中匆匆遇見的一眼情緣。

4、守護情誼空間

怡紅院的空間布局象徵著它作為大觀園中女兒守護者的空間。怡紅院後院有一條清流，「這股水原從那閘起流至洞口，從東北山坳引到那村莊裏，又開一道岔口引到西南上，共總流到這裡仍舊合在一處，從那牆下出去。」〔註 53〕水代表少女的生命，怡紅院是水流匯合之處。種植的西府海棠，被稱為女兒海棠，係出女兒國。「水」與「花」都象徵著怡紅院是少女的守護空間。平兒被鳳姐與賈璉欺負，寶玉讓平兒到怡紅院中，窺視到平兒的遭遇，給予平兒一次守護，「不想落後鬧出這件事來，竟得在平兒前稍盡片心，亦是今生意中不想之樂也。」〔註 54〕照顧好平兒遺落的對象，衣裳、手帕子，用熨斗熨了

〔註 50〕〔清〕曹雪芹著，脂硯齋批，周汝昌校訂批點本，《石頭記》，頁 353。
〔註 51〕〔清〕曹雪芹著，脂硯齋批，周汝昌校訂批點本，《石頭記》，頁 768。
〔註 52〕〔清〕曹雪芹著，脂硯齋批，周汝昌校訂批點本，《石頭記》，頁 589。
〔註 53〕〔清〕曹雪芹著，脂硯齋批，周汝昌校訂批點本，《石頭記》，頁 215。
〔註 54〕〔清〕曹雪芹著，脂硯齋批，周汝昌校訂批點本，《石頭記》，頁 215。

疊好，手帕子洗了晾上，又喜又悲。「不覺灑然淚下，因見襲人等不在房內，盡力落了幾點痛淚。」〔註55〕寶玉的眼淚，並不是在平兒面前流的，而是在無人之時，是對少女命運遭際，全然真心的悲憫與憐惜。寶玉也欣賞著少女之間的姐妹情誼，對寶釵與黛玉之間的金蘭之契既驚訝又喜悅，「黛玉果然轉過身來，寶釵用手替他攏上去。寶玉在旁看著，只覺更好看。」〔註56〕在這個細微的動作中體現出來的女兒與女兒之間的惺惺相惜，讓寶玉感動。

5、少女深情空間

（1）齡薔之戀

寶玉在梨香院窺視到齡薔之戀，悟到人間兒女情緣的奇妙、難測，人生情緣各有分定。在這一場窺視中，寶玉被忽略了，儼然從中心的位置被置於了邊緣的局外人的位置，這引發了寶玉的失落，也讓寶玉領悟到自己並非世界的中心，「我昨兒晚上的話竟說錯了，怪道老爺說我是管窺蠡測，昨夜說你們的眼淚單葬我，這就錯了，我竟不能全得了。從此後只是各人得各人的眼淚罷。」〔註57〕這是寶玉個體有限性的發現，是從個人中心走出來，觀照並接受他人的平等存在，是寶玉生命的成長。

（2）藕官燒紙錢

寶玉偷窺藕官燒紙錢，並給予庇護，並悟到「兩盡其道」的人生哲理。「比如男子喪了妻，或有必當續弦者，也必要續弦為是。但只是不把死的丟開不提，便是情深意重了。若一味因死的而不續，孤守一世，妨了大節，也不是禮，死者反不安了。」〔註58〕真正的深情，並不是溺於情，困於情，而是情理兼備，做到心中的情與現世的禮並重。

寶玉用細膩體貼的心，看著這一幕幕少女的人間情劇，以靈秀聰明，對少女命運，產生深深的共情、共鳴與思考。這樣的偷窺視角，讓這些少女的隱秘角落充滿情感的流動、溫情的關懷與哲理的感悟，「寶玉作為主要的窺聽者，他以有情之目觀眾女兒的喜怒哀樂，其溫潤的目光給許多篇章塗抹了一層詩意而溫暖的底色。」〔註59〕在這些偷窺場景中，寶玉從現實的中心位置，

〔註55〕〔清〕曹雪芹著，脂硯齋批，周汝昌校訂批點本，《石頭記》，頁539。
〔註56〕〔清〕曹雪芹著，脂硯齋批，周汝昌校訂批點本，《石頭記》，頁520。
〔註57〕〔清〕曹雪芹著，脂硯齋批，周汝昌校訂批點本，《石頭記》，頁450。
〔註58〕〔清〕曹雪芹著，脂硯齋批，周汝昌校訂批點本，《石頭記》，頁699。
〔註59〕張燕著，〈「窺視」的藝術情蘊——從金瓶梅到紅樓夢的私人經驗之文本呈現〉，頁158。

被推向邊緣，這是對他所熟悉的那個世界的重新開啟，給他的心靈帶來衝擊，也促成他一次次的領悟與成長，這種多元視角，暗和著「大觀」之意。

第二節　悼亡與救贖

一、永恆樂園的幻滅

　　寶玉守護著這個伊甸園，希望讓它成為一個永恆不變的共同體，「只求你們同看著我，守著我，等我有一日化成了飛灰，飛灰還不好，灰還有形有跡，有知識。等我化成一股清煙，風一吹便散了的時候，你們也管不得我，我也顧不得你們了，那時憑我去，我也憑你們愛那裡去就去罷。」〔註60〕在第二十三回中，寶玉作了四首即事詩，在這些詩歌中呈現出寧靜無擾，似乎大觀園中的時間就進入四季永恆而寧靜的循環，「在寶玉一廂情願的想像裏，他的花園一年四季流溢著奢華的感官體驗與悠閒的牧歌情調。抒情類文學無疑與這座園子的精神最為契合，因為在這種文學裏，時間悄然凝駐，剎那即是永恆。」〔註61〕連小丫頭佳蕙都知道，「昨兒寶二爺還說，明兒怎麼樣收拾房子，怎麼樣做衣裳，到像有幾萬年的熬頭。」〔註62〕寶玉喜聚不喜散，心裏最害怕的就是離散。然而把寶玉的一廂情願當成大觀園的實際情形，是不恰當的。在寶玉這個富貴閒人的想像中，大觀園女兒樂園似乎是永恆的。然而大觀園是肉軀凡胎的，永恆樂園是不可能的，大觀園的空間不是靜態的，而是在時間中的空間。大觀園空間內蘊蓄著衝突，並非完全的和諧，這樣的衝突，也使大觀園處在不斷變化中，此消彼長，變幻無常，處於成、住、壞、空的變幻之中，無常、虛幻，並沒有一個永恆不變的東西，這就是生命，也是世間萬事萬物的實相。

　　在大觀園建立之初，黛玉就埋下葬花冢，預示著它最終的消亡。黛玉是死亡吟唱者，這也是黛玉生命深刻的悲劇感、憂鬱與焦慮意識的根源。她成為寶玉的引導者，啟發他一步一步看見生命的真相。在小山坡上，寶玉偷聽到黛玉的《葬花吟》中「一朝春盡紅顏老，花落人亡兩不知」後，不覺慟倒山坡上，悟了了「事物總有到無可尋覓之時」的虛幻本質後，痛哭了一回。紅

〔註60〕〔清〕曹雪芹著，脂硯齋批，周汝昌校訂批點本，《石頭記》，頁245。
〔註61〕應磊著，〈「劫」遭逢現代計時器：紅樓夢的時間意識與焦慮內核〉，《漢語言文學研究》，2014年第1期，頁20。
〔註62〕〔清〕曹雪芹著，脂硯齋批，周汝昌校訂批點本，《石頭記》，頁328。

玉幾次說到：「也不犯氣他們，俗話說的千里搭長棚——沒個不散的筵席，誰混一輩子呢？不過三年五載，各人幹各人的去了，誰還認得誰呢？」〔註63〕，給大觀園作為樂園的存在預示了一個時間期限。曹雪芹帶著哀悼的悲傷，來懷念與嚮往大觀園的美好。這一世間本質，在這塊頑石欲下凡歷劫之時，就通過一僧一道之口，直接點出來。二仙師聽畢，齊憨笑道：「善哉，善哉！那紅塵中有卻有些樂事，但不能永遠依恃。究竟是到頭一夢，萬境歸空。並因此奉勸頑石，到不如不去的好。」〔註64〕然而，這石頭當時凡心已熾，是聽不進去這番道理的，於是，他就必須進入紅塵世間，自己去親自歷劫一番，方能覺悟，曹雪芹同時也認識到大觀園的虛幻性，它是作者在人間建立的烏托邦，是人間的太虛幻境。

曹雪芹親手築造了這座絕美花園，又無奈地看著其毀滅，這正是小說深刻之處。曹雪芹寫大觀園，是懷著一種複雜心境的，既有回憶，留戀，亦有深深的懺悔，「正因為認識到後花園之虛幻，才會以一種悲憫的情懷敘述筆下花園及園中人物，大觀園作為青春愛情的烏托邦，才具有了經典意義。」〔註65〕秦可卿死前的託夢，「水滿則溢，盛筵必散」，預示了大觀園的最終破滅。那麼，是什麼造成了永恆樂園的最終破滅呢？

（一）少女命運的結局

1、少女不可避免的成長

少女總要長大與出嫁，不可能永遠保持在童稚階段。男女的區隔是必然的，在日復一日的現實生活的磨折下，少女終究要變成魚眼珠。迎春的死亡，也證明了大觀園在現實中對少女命運救度的無效，只是暫時的躲避，「二則還記掛著我的屋子，還得在園子裏住得三五天，死了也甘心了，不知下次還可能得住不得住了呢！」〔註66〕當紫鵑點醒寶玉，黛玉必要出嫁的現實時，「一年大二年小的，大了該出閣時，自然要送還林家的，終不成林家的女兒在你賈家一世不成？」〔註67〕這個觸碰到現實真相的懵懂頑童，「便如頭頂上打了一個焦雷一般，不知如何是可好。」〔註68〕少女無法逃避真實生活的駁雜艱

〔註63〕〔清〕曹雪芹著，脂硯齋批，周汝昌校訂批點本，《石頭記》，頁328。
〔註64〕〔清〕曹雪芹著，脂硯齋批，周汝昌校訂批點本，《石頭記》，頁2。
〔註65〕葛永海著，〈明清小說庭院敘事的空間解讀〉，頁47。
〔註66〕〔清〕曹雪芹著，脂硯齋批，周汝昌校訂批點本，《石頭記》，頁948。
〔註67〕〔清〕曹雪芹著，脂硯齋批，周汝昌校訂批點本，《石頭記》，頁679。
〔註68〕〔清〕曹雪芹著，脂硯齋批，周汝昌校訂批點本，《石頭記》，頁679。

辛，她們終歸要長大並出嫁。大觀園並非一個封閉的園林，它與外面的真實世界相通，她們無處逃避。

2、少女生命的慾望與苦悶

黛玉、妙玉、紅玉，這三個女性的名字中都有一個「玉」字，王國維先生認為「玉」諧音為「欲」，由於自我意識的覺醒，她們對生命有了複雜的慾望與期盼，卻因為被困守在這個「精緻的牢籠」中，感到更加強烈的無路可走的苦悶與壓抑。妙玉的櫳翠庵高高坐落在大觀園的山坡之上，平時山門緊閉，似乎是大觀園內最為清淨無擾之地。但是，緊閉的山門鎖不住牆內的紅梅，山門禁閉不住她的慾望。出家卻仍留著頭髮，不僧不俗，「欲潔何曾潔，云空未必空」。

賈薔的愛，也無法讓齡官感到快樂，因為這愛並不能給予她想要的自由，只是在牢籠中的一絲溫暖，終究無法慰藉齡官壓抑苦悶的內心。其他女孩了還處在懵懂中時，齡官的自我意識與反抗意識已經萌芽，因而常感覺到苦悶、無望與壓抑，以及對自己命運的迷惘、無奈。她並不把自己看作戲子，可又不得不忍受做一個戲子。「你們家把好好的人弄了來，關在這牢坑裏，學這牢什古子還不勾」〔註69〕對齡官來說，大觀園是沒有出路的生命囚籠。

「刁鑽古怪」的紅玉，則更是因為「心內著實妄想痴心的向上攀高」卻不得門路，而充滿了懷才不遇的苦悶與無路可走的灰心，「懶吃懶喝」的，「怕什麼，還不如早些死了到乾淨！」〔註70〕但仍然尋找著機會為生命尋找出路。黛玉，是大觀園中生命意識最敏銳的女性，整個生命都浸淫在沒有出路的苦悶中，寶玉的愛，成了她暗淡生命的唯一亮光，但終究無法給予她生命的安定感。

這些少女自我意識覺醒，自我價值的追尋，她們思考與追問生命的出路與意義。慾望伴隨著時間而產生了時間意識，以及由此而來的生命焦慮感、緊迫感，蘊含著一種現代性。怡紅院中有一個鐘錶，布設具有策略性的深意，「它們所代言的一種另類的時間秩序，即技術化的、線性推進的且精確的時間，最終顛覆了以四季循環為標識的時間秩序，摧毀了寄託著花園烏托邦精魂的抒情詩式的永恆瞬間。」〔註71〕大觀園烏托邦的寧靜永恆是不可能的，

〔註69〕〔清〕曹雪芹著，脂硯齋批，周汝昌校訂批點本，《石頭記》，頁450。
〔註70〕〔清〕曹雪芹著，脂硯齋批，周汝昌校訂批點本，《石頭記》，頁328。
〔註71〕〔清〕曹雪芹著，脂硯齋批，周汝昌校訂批點本，《石頭記》，頁324。

隨著賈府的沒落，它也終將消亡在歷史的推進之中。

（二）大觀園內部的腐化

大觀園的門禁，禁不住人內心慾望的萌動，有慾望則生是非，「天不拘兮地不羈，心頭無喜亦無悲。卻因鍛鍊通靈后，便向人間覓是非。」〔註72〕由此帶來人與人之間爭鬥、暴力、破壞等邪惡的產生，於是大觀園漸漸不潔了，少女樂園的門禁被侵入與破壞。

怡紅院中的紅玉（欲），因心中欲念的萌動，「不覺心中一動」，墜兒（墜落）便引來了賈蕓，兩個人以帕子私下定情。司棋與表哥潘又安在園林私通，被鴛鴦撞見。齡官與賈蕓的私情，被寶玉看見。墜兒偷竊鐲子。眾婆子夜裏聚眾賭博，「夜間既刷錢，就保不住不吃酒，既吃酒，就免不得門戶任意開鎖。或買東西，尋張覓禮，其中夜靜人稀，趁便藏賊引盜，何等事作不出來！」〔註73〕丫頭、婆子之間為爭奪有限資源，充滿嫉妒、仇恨，展開冷酷的派別鬥爭，不惜相互打壓、陷害。晴雯在這樣的鬥爭中被婆子陷害，逐出大觀園，最後鬱鬱而死。深受打擊的寶玉哭道：「我究竟不知晴雯犯了何等滔天大罪！」〔註74〕單純的寶玉不瞭解人性之惡，大觀園中池上的芙蓉，終成為對死去晴雯的祭悼之處。一直到繡春囊事件引發的抄檢大觀園，更是人性邪惡與強權對於少女空間的野蠻入侵，導致內部的自相殘殺，「光陰的流逝，人心墮落，事務糾纏終於使得諸釵各遭悲運，也使寶玉的情意心性屢受挫折，逐次省悟。此時『仙鄉』感染了淒美烏托邦逐漸崩潰了。終於大觀園墜為人間『妖境』」。〔註75〕親眼目睹大觀園烏托邦崩潰的探春，痛心疾首地罵道：「可知這樣的大族人家，若從外頭殺來，一時是殺不死的，必須先從家裏自殺自滅起來，才能一敗塗地呢！」〔註76〕而心冷意冷的惜春的出家，與她所完成的那副大觀園的繪畫，不啻是這座女兒樂園最後的輓歌與虛幻的影像。大觀園女兒樂園終究只是一副虛幻的「畫」中世界。

（三）賈府的衰敗

正月十五，家族團圓空間裏卻透著一股冷清，「寒浸浸的起來」。空氣中

〔註72〕〔清〕曹雪芹著，脂硯齋批，周汝昌校訂批點本，《石頭記》，頁324。
〔註73〕〔清〕曹雪芹著，脂硯齋批，周汝昌校訂批點本，《石頭記》，頁855。
〔註74〕〔清〕曹雪芹著，脂硯齋批，周汝昌校訂批點本，《石頭記》，頁909。
〔註75〕葛永海著，〈明清小說庭院敘事的空間解讀〉，頁47。
〔註76〕〔清〕曹雪芹著，脂硯齋批，周汝昌校訂批點本，《石頭記》，頁872。

瀰漫著孤寂與哀傷，被說了幾次的「散了吧」，預示著家族氣數已經越來越弱。鳳姐的笑話也冰冷無味，「炮仗」在黑夜中的巨大回聲，赫赫百年家族，也抵不過宇宙、歷史時空的消蝕，帶著巨大的孤寂與無常之感，這炮仗在夜的空間炸響，似乎是人力徒勞地向廣袤的宇宙自然空間的抗爭，但勢必被吞噬，之後則是陷入更深的孤寂、無力與蕭瑟之感。室內的節慶空間，祖輩的熱鬧團聚，各式樣的山珍海味，精緻糕點，珍貴玩器，還有戲子們的演出，撒向戲臺的錢幣，天倫、財富、權貴，賈府的人們想抓住這些世間的保障以求得永恆，向命運作抗爭，但仍無法扭轉家族走向離散與敗亡。一種無形的恐懼感、孤寂感，讓這些守著家族的女人們相互取暖、相互依靠。對這個作為避風港的家族的命運，對自己未知的命運，充滿無以言說的孤寂與恐懼。

大觀園與外在世界並非清／濁的二元對立，清／濁、正／邪、真／假，本來就是同一事物自身包含、潛藏的，是一體兩面的，正所謂「假作真時真亦假，無為有處有還無」，它是一個事物動態發展的過程，成、住、壞、空。正如史湘雲所說，「什麼都是些陰陽？難道還有兩個陰陽不成！陰陽兩個字，還只一個字。陽盡了就成陰，陰盡了就成陽。不是陰盡了又有個陽生出來，陽盡了又有個陰生出來。」〔註77〕陰陽學認為，陰陽雙方不是靜止不動，而是互相制約，互相鬥爭，即處於陰消陽長，陽消陰長的不斷變化過程中。如果說大觀園裏面的詩意、活力、快樂、生機是陽，那麼，當陽逐漸耗盡之後，慢慢生發出來的醜陋、衰敗、骯臟、死亡就是陰。在看似靜態的場景描繪中，大觀園空間實際上處於一個不斷變化的動態過程中，一步步地從興盛走向破敗，從熱到冷，體現了陰陽消長之理。大觀園靜態空間場景中暗伏、蘊藏著動態變化過程，園林中自然物象與人相互感發、呼應。在晴雯死前，怡紅院階下好好的一棵海棠花，竟無故死了半邊，寶玉歎道：「不但草木，凡天下之物，皆是有情有理的，也和人一樣，得了知己，便極有靈驗的。所以這海棠亦應其人慾亡，故先就死了半邊。」〔註78〕海棠之死，也預示著大觀園女兒樂園的消亡、離散。

「大觀園」體現了中國文人的「仙鄉」意念，從「劉晨阮肇」到《遊仙窟》的仙女境界，那裡只有富貴、溫柔、美好、寧靜，是亂世中的避世之

〔註77〕〔清〕曹雪芹著，脂硯齋批，周汝昌校訂批點本，《石頭記》，頁397。

〔註78〕〔清〕曹雪芹著，脂硯齋批，周汝昌校訂批點本，《石頭記》，頁910。

地。但《紅樓夢》的反烏托邦寫作，讓桃花源、仙鄉在其自身內部自行解體，解構了這片「仙鄉」。仙鄉並不存在，而是建構在皇權與父權的庇護之下，是家族的財富所堆疊出來的，隨著賈府的衰落與敗亡，大觀園也將逐漸腐敗。大觀園的詩意與理想，終究抵不過人性的惡以及家族的敗落。女性在那樣的時代，要保全自身的完整與清白，非常艱難。妙玉在櫳翠庵的「檻內」，卻不能把污濁擋在山門外，終陷於淖泥之中。女性生命的救贖，絕不是大觀園這樣的烏托邦可以給予的，而是要在現實世界中去面對與實現。曹雪芹顯然是企圖揭示出更為複雜而真實的人性、社會與生活的真相，「曹雪芹的偉大之處，就在於不是簡單的矮化男性美化女性，他深刻而婉轉地洞察到女性世界的複雜，洞察到她們與外部世界的千絲萬縷的聯繫。」〔註79〕曹雪芹是夢中的清醒者，美麗詩意的理想與冷峻真實的現實融為一體，在清醒中又懷抱著對那個詩意境界的嚮往。既有哲學家般的深刻與冷峻，又有著詩人的詩意與哀傷。

大觀園烏托邦的幻滅，告誡人們要回到塵境，面對現實。從太虛幻境中警幻仙子的告誡，「不過領汝領略此仙閨幻境之風光尚然如此，何況塵境之情哉？今而後萬萬改釋前情，將謹謹有用的工夫，置身於經濟之道。」〔註80〕到秦可卿死前的託夢，再到劉姥姥進入大觀園，探春改革大觀園的嘗試，呈現出了一條大觀園救贖的道路，雖然最後仍以失敗告終。

二、大觀園的可能救贖

太虛幻境既是傳統女性的悼亡空間，「薄命司」、「千紅一窟（哭）」、「萬艷同杯（悲）」等等是對少女青春生命的祭悼，「幽微靈秀地，無可奈何天」。然而，也是啟悟的哲理空間。警幻仙姑引領著寶玉，經由領悟塵境之情、仙閨幻境之虛幻，情愛「迷津」的迷失，警示世人作速回頭，將謹謹有用的工夫，置身於經濟之道。由此才有可能不負寧榮二公之靈的囑託，挽回百年之家的頹勢。秦可卿死前給鳳姐的託夢，指出救贖的路，可惜鳳姐沒有智慧能夠聽懂。劉姥姥進入大觀園，映照出大觀園的虛弱，並埋下救贖的引子。

《紅樓夢》空間多樣性的呈現，不僅通過多個異質空間的發現、并置與

〔註79〕馮文麗著，〈大觀園「新關係」的空間〉，《紅樓夢學刊》，2015年第三輯，頁189。
〔註80〕〔清〕曹雪芹著，脂硯齋批，周汝昌校訂批點本，《石頭記》，頁79。

對比構成，還通過讓異質元素進入空間後引起空間氛圍，及人的存在狀態的變化來呈現，並構成對原有空間機體存在病症的揭示與顛覆，完成對原有空間不同角度的審視，思考可能的治癒之道。劉姥姥第二次進大觀園，以小丑式的笑謔，在大觀園女兒國掀起一種從未有過的歡樂、放鬆氛圍。

對大觀園女兒空間來說，劉姥姥完全是一個異質元素，「來自千里之外，芥豆之微，小小一個人家」〔註81〕，那是一個與富貴賈府截然不同的世界。一個粗俗卑微的莊家人，經年的鄉村老寡婦；守著幾畝薄田過日子，長年累月在地裏勞作，日曬風吹的辛苦，熬過孤獨的年頭，世情上的經歷，都沉澱在她的生命中。這個整日在大地上勞作，依靠著大地的收穫來生活的老婦人，帶著大地的新鮮氣息，進入這個由金錢、權貴、文化堆砌起來的，精緻美妙的大觀園女兒空間，開始她的空間歷險。

（一）對照

劉姥姥處處以莊家人的眼光來「觀看」大觀園空間，並與大觀園固有的空間形態形成一種「對照」與「碰撞」，讓我們得以從她眼中，重新審視大觀園女兒空間的生活。同時，大觀園內部產生震動與變化，讓被封閉其中的女性能夠有機會接觸到來自大觀園圍牆外的真實世界。

在劉姥姥的視角看來，賈府一頓螃蟹宴的錢「夠我們莊家人過一年的了」〔註82〕，賈府「一個櫃子比我們一間房子還大還高。」〔註83〕還有那些穿著綾羅綢緞的小姐，「別是個神仙託生的吧？」〔註84〕黛玉瀟湘館裏的窗紗，劉姥姥覷著眼看個不停，念佛說道：「我們想他作衣裳也不能，拿著糊窗戶豈不可惜。」〔註85〕那道「茄鯗」的複雜做法更是「嚇壞」了劉姥姥，「別哄我了，茄子跑出這個味兒來了，我們也不用種糧食，只種茄子罷了。」〔註86〕劉姥姥嘗到的是茄子的本味，是大觀園的少女們未曾嘗過的。她們嘗到的是那道經過層層包裹、重重加工的茄鯗。

（二）笑謔

劉姥姥二進大觀園，始終以自我嘲笑、裝瘋賣傻的插科打諢與笑謔表

〔註81〕〔清〕曹雪芹著，脂硯齋批，周汝昌校訂批點本，《石頭記》，頁74。
〔註82〕〔清〕曹雪芹著，脂硯齋批，周汝昌校訂批點本，《石頭記》，頁482。
〔註83〕〔清〕曹雪芹著，脂硯齋批，周汝昌校訂批點本，《石頭記》，頁491。
〔註84〕〔清〕曹雪芹著，脂硯齋批，周汝昌校訂批點本，《石頭記》，頁491。
〔註85〕〔清〕曹雪芹著，脂硯齋批，周汝昌校訂批點本，《石頭記》，頁491。
〔註86〕〔清〕曹雪芹著，脂硯齋批，周汝昌校訂批點本，《石頭記》，頁502。

演，惹得大觀園女兒們狂歡般的快樂。劉姥姥的笑謔，實質上是用莊家人的「本色」解除大觀園精緻文化的偽裝。賈府人取笑劉姥姥，構成了一種對衰朽貴族生活的解構與嘲諷。狂歡節上，一切話語都成了相對性的，任何東西都可以成為摹擬諷刺的對象，被摹擬的話語與摹擬話語交織在一起，形成多語並存現象。劉姥姥用莊稼人生活語境的用詞來摹擬賈府人生活語境的用詞，「一雙老年四楞象牙鑲金的筷子」到了劉姥姥那裡成了「叉爬子」，而且「比俺那裡鐵掀還沈，那裡強的過他」〔註87〕。「鴿子蛋」則被劉姥姥解釋為這裡的雞兒也俊，「下的這蛋也小巧，怪俊的。」〔註88〕賈府的人，從來不知道，還可以用「伏手」來比他們已經習以為常的「金的」、「銀的」筷子，「去了金的，又是銀的，到底不及俺們那個伏手。」〔註89〕這種反差，造成了強烈的喜劇效果。劉姥姥用莊稼人的本色語言，來模擬賈府上層女性間文雅的聯詩，「我們莊家人閒了，也常會幾個人弄這個，但不如說的這麼好聽，少不得我也試一試。」、「大火燒了毛毛蟲」、「一個蘿蔔一頭蒜」、「花兒落了結了個大倭瓜」〔註90〕，因為強烈的摹擬性與陌生化而取得笑謔的效果。以莊稼人的本色語言來置換貴族文化的語言，形成「陌生化」效果，對大觀園遠離真實生活，精緻卻虛弱的文化，構成嘲諷與顛覆。劉姥姥所說只是本色的生活與人性，「我們莊家人，不過是現成的本色。」卻惹得這些大觀園裏的女性們哄堂大笑，可見，這些封閉在精緻而虛空的生活裏的女性，是多麼遠離人的本色，因而缺少了原始的生命活力，這是平民視角對貴族文化的諷刺。

在劉姥姥的笑謔帶來的狂歡般的歡樂裏，貴族文化形成的框架與約束，被鬆動了。先前存在的等級關係暫時取消，人彷彿為了新型的人際關係而得到再生，等級制在這裡被取消，全場便出現了一種較平等自由、無分貴賤的開放氣息，具備一種突破富貴簪纓之家繁文縟節的反規範性，「脫離體制隨即促進了熱烈歡快的氣氛，以及集體情緒的昂揚高張，可以說是賈府空前絕後的一次嘉年華。」〔註91〕劉姥姥進入大觀園，打破神聖同粗俗、崇高同卑下、明智同愚蠢等等二元對立，界線消失，正如脂批所言：「天下事無有不可

〔註87〕〔清〕曹雪芹著，脂硯齋批，周汝昌校訂批點本，《石頭記》，頁493。
〔註88〕〔清〕曹雪芹著，脂硯齋批，周汝昌校訂批點本，《石頭記》，頁493。
〔註89〕〔清〕曹雪芹著，脂硯齋批，周汝昌校訂批點本，《石頭記》，頁493。
〔註90〕〔清〕曹雪芹著，脂硯齋批，周汝昌校訂批點本，《石頭記》，頁493。
〔註91〕歐麗娟著，《大觀紅樓（母神卷）》，頁523。

為者。總因打不破，若打破時何事不能。」〔註92〕

（三）儀式

劉姥姥在大觀園空間裏，發生一些意外事件，打破原有秩序。這些事件的敘事並不只是笑料，其實是一種敘事策略，類似狂歡化敘事中的加冕與脫冕儀式，構成嘲諷與顛覆，狂歡節上的主要儀式，是「笑謔地給狂歡國王加冕和隨後脫冕，『國王』被打翻在地，而小丑加冕成王」。〔註93〕

1、瀟湘館甬道摔跤

劉姥姥在瀟湘館甬道上摔跤，「她只顧上頭和人說話，不防底下果咂滑了，咕咚一跤跌倒。」〔註94〕這條小路是黛玉平時賦詩與遐思之道，詩意且富有哲思的空間，與劉姥姥在上面滑倒，形成畫面的對比，是對黛玉病態詩意與脆弱生命的解構。劉姥姥年老之人，摔倒後自己爬起來，還笑著不當回事地說道：「那裡說的我這麼嬌嫩了，那一天不跌兩下子？」〔註95〕相比較之下，年輕的黛玉卻病懨懨地把自己捆縛在瀟湘館與自哀自憐中，遠離大地，不事勞作，生命失去原始、健康的力量與韌性。「摔跤儀式」，解構著林黛玉生命的病態與脆弱，拆除了文化與本能、肉體與靈魂的二元對立。

2、醉臥怡紅院

劉姥姥喝醉酒，不小心進入怡紅院，「忽見有一副最精緻的床帳，便一屁股坐在床上，一歪身就睡熟在床上。只聞得酒屁臭氣。」〔註96〕在這個精緻如同「天宮」一樣的空間裏，「鼾聲如雷，酒屁臭氣，扎手舞腳」構成打諢式的加冕和脫冕，無意中闖入了她原本不可能進入的空間，破壞了怡紅院中的精緻、高貴與潔淨。怡紅院是大觀園的中心，一般人絕對沒有機會進入，而劉姥姥不僅進入了怡紅院，還醉臥在寶玉床上，這是一種無意識的篡位和象徵性的力量。在這個特定場景中，劉姥姥取代了女兒世界中賈寶玉原有的中心人物的位置。因為之後被襲人遮過，所以寶玉並不知道，「他所躺的眠床，已被姥姥污過，故老婦眠其床，臥其席，酒屁薰其屋，卻被襲人遮過。則仍

〔註92〕〔清〕曹雪芹著，脂硯齋批，周汝昌校訂批點本，《石頭記》，頁85。

〔註93〕〔俄〕巴赫金著，《陀思妥耶夫斯基詩學問題》，劉虎譯，（北京：中央編譯出版社，2010年），頁157。

〔註94〕〔清〕曹雪芹著，脂硯齋批，周汝昌校訂批點本，《石頭記》，頁324。

〔註95〕〔清〕曹雪芹著，脂硯齋批，周汝昌校訂批點本，《石頭記》，頁324。

〔註96〕〔清〕曹雪芹著，脂硯齋批，周汝昌校訂批點本，《石頭記》，頁509。

用其床、其席、其屋，亦作者特為轉眼不知身後事寫來作戒。紈綺公子可不慎哉！」〔註97〕儀式消除了乾淨與污穢、高尚與卑賤，文化與本能、肉體與靈魂的二元對立。淨其實來自污，人為隔絕了生命污濁的純淨，是沒有生命力的。儀式也象徵寶玉與劉姥姥生命深層的聯繫。寶玉雖身在富貴階層，但天性中有著包容與慈悲，能夠平等對待與關愛身邊的人。劉姥姥在櫳翠庵喝了一杯茶，妙玉嫌髒不要那杯子。寶玉卻和妙玉陪笑道：「那茶杯雖然髒了，白撂了豈不可惜！依我說，不如就給了那貧婆子罷，他賣了也可以度日。」〔註98〕妙玉以高潔自稱，可是與寶玉相較，境界之高下一目瞭然。真正的高潔絕非孤高自傲，自以為清高，而是有著對一切生命平等的包容與關懷。

（四）反轉

劉姥姥一開始是作為一個不起眼的卑微角色進入大觀園的，之後卻發生主從關係的反轉，給大觀園中的女兒帶來快樂，成為大觀園空間聚焦的中心人物，活力與能量的來源。這樣的反轉，卸下了優雅的貴族文化對自然生命的種種包裝與修飾，是一次文化逃避向自然存在與大地的回歸。大觀園女性異乎尋常的狂歡，呈現出大觀園裏生活的病態與無生機。劉姥姥的笑謔，解除了她們生命中的枷鎖，與生命大地連結，激活了她們的生命活力。新的生命價值，洋溢在大觀園中，「劉姥姥在前八十回中有兩次進賈府，以陌生視角概覽了賈府及其人物，不但把自己一種獨特的人生體驗帶入上層社會，也是在其所進入的人物活動的統一空間體中，催生了一種新的意義。」〔註99〕

（五）劉姥姥的生命價值

劉姥姥非常有生命力，它不來自知識，而根源於生活的歷練及原始的生存本能，劉姥姥三進賈府，每一步都是生命價值的躍進。劉姥姥給大觀園帶來樸實、自然的安穩與快樂，以及新的生命價值。

1、生產力

劉姥姥帶來莊稼地裏豐收的果實，生命蘊含著生產力。劉姥姥的食量大，她自嘲道：「老劉，老劉，食量大如牛，吃個老母豬，不抬頭。」〔註100〕大食

〔註97〕〔清〕曹雪芹著，脂硯齋批，周汝昌校訂批點本，《石頭記》，頁 509。

〔註98〕〔清〕曹雪芹著，脂硯齋批，周汝昌校訂批點本，《石頭記》，頁 506。

〔註99〕梁冬梅著，〈永不凋零的原野之花——劉姥姥形象的文化意蘊與林黛玉之比較〉，《紅樓夢學刊》，2008 年第 4 期，頁 190。

〔註100〕〔清〕曹雪芹著，脂硯齋批，周汝昌校訂批點本，《石頭記》，頁 493。

量是給一個莊稼人，辛苦勞作與生產的能量補充。大食量也是她身體健壯的表現，賈母就曾感歎道：「這麼大年紀了，還這麼健朗，比我大好幾歲呢。我要到這麼大年紀，還不知怎麼動不得呢。」〔註 101〕相比較之下，大觀園的女性，飯量小，因為她們不事生產，而身體虛弱，劉姥姥就曾笑道：「我看你們這些人，都只吃這一點兒就完了，虧你們也不餓，怪道風兒都吹的倒。」〔註 102〕劉姥姥在精緻詩意的大觀園裏通洩的晦物，乃是作為肥料，重新返回並滋養大地。秦可卿死前給鳳姐的託夢，為賈府設計的出路即回田莊上務農，這正是劉姥姥所來之處。「將祖塋附近多置田莊房舍地畝，便敗落下來，子孫回家讀書務農，也有個退步。」〔註 103〕劉姥姥進入大觀園，讓封閉的女兒世界與大地以某種方式產生連結，只有這樣才能有生生不息的生產力。

2、樂天知命／樸實包容

　　劉姥姥進大觀園是為了女兒和女婿能過日子，面對生活的艱難，她卻充滿了樂天知命的樂觀。「因這年秋盡冬初，天氣冷將上來，家中冬事未辦，狗兒未免心中煩慮，吃了幾杯悶酒，在家閒尋氣惱，劉氏也不敢頂撞。」〔註 104〕日子確實難過，但並非窮途末路，一味在家打罵妻兒，並不能抹殺貧窮的事實。苦難並不可怕，可怕的是沒有勇氣去面對生活。「你皆因年小的時候，託著你那老家之福，吃喝慣了，如今所以把持不住。有了錢就顧頭不顧尾，沒了錢就瞎生氣，成個什麼男子漢大丈夫呢！如今咱們雖離城住著，終是天子腳下。這長安城中，遍地都是錢，只可惜沒人會去拿去罷了。在家跳蹋會子也不中用。」〔註 105〕劉姥姥如此勸慰女婿，才有遍地都是錢的言論，對生活的熱情讓劉姥姥選擇正視和直面生活，萎靡不振的模樣根本挺不過艱苦的歲月。劉姥姥給女婿出主意，讓他去賈府走一遭，跟王夫人去攀一攀親戚以度過眼前的難關。女婿起了名利心但又始終不肯自己前去，只讓劉姥姥去試試風頭，劉姥姥說道：「這也說不得了，你又是個男人，又這樣個嘴臉，自然去不得，我們姑娘年輕媳婦子，也難賣頭賣腳的，倒還是捨著我這老臉去碰一碰。」〔註 106〕劉姥姥包容了年輕人不願傷自尊的想法，表示自己可以捨老臉

〔註 101〕〔清〕曹雪芹著，脂硯齋批，周汝昌校訂批點本，《石頭記》，頁 493。
〔註 102〕〔清〕曹雪芹著，脂硯齋批，周汝昌校訂批點本，《石頭記》，頁 494。
〔註 103〕〔清〕曹雪芹著，脂硯齋批，周汝昌校訂批點本，《石頭記》，頁 161。
〔註 104〕〔清〕曹雪芹著，脂硯齋批，周汝昌校訂批點本，《石頭記》，頁 85。
〔註 105〕〔清〕曹雪芹著，脂硯齋批，周汝昌校訂批點本，《石頭記》，頁 86。
〔註 106〕〔清〕曹雪芹著，脂硯齋批，周汝昌校訂批點本，《石頭記》，頁 86。

去試一試。這是老母親對於兒女的包容與慈愛。

面對賈母的富貴與自己的貧賤，劉姥姥並沒有「戚戚於貧賤，汲汲於富貴」。隨緣平和，接受與直面命運。「我們生來是受苦的人，老太太生來是享福的，若我們也這樣，那些莊稼活也沒人作了。」〔註107〕表現出對生命艱難的忍受與隨順，這種態度源自於姥姥在生活歷練中沉澱的堅韌與樂觀精神。她曾勸告那個沒有出息，卻一味抱怨生活的女婿道：「姑夫，你別嗔著我多嘴。咱們村莊人，那一個不是老老誠誠的，守著多大碗兒，吃多大碗的飯。」〔註108〕這是村莊人的本色，他們沒有家族世襲的富貴權勢可以依賴，全憑自己的辛苦付出與踏實肯幹，在田裏耕作來養活自己。這養成了劉姥姥樸素踏實、自立自強又謙和堅毅的生活態度。生活的舒適安定會滋生出生命的惰性，要想不斷保持活力，必須總在迎接新的挑戰。劉姥姥身上充滿智慧與活力，正是因為生活給她出了一個又一個難題，在與生活的抗爭中愈來愈強，愈來愈堅韌。而賈府的墮落，也正源於優越的生活環境，使賈府後代產生了嚴重的惰性。對巧姐的體弱，王熙鳳頗為苦惱：「我這大姐兒時常肯病，也不知是個什麼原故？」〔註109〕劉姥姥解釋說：「這也有的事，富貴人家養的孩子太嬌嫩，自然禁不得一些兒委屈。再他小人兒家過於尊貴了，也禁不起。已後姑奶奶到少疼他些就好了。」〔註110〕富貴的生活，削弱人的生命力，讓人失去對現實風雨的抵抗力。賈府中人所得的多是這樣的「富貴病」。

3、隨順／幽默

賈母戴花，鳳姐為了博賈母開心，就將一盤子花橫三豎四的插了劉姥姥一頭。眾人笑道：「你還不拔下來捧到她臉上呢！把你打扮的成了個老妖精了。」〔註111〕劉姥姥不僅不惱，還趁勢製造笑料，幽默地揶揄自己：「我這頭也不知修了什麼福，今兒這樣體面起來。」〔註112〕繼而稱讚自己是個「老風流」。劉姥姥的「幽默」是深厚的生活智慧及對人情深刻體察之下的餘裕、從容及慈悲，「人之智慧，對付各種問題之外，尚有餘力。從容出之，遂有幽

〔註107〕〔清〕曹雪芹著，脂硯齋批，周汝昌校訂批點本，《石頭記》，頁483。
〔註108〕〔清〕曹雪芹著，脂硯齋批，周汝昌校訂批點本，《石頭記》，頁85。
〔註109〕〔清〕曹雪芹著，脂硯齋批，周汝昌校訂批點本，《石頭記》，頁512。
〔註110〕〔清〕曹雪芹著，脂硯齋批，周汝昌校訂批點本，《石頭記》，頁512。
〔註111〕〔清〕曹雪芹著，脂硯齋批，周汝昌校訂批點本，《石頭記》，頁489。
〔註112〕〔清〕曹雪芹著，脂硯齋批，周汝昌校訂批點本，《石頭記》，頁489。

默。」〔註113〕她深知大觀園中的女性富貴之中的虛弱，於是用這樣的「表演」讓她們快樂，給予治癒。而她也從中得利，獲得了賈府豐厚的獎賞，實現了此行的目的。

劉姥姥知道寶玉喜歡聽少女故事，就信口編了一個若玉雪下抽柴的故事，缺乏人生經驗的痴寶玉，竟然信以為真，窮根究底。她可以利用各種機會，扮演各種角色，製造笑料，讓賈府的女性開心。「那劉姥姥雖是個村野人，卻生來有些見識，況且年紀大了，世情上經歷過的。見頭一個賈母高興，第二個見這些哥兒姐兒們都愛聽，便沒了話也編出些話來講。」〔註114〕鳳姐和鴛鴦捉弄劉姥姥，以博賈母一笑，事後向她賠不是。姥姥不僅不惱，還安慰她們道：「姑娘說那裡話，咱們哄著老太太開個心，可有什麼惱的。你先囑咐我，我就明白了，不過大家取個笑兒。我要心裏惱，也就不說了。」〔註115〕表面上的滑稽可笑與裝瘋賣傻，卻掩蓋不了姥姥的智慧、隨順與慈悲。

劉姥姥進入大觀園，帶著活力，映照出這個精緻華貴的人觀園的病態。他們的生活，是無根之木，無源之水，失去了機體細胞更新的能力。借由劉姥姥的眼光，揭示了大觀園烏托邦的虛幻性，「想著那個畫兒，也不過是假的，那裡有這個真地方。誰知我今兒進了這園子一瞧，竟比那畫兒上還強十倍。」〔註116〕

曹雪芹非常高明的一點就在於，他並沒有簡單強調純淨與骯髒的反差，而是處處告訴讀者，潔淨來自於骯髒之中，潔淨終究要回到骯髒中去，兩者這種動態的關係才造就了世間眾生的活力。劉姥姥在一個系統所循的兩條路線中屬於進化的一條，而大觀園中的眾人則屬於蛻化的那一條。大觀園要想獲得救贖，應該從虛幻的空中降落下來，緊緊擁抱住現實的土地，與劉姥姥這個世俗世界的代表緊密糾纏在一起。可惜的是，劉姥姥的力量是有限的，蛻化的力量大於了進化的力量，所以大觀園這個系統並沒有完成上升。在劉姥姥離開後，賈母就生病了，巧姐兒也病倒了。

劉姥姥進入大觀園，巧姐兒與板兒互換佛手與柚子，「那大姐兒因抱著一個大柚子頑的，忽見板兒抱著一個佛手，便也要佛手。丫鬟哄他取去，大姐兒等不得，便哭了。眾人忙把柚子與了板兒，將板兒的佛手哄過來與他才

〔註113〕林語堂著，《語堂幽默文選》（北京：時代文藝出版社，1995年5月），頁16。
〔註114〕〔清〕曹雪芹著，脂硯齋批，周汝昌校訂批點本，《石頭記》，頁494。
〔註115〕〔清〕曹雪芹著，脂硯齋批，周汝昌校訂批點本，《石頭記》，頁489。
〔註116〕〔清〕曹雪芹著，脂硯齋批，周汝昌校訂批點本，《石頭記》，頁489。

罷。」〔註117〕埋下巧姐與板兒的因緣際會，蘊藏著一種救贖力量。而且大姐兒體弱多病，王熙鳳請劉姥姥代為取名，於是才有了「巧姐兒」這個名字，「這個正好，就叫他作巧哥兒好。這叫作以毒攻毒，以火攻火的法子。姑奶奶定要依我這名字，他必長命百歲，日後大了，個人成家立業，或一時有不遂心的事，必然是遇難成祥，逢凶化吉，卻從這巧字上來。」〔註118〕這樣的取名，象徵著劉姥姥是巧姐兒的拯救者，她賦予了巧姐兒新生，保存了賈府的命脈。

劉姥姥後來拯救了被賣入煙花巷的巧姐，把她帶入農村，這就把原來生長在公侯富貴之家的小女孩移植到農村大地。劉姥姥來自園外真實世界，她將貴族家庭與外面的世界聯結在一起，「作者的深刻之處就在於他時時處處不忘把貴族家庭放到社會的整體中去寫，放到歷史發展中去寫，從社會整體本身固有的矛盾運動中寫貴族家庭的衰敗、沒落。」〔註119〕曹雪芹對本階級的人的生活的失望，不勞而食，倚靠著世襲貴族的階級地位來生活，這也體現出他的民主主義以及經世致用的思想。「曹雪芹安排了巧姐這個由悲劇轉為喜劇的最後一代人物，並讓劉姥姥來安排她的命運，實際上正表明作者已不寄希望於本階級，他把未來婦女的命運寄託在下層勞動婦女身上，這些顯示了作者思想的閃光。」〔註120〕

《紅樓夢》大觀園是具有多重性屬性的空間。作為青春少女的樂園，它呈現了人類烏托邦式的詩意理想。作者對於人性與社會、歷史現實作深入的理性反思，揭示其複雜性與矛盾性，呈現了詩意樂園內部自我敗壞的過程。大觀園這個沒有根基、自我封閉、虛幻精緻的金字塔，注定崩潰倒塌。唯一的救贖是直面與開放，與外在的世界聯繫在一起，經世致用，進行改革並發展生產力。在不合理的社會制度下，少女逃避於大觀園烏托邦已經是不可能的，只有在社會制度層面進行改革，才能真正改變她們的命運。

〔註117〕〔清〕曹雪芹著，脂硯齋批，周汝昌校訂批點本，《石頭記》，頁504。
〔註118〕〔清〕曹雪芹著，脂硯齋批，周汝昌校訂批點本，《石頭記》，頁512。
〔註119〕許文麗著，〈狂歡化理論視野中的劉姥姥二進大觀園〉，《文學教育》，2008年2月，頁59。
〔註120〕許文麗著，〈狂歡化理論視野中的劉姥姥二進大觀園〉，頁59。

第六章　女性主義視角下《紅樓夢》的女性意識

　　《紅樓夢》是由男性作家撰寫的女性小說。曹雪芹對於傳統女性觀及女性形象塑造有所反省，並呈現出女性崇拜的傾向，對女性才情高度肯定，對女性命運深切關懷與同情。但另一方面，寶玉的少女崇拜論與魚眼珠論，體現出他對未婚與已婚女性的矛盾性，體現了父權制度下，男性對於女性的審美價值取向。寶玉的女性觀仍然未能超越男權中心意識的藩籬，它與女性主義還是不同的。

　　雖然，女性主義與《紅樓夢》所表現的女性意識有差異，但在男權中心下，女性被視為他者的「第二性」命運與處境是相似的，將女性獨立人格的建立、個體生命的超越，視為最終期許與最高價值。所以，以女性主義理論來研究《紅樓夢》中的女性生命意識是具有合理性和可行性的。

　　在前章對《紅樓夢》女性敘事考察的基礎上，本章以女性主義的研究方法，深入辨析與反思《紅樓夢》的女性意識、性別意識及兩性關係，審思《紅樓夢》中女性的現實處境與悲劇命運的根源，探尋女性生命發展的可能出路。

　　第一節考察《紅樓夢》的性別意識與兩性關係。寶玉說：「女兒是水作的骨肉，男人是泥作的骨肉」，在「水」與「泥」的兩性意象象徵中所包含的性別意識，「意淫」、「還淚神話」的新型兩性關係及情愛觀，雙性和諧的性別意識。第三節審視女性現實生存處境，探討《紅樓夢》中女性的疾病隱喻，思考女性的困境與悲劇根源。

第一節　《紅樓夢》的性別意識與兩性關係

一、寶玉的女兒崇拜論

　　《紅樓夢》以「女兒」為主角，作者的女性觀在寶玉身上得到集中呈現。賈寶玉是少女的崇拜者、守護者。然而他所崇拜的並非是全體女性，而是特指沒有出嫁的少女，即「女兒」。

　　寶玉嚴格地區別出「女兒」與「女人」，他對待「女兒」與「女人」是有著截然不同的態度的。那麼，「女兒」與「女人」有著怎樣的區別呢？寶玉心中的「女兒」有著怎樣的特殊美質呢？寶玉對待這些「女兒」的崇拜有著怎樣複雜與多層次的內涵呢？有著怎樣的價值與意義呢？寶玉的少女崇拜與西方的女權主義相比，又有什麼樣的不同？這些都是本節在寶玉的女兒崇拜論中值得挖掘與思考的問題。

（一）女兒崇拜的內涵

1、「女兒」與「女人」

　　「女兒」與「女人」以是否出嫁為區別的界線。「女人」是指已出嫁的女性，她們不是處女，而是為人婦，為人母，進入儒家倫理體系和現實婚姻生活中。寶玉有關於女性的三階段論，「女孩兒未出家，是顆無價的寶珠，出了嫁，不知就怎麼變出許多的毛病來，雖是顆珠子，卻沒有光彩寶色，是顆死的了，再老老，更變的不是珠子，竟是魚眼睛了。」〔註1〕寶玉所崇拜的女兒顯然是未出嫁的女孩兒，對那些已出嫁而被世俗化的女人，則充滿了鄙夷與嫌棄。

2、寶玉推崇的女兒美質

　　晴雯死後，寶玉為她作了一篇《芙蓉女兒誄》，其中讚歎她道：「女兒曩生之昔，其為質則金玉不足喻其貴，其為性則冰雪不足喻其潔，其為神則星日不足喻其精，其為貌則花月不足喻其色。」〔註2〕這段話涵蓋了寶玉心目中所推崇的女兒美質。貌美。這些女兒各有各的美態，黛玉的脫俗超逸之美，探春的顧盼神飛之英姿；薛寶釵的端莊渾厚之美；史湘雲之嬌憨帥氣之美；精神。女兒們都有著各自天賦的才華、靈氣與個性。黛玉的詩才，探春的經世之才，寶釵的博學端莊，史湘雲的英豪爽朗；性潔。女兒們品性高潔，天

〔註1〕〔清〕曹雪芹著，脂硯齋批，周汝昌校訂批點本，《石頭記》，頁703。
〔註2〕〔清〕曹雪芹著，脂硯齋批，周汝昌校訂批點本，《石頭記》，頁931。

然率真。這種潔淨單純是因為她們未出嫁、不長大,不進入社會,不觸碰現實,亦沒有功名利想。她們遠離男人的泥濁世界,生命中保留著純真天然的童心;質貴。與男人濁物比較,女兒們是尊貴清淨的「純潔天使」,在寶玉眼中「這女兒兩個字極尊貴清淨的,比那阿彌陀佛、元始天尊的這兩個寶號還更尊榮無對的呢!」〔註3〕他把這些女兒看成是山川日月之精秀,與女兒的尊貴清淨相比,「鬚眉男子不過是些渣滓濁沫而已。因有這個呆念在心,把一切男子都看成混沌濁物,可有可無。」〔註4〕

3、女兒崇拜的內涵

(1)女兒的詩意化／去世俗化

賈寶玉的女兒崇拜是對女兒生命的詩意化。首先表現為去世俗化,將女兒從世俗生存語境中脫離出來。世俗生存的瑣碎、庸常,被寶玉忽略不計,或有意遮蔽,避免將女性世俗化,並用來自大自然之物,如日月山川、花草、淨水來比擬女性,又用形而上的觀念詩化女兒的生命。「女人只是因為她特殊的特質,引起了他的興趣。她在大自然中根深葉茂,親近大地,彷彿是通向彼岸的必由之路。她就是真、美和詩,就是一切,又一次處於『他者』的形式下,惟獨沒有她自己的一切。」〔註5〕這樣對女兒的詩意化,表面上看起來是對女兒的推崇,實則仍然沒有逃脫男性中心化,女兒作為男人理想的欣賞品,並非作為真實完整的主體本身存在,而是被美化了的「他者」與「第二性」。

(2)「純潔天使」──被閹割的女性

這些女兒如淨水般清爽,她們被當作男性心目中的「純潔天使」來崇拜與歌頌。如果深入思考這種「純潔」,實則是男性對女性生命的某種閹割,曹雪芹所秉持的是一種不折不扣的男性視角。他推崇女性其實是在推崇一種男性文人的價值追求,同情女性又不將其作為一個整體來對待。「『女性』這一概念在紅樓夢中從來都是不完整的,它被象徵、被提純、被分解。」〔註6〕這種單純,是因為女性被男權中心的傳統倫理規範與社會制度,隔絕在真實複雜的社會生活外,重重鎖於深閨中,她們沒有獲得權力去參與社會生活,沒

〔註3〕〔清〕曹雪芹著,脂硯齋批,周汝昌校訂批點本,《石頭記》,頁27。
〔註4〕〔清〕曹雪芹著,脂硯齋批,周汝昌校訂批點本,《石頭記》,頁258。
〔註5〕〔法〕西蒙·波伏娃著,李強譯,《第二性》,頁125。
〔註6〕崔晶晶著,〈紅樓夢性別視角辨析〉,《紅樓夢學刊》,2008年第2期,頁234。

有機會去發展作為一個完整生命所應具有的全部潛能與複雜性、豐富性，作者剝奪了女兒們作為一個完整女性的權力。就在男性對女性的單方面想像中，作者主觀地對女性這一獨立的性別做著意識上的閹割，使她們成為男性期望中純潔的天使。一旦女性表露出對家庭生活之外的現實社會的參與興趣，或者有機會展現出生命力量，即會被男性視為威脅。寶玉討厭聽到女性說科場之事。

> 或如寶釵輩，有時見機道勸，反生起氣來，只說好好的一個清淨潔白的女兒，也學的沽名釣譽，入了國賊祿鬼之流，這總是前人無故生事，立言諫詞，原為道後世的鬚眉濁物，不想閨閣中亦有此風也，真真有負天地毓秀鍾靈之德。〔註7〕

因為她們對現世功利的追求，破壞了他理想中的女兒單純。寶玉不願長大，排斥那個成人世界，在現實中無所作為，逃避在女兒溫柔鄉。因此一旦他心目中的溫柔鄉被破壞（功名、出嫁），會讓他異常恐懼與焦慮，由此而憤怒。

男性對女性單純的讚頌，實質是用男權話語，將女性劃入權力核心之外的「他者」、「第二性」的樊籠之中，並未真正把女性當作一個獨立自由，具有超越力與創造力的平等生命主體，「我們建構了一個象徵世界，男人是前景而女人則是背景，女人被邊緣化成外人和規則的例外。」〔註8〕男性社會隔絕女性，禁止女性進入社會生活，通過這種方式，維持女性的單純，未把女性作為完整意義上的人來看待，「雖然在文本中，女性的生命與美被推崇到極高的地位，主體生命意識得以提到形而上的角度去思考，但女性的價值乃至女性主義意識卻沒有現實生長的空間，整部作品充滿了濃厚的悲劇氣息。」〔註9〕男人把女人當作寵物一般，讚頌的語言、詩意的歌頌，都是危險的束縛。試圖取消女性生命的多樣性與可能性，將她們豢養在「單純」的陷阱中，讓女性心甘情願用男性所喜愛與欣賞的樣子，來塑造與看待自己，這讓男人覺得女人是可以控制，不具有威脅與魅惑的。少女崇拜，表面上是對少女的讚頌，其實是父權社會中，男性對女性居高臨下的幻想與掌控力的滿足。他用「純潔」剝奪了女性與男性競爭的機會與力量。

〔註7〕〔清〕曹雪芹著，脂硯齋批，周汝昌校訂批點本，《石頭記》，頁547。

〔註8〕〔英〕亞倫・強森著，成令方等譯，《性別打結：拆除父權違建》（臺北：群學出版社，2008年1月第1版），頁56。

〔註9〕沈小琪著，〈紅樓夢中女性主義意識的萌芽與消解〉，《北方文學》，2016年第10期，頁45。

（3）寶玉尊重女性與女權主義不同

寶玉對待女性並非一視同仁，而是具有排斥性、選擇性與條件性的，他只鍾愛少女，「他對少女的推崇，建立在純粹主觀的個人審美基礎上的判斷，更多是反映了其對以未受婚姻和男性世界污染的少女的純真審美的推崇和嚮往」〔註 10〕，把女性作為他欣賞、愛慕的對象，這不是女性主義，並未能夠客觀看待女性的存在處境。寶玉所愛的並不是真正意義上的女人，而是他觀念中的理想少女。

他渴望和這些女兒之間保持永遠的孩童般的親暱，建立命運共同體，沒有嫌隙與距離，不分你我，甚至不分性別。心心相應，真誠體貼，他則是這個共同體的中心，這些女兒永遠圍繞著他。這種關係並不是建立在對各自獨立人格的尊重上。寶玉未能真正把女性當作一個完整意義上，具有豐富可能性的生命來尊重與對待，更無法用現實力量，去改變女性處境，讓她們能夠真正獲得與男性平等的機會，去發展她們的生命，讓她們能夠走出深閨，走出精緻的牢籠，走出男性的期待與幻想，超越男性設置的女性理想標準，去發展她們獨一無二的生命，呈現力量與智慧，而不是把她們供奉於詩意的神壇之上，被男性歌頌與膜拜。寶玉的不成熟，讓他並不能夠以理性客觀的成熟態度來對待女性。

（4）「意淫」的內涵

《紅樓夢》區分了男性對待女性的兩種態度，「皮膚濫淫」與「意淫」：

> 淫雖一理，意則有別。如世之好淫者，不過悅容貌，喜歌舞，調笑無厭、雲雨無時，恨不能盡天下之美女，供我片時之趣興，此皆皮膚濫淫之蠢物耳！如爾則天分中生成一段痴情，吾輩推之為意淫。意淫二字，惟心會而不可口傳，可神通而不能語達。汝今獨得此二字，在閨閣中固可為良友，然於世道中未免迂闊怪詭、萬目睚眥。〔註11〕

「皮膚濫淫」是男性對女性肉體上的佔有、玩弄，當作暫時滿足自己淫慾的工具，「意淫」則是對女兒生命的欣賞、體貼，將女兒作為良友。寶玉對於女兒的喜愛，是悅色、戀情而來的情慾。在這些少女面前，他把自己的位置放

〔註10〕劉再復著，《紅樓夢悟》（北京：生活‧讀書‧新知三聯書店，2009 年 1 月），頁 278。

〔註11〕〔清〕曹雪芹著，脂硯齋批，周汝昌校訂批點本，《石頭記》，頁 79。

得很低，膜拜、欣賞這些女性，不帶肉慾的，審美化的欣賞。這是對純真生命本身的欣賞、愛惜，是超越世俗階層與等級的，「寶玉一視同仁，不問迎、探、惜之為一脈也，不問薛、史之為親串也，不問襲人、晴雯之為侍兒也，但是女子，俱當珍重，若黛玉，則性命共之矣。」〔註12〕寶玉對少女生命的態度是平等的，不分貴賤、等級的誠敬、欣賞與愛慕。以一顆同理心，關懷、體貼女性。

（二）女兒崇拜的價值與意義

這些被詩意化的女兒生命所具有的美質，滿足了男性甚至是人類的深層心理渴求，從而被男人所渴望與崇拜。

1、女守護者

川端康成在《來自書的感情》中說：「兒童和女性與自然一樣常常是有生命力的明鏡，是新的清泉。」〔註13〕這些天然率真的美好女兒，是男人溫柔的守護者，靈魂的呵護者。她們環繞著寶玉，成為給他帶來療癒和幸運的，善良的「女守護者」。

> 她們猶如彎曲的葡萄枝和小河般神秘，她們包裹並治癒了創傷，她們的心靈代表了生命無法言傳的智慧，她們的品質與身俱有。男人在她們這裡可以卸下自尊的重負，重新體會到作為孩童的甜蜜和溫柔。和這些女性為伴，不需要勾心鬥角，用不著害怕自然莫測的魔力。這些看護他的溫柔女性，在奉獻自身時已將自身處於女僕的位置，他順從於她們的慈愛，原因在於即使服從她們，他還是她們的主人。〔註14〕

男人世界代表成人世界，寶玉對成人世界是拒斥與逃避的，一方面是認識到成人世界的複雜、污濁與功利，這讓一心嚮往詩意、真誠與單純的他不願意進入。另一方面是逃避，逃避進入成人世界必須承受的壓力、代價與承擔的責任。因為這些女兒是沒有社會性，被閹割的，因而讓他感覺到沒有威脅與壓力。他把少女作為對抗男性世界價值觀及傳統人生模式的武器，希望她們永遠包圍、安慰與關懷他，把她們當作他逃避現實世界的樂園。

〔註12〕〔清〕二知道人著，《紅樓夢說夢》，一粟編，《紅樓夢資料彙編》，頁90。
〔註13〕鄧桂英著，〈試論山音中的處女崇拜〉，《日本學論壇》，2008年第4期，頁59。
〔註14〕〔法〕西蒙・波伏娃著，李強譯，《第二性》，頁125。

2、女兒信仰

寶玉喜愛的女兒可以不是真實對象，不需要對她們的現實存在有深入接觸與瞭解，只是觀念中的「女兒」意象，融入了寶玉的想像與信仰。她們可能只有一面之緣，甚至從未謀面，只是耳聞。路上偶遇的一個十七八歲的村莊丫頭，小書房畫中的美人，寺廟中的洛神塑像，傳說中的女兒傅秋芳，都成為他愛慕、欣賞的對象。「只因那寶玉聞得傅試有個妹子，名喚秋芳，也是個瓊閨秀玉，常聞人傳說才貌俱全，雖未親睹，然遐思遙愛之心十分誠敬。不命他們進來，恐薄了秋芳。」〔註15〕劉姥姥信口編造的不存在的女兒若玉，寶玉信以為真，真心誠意地對待這個不存在的女兒。他還從這些「女兒」推而廣之，喜歡一切純真、弱小、美麗、自然，隔絕了男性社會的事物，如海棠花、桃花、杏花、燕子等自然物象，以及女性化的男性。這些女兒是寶玉內心對純真、天然的信仰的投射，「『女性崇拜』是學者們從西方文學作品中總結出的一種情結。它並非將女性作為一個性別進行崇拜，而是把女性性格中某種美好的特質美化、神化，並以此作為淨化和拯救自己靈魂的情感和精神寄託。這些連同女性的美麗肉體一起成為男性受挫後尋求安慰和靈魂拯救的對象。」〔註16〕「女兒」是寶玉心中的寄託與信仰，是讓他能夠在這個異己的成人世界中感受到快樂、溫暖與喜悅的樂園。

3、精神救贖

這些女兒給予寶玉的是生命力、青春氣息，以及愛意，在他給出愛的同時，也得到了愛的溫暖。女兒崇拜代表著對青春、生命力的憧憬，純真的愛的渴望。寶玉把少女作為自己精神上的歸宿與救贖力量，讓他在這個不和諧的異己、苦悶的世界裏，感受到溫暖、放鬆與安慰，因而對她們充滿情感依戀。男性作為主導者來欣賞女性身上保留的單純，作為對陷入病態的男性社會的對照與反省，撫慰與補償。

《紅樓夢》之前的才子佳人小說中已出現了女兒崇拜。《玉嬌梨》稱讚女主人白紅玉有「百分姿色，百分聰明」，是「山川所鍾，天地陰陽不爽」〔註17〕。（第1回）《平山冷燕》稱女主人公山黛「自是山川靈氣所鍾」

〔註15〕〔清〕曹雪芹著，脂硯齋批，周汝昌校訂批點本，《石頭記》，頁437。
〔註16〕崔晶晶著，〈紅樓夢性別視角辨析〉，《紅樓夢學刊》，2000年第2期，頁228。
〔註17〕〔明〕荑秋散人編次，馮偉民校點，《玉嬌梨》（北京：人民文學出版社，2006年12月），頁25。

〔註18〕（第1回）燕白頷則感歎地說：「天地既以山川秀氣盡付於美人，卻又生我輩男子何用？」〔註19〕（第16回）。賈寶玉則說：「山川日月之精秀，只鍾於女兒，鬚眉男子，不過是些渣滓濁物而已。」〔註20〕寶玉的女兒論顯然繼承了才子佳人小說。

寶玉雖是富貴公子的天真心性，卻有著對自己的反思、懺悔，及生命的平等觀。但這種平等觀其實也是一種理念上的。在這些少女身上，他看到的是一種生命美好純潔的理想，但任何生命一旦落在現實的處境中，是很難保持這樣理想意義上的純潔美好的。他不知道那些婆子，也是從少女來的，在現實生活的折磨下變成了「魚眼睛」。少女出嫁後，進入了婚姻、家庭的現實場域，就不得不變。寶玉逃避現實，不願意看到醜惡、殘缺與無奈，生活在自己一廂情願的美好意境中。

寶玉對這些女兒在態度上開始有了變化，但仍然沒有逃脫男權社會的意識藩籬之中，何謂父權體制？「一個社會是父權的，就是它有某種程度的男性支配（ male-dominated ），認同男性（ male-identified ）和男性中心（ male-centered ）。」〔註21〕這些女兒被寶玉作為客體，以自己的理想來想像她們，並未將她們作為現實世界中的獨立個體來對待。他根本上是自私的，對這些女兒的關懷、體貼，實際上是出於他自己的需要。雖然寶玉給了這些女兒關心與體貼，但這無涉於她們人生處境及現實命運的改變。寶玉的意淫只是一種感傷的溫情，他只是對這些處於悲苦地位遭受壓迫蹂躪的女子懷著莫可奈何的關懷和憐惜；他無力改變這種現狀，於是到處發揮這種不能自制的感傷的溫情。他從來沒有看清這些女兒的真實命運與處境，只能用哀歎、眼淚來同情與祭悼她們。

二、「木石前盟」愛情觀辨析

（一）傳統愛情的浪漫性與理想性

儒家文化不講自由浪漫之愛，強調符合倫理秩序的婚姻關係。中國文學中的浪漫之愛，在寶黛之戀中得到最為充分、深刻與細膩的描繪，是中國古

〔註18〕〔清〕荻岸山人編次，《平山冷燕》，頁18。
〔註19〕〔清〕荻岸山人編次，《平山冷燕》，頁280。
〔註20〕〔清〕曹雪芹著，脂硯齋批，周汝昌校訂批點本，《石頭記》，頁258。
〔註21〕〔英〕亞倫・強森著，成令方等譯，《性別打結：拆除父權違建》，頁67。

典小說中，最具有心靈性與精神性的愛戀。悲劇的結局讓它永遠處於未完成狀態，未能進入儒家倫理秩序的婚姻關係中，並保持為永遠的自由之愛。小說賦予它「木石前盟」的神話色彩，使得這段愛情具有超越世俗的純潔性與精神性。

　　寶黛之愛繼承了才子佳人小說中的兩情相悅，浪漫的「木石前盟」，是理想中的精神愛戀與情感牽絆。從「木石前盟」到寶黛之戀的夢幻情緣，傳神地呈現了湯顯祖《牡丹亭》中對「至情」理想的推崇。這種「至情」的理想，純粹關乎情感本身，可以不依憑其他現實條件與因素，「我知道我的心」，純粹是兩顆心的相互體貼，呈現出情感的至上性、純潔性與強烈性，達到一種「情迷」的境界。湯顯祖在《牡丹亭》的題詞，正是這種「情迷」的本質的闡發：「情不知所起，一往而深。生者可以死，死可以生。生而不可與死，死而不可復生者，皆非情之至也。夢中之情，何必非真？天下豈少夢中之人耶？必因薦枕而成親，待掛冠而為密者，皆形骸之論也。」在湯顯祖看來，「至情」是超越形骸的，不待現實條件而存在，甚至可以發生在夢境中。「至情」有著超凡的力量，超越真假與生死。另外一位戲劇大家洪昇在《長生殿》中，也以唐明皇與楊玉環的愛情故事，詮釋了人間真情的力量。這些作家對於真情的相信與描繪，顯示出一種浪漫主義的傾向，將情推崇至生命極高的位置，並對這種不摻雜功利色彩的，真摯深刻且永恆的情的存在深信不疑。

（二）愛情的悲劇性與日常性

　　寶黛之愛是在日常現實語境中發生的浪漫純淨的自由愛情。《紅樓夢》批判傳統才子佳人小說故事的模式化，人物抽離了現實時空，情節設計脫離現實。

> 這些書都是一個套子，左不過是些佳人才子，最沒趣兒，把人家女兒說的那樣壞，還說是佳人，編的連影兒也沒有，開口都是書香門第，父親不是尚書就是宰相，生一個小姐，必是愛如珍寶，這小姐必是通文知禮無所不曉，竟是個絕代佳人，只一見了一個清俊的男子，不管是親是友，便想起終身大事來。父母也忘了，詩禮也忘了。鬼不成鬼，賊不成賊，那一點兒是佳人？〔註22〕

在人物陷入絕境的時候，依靠機械降神，有外力來拯救，結局總是有情人終成眷屬，為儒家倫理秩序接受，成為一齣喜劇。寶黛之愛則在才子佳人愛情

〔註22〕〔清〕曹雪芹著，脂硯齋批，周汝昌校訂批點本，《石頭記》，頁646。

故事的框架下進行突破，賦予了愛情更複雜深刻的內涵與思考。

1、悲劇結局

《紅樓夢》一面描寫了寶黛之間至純至真的夢中情緣，同時讓它遭遇了現實無數的考驗與磨折，最後宣告破滅。「《西廂記》與《牡丹亭》都以大團圓結尾，曹雪芹卻把社會地位相當、浪漫氣質相近的男女主角放在一個悲劇的僵局中，比起王、湯兩位前輩來可以說野心更大，因為他要表達出更具社會複雜性和哲學意義的人生真相。」〔註23〕這樣的悲劇是對社會現實的深刻批判，對愛情中兩性關係的深入思考，對人性的深入審視，曹雪芹有意把他的主角置於反世俗的個人主義的浪漫傳統中。這些善惡兼備的男女擁有特殊的活力。曹雪芹是像王實甫與湯顯祖那樣將浪漫傳統發揚光大的偉大作家。

2、愛情的日常態與現實性

才子佳人小說，《牡丹亭》、《西廂記》這樣的戲劇，充分表現了愛情的浪漫性，然而這樣的「至情」，只有在夢中才能真正徹底的實現，最終未必在現實中有結果。曹雪芹則把寶黛之愛放在「日則同行同坐，夜則同息同止」〔註24〕的日常生活語境，傳統的禮制束縛中真實呈現，賦予它日常性與現實性，呈現了男女自由愛情複雜曲折的歷史展開方式，黛玉在收到寶玉讓晴雯私相傳遞的舊帕子時，那番「可喜、可悲、可笑、可懼、可愧」五味雜陳的複雜心理，真實展現了自由愛情在那個時代，給年輕男女的心靈帶來的巨大衝擊，既有喜悅、吸引，更是無奈、煎熬與糾纏：

> 寶玉的這番苦心，能領會我這番苦意，又令我可喜。我這番苦意，
> 不知將來如何，又令我可悲。忽然好好的送兩塊舊帕子來，若不領
> 會深意，單看了這手帕子，又令我可笑。再想私相傳遞、我又可懼。
> 我自己每每好哭，想來也無味，又令我可愧。〔註25〕

這種悲劇性結局，「是對現實的正視，對被浪漫化的『至情』的審視與反思，用以告訴世人這些浪漫故事『假擬妄稱』的荒謬所在。」〔註26〕這是堅持《紅樓夢》是追求婚戀自主的現代讀者，應該重新深入省思的。

〔註23〕夏志清著，何銘譯、劉紹銘校訂，《中國古典小說》（香港：香港中文大學，2016年），頁201。

〔註24〕〔清〕曹雪芹著，脂硯齋批，周汝昌校訂批點本，《石頭記》，頁64。

〔註25〕〔清〕曹雪芹著，脂硯齋批，周汝昌校訂批點本，《石頭記》，頁426。

〔註26〕歐麗娟著，《大觀紅樓（綜論卷）》（臺北：臺大出版中心，2014年12月），頁368。

3、情的虛幻性

《紅樓夢》的矛盾思想，在寶黛之愛上呈現出來。它一方面詮釋著男女真情的美好，又無不滲透著對這種「至情」虛幻性的苦惱與無奈，對墜入至情「迷津」的反省與警惕。這浪漫化的不可自制的「至情」，並沒有讓黛玉起死回生，卻要了她的性命。《紅樓夢》對於情愛的態度是複雜的，它既高度地讚頌真情的可貴，但也多次指出情愛的危險，愛情具有的毀滅性力量，「愛河之深無底，何可泛濫，一溺其中，非死不止。」〔註 27〕如果一段情只停留在內在性中，無法找到在現實世界中的超越與出路，「於是死亡是唯一的解決方式。兩個注定只為對方活著的情人都已死去：他們死於無聊，死於寄託於本身的愛情的慢性掙扎。」〔註 28〕相愛的兩個男女最終就會一起陷溺在這虛幻的情中，如果兩個情人都陷入了絕對熱情，他們的全部自由就會被貶為內在性。

（二）寶黛之愛的內涵

1、「木石前盟」——生命的契合

愛情是兩個獨立個體，基於平等人格與自由意志的相互吸引，它不服從於任何外在權威，超越世俗功利目的。愛情以堅實的感情為基礎，是對雙方生命本質的深入瞭解與認同，在生命的精神層次上的相互理解。寶黛的心靈深深相契，互為知己，「林黛玉聽了這話，如轟雷掣電，細細思之，竟比自己肺腑中掏出來的還覺懇切，竟有萬句言語，滿心要說，只是半個字也不能吐。」〔註 29〕寶玉深深懂得黛玉的心靈。而黛玉也懂得寶玉的心，「林妹妹從來說過這些混賬話不曾？若他也說這些混賬話，我早和他生分了。」〔註 30〕黛玉在小山坡上唱《葬花吟》，山坡下的寶玉被深深打動，那黛玉正自傷感，忽聽山坡上也有悲聲，心下想道：「『人人都笑我有些痴病，難道還有一個痴子不成？』想著，抬頭一看，見是寶玉。」〔註 31〕兩個痴子都有痴病，他們相互懂得，分享生命的私密時刻，甚至連說話方式與氣味都相仿。

愛情克服人的孤寂，實現人與人的親密結合。愛情是生命的確證，也是

〔註 27〕　〔清〕曹雪芹著，脂硯齋批，周汝昌校訂批點本，《石頭記》，頁 64。
〔註 28〕　〔法〕西蒙・波伏娃著，李強譯，《第二性》，頁 125。
〔註 29〕　〔清〕曹雪芹著，脂硯齋批，周汝昌校訂批點本，《石頭記》，頁 354。
〔註 30〕　〔清〕曹雪芹著，脂硯齋批，周汝昌校訂批點本，《石頭記》，頁 404。
〔註 31〕　〔清〕曹雪芹著，脂硯齋批，周汝昌校訂批點本，《石頭記》，頁 354。

孤獨的證明，「愛情是心靈間的呼喚與呼應、投奔與收留、坦露與理解，那便是心靈解放的號音」〔註 32〕。在禮教的禁忌夾縫中，兩個詩意的人，創造了他們愛的形式，喚醒壓抑的生命力。他們分享各自生命最深的秘密，共讀西廂，共葬花，手帕傳情，創造了她們獨特的愛情形式。

2、「絳珠還淚」——黛玉的危機

木石前盟的神話故事，蘊含兩性關係的密碼：男性是作為給予的強者，而女性則是作為接受滋潤的弱者。神瑛侍者是主動給予絳珠草以甘露滋養的強者，他是絳珠草生命的泉源，只有依靠著他，那株虛弱的絳珠草才得以存活下來。在這段感情中，男女兩性的地位並不平等，女性的生命意義與價值全然依附於愛情關係上，除此之外，似乎沒有其他目的，「他既下世為人，我也去下世為人，但把我一生所有的眼淚還他，也償還得過他了。」〔註 33〕生命只與他建立連接，以他為她生命的全部，陷溺在愛情中無法自拔，「雖然絳珠還淚的神話極為浪漫淒美，但其中所蘊含的性別意識其實是對女性的一種偏見。」〔註 34〕

在這段關係中，虛弱而痴情的絳珠草整天遊於離恨天中，鬱結成一段纏綿不盡之意，這份情顯然已經成為她生命中沉重的負擔，最終淚盡而亡。絳珠草所體驗到的不是喜悅、生機，而是煎熬、糾纏、痛苦，由甘露轉化出來的愛情，對於黛玉而言成為生命的危機，「這是一種以弱者的態度去體驗愛情所產生的生命危機」〔註 35〕。絳珠仙草的虛弱，黛玉的「不足之症」，象徵著她人格的不完整與不成熟，她顯然無法處理與安置好這段情，與寶玉的愛情既成了她生命的慰藉，又時時折磨著她，「愛情是以最動人形式表現的禍根，它沉重地壓在被束縛於女性世界的女人的頭上，而女人則是不健全的，對自己無能為力的。」〔註 36〕寶黛之愛的悲劇，除了來自時代、社會外在條件的約束，也與黛玉人格的不成熟有直接關係。德國精神分析學家弗洛姆認為，愛是人格整體成熟度的展現，愛並不是一種與人的成熟程度無關的感情，只需要投入身心的感情，而是可以通過自己的行為規範，專心的投入和養成耐性而學到的一門藝術，愛是需要學習的。「愛需要清明的理智、成熟的人格、

〔註 32〕史鐵生著，《愛情問題》（南京：江蘇文藝出版社，1995 年 1 月），頁 278。
〔註 33〕〔清〕曹雪芹著，脂硯齋批，周汝昌校訂批點本，《石頭記》，頁 7。
〔註 34〕歐麗娟著，《大觀紅樓（母神卷）》，頁 38。
〔註 35〕〔法〕西蒙·波伏娃著，李強譯，《第二性》，頁 396。
〔註 36〕〔法〕西蒙·波伏娃著，李強譯，《第二性》，頁 396。

深厚的生命根底、愛的創生性力量。如果不努力發展自己的全部人格,任何愛的試圖都會失敗。如果沒有愛的能力,在愛情生活中永遠不會得到滿足。」〔註37〕相反,寶釵與寶玉之間的「金玉良緣」,則構成一種對「木石前盟」夢中情緣在現實中的補充與制衡。寶釵對寶玉的以理制情,及在現實中的體貼、支持與輔助,是沉浸於愛的情緒、直覺與感性中的黛玉無法給予的。

第二節 《紅樓夢》的雙性和諧

在以往的文學作品中,女性是作為男權文化中的一個抽象符號而存在。《紅樓夢》的女性敘事則恢復了女性生命的歷史性、個體性與複雜性,呈現了她們作為有血有肉的個體存在的內在豐富性。她們都處在具體的歷史、社會、命運處境與社會網絡中,處在各種可見或不可見的奴役、支配與壓抑關係中,同時不斷在可能的範圍內,以她們各自的方式來進行著反叛。在這個過程中,建立起她們的自我與主體,形成與傳統不同的新型女性意識,呈現為一種雙性和諧之美。那麼,這些女性身上的中性美有著怎樣特別的美感,又蘊含著怎樣的時代內涵、生命哲理與性別意義?本節討論《紅樓夢》女性人物的性別意識,內涵、表現形態、根源、矛盾性及其中所蘊含的深層心理。

一、史湘雲的身體政治

在《紅樓夢》中,如果說黛玉是屬靈的存在,那麼湘雲則是被強調身體性的存在。凹晶館聯詩時,黛玉賦的是「冷月葬花魂」,是「靈魂」,而湘雲聯的則是「寒塘渡鶴影」,是「身影」。小說對於她的身體體態、動作都作了突出的描繪與強調。因此,對於湘雲的中性之美先要從其身體方面來看。

(一)陰陽二氣

在第三十一回中,湘雲與翠縷談到了陰陽的問題。小說由湘雲來談到陰陽問題,是因為湘雲身上呈現出對傳統陰/陽、男/女二元對立的逆反。陰陽關係體現的是一種穩定的宇宙秩序,並對應於儒家倫理下的社會秩序,陽象徵男性,陰象徵女性,構成一種男尊女卑的倫理秩序。湘雲身上則呈現出對傳統陰陽關係的一種改變,「這天地間都賦陰陽二氣所生,或正或邪,或奇

〔註37〕〔德〕艾·弗羅姆著,李健鳴譯,《愛的藝術》(上海:上海譯文出版社,2008年4月第1版),頁1。

或怪，千變萬化，都是陰陽順逆多少。一生出來，人罕見的就奇，究竟理還是一樣。」〔註38〕

世界萬物包括人都是賦陰陽二氣所生，但每個生命所蘊含陰陽二氣的順逆、多少是不同的，這就造成不同生命形態的奇怪與千變萬化、世人天性稟賦之差異與多樣。因此我們不能用一種固定、單一的價值標準來衡量與約束生命形態的豐富多元。「糊塗東西，越說越放屁，什麼都是些陰陽？難道還有兩個陰陽不成！陰陽兩個字，還只一個字。陽盡了就成陰，陰盡了就成陽。不是陰盡了又有個陽生出來，陽盡了又有個陰生出來。」〔註39〕湘雲認為，「陰」與「陽」並非相互對立的兩個事物，而是蘊含在同一事物中，且處在轉化過程中的。當陰氣漸少，陽氣則生。陰陽之分不是恆定不變的，而是有著順與逆的動態發展，多與少的比例變化的。這樣的陰陽觀念為生命形態、性別特質的多元豐富性提供了說明，當女性生命中的陽氣增多時，會呈現出男性化的特質，而當男性中的陰氣增多時，則會呈現女性化的特質。湘雲身上所呈現出來的與眾不同的女性意識，亦是陰陽順逆多少不同變化的呈現。

柏拉圖《會飲篇》〔註40〕中，講了一個古希臘神話故事。最初的人是球形的，一半是男一半是女，男女背靠背黏合在一起。球形人體力和智慧超凡，因此常有非分之想，欲與諸神比高低。宙斯擔心球形人冒犯神靈，便令諸神把其劈成了兩半。於是少了一半女人滋潤的男人，雖然巍峨如山，鐵骨錚錚中卻缺了一種似水柔情；而少了一半男人支撐的女人，雖然溫柔裊娜，情思婉轉中卻缺了一種俠氣英姿，人本來是雌雄同體的，終其一生，我們都在尋找缺失的那一半。

榮格則認為在男人偉岸的身軀裏，其實生存著陰柔的女性原型意象。榮格把她叫做「阿尼瑪」〔註41〕（anima），它是男性心中的女性意象（女性潛傾）。同樣，在女人嬌柔的靈魂中，也隱藏著剛毅的男性原型意象，榮格把他叫做「阿尼姆斯」（animus），女性心中的男性意象（男性潛傾）。榮格認為，

〔註38〕〔清〕曹雪芹著，脂硯齋批，周汝昌校訂批點本，《石頭記》，頁397。
〔註39〕〔清〕曹雪芹著，脂硯齋批，周汝昌校訂批點本，《石頭記》，頁397。
〔註40〕〔古希臘〕柏拉圖著，朱光潛譯，《柏拉圖文藝對話錄》（北京：人民文學出版社，1963年），頁223。
〔註41〕〔德〕卡爾‧古斯塔夫‧榮格著，徐德林譯，《原型與無意識》（北京：國際文化出版公司，2011年5月），頁35。

我們每個人的心靈結構，都被上帝預裝了這樣一套雙系統。只是社會文明過分重視性格的一致性，歧視男人身上的女性氣質或女人身上的男性氣質。這種歧視早在童年時代就已經開始，所謂「假小子」、「假妹子」就經常遭到嘲笑。人們總是希望男孩成為符合文化傳統的男人，期待女孩成為符合文化傳統的女人。久而久之，性別人格面具就佔據了上風，壓抑了阿尼瑪和阿尼姆斯。於是，便造成在氣質上，女性常偏於柔弱，男性常偏於剛強。在智力上，女性常偏於感性，男性常偏於理性。而個體的「內貌」中則可能是「雌雄同體」的。這些研究為突破我們慣以為常的性別意識提供了理論基礎。「雌雄同體」的女性角色，陽剛與陰柔氣質近乎完美的結合，突破了傳統的性別限制，呈現為一種無性別化。

（二）福柯的身體政治理論

《紅樓夢》中寫女性之美多在容貌身材，而獨於湘雲之體態特加比喻，曹雪芹多處對史湘雲的體態進行描繪，為從來文字中所未有。那麼，為什麼作者多次對史湘雲的體態進行描繪呢？

福柯的身體政治理論〔註42〕認為人的身體從來不是單純生物學意義上的存在，而是自然性、社會性、文化性的交織與統一。他有關權力的微觀物理學認為，身體是實現微觀權力運行的工具，權力意志就是身體，權力的運行是物質的，身體的和物理的。在福柯的權力譜系學中，身體是被壓制、遮蔽與規訓的，而人對權力的反叛性則可以表現在身體體態上的反叛。法國哲學家布爾迪厄也認為，「社會性別不平等是通過姿勢和姿態，從身體和視覺上強調內／外、男／女間的區分，身體的社會定義，尤其是性器官的社會定義，是社會構造作用的產物，女性身體與男性身體之間的差別，是依照男性中心觀念的實際模式被領會和構造的。」〔註43〕這些構成了一種性別區別的「象徵暴力」，溫柔的，由受害者本身不易覺察的、看不見的暴力所造成的。「一個既被統治者又被統治者所認識和承認的象徵原則的名義所實施的統治邏輯，把握一種語言（或一種發音），一種生活樣式（或一種思考、談話或行為的方式），以及，一種區分的特徵。」〔註44〕這種區分的特徵首先就表現在

〔註42〕〔法〕米歇爾·福柯著，劉北成、楊遠嬰譯，《規訓與懲罰》，頁289。
〔註43〕〔法〕皮埃爾·布迪厄著，劉暉譯，《男性統治》（北京：中國人民大學出版社，2011年12月），頁28。
〔註44〕〔法〕皮埃爾·布迪厄著，劉暉譯，《男性統治》，頁28。

身體上。

　　儒家傳統的女性規訓，正是從身體和視覺上強調內／外、男／女的區分，塑造出一種理想的向心型女性。《禮記・內則》中首先作了這樣的區分：「男不言內，女不言外。」、「內言不出，外言不入」、「女子出門，必擁蔽其面」〔註 45〕。而後，經過班昭《女誡》這部在中國歷史上最流行的女訓著作之一的宣揚，「四德」的傳統規訓得以廣泛流傳，婦女學習其位置，是此開始的。

> 女有四行，一曰婦德，二曰婦言，三曰婦容，四曰婦功。夫云婦德，不必才明絕異也；婦言，不必辨口利辭也；婦容，不必顏色美麗也；婦功，不必工巧過人也。清閒貞靜，守節整齊，行己有恥，動靜有法，是謂婦德。擇辭而說，不道惡語，時然後言，不厭於人，是謂婦言。盥浣塵穢，服飾鮮潔，沐浴以時，身不垢辱，是謂婦容。專心紡績，不好戲笑，潔齊酒食，以奉賓客，是謂婦功。此四者，女人之大德，而不可乏之者也。〔註 46〕

男性出現時總是不被指定的、中性的，相形之下，「女性則具有明確的特徵。這些特徵、規範構成了一條神秘的分界線」〔註 47〕（伍爾夫），造成了男女兩性的區隔，「人類就是在這些分界線中變得固定、刻板、隔絕和不自然。」〔註 48〕明末清初中國女性的生活，在傳統的延續中一點點地產生了現代的萌芽，傳統儒家女性社會性別規訓中的「四德」，及其所強調的「理想的向心女性」的形象產生了變化，「『女：內』這一場域本身的變化，以致『婦女』以及『女性特質』在定義和界限上都比以前寬鬆靈活。」〔註 49〕呈現出一種不同於儒家傳統女性的中性之美。湘雲身上就展現出這樣越界美感，她生來英豪闊氣，愛著男裝，愛說話，心直口快，大口吃肉，大碗喝酒，醉了就直接臥於芍藥花叢，身上自然而然地帶著超越於傳統四德界限與訓誡的特點。傳統儒家社會性別定位中的女性氣質：安靜、內斂、纖弱、乖順等等，在湘雲身上發生了天然的反叛。這種與眾不同的中性之美，具體表現在言談舉止、服裝打扮、姿勢姿態等各個方面，而其背後又蘊藏著某種由社會、文化所形

〔註 45〕王文錦譯解，《禮記譯解》（北京：中華書局，2001 年 9 月），頁 159。
〔註 46〕〔漢〕班昭著，《女誡》，頁 67。
〔註 47〕〔法〕皮埃爾・布迪厄著，劉暉譯，《男性統治》，頁 35。
〔註 48〕〔法〕皮埃爾・布迪厄著，劉暉譯，《男性統治》，頁 35。
〔註 49〕〔美〕高彥頤著，李志生譯，《閨塾師》，頁 143。

成的性別思維邏輯與結構。

（三）湘雲的身體反叛

1、語言方式

《女誡》中提到「婦言」方面的規訓有：「不必辯口利辭」、「擇辭而說」、「不道惡語」、「時然後語」、「不厭於人」〔註50〕，分別從言語的多少、頻率、內容、觀感等幾個方面對女性的語言方式進行了細緻的規訓，話不必多，不必好辯，要有選擇地說好聽的話，不說惡語，要在合適的時機說話，不可以讓人厭煩，用各種特質限制女性的話語權力。然而，湘雲的語言方式則明顯地有悖於這樣的傳統規訓。

（1）話多

《紅樓夢》書中多處提到了湘雲的「話多」，「那史湘雲又是極愛說話的」〔註51〕。迎春說道：「淘氣也罷了，我就嫌她愛說話，也沒見睡在被裏還是嘰嘰咕咕，笑一陣，說一陣，也不知那裡來的那些謊話。」〔註52〕在與香菱談詩時，湘雲更是將傳統規訓置於一旁，「越發高興起來，便沒晝沒夜高談闊論」〔註53〕。以致於讓寶釵感歎道：「我實在的聒噪的受不得了，一個女孩兒家，只管拿著詩當正經事講起來。」〔註54〕在遵循儒家傳統女性規訓的寶釵看來，湘雲的話之多已經超過了女性言語應有的程度，「以至於厭於人」也，況且所談論的對象還是那些原本不該作為女兒正經事的詩歌。

（2）咬舌

湘雲不僅話多，而且說話還愛咬舌，林黛玉說她：「偏是咬舌子愛說話，連個二哥哥也叫不上來，只是愛哥哥愛哥哥的。回來趕圍棋兒，又該著你鬧幺愛三四五了。」〔註55〕脂批對此評論道：「今見咬舌二字加以湘雲，是何大法手眼，敢用此二字哉？」。〔註56〕「敢用」二字可以看出，曹雪芹在塑造湘雲這個女性人物時，大膽賦予她打破傳統閨閣女性規訓中鶯啼燕語式的語言方式的自然活力與異樣美感。正如王熙鳳所諷刺的那樣：「他們必定一句話拉

〔註50〕〔漢〕班昭著，《女誡》，頁68。
〔註51〕〔清〕曹雪芹著，脂硯齋批，周汝昌校訂批點本，《石頭記》，頁590。
〔註52〕〔清〕曹雪芹著，脂硯齋批，周汝昌校訂批點本，《石頭記》，頁590。
〔註53〕〔清〕曹雪芹著，脂硯齋批，周汝昌校訂批點本，《石頭記》，頁590。
〔註54〕〔清〕曹雪芹著，脂硯齋批，周汝昌校訂批點本，《石頭記》，頁590。
〔註55〕〔清〕曹雪芹著，脂硯齋批，周汝昌校訂批點本，《石頭記》，頁261。
〔註56〕〔清〕曹雪芹著，脂硯齋批，周汝昌校訂批點本，《石頭記》，頁261。

長了作兩三截兒，咬文嚼字，拿著腔兒哼哼，急的我冒火，他們那裡知道？難道必定裝文字哼哼就是美人了？」〔註57〕那些才子佳人小說中塑造的一個個閉月羞花鶯啼燕語的佳人，是傳統男權社會規訓裏包裹成的理想美人，言語永遠是柔順、嫻靜，沒有缺陷的。

與這話多咬舌的天然率真的湘雲比較，這樣的美人是不自然的，過於雕琢與包裝，過於完美，而顯得不真實，失去了生命的原力，「可笑近之野史中，滿紙羞花閉月鶯啼燕語，殊不知真正美人方有一陋處。」〔註58〕真正的美人，自然而然，瑕瑜共存，因其陋處而真實，活潑，可親可愛。而且這陋處，是人的整體生命中的有機部分，如維納斯的斷臂，並不因為這樣的殘缺而失去其美，它不可模仿，不可勉強，渾然天成，「如太真之肥，飛燕之瘦，西子之病，若施於別個不美矣。」〔註59〕這咬舌的缺陷是湘雲的點睛之筆，如魏晉時期顧愷之畫人時在頰上益三毛，讓湘雲的形象一下子鮮活起來，並呈現出一種不同於傳統規訓中理想美人的渾然天成的活潑、生動的自然之美並透射出一股生命活力。

（3）直言善辯

儒家傳統規訓中「不辯口利詞」，限制女性在公共場合發表自己的意見。然而湘雲對人對事從來不知隱藏自己的看法，且有時不分場合，率真公開地表達自己的情緒、意見與看法。比如，她在寶玉面前評論林黛玉：「好哥哥，你不必說話，叫我噁心。只會在我們跟前說話，見了你林妹妹，又不知怎麼了！」〔註60〕豪爽情形如畫，一針見血。對剛入賈府的寶琴說：「若太太不在屋裏，你可別進去，那屋里人多心壞，都是要害咱們的。」〔註61〕以至於寶釵聽了笑道：「說你沒心，卻又有心，雖然有心，到底嘴太直了。」〔註62〕寶釵是儒家典範的淑女，平時藏愚，事不關己不開口，這不僅是怕得罪人，更是對儒家傳統規訓女子少言、嫻靜的謹謹遵循。然而湘雲顯然並不把這樣的規訓放在心上，無所拘束地使用著她的話語權。正如布爾迪厄在《男性統治》中所說：「身體的上部，男性部位的公眾的、積極的用途──對抗、正視、直

〔註57〕〔清〕曹雪芹著，脂硯齋批，周汝昌校訂批點本，《石頭記》，頁346。
〔註58〕〔清〕曹雪芹著，脂硯齋批，周汝昌校訂批點本，《石頭記》，頁261。
〔註59〕〔清〕曹雪芹著，脂硯齋批，周汝昌校訂批點本，《石頭記》，頁261。
〔註60〕〔清〕曹雪芹著，脂硯齋批，周汝昌校訂批點本，《石頭記》，頁280。
〔註61〕〔清〕曹雪芹著，脂硯齋批，周汝昌校訂批點本，《石頭記》，頁590。
〔註62〕〔清〕曹雪芹著，脂硯齋批，周汝昌校訂批點本，《石頭記》，頁590。

面、面對、直視、公開講話——是男人的專利；女人深居簡出，在某種程度上她應在公共場合放棄使用其目光和言語（惟一適合她說的話是『我不知道』，她的言語與男性話語完全相反，男性話語是果斷、鮮明的，同時也是深思熟慮的。）」〔註63〕湘雲的話直、善辯，是一種對傳統女性被剝奪的公共場合言語權力的某種恢復，改消極、被動、隱藏的話語方式為積極的、主動的，顯露的，這呈現出她對外在事物的對抗、直面、果斷鮮明的態度，且辛辣、堅挺、清楚。

（4）善謔、愛笑

湘雲不僅愛說還愛笑，她一出場就是大說大笑的，在小說的諸多場合中都可以看見她的大笑。「湘雲笑的彎腰，喊道：『石樓閒睡鶴』。黛玉笑的握著胸口，也高聲嚷道湘雲伏著已笑軟了。眾人看他三人對搶，也顧不得作詩，看著也只是笑。湘雲只伏在寶釵懷裏笑個不住。湘雲起身笑道：『我也不是作詩，竟是搶命了。』」〔註64〕在這無所顧忌的大笑中，透露著她未必傳統規訓壓抑的健旺的生命活力，而儒家規訓要求女性「專心紡織，不好戲笑。」謔笑，暗含著的是一種對抗、諷刺的態度，而這是傳統規訓所不允許的。

2、身體姿態

曹雪芹在《紅樓夢》中對湘雲的身體體態、舉止行為作了豐富的強調與敘述，以此表現其對於傳統規訓的一種身體上的反叛。

> 男性社會將統治關係納入一種生物學的自然中，將這種關係合法化，而這種生物學的自然本身就是一種自然化的社會構造。從而使得男女兩性的性別區隔成為了一種生物學上的自然，天經地義。而這種象徵性的構造首先是從身體的表現開始的，在身體深刻而持久的變化中完成並完善，包括身體或身體各部分的舉止行為的強度、方位、方式等的限制，女性道德通過一種不間斷的訓練推廣開來，這種訓練事關身體的所有部分，而且不斷地通過衣服或頭髮的限制得到強調和實行。〔註65〕

（1）睡姿

《紅樓夢》曾對比描寫過湘雲與黛玉兩個人的睡覺的姿態，「那林黛玉嚴

〔註63〕〔法〕皮埃爾·布迪厄著，劉暉譯，《男性統治》，頁37。
〔註64〕〔清〕曹雪芹著，脂硯齋批，周汝昌校訂批點本，《石頭記》，頁601。
〔註65〕〔法〕皮埃爾·布迪厄著，劉暉譯，《男性統治》，頁45。

嚴密密裹著一幅杏子紅菱被，安穩合目而睡。那史湘雲卻一把青絲拖於枕畔，被只半胸，一灣雪白的膀子掠於被外，又帶著兩個金鐲子。」〔註66〕從睡姿可以看出黛玉與湘雲氣質個性的不同。相較黛玉在禮法下的緊張、拘謹、缺少安全感，湘雲則是放鬆、豪放，豐滿的肉體青春洋溢，充滿活力與生機。

（2）愛頑愛鬧

在大觀園裏，湘雲愛頑愛鬧，無所顧忌，划拳喝酒、大口吃肉、醉臥芍藥花叢、揎拳擄袖，烤生鹿肉，大雪天裏泥裏打滾，「住了沒兩日下起雪來，老太太一個簇新的大紅猩猩氈的斗篷放在那裡，誰知眼錯不見，他就披上了，又大又長，他就拿了條汗巾子攔腰繫上，和丫頭們在後院子撲雪人兒去，一跤栽倒溝跟前，弄了一身泥水」〔註67〕。「婦容」中所要求的盥浣塵穢，服飾鮮潔」，全然被湘雲置之度外。吃醉了圖涼快，更是直接躺臥在山子後頭一塊青板石凳上睡著了。在各種遊戲嬉鬧中，無所顧忌地釋放著在傳統規訓下女性被限制與拘束的身體姿態，呈現出一種開放的狀態。

（3）男裝打扮

明末清初一方面嚴格區分男／女，規範女性社會性別特質標準，另一方面卻出現了社會性別混亂現象，女性越界行為，社會性別無序現象，如男女衣服混穿的女性，像男孩子一樣的女性，明清江南極大的社會變化，使兩個性別的身份體系都陷入混亂。寶釵一傍笑道：

> 姨娘不知道，他穿衣裳，還更愛穿別人的衣裳。可記得舊年三四月裏，他在這裡住著，把寶兄弟的袍子穿上，靴子也穿上，額子也勒上，猛一瞧，倒像是寶兄弟來了，就是多兩個墜子。他站在那椅子背後，哄的老太太只是叫，「寶玉你過來，仔細頭上掛的那燈穗子，招下灰來迷了眼。」他可只是笑，也不過去。後來大家掌不住笑了，老太太才笑了說：「倒是扮上小子更好看了。」〔註68〕

湘雲愛穿男裝，常把寶玉的袍子、靴子穿上，而且「扮上小子更好看。」〔註69〕由此可見她天性中自然的男兒性。「湘雲笑道：『你們瞧我裏頭打扮的！』」一面說，一面脫了褂子。腳下也穿著鹿皮小靴，越顯得蜂腰猿背，鶴勢螂

〔註66〕〔清〕曹雪芹著，脂硯齋批，周汝昌校訂批點本，《石頭記》，頁264。
〔註67〕〔清〕曹雪芹著，脂硯齋批，周汝昌校訂批點本，《石頭記》，頁395。
〔註68〕〔清〕曹雪芹著，脂硯齋批，周汝昌校訂批點本，《石頭記》，頁395。
〔註69〕〔清〕曹雪芹著，脂硯齋批，周汝昌校訂批點本，《石頭記》，頁395。

形。眾人都笑道：偏他只愛打扮成個小子的樣子，原比他打扮女孩兒更俏麗些。」〔註70〕湘雲當眾脫下衣服，呈現出裏面的衣著。而且有趣的是她穿上寶玉的衣服後像寶玉。這似乎在暗示著在《紅樓夢》中，寶玉與湘雲性格上的契合，各自都有一個麒麟，且湘雲常穿上寶玉的衣服，並被誤認為寶玉，這些意象與細節，是否都在暗示我們，湘雲與寶玉是同體雙性的，湘雲是寶玉內在女性潛傾的體現，而寶玉則是湘雲內在男性潛傾的體現，這也解釋了湘雲與寶玉的親密關係。榮格把她叫做「阿尼瑪」（anima），它是男性心中的女性意象（女性潛傾）。同樣，在女人嬌柔的靈魂中，也隱藏著剛毅的男性原型意象，榮格把他叫做「阿尼姆斯」（animus），女性心中的男性意象（男性潛傾）。她將葵官改扮男裝，並喚作「大英」，「因他姓韋，便叫他作韋大英，方合自己的意思，暗有惟大英雄能本色之語，何必塗朱抹粉。」〔註71〕湘雲嚮往人英雄之本色氣魄，對塗脂抹粉傳統女性打扮也較為不屑。

　　「我們全部的倫理學，更不要說我們的美學，都來自於高／低、直／彎、硬／軟，開／合等基本形容詞系統」。〔註72〕在以上各方面來看，傳統儒家規訓下的女性規範構成的形容詞系統是柔弱、委順、內斂，安靜，而湘雲的身體與語言方式的豪爽、直接、外向的、聒噪的、強烈的、有力的、粗曠則構成了另一套形容詞系統，靠近著原本屬於男性的系統，大大地衝擊著傳統規訓下固有的男／女特質之別，這是一種性別上的另類的形態的反常，「作為一種違反了男女兩個階級約定俗成規範的生物學的潛在性，是被象徵構造所排擠出可思可行的世界的」〔註73〕，在這個世界裏，只有有男子氣概的男人或有女性特徵的女人，並且呈現出一種陽剛的身體美感。湘雲的身體政治，是曹雪芹對於社會文化給與女性束縛的解除，是對自然的回歸，沒有明確的性別區隔，形成性別的流動，解除了某種人為性別劃分所造成的，對生命力與活力的壓抑與剝奪。湘雲的身體是健康、自然的，是被社會規則壓抑的「本我」的呈現。

　　然而湘雲的身體政治，只是一種天然、本能的自我保護，是「本我」的釋放，是在「快樂原則」的驅使下，對男權文化給女性的壓抑，對現實生活

〔註70〕〔清〕曹雪芹著，脂硯齋批，周汝昌校訂批點本，《石頭記》，頁395。
〔註71〕〔清〕曹雪芹著，脂硯齋批，周汝昌校訂批點本，《石頭記》，頁752。
〔註72〕〔法〕皮埃爾・布迪厄著，劉暉譯，《男性統治》，頁45。
〔註73〕〔法〕皮埃爾・布迪厄著，劉暉譯，《男性統治》，頁45。

的困境的逃避，還沒有形成明確的獨立意識，積極的自我建設。這樣的有意識的自我建設要到探春身上才發生出來。

二、王熙鳳的慾望呈現

在傳統社會，作為他者存在的女性，其生命慾望是處於被壓抑狀態。在倫理語境中，常表現出無欲無求的嫻靜、貞潔、內斂，是無我的服務、奉獻、犧牲，為丈夫，為家庭，為子女。薛寶釵，作為傳統社會被規訓的典範女性，只有常常服用「冷香丸」，才能鎮靜那來自生命深處的慾望之病——「熱毒」的侵擾，以壓抑、克制自身慾望的萌動，保持貞靜。「被閹割的女性」是去欲化的，她的慾望是用道德教條約束，被禁錮在倫理邊界之內的，她是用德行、聖潔、犧牲等包裝起來的。可是，不正視女性作為本體的人的複雜慾望，就不可能呈現出一個真實有血有肉的女性。在王熙鳳這個女性人物身上表現出來的，則是異於傳統女性的蓬勃慾望。她從不掩飾慾望的表達與追逐，一定程度上恢復了女性被壓抑與束縛的慾望，包括物慾、權欲、情慾等等。小說赤裸裸地呈現了鳳姐生命中這些慾望的具體形態。脂硯齋比較寶釵與鳳姐：「寶釵此等非與鳳姐一樣，此是隨時俯仰，彼則逸才逾蹈也。」〔註 74〕其中「逸」、「逾」指出鳳姐現世慾望的張揚與外露，對傳統規訓的反叛，她性格中已帶有資本主義折光：「蔑視封建主義的道德說教，甚至蔑視神權、夫權，不顧一切地以追逐金錢和權力為人生目的，才是這一人物形象性格本質之所在。」〔註 75〕其中既包含超越傳統女性意識的現代性萌芽，展現出巨大的個性魅力、才幹能力與進取力量，亦有著破壞性、毀滅性的邪惡力量，表現出「亦正亦邪」的女性意識，呈現為一種「否定的美質」〔註 76〕，「鳳姐治世之能臣，亂世之奸雄也。」〔註 77〕「她的才智，她的聲勢，她的英氣，她的珍貴，與她的心機，她的權欲，她的驕大，以及她的恃強好勝，多事逞才等，不可割裂地聯繫在一起。」〔註 78〕

〔註74〕〔清〕曹雪芹著，脂硯齋批，周汝昌校訂批點本，《石頭記》，頁 669。
〔註75〕朱淡文著，〈王熙鳳形象探源〉，《曹雪芹研究》，2017 年第 2 期，頁 74。
〔註76〕孫紹振著，〈紅樓夢美女譜系中的美惡交融〉，《名作欣賞》，2017 年第 7 期，頁 107。
〔註77〕〔清〕涂瀛著，《紅樓夢論贊》，一粟編，《紅樓夢資料彙編》（北京：中華書局，1964 年第 1 版），頁 134。
〔註78〕孫紹振著，〈紅樓夢美女譜系中的美惡交融〉，頁 107。

那麼，鳳姐的慾望及「亦正亦邪」的女性意識形成的原因是什麼，它的具體內涵是什麼，有著怎樣的表現形態與發展階段，它們是如何一步步被激發出來，又與那個龐大的規訓體系產生衝突與矛盾，鳳姐在其中又是如何一步步迷失、淪陷，而最終釀成她的人生悲劇。這是本章要探討的問題。

（一）王熙鳳女性意識成因

鳳姐身上表現出的不同於傳統規訓的女性的蓬勃慾望，以及「男人性」的形成與她的出身、成長經歷、娘家的勢力、資本主義萌芽、商業社會有關。

1、出身

鳳姐的娘家是「東海少了白玉床，龍王來請江南王」〔註 79〕的船運世家，「專管與外國人的商業往來，以及各國進貢朝賀的事，凡有外國人來，都是她家養活，如鳳姐所說，粵、閩、滇、浙所有的洋船貨物，都是我們家的。」〔註 80〕在這個閉關自守的封建帝國，王家無疑是最早與西力有接觸往來的家族，而王熙鳳必是最早接受西風吹拂的新一派。她家裏有許多來自西洋的奇物珍玩，自鳴鐘、玻璃炕屏等，這些西洋的奇物珍頑是連賈府中人都不曾見識過的。以至於當賈蓉向鳳姐借玻璃炕屏時，鳳姐得意地笑道：「也沒見我們王家的東西都是好的不成。一般你們那裡放著那些東西，只是看不見，偏我的就是好的。」〔註 81〕這些西洋的奇物珍頑，一定程度上，開闊了鳳姐的眼界，刺激了她的物慾，促成了她享樂主義、物質主義的生命傾向。

2、時代新質

《紅樓夢》的時代社會背景，是我國封建農業社會自然經濟制度在工商都會中向市場經濟轉軌換型的初始階段。王家作為一個船運商業世家，與西洋有著船運與商貿往來，站在時代潮流最前端，因而在鳳姐身上表現出一種新興的商業資本家氣質：重利、競爭、積極進取、交換意識，同時也不掩飾自己對財富、名利的慾望，且不擇手段地追求利益的最大化，「你是素日知道我的，從來不信什麼陰騭司地獄報應的，憑你什麼事，我說要行就行，你叫他拿三千銀子來，我就替他出這口氣。」〔註 82〕在我國明代中葉以後，社會

〔註 79〕〔清〕曹雪芹著，脂硯齋批，周汝昌校訂批點本，《石頭記》，頁 198。
〔註 80〕〔清〕曹雪芹著，脂硯齋批，周汝昌校訂批點本，《石頭記》，頁 198。
〔註 81〕〔清〕曹雪芹著，脂硯齋批，周汝昌校訂批點本，《石頭記》，頁 93。
〔註 82〕〔清〕曹雪芹著，脂硯齋批，周汝昌校訂批點本，《石頭記》，頁 186。

上出現了一股強大的市儈勢力，他們既與傳統的封建勢力不同，又與西方的早期資產階級有別，「他們是中國封建貨幣經濟發展不成熟的產物。這些市儈勢力和封建統治者相勾結，牢牢利用手中的權力，不擇手段地追求實利和暴力。王熙鳳身上的『新的東西』正是表現出了市儈主義的特徵。」〔註 83〕他們以追求實利為最高目的，為此不惜不擇手段。

3、成長經歷

波伏娃《第二性》中說：「女人並不是生就的，而寧可說是逐漸形成的。」在鳳姐受教育過程中，「自幼假充男兒教養」而且不識字，因此受到傳統女性規訓很少，女性的傳統觀念、行為規範、教育模式、價值觀念，比較少地對鳳姐產生影響，形成她比較模糊的性別意識，這讓她的生命本能慾望能夠得到更充分的表現。而且從小跟隨家人見識各種商業場合，不是養在深閨中的女兒，擴大了鳳姐的眼界，這也刺激了鳳姐對於外在世界的好奇心與渴望，「她發現、認識和掌握的身邊的世界的自由越少，她對於自身潛力的發掘也就越少，她就更加不敢確定自身的主體地位。在受到鼓勵時，她就能表現和男孩子相同的活力，相同的好奇，一樣的探索精神，一樣的堅強。在把女孩子當作男孩培養的時候就會發生這種情況。」〔註 84〕

4、家族財富

傳統社會，女性是沒有獨立的經濟收入與地位的，從根本上決定了她們對於男性的依附性。而鳳姐在管家的過程中，顯然為自己積蓄了豐厚的私房錢，同時她娘家強大的經濟實力也使得她在經濟上並不依附賈璉，從而可以在人格上獲得一定的獨立性。

（二）繡幡開遙見英雄俺

李劼在《歷史文化的全息圖像：論紅樓夢》中認為鳳姐身上體現出一種「豹子」精神。在走狗和綿羊的歷史結構中，社會形態是奴隸性的。聽話和服從是綿羊道德的核心，而「豹子」精神是一種積極進取的精神，強悍生命力的體現，有著蓬勃的慾望、野心、反抗力以及創造力。〔註 85〕「作者盡了平生氣力來塑造王熙鳳這樣一個前所未有的脂粉英雄形象，她以女子的身份

〔註 83〕沈天祐著，〈王熙鳳形象隨想〉，《紅樓夢學刊》，1991 年 4 月，頁 45。
〔註 84〕〔法〕西蒙・波伏娃著，李強譯，《第二性》，頁 247。
〔註 85〕李劼著，《歷史文化的全息圖像：論紅樓夢》（桂林：廣西師範大學出版社，2016 年 9 月第 1 版），頁 24。

帶給賈府男人世界一股強悍的生命力，一掃男人世界的萎靡之氣。」〔註86〕《紅樓夢》多次強調鳳姐身上所具有的男人性，她顛覆了傳統的女性規範與形象，而呈現出男性的性別特徵，且這些特質，甚至表現得比男性更為充分。秦可卿稱讚鳳姐為「脂粉隊內的英雄」，連那些束帶頂冠的男子也比不過她。冷子興說她：「說模樣又極標緻，言談又爽利，心機又極深細，竟是男人萬不及一的！」〔註87〕具體來說，這樣的「男人性」具體表現為：

1、積極參與家政

鳳姐對建省親別墅的事有著強烈的興趣，她對趙嬤嬤笑道：「若果如此，我可也見見大世面了。可恨我小幾歲年紀，若早生二三十年如今這些老人家，也不薄我沒見世面了。說起當年太祖黃帝訪舜巡狩的故事，比一部書還熱鬧，我偏沒造化趕上。」〔註88〕鳳姐對於見世面，參與這個男性主導的男權社會有著強烈的興趣，「我們建構了一個象徵世界，男人是前景而女人則是背景，女人被邊緣化成外人和規則的例外。」〔註89〕鳳姐積極參與到男性社會中去，絕不甘心被邊緣化與背景化。她熟悉男性社會的潛規則、手段，且對財富、權勢，都充滿了渴望。在男權社會中，男性的生命是對外在世界，主動積極的質疑、反抗與進取，而女性生命則是被限制的，被動接受世界為她設置的位置。

> 卻只能無條件地服從，解釋世界不關她的事，她所關心的範圍內，世界的面目永遠不變。體力的受限更使她全方位的怯懦，她無法相信自身存在著她從未體驗過的力量，她無力進取、反抗和創造，她已注定了溫馴順從，只準備著接受社會為她設定的位置。〔註90〕

然而，王熙鳳在賈府中，她憑藉自己強大的能力與勤奮努力，一步步掌握了實權，成為家族的真正管家，樹立了強大的個人威權。

2、改革者的魄力

王熙鳳對外在世界主動積極的進取態度，突出表現在她改革寧國府的事件中，若大一個寧府，貪圖安逸享樂者為多，內裏一團亂象，「我們裏面也須

〔註86〕羅書華，〈鳳凰惜作末世舞〉，《紅樓夢學刊》，1998年02期，頁65。
〔註87〕〔清〕曹雪芹著，脂硯齋批，周汝昌校訂批點本，《石頭記》，頁29。
〔註88〕〔清〕曹雪芹著，脂硯齋批，周汝昌校訂批點本，《石頭記》，頁198。
〔註89〕〔英〕亞倫‧強森著，成令方等譯，《性別打結：拆除父權違建》，頁67。
〔註90〕〔法〕西蒙‧波伏娃著，李強譯，《第二性》，頁246。

得他來整治整治，都特不像了。」〔註91〕鳳姐能夠清晰看見寧府的問題與弊病，且有魄力與能力去改革現狀。在著手改革前，就先向寧府中人表達自己改革的決心與態度，「我就說不得要討你們嫌了，我可比不得你們奶奶好性兒，由著你們去。再不要說，你們府裏原是這樣的話。」〔註92〕中國人講人情和面子，為了不得罪人，對一些問題遮遮掩掩，睜一隻眼閉一隻眼，只要不傷害到自己的利益即可。少有人願意站出來說真話，任由問題嚴重化。然而鳳姐身上展現出的，是改革者具有的氣魄與勇氣，不怕得罪人，敢於打破惰性與虛假和諧的局面，讓真正的問題暴露出來。在整個過程中，她表現出超群的管理能力及改革的魄力，殺伐決斷、冷靜嚴格，超強的行動力。「作者不是在小說中的任何一個男人身上，而是在這個少婦身上傾注了如此強勁的創造精神，從而作為一種對豹的時代的飄忽不定的記憶。」〔註93〕她的改革，為陳腐的寧國府帶來一股新鮮活力，「在整個死氣沉沉的深宅大院內，王熙鳳形象一反芸芸眾生的庸庸碌碌，顯示出驚人的勃勃生機。」〔註94〕在鳳姐改革寧府的過程中，表現出強烈的陽剛氣質，這是被男權文化指定為，男性才具有的性格特徵。

> 另一個認同男性的面向是文化描繪的陽剛氣質，以及契合社會核心價值的理想男性，這包括能控制、體力好、效率高、有競爭心、堅忍不拔、在壓力下保持冷靜、邏輯推理強、強而有力、有決斷力、重理性、自主性強、自足不假外求。相反地，沒效率、合作、相互配合、平等、分享、同情、照顧、脆弱、願意協商和妥協、表達感情、依賴直覺和其他非直線型思考。

這些品質都被貶低而且文化上被認為與陰柔氣質和女性特質相連結。〔註95〕

3、生命的主動性

鳳姐對自我才能的主動追求與積極表現，表現出超過男性的主動性。當賈珍向王夫人要求鳳姐協理寧府之事時，王夫人以「他一個小孩子家，何曾經過這些事？倘或料理不清，反叫人笑話」〔註96〕為由拒絕，然而鳳姐卻回

〔註91〕〔清〕曹雪芹著，脂硯齋批，周汝昌校訂批點本，《石頭記》，頁171。
〔註92〕〔清〕曹雪芹著，脂硯齋批，周汝昌校訂批點本，《石頭記》，頁171。
〔註93〕李劼著，《歷史文化的全息圖像：論紅樓夢》，頁24。
〔註94〕李劼著，《歷史文化的全息圖像：論紅樓夢》，頁24。
〔註95〕〔英〕亞倫‧強森著，成令方等譯，《性別打結：拆除父權違建》，頁189。
〔註96〕〔清〕曹雪芹著，脂硯齋批，周汝昌校訂批點本，《石頭記》，頁168。

以一句：「有什麼不能的？」〔註97〕在這裡可以看出她性格中敢於迎難而上，主動爭取的品質。呂啟祥以「辣」來形容鳳姐生命的主動性：

> 歷來融化在中國女性人格中深入骨髓的從屬意識，在鳳姐身上居然相對弱化，不僅可與男性爭馳，甚至還能居高臨下。鳳姐不僅才識不凡，並且具有強烈的自我實現的慾望。慣於發號施令、辦事殺伐決斷，膽略識見非凡，喜歡爭強好勝。〔註98〕

在傳統性別規訓中，女性都是偏向於被動的，所謂女人的被動性特徵，是從小就灌輸給她的特性。是大人和社會共同強加給她的命運。

> 她們從來不以自己的成就來肯定自我，而是甘願充當男性的支持者，父權社會中，父權的教養讓男人以成就來肯定自己。這與女人正相反，女人受到的教養使她們較不以成就來肯定自己，而是以同理心和當他人的鏡子來結交朋友並維護人際關係。〔註99〕

然而鳳姐生命充滿了主動性，張揚、外露、強勢，追逐著自己毫不掩飾的慾望、野心。

4、勤奮自主

鳳姐生命不僅有主動、積極的態度，而且做事有擔當，努力勤奮，不畏辛勞，「一夜張羅款待，都是鳳姐一人周全承應，協理寧國府時矜矜業業，天天於卯正二刻就過來點卯理事，獨在抱廈內起坐，不與眾姐娌合群，便有堂客來往，也不迎會，並不偷安推託，恐落人褒貶，日夜不暇，籌畫得十分的整肅」。〔註100〕表現出勤奮自主的生命態度。

5、理智現實

李紈諷刺鳳姐，「天下人都被你算計了去！」〔註101〕對於王熙鳳來說，她的一舉一動，為人處事，都經過理性的判斷與冷靜的利益考量，「她絕不是那種只知任情任性、不知利害得失的癡情人。即使觸動真情的時刻，她的頭腦，她的理智，也保持著清醒，從沒忽略過利害的考慮，得失的計算。」〔註102〕不同於傳統女性特質中的感性、情緒化，鳳姐在接人待物中表現出來

〔註97〕〔清〕曹雪芹著，脂硯齋批，周汝昌校訂批點本，《石頭記》，頁168。
〔註98〕呂啟祥著，〈王熙鳳的魔力與魅力〉，《紅樓夢學刊》，2008年第3期，頁76。
〔註99〕〔法〕西蒙‧波伏娃著，李強譯，《第二性》，頁325。
〔註100〕〔清〕曹雪芹著，脂硯齋批，周汝昌校訂批點本，《石頭記》，頁173。
〔註101〕〔清〕曹雪芹著，脂硯齋批，周汝昌校訂批點本，《石頭記》，頁173。
〔註102〕〔清〕曹雪芹著，脂硯齋批，周汝昌校訂批點本，《石頭記》，頁173。

冷靜、理智、沉穩的氣質態度，對事物能夠作細緻全面的考慮，對現實利益有著清醒的把握。

6、反抗女性規範

鳳姐對傳統女性的輕視與不屑，公然的有意識地對於傳統社會中男女兩性角色的分工以及男權制所要求的女性氣質的質疑、譏諷與抗議，言行舉止展現出超越傳統女性的異樣的英勇、驕大，「舉止舒徐，言語慷慨，珍貴寬大，揮喝指示，任其所為，目若無人。相比之下，合族中的許多姒娌，或有羞口，或有羞腳的，或有不慣見人的，或有懼官怯官的」〔註103〕。語言方式潑辣、乾脆利落、簡段，甚至還帶著黃色，是對傳統規訓下女性生命中表現出來的陰柔氣質和女性特質的貶低、嘲諷與反叛。

（三）對賈璉的控制

在王熙鳳與賈璉的婚姻關係中，經歷了「一從二令三人木」的轉變過程，對傳統婚姻中男女權力界限、話語權、角色產生了極大的顛覆。鳳姐在賈府的威勢超過了賈璉，且架空了賈璉掌握了實權。如興兒所說，「奶奶的心腹我們不敢惹，爺的心腹奶奶就敢惹。」、「他說一是一，沒人敢攔他。」〔註104〕在鳳姐面前，賈璉基本上處於失語狀態，被剝奪了話語權。鳳姐自我意識的覺醒，與傳統父權下一夫一妻多妾制度之間產生強烈的矛盾與衝動，她的嫉妒讓她用惡毒的方式來進行反抗，收拾異己，這是她與一個龐大的性別體制的慘烈對抗，表現出鳳姐身上打破傳統價值觀念的自我與順從傳統價值觀念的自我之間的對抗。

三、賈探春的自卑與超越

《紅樓夢》一書受到明清啟蒙思潮的影響，女性的生命具有了一定程度的覺醒，但仍無處不在生命的種種限制中。阿德勒的個體心理學〔註105〕認為人的內在有一種優越的向上意志，這種向上意志，使得人總是以各種方式想去突破外在限制，每個人都有各自具體的優越感，目標是屬於個人獨有的，它取決於個人賦予生活的意義。大觀園的女兒們以自己的方式與風格，在時

〔註103〕〔清〕曹雪芹著，脂硯齋批，周汝昌校訂批點本，《石頭記》，頁173。
〔註104〕〔清〕曹雪芹著，脂硯齋批，周汝昌校訂批點本，《石頭記》，頁667。
〔註105〕〔德〕阿德勒著，曹晚紅譯，《自卑與超越》（汕頭：汕頭大學出版社，2010年6月）。

代與社會的種種限制中，努力實踐著生命的超越與自我的完成，不論成功與否，這個過程本身成就了她們的生命價值。

尤三姐反雌為雄、剛烈自刎卻仍然被限制在與男性的關係上，把出路寄託在男人身上。黛玉，有了自我意識的覺醒，但限於消極的哀歎與感傷，只是通過詩歌的寫作來發洩與排解，並沒有找到一條真正有力量的途徑與建設性的出口。湘雲的豪邁，則是一種天然的性情對束縛的解放，多停留於日常的生活細節，如說話、吃東西，個人心境的調節上。王熙鳳在管理家族事務上找到了一個出口，但仍然束縛於個人的慾望、野心、生命的弱點，而作繭自縛。

賈探春自覺意識到自己的命運，個體人格超越家族、血緣、身份、出身的限制，開始有了強烈而明確的自覺意志，且這種意志與外在世界緊密相連，努力落實在改造外在世界的行動上，積極開創出一個新的格局，以實現自我價值，這是一種積極的自由的踐行，從而建立了現代意義上的獨立人格，體現了啟蒙思潮的影響。

何謂啟蒙？康德在啟蒙運動中提出的口號是：要有勇氣運用你自己的理性的勇氣。「啟蒙的主題就是讓人們自己自由、公開地運用自己的理性去認識發現世界、獨立地批判和確立價值，最終實現自己。」〔註 106〕「啟蒙」是人的主體自覺與主動行為，具有主體創造性，批判傳統、擺脫束縛，確立新的價值，使自身精神得到徹底的更新和昇華。鳳姐稱讚探春為「老鴰窩裏出鳳凰」〔註 107〕。在「老鴰窩」這樣的逆境中退化、淪落為一隻老鴰是很容易的，不同於自己不尊重，「要往下流走，安著壞心，還只管怨人家偏心。」〔註 108〕的趙姨娘和賈環，探春以自身力量努力與各種生命限制抗爭，終於成為一隻展翅而飛的「鳳凰」，從沉淪中掙扎、發展並新生，這個過程即是她個體生命的啟蒙。《紅樓夢》中，探春生命呈現出一種「遠離」的趨向，其命運的核心意象即是「鳳凰」，探春所放的風箏就是一隻「鳳凰」，「探春正要剪自己的鳳凰，見天上也有一個鳳凰，又見一個門扇大的玲瓏喜字兒，那喜字果然與這兩個鳳凰絞在一處。三下齊收亂頓，誰知線都斷了，那三個風箏飄飄

〔註 106〕儲昭華著，〈啟蒙的自主性與明清思想的定性〉，《武漢大學學報（人文科學版）》，2005 年 04 期，頁 77。
〔註 107〕〔清〕曹雪芹著，脂硯齋批，周汝昌校訂批點本，《石頭記》，頁 547。
〔註 108〕〔清〕曹雪芹著，脂硯齋批，周汝昌校訂批點本，《石頭記》，頁 287。

搖搖都去了。」〔註109〕這隻終究要掙脫束縛，遙遙遠飛的風箏，象徵著探春的人生注定是一隻要遠飛的鳳凰，那牽絆她的游絲終不能束縛它，乘著東風，它將遠遠飛去。「階下兒童仰面時，清明妝點最堪宜。游絲一斷混無力，莫向東風怨別離。」〔註110〕面對遠離的命運，探春表現出來的是灑脫與豪氣，不牽連，不黏滯，懷著對遠方的渴望。桃花社裏詠柳絮，探春的詩句是「空掛纖纖縷，徒垂絡絡絲。也難綰繫也難羈，一任東西南北，各分離」〔註111〕探春的生命一如這飄蕩的柳絮，難以被羈絆與繫縛，任憑它東西南北各分離。面對遠嫁他鄉的「分骨肉」的命運，她表現出來的是灑脫和豪氣，「告爹娘，莫把兒懸念。自古窮通皆有命，離合豈無緣？從今分兩地，各自保平安。奴去也，莫牽連。」〔註112〕探春的遠離，是一種對自己出身與血緣限定的遠離，對時代給予女性生命限定的遠離，對家族的遠離，開創一個自我的新世界與新天地。遠離亦是一種對命運限定的抗爭，生命的力量就在這樣的抗爭中被激發出來。

作為一個庶出的女兒，探春從一出身所受的束縛與遮蔽是很多的，這讓她產生了很深的自卑感，這種「自卑」引發了她「超越」〔註113〕的衝動與努力。

（一）命運的限制──「生於末世運偏消」

探春身上與身俱來的束縛包括血緣、倫理、性別三個方面。一個柔弱的女子恨容易被這樣命定的重重限制所束縛與壓抑，然而探春卻能夠以強大的理性與意志，發揮才能與力量，突破束縛，反抗命運，對於外在世界與自我處境有清晰認識，且積極付行動，參與改造外在世界，實現生命的自我超越，展現出巨大的勇氣與力量。

1、庶出與正出──出身決定論

在封建時代，庶出的身份是對女性生命是極大束縛。平兒曾經問過鳳姐：「他便不是太太養的，難道誰敢小看他，不與別的一樣看了不成？」〔註114〕

〔註109〕〔清〕曹雪芹著，脂硯齋批，周汝昌校訂批點本，《石頭記》，頁828。
〔註110〕〔清〕曹雪芹著，脂硯齋批，周汝昌校訂批點本，《石頭記》，頁287。
〔註111〕〔清〕曹雪芹著，脂硯齋批，周汝昌校訂批點本，《石頭記》，頁825。
〔註112〕〔清〕曹雪芹著，脂硯齋批，周汝昌校訂批點本，《石頭記》，頁76。
〔註113〕〔德〕阿德勒著，曹晚紅譯，《自卑與超越》。
〔註114〕〔清〕曹雪芹著，脂硯齋批，周汝昌校訂批點本，《石頭記》，頁287。

鳳姐感歎道：「你那裡知道，雖然庶出一樣，女兒卻比不得男人，將來攀親時，如今有這種輕狂人，先要打聽姑娘是正出庶出，多有為庶出不要的。」〔註115〕庶出的身份與正出的身份具有天壤之別，是加在女兒身上的一個枷鎖，對她們的生命產生種種限制與束縛。

2、母女關係

對於母親，探春的態度是極其矛盾的，哀其不幸卻更加怒其不爭。探春對於趙姨娘並不是完全無情的，作為一個女兒與母親的鬥爭，是痛苦的。探春的眼淚，正是這樣的內心痛苦與掙扎的體現，這是一種對自我起點的撕裂，是宗法對血緣的叛離，是脫胎換骨的痛，也是鳳凰涅槃般的新生。對趙姨娘的為人處世，探春有著超越血緣束縛的清醒的認識與批判，並且自由、公開地表現她的態度。

（1）「強者人格」與「奴才人格」

探春稱她的母親為「奴才」，「那一個主子不疼出力的奴才，那一個好人用人拉扯來著？」〔註116〕探春清醒地看到了趙姨娘身上的「奴才人格」。這是一種弱者人格，有著強烈的依附性與受害者意識，貪小便宜、推諉責任，攀附關係，到處惹事，丟臉，還總認為別人虧欠她。趙姨娘人格中的「陰微卑賤」，讓心性光明、自尊自愛的探春異常痛苦。這種卑劣晦暗的依賴性人格，與探春的強者人格產生了強烈衝突。與母親完全不同，探春的強者人格，不依賴人情，講求規矩公平，自立自強，憑藉著自己的能力與功績來證明自己。她從骨子裏厭惡自己的出身，厭惡自己的母親。這個血緣上的母親，永遠把探春拉回到她的起點，拉回到她的生命不可超越的出身侷限，不斷提醒她庶出的身份。她否定自己親身的母親，以此在心理上來否定出身的侷限，反抗命運。與母親、出身、起點的決裂，是她獨立人格、自由意志的體現，是探春真正人生的開始。

（2）基因鉗制與血緣勒索

趙姨娘作為母親，不僅不能真心為孩子的幸福考慮，反而以母親的身份來綁架與要挾孩子，以所謂的犧牲對子女進行道德綁架，「我在這屋裏熬油似的熬了這麼大年紀，又有你和你兄弟，這會子連襲人都不如了，我還有什麼

〔註115〕〔清〕曹雪芹著，脂硯齋批，周汝昌校訂批點本，《石頭記》，頁287。
〔註116〕〔清〕曹雪芹著，脂硯齋批，周汝昌校訂批點本，《石頭記》，頁657。

臉？連你也沒臉面，別說是我了！」〔註 117〕趙姨娘造成了探春艱難的處境，「『我細想我一個女孩兒家，自己還鬧的沒人疼沒人顧的，我那裡還有好處去待人？』口中說到這裡，不免又流下淚來。李紈等見他說的懇切，又想他素日趙姨娘每每誹謗，在王夫人跟前亦為趙姨娘所累，亦都不免流下淚來。」〔註 118〕趙姨娘並沒有把孩子作為一個獨立的人來理解、關懷，反而將他們作為自己在賈府謀取利益的籌碼，「太太疼你，你越發該拉扯拉扯我們，你只顧討太太的疼，就把我們忘了。」〔註 119〕探春被王夫人委以重任管理大觀園，趙姨娘不僅沒有給予她支持，還為了自己的私利，刁難、勒索，給她使絆子，「太太滿心裏都知道，如今因看重我，才叫我照管家務，還沒有作一件好事，姨娘到先來作踐我。倘或太太知道了，怕我為難，不叫我管了，那才正經是沒臉呢！」〔註 120〕以母親的身份綁架探春，質疑與轄制她，「誰叫你拉扯別人去了？你不當家，我也不來問你。你如今現說一是一，說二是二，如今你舅舅死了，你多給二三十兩銀子，難道就不依你？明兒等出了閣，我還想你額外照看趙家呢！如今沒有長羽毛，就忘了根本，只揀高枝兒飛去了。」〔註 121〕「忘了根本」是趙姨娘以母親的身份對探春的血緣勒索與基因鉗制。

（3）人情與法理的鬥爭

母性並非天性，而是後天塑造出來的，是社會觀念所形成的。兒女怎麼看待父母，也是在後天成長之中被灌輸的，並非先天。中國人迷信「血緣」，以及由此觀念衍伸出的諸如「天下無不是的父母」等各種觀念。這種觀念被賦予「孝」的名義，作為最重要的道德倫理形式沉重地壓在為人兒女的身上。因此，當趙姨娘因為趙國基死後的賞銀的事責問探春不顧及人情時，探春則冷靜以對，「原來是為這個，我說我並不敢犯法違理。」〔註 122〕這是法理與人情的鬥爭。探春的「剔骨還肉」是把傳統的情、理、法三者的關係以法、理、情的關係加以顛倒，不受限於人情、血緣，以獨立人格，理性客觀公正地處理家族事務。她要超越血緣帶給她的無形糾纏，用理法擺脫母親帶來的往下

〔註 117〕〔清〕曹雪芹著，脂硯齋批，周汝昌校訂批點本，《石頭記》，頁 657。
〔註 118〕〔清〕曹雪芹著，脂硯齋批，周汝昌校訂批點本，《石頭記》，頁 667。
〔註 119〕〔清〕曹雪芹著，脂硯齋批，周汝昌校訂批點本，《石頭記》，頁 657。
〔註 120〕〔清〕曹雪芹著，脂硯齋批，周汝昌校訂批點本，《石頭記》，頁 657。
〔註 121〕〔清〕曹雪芹著，脂硯齋批，周汝昌校訂批點本，《石頭記》，頁 658。
〔註 122〕〔清〕曹雪芹著，脂硯齋批，周汝昌校訂批點本，《石頭記》，頁 657。

沉淪的黑暗力量的拉扯，而這甚至讓探春背負了沉重的道德壓力，「探春毅然決然的獨立宣言，並不是來自嫡庶之爭，而是人格的保衛戰，為了鞏固自己的人格，勢必要否定血緣的價值，而宗法制恰恰提供了合法合理的依據。」〔註123〕一心要超越命運束縛的探春絕不允許自己與趙姨娘這樣的母親同流合污，她愛惜自己生命中這次施展抱負的難能可貴的機會，不會趙姨娘以血緣為由來破壞，「一隻渴望飛翔宇宙，連性別的限制都要超越的鳳凰鳥，又怎能甘心被血緣的私心拉往污穢的泥濘而一起沉淪？」〔註124〕她尊重與靠近王夫人，不僅是因為王夫人是掌權之人，更因為王夫人是真正的關懷、賞識她，器重她，並能夠給與她機會去發展她自己。

（二）超越──「才自清明志自高」

周汝昌說，「最要者不幸生於女兒，困於閨中。第二，又不幸身為庶出，舊時女兒身處此境口不能言，其苦無比，而探春偏偏又是才自精明志自高」〔註125〕之脂粉英雄。這樣其苦無比的自卑處境，激勵著探春超越自我。阿德勒認為身體缺陷或其他原因引起自卑，一方面可能毀掉一個人，使人自暴自棄或發生精神病，如趙姨娘。但另一方面，自卑也能激發人的雄心，使人發憤圖強，以超於常人的努力和汗水補償生理上的（天生的）缺陷，從而成為不平凡的人物。

在一個男性佔主導地位的社會中，男性價值被高估。因而當想要追求更多的功績、力量或是具有更多的男性品質，女性會由於自己性別的低等而產生「男性欽羨」〔註126〕。在追求自我超越的過程中，探春身上就表現出這樣自覺、強烈的「男性欽羨」情結，並公開表達對男性生命所擁有的生命主動權的羨慕與挑戰，「我但凡是個男人，可以出得去，我必定早走了，另立一番事業，那時自有我一番道理。」〔註127〕這是對男權社會既定男女界線的挑戰與質疑。在《紅樓夢》中，探春是唯一一個自覺意識到男性性別優勢，且表現出欽羨與挑戰想法的女性，而其他人多是以「我又不是男人」這樣自我貶低的思維來自我限制。追求卓越的強烈渴望是從低級到高級，從負到正的衝動，它是人巨大的上升的內驅力。探春努力克服人格的依附性，努力擺脫

〔註123〕歐麗娟著，《大觀紅樓（母神卷）》，頁289。
〔註124〕歐麗娟著，《大觀紅樓（母神卷）》，頁289。
〔註125〕歐麗娟著，《大觀紅樓（母神卷）》，頁289。
〔註126〕〔德〕阿德勒著，曹晚紅譯，《自卑與超越》。
〔註127〕〔清〕曹雪芹著，脂硯齋批，周汝昌校訂批點本，《石頭記》，頁657。

庶出的女兒、血緣等對她的束縛，追求自由平等與自尊自愛的現代品格，「怎麼我是該做鞋的人嗎？我不過閒著沒事，做一雙半雙，給那個哥哥兄弟，隨我的心，誰管著我不成！」〔註128〕、「什麼偏的庶的，我也一概不知道。」〔註129〕不同於一般女性，甘於接受命運與傳統規範的限定，探春的志向之高，主動積極地爭取機會，施展自己的能力，確立自我的價值，開創新的格局，「探春心靈手敏，作者寫來恰是一種極有作為之人，然全書女子皆不及也。」〔註130〕在這個過程中，發展出很多男人都無法比擬的高尚品質：反抗精神、現實意識、公而忘私、想像力與創造力，實現鳳凰涅槃般的新生。

1、反抗精神

探春諢號「玫瑰花」，「玫瑰花又紅又香，無人不愛的，只是有刺戳手。」〔註131〕不同於傳統女性的被動性、軟弱性、依附性，永遠的克制與忍耐，探春身上呈現出來的是強烈的反抗性，不服從於既定的規則與限制。這種反抗性來自自我意識的覺醒，對事物的獨立判斷，對現存秩序的批判，敢於公開直言對人事物的態度與看法，並付諸行動，在現實中加以改變。在抄檢大觀園時，不同於一般女性的驚慌與躲閃，探春嚴陣以待，「命眾丫鬟秉燭開門而待，把箱櫃一齊打開，將鏡匳、妝盒、衾袱、衣包若大若小之物一齊打開。」〔註132〕對王善保家的厲辭怒罵，那一巴掌更是響亮，「你是什麼東西，敢來拉扯我的衣裳！我不過看著太太的面上，你又有年紀，叫你一聲媽媽，你就狗仗人勢，天天作耗，專管生事。如今越性了不得了。你打諒我是同你們姑娘那樣好性兒，由著你們欺負他，就錯了主意！你來搜東西我不惱，你不該拿我取笑！」〔註133〕充分展現了探春的反抗精神。

2、現實意識

阿德勒認為超越自卑的正確道路，必須是發展社會興趣，成為與社會的合作者。探春始終具有清醒的現實意識，對身邊的人事有著熱情與關心。她關心家族命運，對家族事務有著敏銳的認識與觀察，且能夠付諸現實行動，加以改革，開拓新局面，盡己之力扭轉家族頹勢。在抄檢大觀園時，只有她

〔註128〕〔清〕曹雪芹著，脂硯齋批，周汝昌校訂批點本，《石頭記》，頁349。
〔註129〕〔清〕曹雪芹著，脂硯齋批，周汝昌校訂批點本，《石頭記》，頁349。
〔註130〕冥飛等，《古今小說評林》，頁78。
〔註131〕〔清〕曹雪芹著，脂硯齋批，周汝昌校訂批點本，《石頭記》，頁778。
〔註132〕〔清〕曹雪芹著，脂硯齋批，周汝昌校訂批點本，《石頭記》，頁873。
〔註133〕〔清〕曹雪芹著，脂硯齋批，周汝昌校訂批點本，《石頭記》，頁872。

流下了眼淚，痛心於家族的敗落，「可知這樣大族人家，若從外頭殺來，一時是殺不死的，這是古人曾說的百足之蟲，死而不僵，必須先從家裏自生自滅起來，才能一敗塗地呢！」她對家族敗落的深層原因洞若燭火。〔註 134〕

3、創造力、實踐力

周汝昌評價探春：「乃是巾幗異才，脂粉英雄，實有經邦濟世之度量。因是女子，故後文有身非男兒之歎。如今身在大觀園，首倡詩社，開闢一大新局面。」〔註 135〕她第一個在大觀園裏興辦詩社，查賬，除宿弊（節流），做法開端，連鳳姐都敬重探春，「這正蹭了我的機會，我正愁沒個膀臂。到只剩了三姑娘一個，心裏嘴裏都也來的。」、「他雖是姑娘家，心裏卻事事明白，不過是言語謹慎，他又比我知書識字，更利害一層了。」〔註 136〕敏銳的探春，把家族命運放在心上，在賴大家園子的啟發下，想到了大觀園的改革之道，「第二件，年裏頭往賴大家去，你也去的，你看他那小園子，比咱的這個如何？」〔註 137〕探春不僅有著對現實的清晰觀察，更難能可貴的是她有除舊布新的魄力與行動力，開創新格局的創造力與實踐力，超越了女性生命內在性的限制，事實上女人的自由僅僅是抽象的、空洞的，這一點就讓她只能用反抗來運用自由，沒有任何機會從事開創性事務的人們對此別無選擇。〔註 138〕

4、公而忘私、全局意識

探春人格中具有公正嚴厲、正直清明、公而忘私的稟賦，能夠以大志氣開一新格局。改革大觀園，敢於揭露問題，查明真相，在尊重的基礎上，大膽地對鳳姐的管理漏洞進行批評與改變。她很清楚自己的改革必定傷及某些人的利益，但仍敢於堅持，秉公行事，因為這並非出於她一己私利，而是為了整個家族的發展與未來，「我們這裡搜剔小遺，已經不當，皆因你奶奶是個明白人，我才這樣行。」〔註 139〕黛玉與寶玉曾談論他道：「『你家三丫頭到是個乖人，雖然叫他管些事，到也一步兒也不肯多走，差不多的人就早作起福來了。』寶玉道：『你不知道，你病著時他幹了好幾件事，這園子也分了人管，

〔註 134〕〔清〕曹雪芹著，脂硯齋批，周汝昌校訂批點本，《石頭記》，頁 872。
〔註 135〕〔清〕曹雪芹著，脂硯齋批，周汝昌校訂批點本，《石頭記》，頁 666。
〔註 136〕〔清〕曹雪芹著，脂硯齋批，周汝昌校訂批點本，《石頭記》，頁 663。
〔註 137〕〔清〕曹雪芹著，脂硯齋批，周汝昌校訂批點本，《石頭記》，頁 666。
〔註 138〕〔法〕西蒙・波伏娃著，李強譯，《第二性》，頁 356。
〔註 139〕〔清〕曹雪芹著，脂硯齋批，周汝昌校訂批點本，《石頭記》，頁 668。

又齭了幾件事，最是心裏有算計的人。豈只乖而已』。」〔註 140〕探春在改革中展現出獨當一面的權力感，這樣的權力感與鳳姐是不一樣的。權力感可以分為正常的權力感與病態的權力感，對權力的正常追求來源於力量，而對於權力的病態追求則來源於虛弱。正常的權力感產生於意識到自身在力量上的優越，不管這力量是指身體的能力或力量，還是指精神上的能力、成熟與智慧。探春的改革，正是一種正常權力感的體現，它並非出於權欲，不是為了奪取鳳姐的權力，而只是真正的想做些實事，這既是對自我生命力量的實現，也是對王夫人的託付與器重的回報，更是出於對家族命運的責任意識與勇敢擔當。

5、經世致用

探春是第一個用務實的經濟眼光來看待大觀園的人，她發現並利用大觀園的各種資源，開掘它的經濟價值，寶玉喜歡的富貴人家所用的奢侈之物，「左不過是那些金玉銅磁，沒處擺的古董，再就是柚緞吃食了。」〔註 141〕探春卻說：「誰要這些作什麼？像你上回買的那柳枝兒編的小簍子，整竹子根摳的香盒子，膠泥垜的風爐兒，這就多好。我喜歡的什麼是的。」〔註 142〕她所偏愛的是那些日常生活所需的「樸而不俗，直而不作」〔註 143〕既經濟又有實用性的小對象。這樣的偏好是源於探春身上所具有的經世致用的實用理性精神。因此當看到賴大家的花園後，敏銳的探春就意識到，「一個破荷葉，一根枯草根子，都是值錢的。咱們這園子，只算比他們的多一半，加一倍算，一年就有四百銀子的利息。」〔註 144〕並效法此法，在大觀園內實行改革，還以「登祿利之場，處運籌之界者」〔註 145〕來自嘲。明末清初，顧炎武、王夫之等人主張學問必須有益於國事。學習、徵引古人的文章和行事，應以治事、救世為急務，反對當時的偽理學家不切實際的空虛之學，關注社會現實，面對社會矛盾，並用所學解決社會問題，以求達到國治民安的實效，對後人影響很大。在探春身上，就體現出了經世致用的實用理性精神，而閃現著時代的改革精神。

〔註 140〕〔清〕曹雪芹著，脂硯齋批，周汝昌校訂批點本，《石頭記》，頁 773。
〔註 141〕〔清〕曹雪芹著，脂硯齋批，周汝昌校訂批點本，《石頭記》，頁 349。
〔註 142〕〔清〕曹雪芹著，脂硯齋批，周汝昌校訂批點本，《石頭記》，頁 349。
〔註 143〕〔清〕曹雪芹著，脂硯齋批，周汝昌校訂批點本，《石頭記》，頁 349。
〔註 144〕〔清〕曹雪芹著，脂硯齋批，周汝昌校訂批點本，《石頭記》，頁 666。
〔註 145〕〔清〕曹雪芹著，脂硯齋批，周汝昌校訂批點本，《石頭記》，頁 666。

第三節　《紅樓夢》中的女性疾病敘事

在《紅樓夢》中，每位女性似乎都患有與身俱來的疾病。在小說的女性敘事中，這些疾病不僅是生物學上的疾病，而且是「作為敘事策略的疾病與作為隱喻的疾病獲得了同構，並與作為生物學的疾病時時交織在一起，三者之間彼此構成並隨時發生轉化，構成了書中極為複雜而難以辨析的病症世界。」〔註146〕本章，選擇二位女性，深入考察她們的病症世界。

一、林黛玉的不足之症

黛玉一出場，就被強調了她與身俱來的疾病，「我自來是如此，從會吃飯食時便吃藥，到今未斷，請了多少名醫修方配藥，皆不見效。」、〔註147〕「身體面龐雖怯弱不勝，卻有一段自然風流體度。便知他有不足之症。」〔註148〕。這是什麼樣的病呢？黛玉所患的乃是結核病。在《紅樓夢》中結核病不僅僅是作為生物學上的疾病本身，而是與作為敘事策略與隱喻的疾病獲得了同構，時時交織在一起。「在中西方的文學史上，結核病被賦了豐富的隱喻性，一百多年來，人們一直樂於用結核病來賦予死亡以意義——它被認為是一種有啟迪作用的、優雅的病。」〔註149〕，肺結核是被文學家浪漫化最徹底的一種疾病。它是被賦予靈魂性、純潔性與愛情化的一種疾病。

（一）結核病的隱喻

1、靈魂性的疾病

長期性的病弱，削弱了身體的慾望，這個削弱也是一種洗滌與澄淨，彷彿將來自身體器官的健旺的慾望壓抑下去，肉體性的柔弱與清淨，反而帶來了靈魂性的敏銳、深刻與活躍，「結核病是一種時間的病，它加速了生命，照亮了生命，使生命超凡脫俗。」〔註150〕在長期的病態中，由於外在活動性的減弱，人更多地轉向了內在心靈，對於生死，對於生命的本質，自我的存在，產生了更深刻的洞察與凝視。所以，桑塔格說從隱喻的角度說，肺病是一種

〔註146〕王懷義著，〈疾病、隱喻與生存——以林黛玉的病症為中心〉，《紅樓夢學刊》，2015 年第二輯，頁 139。

〔註147〕〔清〕曹雪芹著，脂硯齋批，周汝昌校訂批點本，《石頭記》，頁 35。

〔註148〕〔清〕曹雪芹著，脂硯齋批，周汝昌校訂批點本，《石頭記》，頁 35。

〔註149〕〔美〕桑塔格著，程巍譯，《疾病的隱喻》（上海：上海譯文出版社，2011 年4 月），頁 16。

〔註150〕〔美〕桑塔格著，程巍譯，《疾病的隱喻》，頁 16。

「靈魂病」結核病消解了粗俗的肉身，使人格變得空靈，使人更徹底地從世俗日常的牽絆中解脫出來，大徹大悟。從這個角度看，林黛玉的患病，讓她的生命脫離了世俗的日常性，得以逃避在由疾病所構築的個人私密的詩意幻想世界中。在這個世界中，她凝視生命的脆弱，與自我對話，觀察宇宙人生的本質，思考女性的生命，而富有濃厚的靈魂性。身體性的弱化、病態化，強調了她性靈的高度敏銳性，靈魂的深刻性與豐富性。然而這種被過分強調的靈魂性，最終也成了一個精緻的病態的牢籠，削弱了黛玉的生命活力，被困圍其中，在日復一日的自哀自憐、憂鬱感傷中，磨折、消蝕著自己的生命，「對結核病而言，患者是『被消耗掉的』，是被燃燒掉的。」〔註151〕這讓她帶上了憂鬱的病態的眼光來看待自我與世界，慢慢變得纖細、多疑、恐慌、焦慮。肉體與靈魂極為不平衡，肉體是病態、脆弱、不足的，缺少了人間煙火氣與血肉之氣，精神與靈性卻是高度發達。林黛玉高度純粹地發展了她的性靈世界，發展了她靈魂的深刻性，卻削弱了她在現實中的行動性。

曹雪芹以艱苦沉重的筆觸寫黛玉，她身上似乎永遠帶著一股秋的悲涼。人人心中都有一個林黛玉，黛玉結晶了人類生命在世俗的忙碌、喧囂、成功中突然出塵與出神的那一刻。那裡有對自我生命的春怨秋悲、自哀自憐。有對生命無常與不知何去何從的不安與恐懼，有在人群喧囂中突然感到的孤寂。她代表了人哀愁、細膩、孤寂、清高的一面。黛玉又把她體驗到的生命悲劇性用詩意的方式呈現出來，形成一種別樣的悲劇美感。

（1）生命無常的悲劇意識

在《尼古拉斯·尼克爾貝》中，狄更斯把結核病稱作「死亡與生命如此奇特地融合在一起的疾病。」黛玉因為患病，幾乎每天都處於一種慢性死亡威脅的憂鬱與恐怖之中，備受折磨，她看到落花，看到的是死亡，生命的枯萎，看到的是生命的流逝與脆弱，並由落花聯想到了自我生命的脆弱與死亡，而在她的詩歌中反覆哀悼與憐憫。死亡意識滲透在她生命存在的每一天，成為巨大的威脅與陰影，也成為她詩歌的一個重要主題。林黛玉對宇宙人生擁有的一種根本性的體悟，她天性喜散不喜聚：「人有聚就有散，聚時歡喜，則散時豈不冷清？冷清則生傷感，所以不如到是不聚的好。比如那花開時令人愛慕，謝時則增惆悵，所以到是不開的好。」〔註152〕故人以為喜之時，他反

〔註151〕〔美〕桑塔格著，程巍譯，《疾病的隱喻》，頁16。
〔註152〕〔清〕曹雪芹著，脂硯齋批，周汝昌校訂批點本，《石頭記》，頁391。

以為悲。帶著這樣的悲劇意識來看待事物，充滿了物哀之感。所以，她偏愛的是「留得殘荷聽雨聲」的蕭索之美。

（2）客居意識

疾病，讓人徘徊於生與死之間，並產生一種強烈的飄零之感與客居意識，「天盡頭，何處有香丘？」〔註153〕。正如黛玉的判詞中所說的「玉帶林中掛」，這掛於林中，飄飄蕩蕩的玉帶，是無根的，漂泊的。黛玉始終作為局外人、旁觀者，萍寄於賈府，萍寄於人間，無根漂零。她的生命常常感受到徹骨的孤獨與悲涼，她生活的每一天，幾乎都被壓得喘不過氣來。黛玉是一個早慧的女孩，在孤獨中產生了自我發現與自我意識，「始發紐帶一旦切斷，便無法重續。樂園一旦失去，便無法返回。天堂永遠失去了，個人煢煢孑立，直面世界，彷彿一個陌生者置身於無邊無際而又危險重重的世界裏。自由注定要產生一種深深的不安全、無能為力、懷疑、孤單與焦慮感。」〔註154〕生命覺醒後卻無處寄託、無處安放。

（3）對女性悲劇性的領悟

黛玉是女性命運的代言人、預言者，以她的靈心慧智及高度敏銳的生命直覺，預見了那個時代女性命運的無奈、脆弱與受到的限制與剝奪，整個心靈浸淫其中，飽嘗著女性生命沒有出路之苦悶。《五美吟》、《葬花吟》、《桃花詩》充滿著生命意識的覺醒後，對於美好青春易逝的哀悼，生命沒有出路的憋悶與壓抑。

2、藝術性的疾病

結核病是藝術家的病，是被賦予一種人格的藝術性的疾病，「敏感，有創造力，形單影隻」，病態的藝術化人格，讓黛玉建立了一種獨特的生存美學，詩歌、葬花、焚稿。她的自我，不通向外在世界，而是以一種藝術化的方式，建立了一種獨特的生存美學，作為生命存在的表達形式，並在這種生存美學中完成了自己藝術化的人格。她沉溺於生命的哀感，並通過這些藝術化的行為去強化它，沉溺於它，賦予這種哀感一種藝術的形式，陶醉在這樣的哀感之中不可自拔，並消蝕了自己的生命力量。

〔註153〕〔清〕曹雪芹著，脂硯齋批，周汝昌校訂批點本，《石頭記》，頁235。
〔註154〕〔美〕艾里希·弗羅姆著，《逃避自由》（北京：國際文化出版公司，1941年首版），頁99。

3、純淨性的疾病

結核病造成的長期性病弱，讓人能夠與喧囂的世俗生活隔開一定距離，削弱了身體的慾望，這個削弱也是一種洗滌與澄淨，將來自身體器官的健旺的慾望壓抑下去，保持肉體的柔弱與清淨，形成一種與世俗豐腴之美不同的清瘦、超逸之美，所謂自然風流體度，形成一種出塵、脫俗、高潔的生命品格，「質本潔來還潔去」。黛玉性格裏有一種超凡脫俗的氣度，當寶玉將北靜王所贈鶺鴒香串轉贈黛玉時，她卻說：「『什麼臭男人拿過的，我不要他！』遂擲而不取」〔註155〕。在她眼中沒有皇帝，也沒有北靜王。世俗的王位、尊貴、財富對於黛玉沒有任何意義。她不願進入現實世界與社會，守護著生命的本真與純淨。

黛玉是明清時期江南薄命才女形象的呈現。這是一種極度的陰性之美，是被男性文人所塑造出來的理想的女性生命。病態、哀傷、憂鬱、清瘦的，但靈心慧智、富有詩才、高度性靈的，她們超凡脫俗，又無比自戀而耽於幻想。多淚、多病、多情的才女，符合文人的意淫。

（二）病態自我的疾病

結核病是源自病態自我的病，是一種幻想、逃避、敏感、消極的，對生活缺乏熱情的人的疾病，結核病被理解成「一種偏執：是意志的失敗，或是感情的過於強烈。結核病患者被認為是十分脆弱的：充滿自暴自棄衝動的人。」〔註156〕在《紅樓夢》中黛玉亦患有不足之症，要依靠著吃人參養榮丸來維繫生命能量。疾病讓黛玉更傾向於逃避現實，任憑自己躲避到一個自我世界中，沉浸在消極的自哀自憐的感情與情緒中，慢慢消蝕。在這個意義上看，人生本質上是一場在劫難逃的歷劫與修煉。黛玉的病，是與生俱來的習氣，慾望、希冀、恐懼、貪愛等等，這似乎是個難以解除的性格魔咒與自我的地獄，必須有大勇氣、大力量才可能超越並突破，並改變自己的命運。黛玉顯然不具有這樣的力量，她的生命是微小無力的，她任憑自己陷落在性格和命運的牢籠中，而只能通過眼淚、詩歌，不斷地加強它、滋養它，越陷越深：

> 在這本小說寓言的設計中，黛玉正應以淚還債，但這些淚實際上只
> 有自憐自歎而無感激之情，她過於囿於自己的不安全感，所以未能

〔註155〕〔清〕曹雪芹著，脂硯齋批，周汝昌校訂批點本，《石頭記》，頁193。
〔註156〕〔美〕桑塔格著，程巍譯，《疾病的隱喻》，頁46。

從客觀的或反諷的角度觀察自己。她在這部小說中要扮演的幾乎內定是個楚楚可憐的角色，用以展示一個自我中心意識在身體和感情兩方面的毀滅。〔註157〕

1、自閉、自憐、自戀

個體心理學家阿德勒認為，一個人要成為正常而健康的人，就必須通過合作和建設性的姿態將自身融於社會之中，藉此獲得一種社會意識，亦即對他人懷有一種社會興趣。社會興趣是一種與他人和諧生活、友好相處的內在需要，不僅包括人們對所愛者和朋友的直接感情，還包括對現在和未來的全部感情。而其表現形式是多樣化的：第一是平時或困難時與他人合作、幫助他人的準備狀況；第二是在與他人交往時保持著給多於取的傾向；第三，還表現為對他人的思想、情感、經驗給予理解的能力。而「上無親母教養，下無姊妹兄弟扶持」的孤獨的童年，剝奪了林黛玉潛在的社會興趣發展成熟的機會，使她只能孤獨地自我摸索，從而將全副精神專注於個體自身，不知外界的人情世故，對群體事理無意也無暇旁顧。母親的過早缺席，使黛玉無法在充滿慈愛與同情的環境裏，逐漸體會並進入到與他人緊密聯繫的（即使只是初步的、雛型的）社會關係之中；再加上缺少平輩的兄弟姊妹之間彼此分享、關懷、忍讓、協調的互動學習，以致天性中本就帶有一段孤傲性分的林黛玉，只有長期抑制了潛在的合群天性，喪失了在群體中取得認同與價值實踐的社會興趣。

深鎖深閨的靜態內向的幽閉生活空間，力比多無法向外釋放，積聚在自我生命之內，滋養了強烈的自戀情結，林黛玉一直泡在自己的小世界裏，怕冷怕熱怕出門怕應酬，「常常無事悶坐，不自愁眉，便自淚眼，且好端端的不知為著什麼，常常的便自淚自歎的。」〔註158〕她對於眼前的煙火世界是不參與的，這也造成了她的孤獨與抑鬱。她一直活在自己的生命情緒裏，她是那個自戀的女詩人。

一個自戀者，無法把自己作為一個整體來正視，她真的能看到真實而客觀的整體性的自我嗎？她看到的只是自己給自己所設定的那個楚楚可憐的虛幻的形象，關於自我的一種觀念，自戀者既是祭祀也是偶像，她帶著榮耀的光環翱翔，穿過這永恆的王國，雲端下面芸

〔註157〕夏志清著，何銘譯、劉紹銘校訂，《中國古典小說》，頁203。
〔註158〕〔清〕曹雪芹著，脂硯齋批，周汝昌校訂批點本，《石頭記》，頁341。

芸眾生在仰慕地跪拜著，她是裹挾在自我關注裏面的上帝。〔註159〕
黛玉的言語、寫詩，與寶玉的愛情，無不是一種自我關注的自戀。黛玉葬花、死前的焚稿都是一種自戀的表現，是把一種美學（悲劇美學）原則引入自己的偶然性的生命中，把自己偶然的生命變成一種與眾不同的命運，「她在任何事物上都努力投射自我，她看到的一切，都只是她的自我，林黛玉公認最有詩才，但她寫的詩無不自傷情懷。在那首著名的《葬花吟》中，她視自己為落花。一個慣於自戀的人即在觀賞天然美景時也不會忘掉她自己的」。〔註160〕黛玉的詩歌多是自哀自憐，沒有超越自我，更沒有廣闊豐富的社會內涵，「她反覆表演那逐漸失去內容的動作，因此女人寫的許多日記和自傳都是貧乏的，由於完全專注於她自己，一無所為的女人使自己變得毫無價值，而只能膜拜虛無、空虛。」〔註161〕

自戀的另一面是自卑，由於無法全面客觀地認識自我以及他人，於是充滿了不安全感、焦慮感、對他人過度防備，沒有辦法平等自然與他人產生合作關係，沒有辦法認清自己在現實中的位置與處境，所以才會形成「一年三百六十日，風刀霜劍嚴相逼」的感覺。她困在自我幻想的精神城堡中，自我意識強烈，無法實實在在地進入現實生活，正視瑣屑卻真實的人生，奉獻她的自我，真正理解他人並與他人合作。周瑞家的送宮花，「黛玉只就寶玉手中看了一看，便問道：『還是單送我一個人的，還是別的姑娘們都有？』周瑞家的道：『各位都有了，這兩支是姑娘的了。』黛玉再看了一眼，冷笑道：『我就知道，別人不挑剩的，也不給我。』周瑞家的聽了，一聲兒不言語。」〔註162〕黛玉自虐、自暴自棄，無力在現實中發展自己，無力去突破自己與改變自己的處境。

黛玉的生命只是停留在消極自由的磨折中，而沒有能力達到「積極的自由」〔註163〕。積極的自由是在一個人從世界與他人中獨立出來後，仍然能夠積極地與他人發生聯繫，以及自發地活動，藉此把作為自由獨立的個體的人重新與世界聯繫起來。黛玉的自我生命意識雖然覺醒，但沒有找到超越內在自我的方式，以及與外在世界連接的紐帶，封閉在內在的自我中。所有的生

〔註159〕〔法〕西蒙・波伏娃著，李強譯，《第二性》，頁389。

〔註160〕夏志清著，何銘譯、劉紹銘校訂，《中國古典小說》，頁203。

〔註161〕〔法〕西蒙・波伏娃著，李強譯，《第二性》，頁389。

〔註162〕〔清〕曹雪芹著，脂硯齋批，周汝昌校訂批點本，《石頭記》，頁102。

〔註163〕〔美〕艾里希・弗羅姆著，《逃避自由》，頁99。

命能量都用來吟唱、哀歎與自憐。黛玉與寶玉雖然談文說藝的趣味相同，但氣質卻相反。寶玉心胸廣闊，能自我超越，具有使自己跟他人和事物認同的能力，移情能力，同理心，惻隱之心，感同身受與道德自省的能力，而這些都是黛玉無法做到的。

2、迷情與直覺幻想

非理性的精神方式，是人精神世界內部混沌無序的精神現象。它的精神表現形式是本能、慾望、潛意識、直覺的。黛玉對自我與世界的感知，更傾向於直覺與本能，而缺乏理性客觀的能力。在封閉的閨閣生活中，閱讀、病體、愛情、詩歌創作、葬花儀式等，為她營造了一個幻想世界，一個浪漫而感傷的美學世界，而林黛玉自己，顯然是這個世界的中心。她將自己沉浸在這個幻想世界中不可自拔，慢慢地模糊了與現實世界的邊界，成了她映照出虛幻自我的一面鏡子。

黛玉身上集中體現了明末清初江南才女終日沉浸在感傷的幻想世界中的生命狀態。晚明名伶朱楚生，雖是女伶而有詩人氣質，她專深於情，愛好幻想，常常因幻想而失去自制力。她將所有的情感都給予了幻想中的自然、幻想中的情人與幻想中的藝術，以至現實世界不復存在，「楚生多遐想，一往深情，搖颺無主。一日，同余在定香橋，日晡煙生，林木窅冥，楚生低頭不語，泣如雨下。余問之，作飾語以對。勞心忡忡，終以情死。」〔註164〕這些才女終日沉浸在與自我生命的封閉對話與交流中，自憐自艾，又無比自戀。杜麗娘陷入情迷，對鏡畫像，在死前給自己的寫真中，構築了一個虛幻的自我形象，陷於病態的影戀。才女巨大的內心空洞，與外在世界的隔絕，自我價值覺醒卻無法得以確證。在封閉靜態的閨閣生活中，生活的多元性、開放性、變化性都被壓抑。四季不斷循環，時間彷彿成了靜止了，沒有未來指向的時間循環，構成了一個乏味無聊的晦暗牢籠，窒息著女性的生命活力。她們封閉在自我幻想中，不與外在世界發生交接。全部的生命活動轉化為愛欲，強烈希望通過與另一個理想的人的相愛，來感知與確證自己的生命存在。

> 蓋以才貌雙全的少女，雖然出身社會底層，幼小的年齡和閱歷的缺
> 乏，使得她對自我的人生往往會高自期許，一旦落入生活的羅網，
> 只會在理想和現實的巨大差距中但求速死，於生命的決絕中體現出
> 來的是對人生強烈的熱情和熱情得不到滿足的幻滅，也可以說是一

〔註164〕〔明〕張岱著，《陶庵夢憶》（上海：上海古籍出版社，2001年5月），頁45。

種未能面對真實人生而選擇的逃避〔註165〕。

這樣傾盡能量與希望的狂熱的愛，對閨閣女性是一個危險的陷阱。她們在幻想與現實的巨大落差中，對不存在意中人的強烈渴望與思念中，迷失了自我，消蝕了生命。

3、病態專情

疾病是慾望的洩漏，「欲而不為，疫疾生焉」。結核病往往成為愛情的隱喻，是病態之愛的意象，從浪漫派開始，結核病被想像成愛情病的一種變體。疾病是豐富情感的表達，是病人慾望的顯露。杜麗娘因強烈的愛欲不得宣洩與表達而得病，而黛玉的病顯然與她對寶玉強烈的愛欲有關。《魔山》中說，「疾病的症狀不是別的，而是愛的力量變相的顯現；所有的疾病都只不過是變相的愛。」〔註166〕這種對愛的病態的強烈渴望，讓黛玉的生命陷入一種病態的潔癖，狹隘的專情之中，這樣的情是毀滅性的、脆弱的。

對愛的病態需要會有需要的迫切性，只要一個人是被強烈的焦慮所驅動，其結果必然是喪失自發性和靈活性。「對於神經症患者這意味著，愛的獲得並不是一種奢侈，也不是額外的力量源泉或歡樂源泉，而是一種維持生命的基本需要。」〔註167〕黛玉對寶玉愛的強烈渴望，是她在一個充滿不安全感的世界裏，對抗巨大存在焦慮感的方式，對愛的渴望在神經症病人身上是如此常見，以至可以被看作是標誌焦慮存在和表示其大致強度的最可靠的指徵。「如果我們面對一個總是威脅我們，對我們懷有敵意的世界，而從根本上感受到自己的無能為力，那麼，對愛的追求就顯然是尋求任何形式的仁愛、援助或讚賞的最直接最合乎邏輯的方式。」〔註168〕在規訓社會邊界的徘徊，傳統倫理訓誡與自由性靈間的衝突與糾纏，給黛玉的生命帶來強烈的矛盾感、焦慮感與不安全感，她的內心在兩極間震蕩，身與心不和諧，情感與理智間的矛盾，超我對本我的壓抑。黛玉剛進賈府時，「步步留心，時時在意，不肯輕易多說一句話，多行一步路，生恐被人恥笑了她去。」〔註169〕可見黛玉內心深處的焦慮、緊張。「黛玉度其位次，便不上炕，只向東邊椅子上坐了。

〔註165〕朱淡文著，〈林黛玉形象探源〉，《紅樓夢學刊》，1994年第一輯，頁144。

〔註166〕〔德〕托馬斯曼著，《魔山》（上海：上海譯文出版社，2007年1月），頁89。

〔註167〕〔美〕卡倫·霍尼著，馮川譯，《我們時代的神經症人格》（貴陽：貴州人民出版社，2009年1月），頁158。

〔註168〕〔美〕卡倫·霍尼著，馮川譯，《我們時代的神經症人格》，頁158。

〔註169〕〔清〕曹雪芹著，脂硯齋批，周汝昌校訂批點本，《石頭記》，頁33。

一面吃茶，一面打量。」〔註170〕可見黛玉之細。「今黛玉見了家裏許多事情不合家中之式，不得不隨的，少不得一一改過來，因而接了茶。」〔註171〕可見，黛玉對於貴族家庭的禮法秩序是敏感而自覺遵循的。正因為這樣，才會讓她的自由詩意的性靈在巨大的現實力量中感受到壓抑。她的靈魂一直在禮法與自由之間掙扎。面對寶釵給她的讀書勸誡，黛玉並沒有排斥，反而是大感激，而且自愧道：「你素日待人固然是極好的，然我最是個多心的人，只當你心裏藏奸！往日竟是我錯了，實在誤到如今。細細算來，我母親去世的早，又無兄弟姊妹，我長了今年十五歲，竟無一個人像你前日的話教道我。」〔註172〕寶釵的勸誡撫慰了黛玉內心的焦慮與不安。

　　正常的愛，需要一種情感的堅定性和可靠性，愛和對愛的病態需要這兩者之間的差別就在於：「在真正的愛中，愛的感受是最主要的，而在病態的愛中，最主要的感受乃是安全感的需要。」〔註173〕黛玉對於寶玉的情感則是充滿著不確定性、起伏性。她對於這段愛情總是懷疑的，總是有失去對方的恐懼，總是充滿猜忌，因而想把寶玉攥在手心。

　　神經症人格，總有一種自己不被人愛的信念，黛玉總是認為大家都排斥她，不愛她，哪怕事實上並非如此，她也堅定地這麼認為。哪怕她得到了賈府很多人的愛，她仍然覺得自己是不被愛的，是被排斥與冷落的那個，並對外界生起敵意，對愛的病態需要乃是在完全不同的先決條件下形成起來的。「焦慮、不被人愛的感覺，不能夠相信任何愛的狀態，以及針對一切人的敵意。」〔註174〕因為猜忌、懷疑，神經症人格在愛中常陷入病態的嫉妒，不斷害怕失去對對方的佔有，或失去對對方愛的佔有，因此對方可能有的任何其他興趣，都可以成為一種潛在的危險。他們恪守的信條是：你必須只愛我一個人。任何必須與他人共同分享的愛，都會因此而立刻喪失其全部價值。在這樣的嫉妒中，產生出對他人的敵意，以及對被冷落的恐懼，最後陷入一種毫無希望的處境，這種陷身羅網的感覺，乃是他對不能衝突被重重困境的一種反應。〔註175〕

〔註170〕〔清〕曹雪芹著，脂硯齋批，周汝昌校訂批點本，《石頭記》，頁33。
〔註171〕〔清〕曹雪芹著，脂硯齋批，周汝昌校訂批點本，《石頭記》，頁33。
〔註172〕〔清〕曹雪芹著，脂硯齋批，周汝昌校訂批點本，《石頭記》，頁549。
〔註173〕〔美〕卡倫・霍尼著，馮川譯，《我們時代的神經症人格》，頁158。
〔註174〕〔美〕卡倫・霍尼著，馮川譯，《我們時代的神經症人格》，頁158。
〔註175〕〔美〕卡倫・霍尼著，馮川譯，《我們時代的神經症人格》，頁158。

林黛玉的生命態度是被動而悲觀的，陷於與身俱來的性格缺陷，沒有力量去做積極主動的努力。劉姥姥曾在瀟湘館甬道上滑倒。「他只顧上頭和人說話，不防底下果滑了，咕咚一跤跌倒，眾人都拍手哈哈的大笑起來。賈母問到：『可扭了腰不曾，叫丫頭們捶一捶。』劉姥姥道：『哪裏說的我這麼嬌嫩了，那一天不跌兩下子？都要捶起來，還了得呢。』」〔註176〕這個看似滑稽的細節，卻值得玩味。這是歷經磨礪而堅韌、包容、樂觀的劉姥姥對黛玉病態人格的嘲諷與啟示。

二、薛寶釵的熱毒之患

寶釵身上具有「停機德」，是儒家傳統婦德規範下的淑女典範。她與當時社會合拍，適應良好，可她健康嗎？弗洛姆認為：「一個所謂能適應社會的正常人遠不如一個所謂人類價值角度意義上的精神病患者健康。」〔註177〕寶釵所患之「熱毒」病是怎麼回事？她所吃的「冷香丸」又象徵著什麼？寶釵生命中的「停機德」在當時的社會文化中又是怎麼建構起來的？

（一）日常起居與衣著打扮

在男權社會的權力規訓下，寶釵作為一個典範淑女，其日常生活中的主要活動是做女紅、操持家計與倫理性的人際往來，「寶釵因見天氣涼爽，夜復漸長，遂至母親房中商議，打點些針線日間作。及至賈母處、王夫人處省候二次，不免又承色陪坐，閒話半時，園中姊妹，也要度時閒話一回。故日間不大得閒，每夜燈下女紅，必至三更方寢。」〔註178〕這種規律、克制的日常生活狀態，是遵循儒家婦德規訓的。

在第八回中，隨著寶玉的眼光，我們看到了寶釵的日常狀態與打扮：

> 寶玉聽說，忙下了炕，來至裏間門前，只見吊著半舊的紅紬軟簾。寶玉掀簾一跨步進去，先就看見薛寶釵坐在炕上做針線。頭上輓著漆黑油光的髻兒，蜜合色綿襖，玫瑰紫二色金銀鼠比肩褂，蔥黃綾綿裙，一色半新不舊，看來不覺奢華。脣不點而紅，眉不畫而翠，臉若銀盤，眼如水杏。罕言寡語，人謂藏愚。安分隨時，自云守拙。〔註179〕

〔註176〕〔清〕曹雪芹著，脂硯齋批，周汝昌校訂批點本，《石頭記》，頁33。
〔註177〕〔美〕艾里希・弗羅姆著，《逃避自由》，頁99。
〔註178〕〔清〕曹雪芹著，脂硯齋批，周汝昌校訂批點本，《石頭記》，頁548。
〔註179〕〔清〕曹雪芹著，脂硯齋批，周汝昌校訂批點本，《石頭記》，頁112。

位於「裏間」、「炕上」的身體位置,「做針線」的女紅活動,都是符合儒家女性倫理規範下的女性日常。「唇不點而紅,眉不畫而翠,臉若銀盆,眼如水杏。罕言寡語,人謂藏愚。安分守時,自云守拙。」〔註180〕妝容與神態呈現出儒家倫理規訓下,理想女性的渾厚端莊之態,與低調內斂之美。福柯的權力理論認為,對於性別的建構體現在對於身體的規訓、壓抑和控制方面。他認為權力安置直接與身體、功能和生理過程掛鉤,人們不可能在文化意義之外認識身體的物質性。〔註181〕「穿著家常衣服」、「挽著髻兒」體現出居家日常的色彩,是一種家庭倫理語境。「半舊的軟簾」、蜜合色、玫瑰紫、蔥黃,「一色半新不舊,看來不覺奢華。」衣著及家常用品的色調與質地都是樸素、低調的。大觀園中寶釵所住的蘅蕪院「內部雪洞一般,一色玩器全無,案上只一個土定瓶中供著數枝菊花,並兩部書、茶奩茶杯而已。床上只弔著青紗帳幔,衾褥也十分樸素。」〔註182〕連賈母都感歎道:「年輕的姑娘房裏這樣素淨,也忌諱。」〔註183〕而且作為青春少女的寶釵,卻「從來不愛這些花兒粉兒的。」〔註184〕表現出貞潔與樸素的強大的道德感,她努力地掩藏自身作為女性的性吸引力。

福柯認為過去權力對肉體的控制、懲罰表現為直接的赤裸裸的酷刑,後來則改變為對肉體的訓練和規範的一整套複雜而精巧的制度。身體雖然不再遭受酷刑的折磨,但卻無法擺脫控制。在晴雯遭王夫人驅趕出大觀園後,襲人的一番話,一針見血地點出了原因,以及傳統婦德對女性身體的規訓,「太太只嫌他生的太好了,未免輕佻些。在太太是深知這樣美人似的人必不安靜,所以狠嫌他,像我們這粗粗笨笨的到好。」〔註185〕賈母就說過「襲人本來從小兒不言不語,我只說他是沒嘴的葫蘆。」〔註186〕「賢而多智術」的襲人,深諳儒家倫理規範,並自覺的迎合與服從,得到了掌權者的喜愛、信任與器重,在秩序內被王夫人提升到更高的地位:

若說沉重知大禮,莫若襲人第一。雖說賢妻美妾,然也要性情和順,

〔註180〕〔清〕曹雪芹著,脂硯齋批,周汝昌校訂批點本,《石頭記》,頁112。
〔註181〕〔法〕米歇爾·福柯著,劉北成、楊遠嬰譯,《規訓與懲罰》,頁289。
〔註182〕〔清〕曹雪芹著,脂硯齋批,周汝昌校訂批點本,《石頭記》,頁496。
〔註183〕〔清〕曹雪芹著,脂硯齋批,周汝昌校訂批點本,《石頭記》,頁496。
〔註184〕〔清〕曹雪芹著,脂硯齋批,周汝昌校訂批點本,《石頭記》,頁496。
〔註185〕〔清〕曹雪芹著,脂硯齋批,周汝昌校訂批點本,《石頭記》,頁909。
〔註186〕〔清〕曹雪芹著,脂硯齋批,周汝昌校訂批點本,《石頭記》,頁919。

> 舉止沉重的更好些，就是襲人模樣雖比晴雯因此品擇了二年，一點
> 不錯了，我就悄悄的把他丫頭的月份錢止住，我的月份銀子裏批出
> 二兩銀子來給他。不過使他自己知道，越發小心效好之意。〔註187〕

而「襲為釵副」，薛寶釵想必也是深知其理。對違犯了身體規訓的人，權力掌
握者會實施微觀懲罰，從輕微的體罰，到剝奪和羞辱等一系列程序，規範的
法官維護著倫理秩序的穩定。晴雯因為「形容面貌上釵彈鬢鬆，衫垂帶褪，
有春睡捧心之遺風，」〔註188〕不符合儒家身體規訓，顯露出讓王夫人厭惡的
輕狂樣子，被王夫人當面羞辱，「去！站在我這裡，我看不上這浪樣兒。誰許
你這樣花紅柳綠的裝扮？」〔註189〕且在病中被生生趕出了賈府，「晴雯四五日
水米不下，懨懨弱息，如今現從炕上拉了下來，蓬頭垢面，兩個女人攙架起
來去了。」〔註190〕而掌權者將權力分散到社會中下層的人群當中，權力的實
施也絕不僅僅是自上而下的。那些寶玉身邊的婆子，是掌權者王夫人的合謀
者，她們冷酷的告密、打壓、迫害那些違犯規訓的少女，以此獲得掌權者的
獎賞。且在這個過程中，作為奴隸的她們也獲得一種行使權力的快感，對這
些少女的嫉妒心理也得以宣洩。

（二）閱讀被規訓史

寶釵曾對黛玉講述了自己，從小接受傳統規訓改造讀書的過程。對於這
樣的改造，她已全然接受，且以「淘氣」、「勾個纏人」來揶揄小時候自己的
「不懂事」：

> 你當我是誰，我也是個淘氣的，從小七八歲上也勾個纏人的。我們
> 家也算是個讀書人家，祖父手裏也極愛藏書。先時人口多，姊妹弟
> 兄也在一處，都怕看正緊書。弟兄們也有喜詩的，也有愛詞的，諸
> 如這些《西廂》、《琵琶》，以及元人百種，無所不有，他們是背著我
> 們看，我們也卻偷著背了他們瞧。後來大人知道了，打的打，罵的
> 罵，燒的燒，才丟開了。

詩、詞、戲曲，是當時社會規訓禁止的書，所以只能偷著背了看。家中的大
人，是掌握權力的人，通過打、罵、燒等強制性懲罰措施，來迫使這種違反

〔註187〕〔清〕曹雪芹著，脂硯齋批，周汝昌校訂批點本，《石頭記》，頁918。
〔註188〕〔清〕曹雪芹著，脂硯齋批，周汝昌校訂批點本，《石頭記》，頁870。
〔註189〕〔清〕曹雪芹著，脂硯齋批，周汝昌校訂批點本，《石頭記》，頁870。
〔註190〕〔清〕曹雪芹著，脂硯齋批，周汝昌校訂批點本，《石頭記》，頁870。

規訓的行為的停止。寶釵在經歷過這樣的規訓改造後，嫻熟地掌握了這套權力話語，並成為自覺維護這種話語者：

> 所以咱們女孩兒家，不認字的到好。男人們讀書不明理，尚且不如不讀書的，何況你我？就連作詩寫字等事，也非你我分內之事，你我只該作些針線之事才是，偏又認得了字，既認得了字，不過揀那正經書看看也罷了，最怕是見了這些雜書，移了性情，就不可救了。〔註191〕

嚴格遵守「正經書」／「雜書」的區隔，自覺地以傳統道德規訓作為限定行為合法或不合法的邊界。

脂硯齋曾評論說：「寶釵為博學所誤」。知識與權力是交織在一起的，寶釵的讀書活動，並非建立在獨立人格與自我意識基礎上，所獲得的知識，只是傳統規訓的權力體現，所謂「女夫子」也。這樣的知識越多，與真實自我間所構築的屏障越厚，是對更豐富的生命面向與潛意識、本能慾望的遮蔽，寶釵的自我是在傳統婦德規範下建構起來的倫理自我。

（三）話語方式——正經／不正經

寶釵的道德意識形態框架很牢固。她總是站在道德制高點來對人進行道德判斷，自覺接受女性婦德的要求，喜歡用「正經事」／「不正經事」、「不守本分」、「分內之事」，這樣的道德標籤來判斷事情。規訓的一個重要方式，就是對事物建立起二元劃分結構和打上標記。在父權制下，男性不僅控制了日常生活的話語，也控制了知識創造過程的話語權。寶釵自覺認同男性主流價值觀，並成為傳統男權社會知識真理的代言人、傳播者及堅定的擁護者。在使用這些真理語言時，具有掌握真理者居高臨下的指導、檢查、糾正、規範其他不合規範話語的姿態。寶釵的生命所缺乏的是個人化的內涵。「因為在一個規訓社會，權力的目的不是培養個性化的人，而是為了規訓和監視。在這樣的社會中，兒童比成年人更個人化，病人比健康人更個人化，瘋人和罪犯比正常人和守法者更個人化。」〔註192〕

（四）凝視的目光

寶釵總是活在「凝視的目光」之下。「監禁的體系只需付出很小的代價，

〔註191〕〔清〕曹雪芹著，脂硯齋批，周汝昌校訂批點本，《石頭記》，頁516。
〔註192〕〔法〕米歇爾‧福柯著，劉北成、楊遠嬰譯，《規訓與懲罰》，頁216。

沒有必要發展軍備、增加暴力的控制，只要有注視的目光就行了。每個人在這種目光的壓力下，都會逐漸變成自我監禁者。」〔註193〕在這種自我監禁下，她的姿勢、表情、動作等規矩、合度，符合父權社會對於理想女性的要求，絕對不會超越界線。「在社會的凝視下，女人變得謙和了，不能毫無規範，更不能放縱淫蕩。她的眼光帶上了父權社會的規範，這些對女性身體、舉止的種種規範並非以集權的形式出現，而是通過權力的內化形式來完成的。」〔註194〕她不僅用這樣的目光去凝視自己，也去凝視、監督身邊人的言談舉止，並「和善」地對不符合規範者進行勸阻、斥責與教誨。「和善」的表面下，是對父權社會規範毫不含糊的堅持與執行。她繼而自覺成為監督者、教誨者。

對於違反傳統規訓的人和事，寶釵表現都冷酷理性，給他們貼上道德批判的標籤，進行訓斥與教誨。當偷聽到小紅與賈芸的私情時，寶釵斥責道：「怪道從古至今，那些姦淫邪盜之人，心機都不錯！」〔註195〕面對柳湘蓮與尤三姐，一個出家一個自殺的慘烈結局，寶釵聽了並不在意，而且出奇地冷靜，「如今死的死了，出家的出家了，依我說也只好由他罷了，媽也不必為他們傷感，損了自己的身子。」〔註196〕對金釧之死，寶釵歎道：「姨娘也不勞念念於茲，十分過不去，不過多賞他幾兩銀子發送他，也就了了主僕之情了。」〔註197〕寶釵的冷漠是對這些傳統規訓下，「迷性不悟，尚有痴情眷戀」的人和事，在道德上的厭惡與批判。她說話時的身份，是父權社會謹嚴的遵循者。是站在王夫人這樣的家族權力擁有者的立場上來說話的。當聽到黛玉說漏嘴的一句「良辰美景奈何天」時，寶釵笑道：「你跪下，我要審你！」、「好個不出閨門的女孩兒，好個千金小姐，滿嘴裏說的都是些什麼！你實說便罷。」〔註198〕一副訓誡者的口氣，她強調了黛玉在傳統倫理內的身份與角色，是『閨門』、『小姐』。雖是笑著說的，但是以「跪下」、「審你」，這樣有道德審判意味的詞語，可以看出黛玉看《西廂記》這件事情，在寶釵眼中的嚴重違犯性，也反映出寶釵對於傳統社會女性倫理規範之，嚴格遵循與謹嚴執行。

〔註193〕〔法〕米歇爾·福柯著，劉北成、楊遠嬰譯，《規訓與懲罰》，頁216。
〔註194〕〔法〕米歇爾·福柯著，劉北成、楊遠嬰譯，《規訓與懲罰》，頁216。
〔註195〕〔清〕曹雪芹著，脂硯齋批，周汝昌校訂批點本，《石頭記》，頁343。
〔註196〕〔清〕曹雪芹著，脂硯齋批，周汝昌校訂批點本，《石頭記》，頁787。
〔註197〕〔清〕曹雪芹著，脂硯齋批，周汝昌校訂批點本，《石頭記》，頁408。
〔註198〕〔清〕曹雪芹著，脂硯齋批，周汝昌校訂批點本，《石頭記》，頁515。

但也是出於真心的關懷，因為寶釵深知這些違反閨閣禁忌的話語，會造成的傷害及受到的懲罰。

（五）與權力擁有者的合作

寶釵上京本是「為了備選才人，今上崇詩尚禮，徵採才能，降不世出之隆恩，除聘選妃嬪外，凡世宦名家之女皆報名達部，以備選擇，為宮主、郡主之入學陪侍，充為才人贊善之職。」〔註199〕元春省親時，寶釵所作的乃是頌聖之詩。對於現世價值觀，寶釵是積極認可與追求的，她常勸誡寶玉認真讀書，求取功名。因為對傳統規訓的謹嚴遵循，她獲得了權力掌握者的肯定、讚揚，物質上的獎勵與區別對待，成為寶二奶奶的理想人選。元妃的額外封賞，賈母蠲資替她過生日等。而這些獎勵與評價，反過來又加強了寶釵對規訓的遵守。

（六）寶釵之病

從當時的社會規範與價值看，寶釵是成熟而典範的淑女。若從人格發展角度看，其實是一種病態，以壓抑健全自我、獨立人格與自由思想為代價：

> 一個所謂能適應社會的正常人遠不如一個所謂人類價值角度意義上的精神病患者健康。前者很好地適應社會，其代價是放棄自我，以便成為別人期望的樣子。所有真正的個體性與自發性可能都喪失了。〔註200〕

弗洛姆認為，除非一個人能夠超越他的社會，認識到這個社會是如何促成或阻礙人的潛能發展的，否則他就不能全面地論及自己的人性。《紅樓夢》既把人置回歷史與時代中，又有超越時代的人性普遍價值的高度。

寶釵生命中的「熱毒」，是生命原始衝動與傳統規訓的衝突與暫時失序。當薛蟠說她對寶玉有意時，寶釵的反應激烈，「乃至整哭了一夜。次日起來，也無心梳洗，胡亂整理整理。」〔註201〕出於禮教，寶釵對寶玉一直刻意保持距離，「薛寶釵因往日母親同王夫人等曾提過金鎖是個和尚給的，等日後有玉的方可結為婚姻等語，所以總遠著寶玉。」〔註202〕而被薛蟠公開說出，隱藏在她潛意識裏，對寶玉的關心，讓寶釵受到內心道德倫理意識的譴責，摧毀

〔註199〕〔清〕曹雪芹著，脂硯齋批，周汝昌校訂批點本，《石頭記》，頁 59。
〔註200〕〔美〕艾里希・弗羅姆著，《逃避自由》，頁 99。
〔註201〕〔清〕曹雪芹著，脂硯齋批，周汝昌校訂批點本，《石頭記》，頁 367。
〔註202〕〔清〕曹雪芹著，脂硯齋批，周汝昌校訂批點本，《石頭記》，頁 168。

了她建立的道德信心，產生羞愧與罪惡感，一下子毀壞了她極力保持的，理性與道德上的平衡，是對她的倫理自我的一次打擊。寶釵的生命價值建立在儒家道德倫理規訓上，以此獲得一種安全感。寶釵感受到自身情慾的湧動，不斷地用「賢德」來克制與壓抑，感受到煎熬的痛苦，「焦首朝朝還暮暮，煎心日日復年年。」而她所服用的「冷香丸」則象徵著自然，它用於救濟薛寶釵生命中太過強大的自我控制。它扼殺人的自然本性與生命活力。「強行加諸女人而使之成為有教養的少女，這種變成了第二自然的自我控制扼殺了自然本性，壓抑了生命活力，導致了緊張、厭倦。」〔註203〕那隻滴翠亭的蝴蝶，引導寶釵闖入小紅的秘密世界，另一個生命的層次與空間，那是禮制空間之外情慾的釋放空間，引導她生命原欲的覺醒。當寶釵解開排扣，露出裏面的大紅襖與黃金瓔珞時，洩露了她生命中被壓抑的慾望與活力。但正是在潛意識洩露的時刻，我們窺視到了寶釵完整的人性。

　　《紅樓夢》中男主人公賈寶玉的「女兒崇拜論」，表面看來是對女性的崇拜，實則是按男性的理想，對女性生命人為閹割，無視女性真實獨立的生命個體所有複雜與豐富性，他忽略女性生命發展所面對的所有限制。明末清初女性生命發展，呈現出超越傳統性別規訓的中性氣質，這是對女性生命更多樣與可能性的展現。女性不只是男權社會中作為「第二性」的存在，而具有與男性平等的完整的人所具有的能力、才干與品質。作者在傳統性別規訓下，對女性的生命產生強烈衝突，在深層意識形成種種缺陷、軟弱與病態，構成疾病敘事，使讀者對女性生命應如何健康發展，提出思考。

〔註203〕〔法〕西蒙·波伏娃著，李強譯，《第二性》，頁256。

第七章 結 論

第一節 研究心得

一、各章節研究心得

　　《紅樓夢》是中國古典小說史上最偉大的女性小說，作者曹雪芹為「閨閣作傳」，塑造了中國古代龐大的女性群像，全面展現女性生命各個面向，刻畫深層意識，對女性命運作逼真描繪。明末清初是中國歷史上從近現代到現代的轉型時期，女性生命在傳統規訓藩籬下，出現新的變化與發展。也在《紅樓夢》的女性敘事中清晰的呈現出來。本書運用跨學科的研究方法，運以哲學、歷史學、倫理學、空間敘事學、女性主義、精神分析等研究方法，多角度、多面向地深入考察《紅樓夢》的女性敘事。分析明末清初女性生命在傳統束縛下，變化的具體內涵以及發生方式。第二章是對《紅樓夢》女性敘事的歷史、社會語境與文化背景作深入探討，理出《紅樓夢》中女性觀形成的思想源泉與時代推動力，把小說放回到更廣闊的歷史與社會背景上來審視，為深入理解《紅樓夢》女性敘事的獨特性與超越性，奠定思想基礎。一個時代的哲學、歷史與文學創作是相互交融的。只有回到歷史的現場才能真正理解文學作品傳達的精神，準確地理解人物形象。第一節，考察明末清初江南地區的啟蒙思潮對《紅樓夢》寫作的影響。商業文明的發展，直接激發了人慾的興起，程朱理學「存天理，滅人慾」的主張，不再能夠適應時代發展的需要，而日漸僵化、虛偽。陽明心學興起，提出「致良知」、「心即理」，將生命本體從外在的「理」轉向內在的「心」，強調生命的主動性、個體性、

平等性。人可自作主宰，促成生命主體意識的覺醒。受此影響，《紅樓夢》的女性敘事，開始將女性作為人格上自由、平等的個體看待，具有主體意識的覺醒與生命追求的能動性。不再是傳統話語下抽象、乾癟的倫理與道德符號。明清濃厚的情本主義思潮中湯顯祖的「至情說」在理學壓抑下，高揚情感的重要性，肯定人自然豐富的情感慾望與充沛的生命活力，肯定禮教之外，人與人之間的情感聯繫。《紅樓夢》的主旨即「大旨談情」，女性人物或「情」或「痴」，小說充分表現她們的情感、慾望與活力，以及由此帶來的困惑、哀傷與痛苦。人生因情而動，因情而樂，也因情而苦。馮夢龍的「情教觀」區分了「情」與「淫」。受此影響，《紅樓夢》中提出「皮膚濫淫」與「意淫」之別，把合乎事理、建立在感情基礎之上的男女之情，稱作「意淫」，它是對雙方人格的尊重、體貼與關懷，有自然感情的基礎，恩德相結。寶黛之間的木石前盟，是「至情」理想的呈現。作者通過女性人物命運，呈現情、理、欲的關係。

第二節則進一步考察在啟蒙思潮的影響下，明末清初男性文人女性觀的變化與發展。這對於《紅樓夢》女性觀產生更直接的影響。李贄對女性自然情慾、婚姻自主的肯定；從學識、才能等精神層面揭示男女的等同性；對女性超越男性的才華、見識、剛健真率的生命品質的肯定與稱讚；謝肇淛對女子才學的讚美；袁宏道對女子自然流露的性靈的欣賞，鍾惺對女子清新的自然本性與詩歌才華的讚美；葉紹袁「才、德、美」兼具的新型女性美的提出。這些都是《紅樓夢》的女性敘事對女性更真實、深入、複雜的審視，對女性之才作更豐富的展現。超越傳統的更廣闊豐富的女性生命視野與景觀。第三節則考察《紅樓夢》女性敘事的明清文學背景。從《金瓶梅》中的女性之「欲」，到才子佳人小說中才女形象的塑造；再到人情小說對才女悲劇命運的書寫，都為《紅樓夢》的女性敘事奠定了文學基礎。既有繼承，也有超越。

第三章是對《紅樓夢》日常女性敘事的考察。《紅樓夢》第一次對真實女性的日常生活作了深入了全面的細緻的敘事，而日常生活狀態是女性生命的重要內容。明末清初，女性仍以家庭閨閣生活為主要生活空間，但在這樣的空間中，女性的日常生活中開始出現了新的變化與內容，蘊含著現代性的萌芽，對傳統規訓的反叛。本章在文本細讀的基礎上，以文史互證的研究方法，選取女性日常生活產生新的變化的三種活動，包括閱讀、寫作與家庭管理，進行深入考察。還原當時女性日常生活的細節，考察在傳統藩籬下，女性在

家庭日常生活中新的變化與反抗的內涵以及具體方式。

第一節考察明末清初女性的閱讀生活，經濟的發展，促使了坊刻業的發達，書籍開始大量刻製與流通，這使當時女性的閱讀率大大提高，閱讀書籍種類豐富。雖然，「女子無才便是德」的傳統觀念仍是主流，女誡女訓是女性最重要的閱讀內容。但是閱讀客觀上提高了女性的文化修養，激發了女性生命意識，也為單調孤獨的閨閣生活增添了豐富的精神內涵，女性得以在閱讀中超越傳統規訓的束縛，獲得知、情、意的滿足與發展，與外在的更廣闊的世界有了一定的連結。第二、三節研究最具有典型性的兩種閱讀態度是黛玉「情迷」式與寶釵「訓誡」式。是女性生命的內在情感匱乏及渴望，與男權社會對女性「賢德持家」的規訓理想在閱讀活動上的呈現。

在閱讀的基礎上，第四節考察明末清初的女性寫作活動，在男性文人的支持、家庭內部的結社，都創造了女性寫作的新空間，構築了家族內部的文化圈，家族女性之間的相互酬唱，促進了女性寫作尤其是詩歌寫作的活躍。詩歌寫作，雖然還是限制在家庭閨閣內，但創造了一個話語空間，可以使女性得以在其中擁有了話語權，可以表現自己的才華、天賦、個性與情感，創造了一個非正式的權力和自由空間、審美與精神空間，這對於女性仍然受壓抑與限制的現實人生，產生了精神的慰藉與補償；

第五節考察女性的家庭事務的管理。傳統女主內男主外的角色分工基礎上，由於賈府男性力量的衰頹，女性扛起了家族管理與改革的重擔。雖然，仍然限制在家庭內部，但它提供了舞臺，表現出她們超越於男性的卓越的見識、管理的能力、高度的責任與擔當，以及改革的魄力。這三方面的日常生活呈現出了明末清初女性生命在傳統規訓中的發展。

第四章是對《紅樓夢》女性倫理敘事的考察。《紅樓夢》是一部倫理內涵非常豐富的小說，表現得最為全面而深刻的，即是中國傳統家庭倫理文化。傳統倫理制度對女性生命的限制非常嚴格，她們都以某種倫理身份生存，受到具體倫理規範的約束，處在具體現實的倫理處境中，與自我、他人產生種種衝突，陷入種種困境，並在其中掙扎，作出她們的倫理選擇，並直接影響命運走向。第一節考察賈府的倫理混亂，這是女性所處的家族倫理環境。在倫理混亂中，女性或者淪為男性的玩物，或者成為男性的幫凶，或者冷漠逃避以求自保；作者表現出明顯的倫理意識。對家族倫理混亂的懺悔，對傳統之禮的推重，對倫理敗壞行為的懲罰以及對家族發展的倫理責任意識。

第二節考察賈府女性家庭倫理關係。傳統不合理的倫理制度對女性生命產生巨大傷害，尤其是父權婚姻制、一夫一妻多妾制，造成了妻妾相爭，女性之間的相互殘害與打擊報復，婚姻悲劇，使得女性心靈扭曲、人格分裂、真情喪失。隨著女性自我意識增強，一些女性開始有意識地反叛傳統倫理制度，主宰自己的命運。

第三節考察賈府女性在倫理制度下的反叛，抗婚、自殺、出家等等，多以失敗告終，雖不能撼動堅固的傳統倫理制度，但在這個過程中，女性表現出生命的主動性與權力意識，不再作為被動的受害者。在這樣的倫理混亂中，女性人物身上亦展現出可貴的倫理品質。

第四節考察賈府女性倫理品質，天倫親情、樸素節制、慈善仁厚、理性剛健等等。這些優秀的儒家倫理品德，對我們今天應當如何生活仍是積極的啟示，具有永恆的價值。

第五章是對《紅樓夢》女性空間敘事的考察，以大觀園女兒空間為主要考察對象。大觀園是具有多重屬性的空間，它是一個青春少女的樂園，呈現烏托邦式的詩意理想。第一節考察大觀園空間的詩意與理想。《紅樓夢》繼承了中國園林美學傳統、傳統的桃花源敘事，以及明清戲曲小說中的後花園傳統。一個充滿情感體驗、精神超越、生命關懷的詩意棲居的審美世界。曹雪芹建立了這個烏托邦，卻又呈現了詩意樂園內部自我敗壞的過程。第二、三節考察大觀園空間的現實性與虛幻性。揭示作者對於人性、社會及歷史真相的作理性反思，揭示現實的複雜性與矛盾性。而這個過程又是通過寶玉的偷窺視角。第四節劉姥姥進大觀園，呈現了大觀園空間的病態，與劉姥姥大母神般的生命力量與價值。大觀園是沒有根基、自我封閉、虛幻精緻的金字塔，也呈現出一種拯救的可能性。注定沒有未來。唯一的救贖是直面與開放，與外在的世界互動，經世致用，進行改革並發展生產力。

第六章是用女性主義、精神分析與疾病敘事，考察《紅樓夢》女性深層的生命意識。寶玉的女兒崇拜論是小說中關於女性的重要觀點，表面看來是對女性的崇拜，實則是按男性理想，對女性生命的人為閹割，無視女性作為真實獨立生命個體的所有複雜性與豐富性，忽略女性生命發展面對的限制。第一節辨析寶玉的女兒崇拜論。明末清初女性生命呈現出超越傳統性別規訓的中性氣質，展現女性生命更多豐富性與可能性。女性不只是男權社會中作為「第二性」的存在，而具有了與男性平等作為完整的人所具有的能力、才

干與品質。史湘雲的身體政治、王熙鳳的生命慾望、賈探春的自卑與超越，都顯現出區別於傳統規訓的中性氣質。第二節對此進行深入考察。同時，《紅樓夢》的女性多數都有疾病，這些疾病不僅是生理上的，它是在傳統性別規訓下，女性生命內部產生的強烈衝突，在深層意識中形成的種種缺陷、軟弱與病態，構成《紅樓夢》豐富的疾病敘事。第三節考察《紅樓夢》中的女性疾病。林黛玉的「弱症」呈現出黛玉作為一個傳統才女，生命的缺陷與神經症人格。而薛寶釵的「熱毒」則是傳統規訓下的道德人格對生命自然慾望的壓抑所致。

二、從「少女崇拜」到「母神崇拜」

根據以上各章節的研究，明末清初的女性生命雖然還是被限制在家庭與閨閣內，但已經具有一定空間和機會，去開展出生命更豐富的內涵與更全面的能量。但由於女性沒有獨立的經濟地位，依附於婚姻，個體獨立人格無從建立。一夫一妻多妾制度，是對女性人格與尊嚴的傷害，在這樣不合理的倫理制度下，女性生命被迫消耗在奪取有限資源，爭風吃醋，互相殘害中，形成嫉妒、冷酷的扭曲變態心理。父權制婚姻制度下，女性沒有婚戀自由。優秀如寶釵，也只能「金簪雪裏埋」，在孤獨壓抑的不幸婚姻中，耗盡一生。女性生命沒有任何法律保障，「七出」是為了保障父權社會男性在婚姻中的權威與對女性的統治，而設立的不平等且反人性的條列。女性只能作為父權社會的奴隸存在，生命出口狹窄。大觀園這樣的烏托邦只是暫時的逃避，醜陋的現實終將露出其猙獰的面目。寶玉的「少女崇拜」只是滿足男性對女性的詩意幻想，並非把女性作為獨立完整的生命個體，對女性真實的生命處境與命運的正視。因此要真正改變女性的命運悲劇，必定要在社會現實的倫理觀念、制度保障等層面進行改革，女性受教育的權力必須被保障。社會應為女性提供與男性平等的工作機會，讓她們在能夠得到經濟獨立的同時，有更多機會在外在的世界中創造價值，實現女性生命更加全面的發展。

在不合理的現實制度下，現實生活的冷酷，庸俗瑣碎的日常終會將女性消磨成寶玉所討厭的「魚眼睛」、「死珠」。這是女性的現實生命發展必須經過的階段，但在這個過程中，女性也有機會焠鍊出深厚的生活智慧、堅韌的意志力量、對人性的深切理解與寬厚仁愛，以及超越的渴望、自我意識的覺醒，而沉澱與昇華為一種母神精神。「在現實人生裏，女性讀者更必須面對和承擔

成年人的角色職能，如何把這些角色扮演完善，讓人生綻放出更強大的能量而實踐更豐富的可能，是小說中金釵要面對的問題，也是讀者應該思考的問題。」〔註1〕「少女崇拜」最終應發展為「母神崇拜」。這才是女性生命更完整與全面的力量呈現。

第二節　研究展望

未來本書可期在兩個研究方向上作出更加深入的研究。

一、《紅樓夢》的空間敘事研究

（一）已有研究成果

古典小說的結構偏重於時間的相續性，現代小說的結構則側重於空間的廣延性。《紅樓夢》雖是古典小說，但在空間結構上卻表現出現代小說的風範，表現出明顯的空間自覺性，在敘事中展現出了微妙複雜的空間結構，其空間藝術遠遠超越了時代。浦安迪在《中國敘事學》中指出：「在中國文學的主流中，空間感往往優先於時間感。從上古的神話到明清章回小說，大都如此。」〔註2〕王彬於1998年出版的《紅樓夢敘事》，是第一部從敘事學角度研究《紅樓夢》的著作，但更多是從時間角度談論《紅樓夢》的時空關係。張世君於1999年出版的《〈紅樓夢〉的空間敘事》是空間敘事研究的先行之作。本書在理論上的創新意義在於建構了一個自成體系的全新的空間敘事構架，填補了紅學研究對空間敘事藝術整體研究的空白，認為場景空間、香氣空間及夢幻空間，共同構築了《紅樓夢》的故事敘事。在他這裡，《紅樓夢》的空間維度已經成為推進敘事進程的動力，成為小說敘事的結構性因素。《紅樓夢》的「循環的時間框架」使時間具有了空間形態，空間成為了表現人物故事、小說意蘊和哲理內涵的載體，空間就成了敘事推進的主要動力。

大觀園女兒國是《紅樓夢》中的女兒樂園，是融合現實與夢境，詩意與哲思的重要敘事空間。在此一空間中，小說展開其獨特的女性敘事，將此空間中女性的生命活動，在多層次、多維度、多形式的空間敘事中表現出來，聚集了各種空間敘事的藝術手法，產生了豐富的空間敘事詩學的價值與意義。然而在《紅樓夢》的大觀園空間研究中，目前的研究思路主要還是對大

〔註1〕 歐麗娟著，《大觀紅樓（母神卷）》，頁365。
〔註2〕 浦安迪著，《中國敘事學》（北京：北京大學出版社，2018年），頁138。

觀園空間作索引或考據方法的研究，例如：研究大觀園在現實生活中的原型，或是對大觀園平面的空間意象、植物、布局、居所等作靜態研究，研究它們與人物形象、命運之間的關係。而以空間敘事的角度對大觀園作研究者還較少見，從女性角度切入大觀園空間敘事研究的，更是寥寥無幾。因此未來研究可期聚焦大觀園女性空間敘事，以文本實驗場域，深入系統研究大觀園女性空間敘事所涉及的空間類型、構成要素、個體微觀空間；空間敘事展開的方法、形式；空間敘事建立的哲學與文化淵源；空間敘事與人物形象的關係；空間敘事的思想內蘊、文化淵源，民族審美以及對敘事文本的詩學價值等。通過這一研究，嘗試開掘空間敘事的研究視角在中國古典小說中的研究領域。

（二）未來可研究主題

1、大觀園女性空間敘事所涉及到的空間類型、構成要素
2、大觀園女性空間敘事展開的方法、形式
3、大觀園女性空間敘事與人物形象
4、大觀園女性空間敘事的哲學與文化淵源
5、大觀園女性空間敘事的思想內蘊、詩學價值

（三）中國古典小說的空間敘事研究

目前文學作品的空間敘事研究主要集中在外國文學及中國現當代文學作品的研究上，相比較之下，對中國古典小說的空間敘事研究則較少，論文數量很有限。但實際上空間性是中國古典小說的敘事邏輯中殊為特別與鮮明的特性，「具體到我國古老的敘事傳統，我們發現中國敘事並不如西方敘事那樣具有堅定的時間信仰，中國傳統敘事邏輯彰顯了鮮明的空間特性。」〔註3〕將空間敘事的研究方法與角度，引入中國古典小說文本的研究之中，是對中國古典小說藝術價值、詩學價值、思想價值等的新發掘。在此基礎上，可進一步研究空間敘事背後所蘊含的深刻豐富的文化淵源與集體無意識、民族審美心理等重要問題。楊義在《中國古典小說史論》中，發現了中國敘事文本中的空間特徵。《山海經》實則一種地理敘事，《世說新語》中的山水意識，敦煌變文中敦煌的地域特色以及《紅樓夢》的時空結構。2009 年，在黃霖等著

〔註 3〕王瑛著，〈空間敘事：中國敘事學學科建構的邏輯基點〉，《華南農業大學學報（社會科學版）》，2006 年第 3 期，頁 123。

《中國古代小說敘事三維論》中，韓曉首次提出了中國古代空間敘事理論框架。王瑛認為，這個框架的「意義不僅僅在於這個框架的內容是什麼，而是在於提出框架這件事實本身。它標誌著中國古代空間敘事理論建構事實上的可能性、可行性，以及中國學者建構中國敘事學的能力。」〔註4〕其空間敘事理論架構中，包括小說空間的哲學淵源；古代小說空間的構成要素、構成特點，空間表現的主要方式；空間敘事的結構方式、小說空間與思想內蘊的關係等。由《紅樓夢》的空間敘事研究可以進一步拓展深入到中國古典小說的空間敘事研究的課題。

二、《紅樓夢》疾病與倫理敘事研究

《紅樓夢》的賈府是一個病體，而寄生在這個病體內的女性都是有病的。疾病是生命的本源與外在社會、體制等因素不協調所產生的內在紊亂。疾病與文學、文化的關係源遠流長，疾病主題一直都是文學中的重要內容。在人類文化的發展過程中，疾病積澱了豐富的象徵意蘊。中國古典小說中的疾病敘事是豐富的，然而對它的研究不足。疾病敘事研究具有豐富的價值與意義，包括文化、人類學、社會、個人深層心理、生命倫理等。疾病敘事研究可期展開的研究主題：

（一）疾病中蘊含的歷史文化與道德倫理意義。

（二）疾病呈現外在社會的病態。

（三）疾病呈現出生命本源的靈氣，疾病美學構成個體生存美學。

（四）疾病呈現了生命不被社會意識壓抑的慾望衝突。

（五）疾病與治療。體現一種生命的限制，引發我們的思考，如何才是
真正的健康。

（六）「疾病」文學化的表現，融入敘事。考察疾病在小說敘事形式與
結構上的呈現。

〔註 4〕王瑛著，〈空間敘事：中國敘事學學科建構的邏輯基點〉，頁 123。

參考文獻

依出版先後排列

一、專書

（一）古代典籍

1. 〔清〕錢謙益著，《列朝詩集小傳》，上海：古籍文學出版社，1957 年。
2. 〔明〕謝肇淛著，《五雜俎》，北京：中華書局，1959 年，初版。
3. 〔明〕李贄著，《焚書》，北京：中華書局，1975 年。
4. 〔明〕馮夢龍著，《情史類略》，長沙：嶽麓書社，1984 年。
5. 〔清〕蔣瑞藻著，《小說考證》，上海：上海古籍出版社，1984 年，1 版 1 刷。
6. 〔明〕湯顯祖著，《邯鄲夢》，臺北：臺灣開明書店，1986 年，臺 2 版。
7. 〔明〕馮夢龍編，《古今小說》，臺北：里仁書局，1991 年，未著版次。
8. 丁錫根編，《中國歷代小說序跋集》，北京：人民文學出版社，1996 年，1 版 1 刷。
9. 〔明〕張岱著，《陶庵夢憶》，上海：上海遠東出版社，1996 年。
10. 〔清〕袁枚著，《隨園詩話》，揚州：江蘇廣陵古籍刻印社，1998 年。
11. 〔明〕張岱著，《西湖夢尋》，周志文導讀，臺北：金楓出版社，1999 年，革新 1 版。
12. 〔戰國〕莊周著，《莊子今註今譯》，陳鼓應注釋，臺北：臺灣商務印書館，1999 年，修訂版 1 刷。
13. 〔東周〕李耳著，《老子今注今譯》，陳鼓應校注，臺北：臺灣商務印書館，2000 年，3 修版 1 刷。
14. 〔清〕沈善寶著，《名媛詩話》，《續修四庫全書》，上海：上海古籍出版社，2002 年。
15. 〔元〕王實甫著、張燕瑾校注，《西廂記》，北京：人民文學出版社，2005 年。

16. 〔清〕孔尚任著、王季思、蘇寰中、楊德評注,《桃花扇》,北京:人民文學出版社,2005 年。

17. 〔明〕湯顯祖著、徐朔方,楊笑楊校注,《牡丹亭》,北京:人民文學出版社,2005 年。

18. 〔明〕馮夢龍編、嚴敦易校注,《警世通言》,北京:人民文學出版社,2007 年。

19. 〔明〕馮夢龍編、顧學頡校注,《醒世恆言》,北京:人民文學出版社,2007 年。

（二）《紅樓夢》專書

1. 瀟湘著,《紅樓夢與禪》,臺北:獅子吼月刊社,1970 年,初版。

2. 潘重規著,《紅學六十年》,臺北:文史哲出版社,1974 年,初版。

3. Wong Kam Ming（翁開明）著、黎登鑫譯,《紅樓夢的敘述藝術》臺北:成文出版社,1977 年,初版。

4. 〔清〕王雪香著,《紅樓夢評贊》,臺北:新文豐出版社,1980 年,初版。

5. 宋隆發編,《紅樓夢研究文獻目錄》,臺北:臺灣學生書局,1982 年,初版。

6. 劉夢溪著,《紅樓夢新論》,北京:中國社會科學出版社,1982 年,1 版 1 刷。

7. 劉夢溪選編,《紅學三十年論文選編》,天津:百花文藝出版社,1982～1984 年,1 版 1 刷。

8. 胡德平著,《三教合流的香山世界》,北京:文化藝術出版社,1985 年,1 版 1 刷。

9. 余英時、周策縱等著,《曹雪芹與紅樓夢（上、下）》,臺北:里仁出版社,1985 年,初版。

10. 朱一玄編,《紅樓夢資料匯編》,天津:南開大學出版社,1985 年,1 版 1 刷。

11. 一粟編,《紅樓夢卷（全二冊）》,北京:北京中華書局,1985 年,1 版 4 刷。

12. 陳慶浩編著,《新編石頭記脂硯齋評語輯校（增訂本）》,臺北:聯經出版公司,1986 年,增訂再版。

13. 王崑崙（太愚）著,《紅樓夢人物論》,臺北:長安出版社,1988 年,初版。

14. 郭豫適編,《紅樓夢研究文選》,上海:華東師範大學出版社,1988 年,1 版 1 刷。

15. 俞平伯著,《紅樓夢研究》,臺北:里仁書局,1988 年,初版 2 刷。

16. 羅德湛著，《紅樓夢的文學價值》，臺北：東大圖書，1991 年，增訂初版。

17. 孫遜著，《紅樓夢探究》，臺北：大安出版社，1991 年，1 版 1 刷。

18. 朱淡文著，《紅樓夢研究》，臺北：貫雅文化事業，1991 年，初版。

19. 周中明著，《紅樓夢——迷人的藝術世界》，臺北：貫雅文化事業，1991 年，1 版 2 刷。

20. 呂啟祥著，《紅樓夢會心錄》，臺北：貫雅文化事業，1992 年，初版。

21. 王關仕著，《紅樓夢研究》，臺北：東大圖書，1992 年，初版。

22. 王國維、俞銘衡、林語堂等著，《紅樓夢藝術論》，臺北：里仁書局，1994 年，初版。

23. 朱彤著，《紅樓夢散論》，南京：南京大學出版社，1994 年，1 版 1 刷。

24. 嚴明著，《紅樓釋夢》，臺北：洪葉文化事業，1995 年，初版 1 刷。

25. 余英時著，《紅樓夢的兩個世界》，臺北：聯經出版事業，1996 年，初版 5 刷。

26. 潘重規著，《紅樓血淚史》，臺北·東大圖書，1996 年，初版。

27. 梅新林著，《紅樓夢哲學精神》，上海：學林出版社，1996 年，1 版 2 刷。

28. 林方直著，《紅樓夢符號解讀》，呼和浩特：內蒙古大學出版社，1996 年，1 版 1 刷。

29. 吳競存編，《紅樓夢的語言》，北京：北京語言學院出版社，1996 年，1 版 1 刷。

30. 李希凡著，《紅樓夢藝術世界》，北京：文化藝術出版社，1997 年，1 版 4 刷。

31. 王佩琴著，《紅樓夢夢幻世界解析》，文津出版社，1997 年，初版 1 刷。

32. 馮其庸著，《曹雪芹家世新考（增訂本）》，北京：文化藝術出版社，1997 年，1 版 1 刷。

33. 王關仕著，《微觀紅樓夢》，臺北：東大圖書，1997 年，初版。

34. 王達敏著，《何處是歸程——從《紅樓夢》看曹雪芹對生命家園的探尋》，鄭州：大象出版社，1997 年，1 版 1 刷。

35. 郭玉雯著，《紅樓夢人物研究》，臺北：里仁書局，1998 年，初版。

36. 張寶坤選編，《名家解讀紅樓夢》，濟南：山東人民出版社，1998 年，1 版 1 刷。

37. 胡文彬著，《酒香茶濃說紅樓》，太原：山西教育出版社，1998 年，1 版 1 刷。

38. 薩孟武著，《紅樓夢與中國舊家庭》，臺北：東大圖書，1998 年，5 版。

39. 胡文彬著，《夢香情癡讀紅樓》，太原：山西教育出版社，1998 年，1 版

1 刷。

40. 張世君著,《紅樓夢的空間敘事》,北京:中國社會科學出版社,1999 年,
1 版 1 刷。

41. 劉夢溪著,《紅樓夢與百年中國》,石家莊:河北教育出版社,1999 年,
1 版 1 刷。

42. 宋淇著,《紅樓夢識要——宋淇紅學論文集》,北京:中國書店,2000 年,
1 版 1 刷。

43. 許玫芳著,《紅樓夢中夢的解析》,臺北:文史哲出版社,2000 年,初版。

44. 周策縱著,《紅樓夢案——棄園紅學論文集》,香港:香港中文大學出版
社,2000 年,初版。

45. 吳世昌著,《紅樓探源》,北京:北京出版社,2000 年,1 版 1 刷。

46. 陳維昭著,《紅學與二十世紀學術思想》,北京:人民文學出版社,2000
年,1 版 1 刷。

47. 蔡義江著,《紅樓夢詩詞曲賦評注(修訂本)》,北京:團結出版社,2000
年,1 版 5 刷。

48. 朱淡文著,《紅樓夢論源》,南京:江蘇古籍出版社,2000 年,1 版 2 刷。

49. 吳新雷、黃進德著,《曹雪芹江南家世叢考》,哈爾濱:黑龍江教育出版
社,2000 年,1 版 1 刷。

50. 胡文彬著,《夢裏夢外紅樓緣》,北京:中國書店,2000 年,1 版 1 刷。

51. 唐富齡著,《紅樓夢的悲劇意識與旋律美》,武昌:武漢大學出版社,2000
年,1 版 1 刷。

52. 胡文彬著,《冷眼看紅樓》,北京:中國書店,2001 年,1 版 1 刷。

53. 張國星編,《胡適、魯迅、王國維解讀紅樓夢》,瀋陽:遼海出版社,2001
年,1 版 1 刷。

54. 周中明著,《紅樓夢的語言藝術》,臺北:里仁書局,2001 年,初版 2 刷。

55. 呂啟祥、林東海主編,《紅樓夢研究稀見資料匯編(上、下)》,北京:北
京人民文學出版社,2001 年,1 版 1 刷。

56. 〔清〕曹雪芹、高鶚原著,周汝昌點校,《周汝昌校訂批點本石頭記》,
南京:譯林出版社,2011 年 8 月,第一版。

57. 黃一農著,《二重奏:紅學與清史的對話》,新竹:清大出版社,2014 年,
初版。

58. 王懷義著,《紅樓夢詩學精神》,臺北:里仁書局,2015 年,初版。

59. 歐麗娟著,《大觀紅樓(母神卷)》,臺北:國立臺灣大學出版中心,2015
年。

（三）其他

1. Wilfred L. Guerin（朗格）等編、徐進夫譯，《文學欣賞與批評》，臺北：幼獅出版社，1975 年第 1 版。

2. 〔民國〕施淑儀，《清代閨閣詩人徵略》，上海：上海書店，1987 年。

3. 錢鍾書著，《談藝錄》，臺北：藍燈文化，1987 年初版。

4. 龔鵬程著，《文化、文學與美學》，臺北：時報出版社，1988 年初版。

5. 魯迅著，《魯迅小說史論文集——中國小說史略及其他》，臺北：里仁書局，1994 年初版 2 刷。

6. 鄭培凱著，《湯顯祖與晚明文化》，臺北：允晨文化，1995 年初版。

7. 〔美〕馬克夢著，《吝嗇鬼、潑婦、一夫多妻者》，人民文學出版社，2001 年第 1 版。

8. 張宏生、張雁編，《古代女詩人研究》，武漢：湖北教育出版社，2002 年第 1 版。

9. 張宏生編，《明清文學與性別研究》，南京．江蘇古籍出版社，2002 年第 1 版。

10. 王春榮著，《女性生存與女性文化詩學》，瀋陽：遼寧大學出版社，2002 年第 1 版。

11. 陳平原等編，《晚明與晚清：歷史傳承與文化創新》，武漢：湖北教育出版社，2002 年第 1 版。

12. 孫康宜著，《文學經典的挑戰》，北京：百花洲文藝出版社，2002 年第 1 版。

13. 〔清〕柳如是撰，《柳如是集》，中國美術學院出版社，2002 年。

14. 〔澳〕李木蘭、聶友軍著，《清代中國的男性與女性：《紅樓夢》中的性別》，北京：北京大學出版社，2004 年 9 月第 1 版。

15. 〔美〕孫康宜著，《詞與文類研究》，北京：北京大學出版社，2004 年第 1 版。

16. 鄧紅梅撰，《梅花如雪悟香禪》，上海：上海古籍出版社，2004 年第 1 版。

17. 宋致新著，《長江流域的女性文學》，武漢：湖北教育出版社，2004 年第 1 版。

18. 〔美〕伊沛霞，《內闈》，南京：江蘇人民出版社，2004 年第 1 版。

19. 熊月之，熊秉真主編，《明清以來江南社會與文化論集》，上海：上海社會科學院出版社，2004 年第 1 版。

20. 文潔華著，《美學與性別衝突》，北京大學出版社，2005 年第 1 版。

21. 〔美〕高彥頤（Dorothy Ko）著，李志生譯，《閨塾師》，南京：江蘇人

民出版社，2005 年第 1 版。

22. 〔美〕王德威著，《被壓抑的現代性》，北京：北京大學出版社，2005 年第 1 版。

23. 高建平、王柯平主編，《美學與文化‧東方與西方》，安徽教育出版社，2006 年。

24. 郭愛妹著，《女性主義心理學》，上海：上海教育出版社，2006 年，第 1 版。

25. 弗里克著，《女性主義哲學生活》，北京：生活‧讀書‧新知三聯書店，2006 年 6 月第 1 版。

26. 陳水雲著，《明清詞研究史》，武漢：武漢大學出版社，2006 年第 1 版。

27. 常建華著，《婚姻內外的古代女性》，中華書局，2006 年第 1 版。

28. 〔美〕浦安迪著，《明代小說四大奇書生活》，生活‧讀書‧新知三聯書店，2006 年第 1 版。

29. 段繼紅著，《清代閨閣文學研究》，天津：南開大學出版社，2007 年第 1 版。

30. 胡文楷編，張宏生增訂，《歷代婦女著作考》，上海：上海古籍出版社，2008 年第 2 版。

31. 馬元曦、康宏錦主編，《西方女性主義文學文化譯文集》，桂林：廣西師範大學出版社，2008 年，第 1 版。

32. 葉嘉瑩著，《葉嘉瑩說詩講稿》，北京：中華書局，2008 年第 1 版。

33. 〔美〕高彥頤著，《纏足》，南京：江蘇人民出版社，2009 年第 1 版。

34. 王英志著，《清代閨秀詩話叢刊》，鳳凰出版社，2010 年。

35. 〔法〕波伏瓦（Beauvoir）著，《第二性》，上海譯文出版社，2010 年第 1 版。

36. 〔美〕浦安迪著，《浦安迪自選集生活》，生活‧讀書‧新知三聯書店，2010 年第 1 版。

37. 鄧小南、王政、游鑒明主編，《中國婦女史讀本》，北京大學出版社，2011 年第 1 版。

38. 朱一玄編，《明清小說資料選編》，天津：南開大學出版社，2012 年第 1 版。

39. 盧葦菁著，秦立彥譯，《矢志不渝：明清時期的貞女現象》，南京：江蘇人民出版社，2012 年第 1 版。

40. 〔美〕黃衛總，《中華帝國晚期的欲望與小說敘述》，南京：江蘇人民出版社，2012 年第 1 版。

41. 胡纓著，《重讀中國女性生命故事》，南京：江蘇人民出版社，2012 年第

1 版。

42. 〔澳〕雷金慶著，《男性特質論》，南京：江蘇人民出版社，2012 年第 1
版。

43. 商偉著，《禮與十八世紀的文化轉折生活》，生活·讀書·新知三聯書店，
2012 年第 1 版。

44. 魯曉鵬著，《從史實性到虛構性》，北京：北京大學出版社，2012 年第 1
版。

45. 孫康宜著，《情與忠》，北京：北京大學出版社，2012 年第 1 版。

46. 李國彤著，《女子之不朽：明清時期的女教觀念》，廣西師範大學出版社，
2014 年第 1 版。

47. 朱良志著，《中國美學十五講》，北京：北京大學出版社，2015 年第 1 版。

48. 朱政惠主編，《海外中國學評論》，上海：上海辭書出版社，2015 年第 1
版。

49. 宋清秀著，《清代江南女性文學史論》，上海：上海古籍出版社，2015 年
第 1 版。

50. 趙崔莉著，《被遮蔽的現代性──明清女性的社會生活與情感體驗》，智
慧財產權出版社，2015 年第 1 次印刷。

51. 陳東原著，《中國婦女生活史》，商務印書館，2015 年 7 月第 1 版。

52. 夏志清著，何欣等譯，《中國古典小說》，香港：中文大學出版社，2016
年。

二、單篇論文

（一）期刊論文

1. 何仲生著，〈文化視野裏的明末清初小說女性形象〉，《紹興師專學報》，
1989 年 04 期，頁 104～110。

2. 田同旭著，〈女性在明末清初小說中地位的變化〉，《山西大學學報（哲學
社會科學版）》，1992 年 01 期，頁 83～87。

3. 呂啟祥著，〈紅樓夢與中國現代女性文化形象的塑立〉，《紅樓夢學刊》，
1994 年第 1 輯。

4. 紀德君著，〈男權主義土壤上萌生的「惡之花」──論明末清初小說中的
「惡婦」形象〉，《青海師範大學學報（哲學社會科學版）》，1995 年 02
期，頁 33～39。

5. 〔臺灣〕李黶梅著，〈從中國父權制看紅樓夢中的大觀園意義〉，《紅樓夢
學刊》，1996 年第 2 輯，頁 91～116。

6. 徐揚尚著，〈紅樓夢女性話語的社會與文化語境〉，《鹽城師專學報（哲學

社會科學版)》，1996 年第 2 期，頁 20～25。

7. 郭延禮著，〈明末清初女性文學的繁榮及其主要特徵〉，《文學遺產》，2002年 06 期，頁 68～78。

8. 張向榮著，〈明末清初世情小說中女性在兩種文化下的審美意蘊和生存價值〉，《北方論叢》，2005 年 03 期，頁 35～39。

9. 宋海燕著，〈紅樓夢中女子文學活動探析〉，《遼寧教育行政學院學報》，2005 年 11 月，頁 104～106。

10. 董雁著，〈女性主義觀照下的他者世界──對明末清初才子佳人小說的一種解讀〉，《西北農林科技大學學報（社會科學版)》，2005 年 06 期，頁 124～127。

11. 王萌著，〈清時期女性筆下的姐妹情誼〉，《河南教育學院學報（哲學社會科學版)》，2005 年 04 期，頁 119～122。

12. 饒道慶著，〈紅樓夢與女性主義文學批評引論〉，《溫州師範學院學報（哲學社會科學版)》，2005 年 6 月，頁 34～38。

13. 張翼著，〈紅樓夢女權意識範疇建構之初探〉，《河南師範大學學報（哲學社會科學版)》，2006 年 5 月，頁 179～181。

14. 饒道慶著，〈紅樓夢中棄女群像與性政治〉，《紅樓夢學刊》，2006 年第四輯，頁 119～133。

15. 謝擁軍著，〈杜麗娘的情夢與明末清初女性情愛教育〉，《北京師範大學學報（社會科學版)》，2007 年 04 期，頁 47～54。

16. 成海霞著，〈明末清初長篇家庭小說女性形象的文化解讀〉，《運城學院學報》，2008 年 06 期，頁 69～72。

17. 聶瑋著，〈從崔鶯鶯、杜麗娘、李香君看元明末清初文學女性覺性歷程〉，《理論導刊》，2008 年 11 期，頁 12～16。

18. 楊林夕著，〈明末清初通俗長篇小說中的女性形象及其情慾觀的演進〉，《廣西社會科學》，2008 年 10 期，頁 141～145。

19. 馬興國著，〈從才子佳人小說到紅樓夢女性形象愛情追求意識嬗變研究〉，《現代語文（文學研究版)》，2009 年 10 期，頁 86～87。

20. 劉雨過著，〈論明末清初小說中的「懼內」〉，《河池學院學報》，2009 年06 期，頁 33～36。

21. 田靜著，〈評析明末清初小說中女性的現實復仇〉，《晉中學院學報》，2009年 04 期，頁 16～18。

22. 陳秋蓮著，〈紅樓夢與清代女性家長權研究〉，《韶關學院學報·社會科學》，2009 年 4 月，頁 100～103。

23. 孔令彬著，〈紅樓夢中的閨閣私語情話〉，《貴州文史叢刊》，2009 年第 1期，頁 17～21。

24. 周穎著，〈紅樓夢女性形象的「香化」特色研究〉，《烏魯木齊職業大學學報》，2011 年第 3 期，頁 29～32。

25. 孫宏哲著，〈明末清初長篇世情小說中女性的醜怪身體〉，《吉林師範大學學報（人文社會科學版）》，2011 年 02 期，頁 11～13。

26. 張媛著，〈男性歷劫和女性閹割的雙重主題——試闡紅樓夢的男性寫作視角〉，《明末清初小說研究》，2001 年第 2 期，頁 162～172。

27. 夏雪飛著，〈跨越女性身份的藩籬 ——以明末清初至現代幾部家族小說為例〉，《杭州師範大學學報（社會科學版）》，2011 年 03 期，頁 58～64。

28. 韓希明著，〈論明末清初小說中主母對宗族興衰的操控和影響〉，《明末清初小說研究》，2011 年 02 期，頁 63～71。

29. 李豔潔、賈辰著，〈大觀園中的精神力量——紅樓夢中女性的男性氣質研究〉，湖南科技學院學報，2011 年 11 月，頁 30～32。

30. 劉展著，〈明末清初江南女性文化與紅樓夢女性觀解讀〉，《江西社會科學》，2012 年 04 期，頁 93～97。

31. 李停停著，〈論明末清初擬話本小說貞節列女形象的成因〉，《西安建築科技大學學報（社會科學版）》，2013 年 01 期，頁 51～55。

32. 管先恒著，〈論紅樓夢的文學倫理學意義〉，《江淮論壇》，2014 年 2 月，頁 183～186。

33. 劉敏著，〈論明末清初小說中的女性悍妒文化——以聊齋誌異中的「悍妒婦」形象為例〉，《陝西學前師範學院學報》，2015 年 06 期，頁 57～60。

34. 嚴忠良著，〈紅顏薄命：男權話語下的明末清初女性醫療〉，《華北水利水電大學學報（社會科學版）》，2015 年 01 期，頁 150～153。

35. 馮文麗著，〈大觀園：「新關係」的空間〉，《紅樓夢學刊》，2015 年第 3 輯，頁 175～198。

36. 張璐著，〈層次與空間：明末清初女性閨閣文化的多維度視角〉，《華中師範大學研究生學報》，2015 年 3 月，頁 130～133。

37. 趙炎秋著，〈紅樓夢中的性政治及其建構〉，《湘潭大學學報（哲學社會科學版）》，2015 年 7 月，頁 90～94。

38. 王永鵬著，〈寡母、正妻與妾——明末清初小說中的女性與父權制〉，《大眾文藝》，2016 年 17 期，頁 32～33。

39. 彭娟著，〈明末清初家族小說中陰盛陽衰現象研究〉，《湖南工業大學學報（社會科學版）》，2016 年 03 期，頁 110。

40. 李兆悅、馬立武著，〈紅樓夢中女性教育思想研究及對女子教育的影響〉，《理論界》，2016 年第 10 期，頁 84～89。

41. 劉之淼著，〈從紅樓夢看清代女子教育〉，《教育評論》，2016 年第 4 期，頁 157～160。

42. 周英著,〈紅樓夢中的女性閱讀〉,《科技文獻信息管理》,2016 年第 2 期,頁 55～58。

43. 藍青著,〈紅樓夢與明末清初才女文化〉,《紅樓夢學刊》,2016 年第二輯,頁 329～340。

44. 曹慧敏、陶慕寧著,〈明末清初女性文學的興盛——基於文學生態角度的考察〉,《山東大學學報(哲學社會科學版)》,2017 年 02 期,頁 127～133。

45. 劉紫雲著,〈紅樓夢私人空間及相關物象書寫的文化意蘊〉,《紅樓夢學刊》,2017 年第 5 輯,頁 43～60。

46. 段江麗著,〈紅樓夢與中國傳統家庭倫理〉,《中國文化研究》,2017 年秋之卷,頁 61～75。

(二)學位論文

1. 顏榮利著,《紅樓夢中詩詞題詠之研究》,國立臺灣大學中國文學研究所碩士論文,1975 年。

2. 劉榮傑著,《紅樓夢隱語之研究》,私立中國文化學院中國文學研究所碩士論文,1979 年。

3. 朱鳳玉著,《紅樓夢脂硯齋評語新探》,私立中國文化學院中國文學研究所碩士論文,1979 年。

4. 李光步著,《紅樓夢所反映的清代社會與家庭》,國立政治大學中國文學研究所碩士論文,1983 年。

5. 黃慶聲著,《紅樓夢閱讀倫理及其文藝思想》,私立中國文化大學中國文學研究所博士論文,1991 年。

6. 崔炳圭著,《紅樓夢賈寶玉情案研究》,國立臺灣師範大學國文研究所博士論文,1994 年。

7. 李昭瑢著,《邊緣與中心 紅樓夢人物互動考察》,私立輔仁大學中國文學研究所碩士論文,1994 年。

8. 駱水玉著,《紅樓夢脂硯齋評語研究》,國立臺灣大學中國文學研究所碩士論文,1994 年。

9. 王佩琴著,《紅樓夢夢幻世界解析》,私立東海大學中文研究所碩士論文,1996 年。

10. 王盈方著,《紅樓夢十二釵命運觀之研究》,國立臺灣師範大學國文研究所碩士論文,1996 年。

11. 許玫芳著,《紅樓夢夢、幻、夢幻情緣之主題學發微兼從精神醫學、心理學、超心理學、夢學及美學面面觀》,國立臺灣師範大學國文研究所博士論文,1997 年。

12. 范鳳仙著,《紅樓夢女性意識探究》,首都師範大學中國古代文學專業碩士學位論文,2002 年。

13. 李桂豔著,《試論紅樓夢中曹雪芹的女性美學觀》,華南師範大學人文學院中文系碩士研究生學位論文,2003 年。

14. 鍾雪梅著,《清代紅樓夢批評研究》,廈門大學碩士學位論文,2008 年。

15. 楊芍著,《論紅樓夢的女性觀》,華東師範大學中國語言文學系中國古代文學專業碩士學位論文,2011 年。

16. 李夢圓著,《紅樓夢人物「性別錯位」研究》,山東師範大學中國古代文學專業碩士學位論文,2013 年。

17. 黃華英著,《紅樓夢女性倫理問題研究》,河北大學哲學碩士學位論文,2014 年。

18. 李吉祥著,《論紅樓夢的生命意識》,青海師範大學中國古代文學專業碩士學位論文,2014 年。

19. 仇志蓮著,《論紅樓夢的女性主義色彩》,遼寧師範大學中國古代文學專業碩士學位論文,2015 年。

20. 張戀著,《晚明「情本論」與紅樓夢「大旨談情」》,青海師範大學中國古代文學碩士學位論文,2015 年。

21. 張茜著,《論紅樓夢中賈寶玉對林黛玉和晴雯兩種情感模式》,湖北師範學院中國古代文學專業碩士學位論文,2015 年。